여행지에서
만난
한국문학

영화에서 만난 한국문학

강진호 글

민음사

추천의 말

내가 아는 강진호 교수는 전형적인 뚜벅이다. 뛰지 않고 날지 않고 기지도 않는다. 제 갈 길을 뚜벅뚜벅 걷는 사람이다. 그가 책을 낸다고 했다. 첫 페이지를 열고 보니, 난데없이 한 대 맞은 심정이 되었다. 십수 년도 더 전에, 해마다 학생들과 함께 문학기행을 다녀야 했던 때가 있었다. 전국 각지의 문학관과 현지에서 받은 날선 느낌들이 있어, 책을 쓰고 싶다는 생각을 했었다. 다시 답사할 여유가 생기면 시작해 볼 것이라고 혼자 생각하고 있었다. 그런데 그가 그 일을 해 버렸다. 그것도 이렇게나 훌륭하게! 질투의 마음을 가라앉히는 데 시간이 제법 걸리겠지만, 이것은 나 같은 사람의 사정일 뿐이다. 이런 일과 상관없는 분들은, 차분한 지식과 사려 깊은 문장들이 주는 기쁨을 마음껏 누리시기 바란다. 나도 그중 한 사람이 되기 위해 목하 노력 중이다.

서영채 (문학평론가·서울대학교 아시아언어문명학부 교수)

많은 문학 작품들은 작가와 공간의 상호텍스트성을 통해 그 시대의 삶과 정신의 지형을 담아 낸다. 세계적인 문학거장들의 도시 더블린과 제임스 조이스, 프라하와 프란츠 카프카 등이 좋은 예일 것이다. 우리는 안동과 이육사, 군산과 채만식, 남도 강진과 김영랑, 용정과 윤동주 등을 통해 그들이 살았던 시대와 공간이 갖는 삶과 정신의 지형과 의미망을 읽을 수 있다. 그런 의미에서 이 책은 정확하고 깊이 있는 심미안을 보여 온 문학평론가이자 연구자인 저자가 우리 근현대 문인들의 문학 공간을 몸소 걸으며 사유하고 고증하고 반추한 한국문학의 심상지리지다. 이 책을 반갑게 받아들고 설레는 마음으로 문학기행을 나서고 싶다.

곽효환 (시인·전한국문학번역원장)

서문

문학 여행, 작가의 세계를 엿보다

질문 AI 시대에 문학이란 무엇인가요?

답 AI 시대에도 문학은 인간의 창의성, 감성, 사유, 인간성 등과 관련된 예술적 표현의 한 형태로 남아 있습니다. AI 기술은 문학과 글쓰기 분야에 영향을 미치고 활용될 수 있지만, 문학의 본질은 여전히 인간적인 요소와 가치를 내포하고 있습니다. 문학은 감성, 인간의 내면세계, 윤리적 고민, 사회 문제, 인간성 등을 탐구하는 예술 형식입니다. 이러한 주제들은 인간의 경험과 철학적 고민과 관련이 있으며, AI는 이러한 본질적인 인간적 요소를 이해하고 표현하기 어렵습니다. (챗GPT)

오래전 나는 문학을 논리로 이해하고 분석하면서 늘 아쉬움을 느꼈다. 문학을 마음으로 느끼지 못했다는 생각 때문이었다. 그것을 해결하기 위한 수단이 답사 여행이었다. 나는 작가들의 생가와 성장지를 찾아다니면서 문학을 몸으로 체험하고 이해할 기회를 갖고자 했다. 작가를 한 명씩 정해서 매달 답사 여행을 떠나기도 했고, 갔다 와서는 글을 정리하고 사진을 고르기도 하였다. 정지용의 「향수」를 읽으면서 작가가 어떻게 이런 상상을 했는지, 무엇을 보고 이런 느낌을 받았는지를 질문했고, 얼마 후 무언의 답을 들었다. 「향수」는 정지용의 고향 옥천의 실개천과 황소와 밤바람 소리, 그리고 그 고향에 대한 각별한 그리움과 향수를 간직하고 있었다. 지금은 복개되고 정비되어 옛 모습을 찾기가 힘들지만, 정지용 생가 옆으로는 뒷산에서 흘러내리는 실개천이 굽이돌고 그 앞으로는 넓은 들판이 펼쳐져 있다. 꼭 그곳을 배경으로 하지는 않았다 하더라도 지용 생가에 가 보면 어렴풋이나마 시의 배경을 짐작할 수 있다.

종잇장 위의 활자로 시를 읽는 것과 시인이 그리워하던 흙과 바다와 고향의 뒷산을 직접 가 보는 것은 그 감도가 다를 수밖에 없다. 문학이란 무릇 사람이 낳는 것, 작품을 논리화하는 일도 중요하나 그 작품을 낳은 사람을 들여다보는 눈 또한 중요하다. 수많은 작품을 읽었지만 글쓴이의 정서를 제대로 이해하고 읽었던가를 반문해 본다.

그렇게 20여 년의 세월이 쌓이면서 한 권의 책이 만들어졌다. 기억이 흐릿하고 느낌이 성글면 같은 곳을 몇 번 반복해서 찾기도 하였다. 그러다 보니 한편의 글에서 문투가 다르고 부자연스러운 곳도 눈에 띈다. 회칠한 벽에서 페인트가 벗겨지면서 이전의 색깔이 살짝 드러나듯이 그게 모두 시간의 흔적이리라. 이곳에 수록된 글에는 문학을 체험으로 알려준 계기와 순간들이 담겨 있다.

책의 구석구석에는 여러 분들의 도움이 깃들어 있다. 여행지에 동행해 준 지인들, 작가의 문학적 일화를 소개해 준 현지 어르신들, 민통선 안쪽을 구석구석 안내해 준 문인, 그리고 길거리 곳곳에서 사투리로 말을 건네준 분들이 떠오른다. 그 분들 덕분에 여행은 외롭지 않고 즐거웠다. 이 책도 독자 여러분의 여행길에 좋은 동반자가 되기를 희망한다.

이 책이 세상에 나올 수 있었던 것은 원고를 꼼꼼히 검토하고 아름다운 디자인을 더해 준 여러 편집자분들 덕분이다. 깊이 감사드린다.

2024년 여름

강진호

차례

걸어야
보이는 곳

인천과
한국 근·현대문학

나에게 인천은 오정희의 소설 「중국인 거리」의
창작 무대로 관심을 끈 공간이기도 하다.
그 소설에는 전쟁 직후인 1950년대 인천의 풍경이
그대로 녹아 있다.

인천역

제물포구락부 내부의
서양식 바

한국근대문학관

지금의 인천은 140년의 역사를 지닌 국제도시로서의 면모가 강하다. 1876년 부산 개항, 1880년 원산 개항에 이어 인천은 1883년 세 번째 개항장이다. 미국, 영국, 독일, 러시아, 일본 등 외국 상인들이 몰려든 곳이고, 최초의 외국인 상관(商館)이 이곳에 세워졌다. 1902년에는 우리나라 최초의 이민이 이 인천항을 통해 빠져나가기도 했다. 그러고 보니 인천과 관련된 역사에는 최초로 기록되는 사건들이 꽤 많다. 우리나라 최초의 갑문식 독(dock)을 비롯해 최초의 해상 정기항로 개설, 그리고 최초의 서구식 공원인 만국공원, 여기에 서울과 인천 간 최초의 전신 업무 개시, 최초의 경인 간 민간 전화 개통, 최초의 경인 철도……. 최초로 이름 붙은 것들이 많고도 많다.

그러나 나의 내면에서 인천이란 공간은 이런 사실들과는 무관한 곳이었다. 어느 날 삶이 먼지투성이로 느껴질 때, 어디론가 훌쩍 떠나고 싶을 때 떠오르는 곳이었다. 서울에서 한 시간 남짓한 거리. 바다와 항구가 있는 도시가 있었다. 서울 사람인 나에게 인천은 일종의 피난처였다. 그곳은 삶이 바쁠 때는 먼 곳이었고 내가 가고자 할 때는 가까운 곳이 되어 주었다. 해외로 나갈 수도 없고 강원도는 멀고 자동차도 드문 시절에, 사시사철 이용할 수 있는 철도가 있었기 때문이다.

경인선을 다면 언제든지 서울에서 탈출할 수 있었다!

구한말의 조선은 철도 건설의 필요성을 깨달았지만 재정

이 빈궁해 독자적으로 철도를 부설할 능력이 없었다. 수백 년간 한강을 통한 수운으로 물자를 수송하였으나, 개화와 산업 발전을 위해서는 서울을 항구와 직접 연결해 주는 새로운 수송 수단이 필요해진 시점이었다. 서울에서 가장 가까운 항구인 제물포가 1883년에 개항되면서 서울과 제물포를 잇는 경인선 철도가 구상되었다. 1897년 미국의 지원을 받아 한국 최초의 철도 노선으로 탄생한 것이 경인선이다.

예전엔 우마차를 타고 다니던 길에 철도가 놓이자 새로운 풍속도가 생겨났다. 수도인 서울과 가깝고 바다가 있는 인천으로 도시의 사람들이 기차를 타고 소풍을 다녔다. 도시인들은 월미도 유원지나 만국공원(지금의 자유공원)에서 온천과 꽃놀이와 휴식을 즐기고 돌아갔다.

언젠가 우리나라 최초의 '갑문식 독'을 보기 위해 인천을 찾은 적이 있다. 선착장에 도착했을 때 바다보다 더 먼저 눈에 띈 표지석이 있었다. 선착장 오른편에 '인천상륙작전 상륙 지점(녹색해안)' 표지석이 자리 잡고 있었다. 그곳은 1950년 9월 15일에 맥아더가 전함 261척과 미 해병 제1사단, 한국 해병 제1연대를 끌고 인천상륙작전에 성공한 상륙 지점의 하나였던 것이다. 바다를 새까맣게 뒤덮었을 전함들이 떠오르는 순간이었다. 그렇다. 인천은 인천상륙작전으로도 유명하다. 한국전쟁 때 집중적인 스포트라이트를 받으며 원산이나 부산보다 더 인상적인 지명으로 역사에 각인된 곳이다.

나에게 인천은 오정희의 소설 「중국인 거리」의 창작 무대로 관심을 끈 공간이기도 하다. 그 소설에는 전쟁 직후인 1950년대 인천의 풍경이 그대로 녹아 있다. 만약 1950년대의 인천 풍경을 느끼고 싶다면 「중국인 거리」를 읽으면 된다. 1883년 개항 이후 중국인 거주 지역으로 자리 잡은 소설 속 동네는 현재 '한국 관광 100선'*에 선정되어 사철 관광객을 끌어모으는 명소가 되어 있다. 그런데 이곳은 단지 관광의 차원이 아니라 역사적 탐방지로도 꼭 들러 봐야 할 장소이다. 인천역 맞은편은 개항장 거리를 비롯해 동네 전체가 산 역사박물관인데 그 거리를 걸으면서 보고 생각할 거리가 많아지는 것을 체험할 수 있는 공간임에 틀림없다.

오래도록 경인선을 탈 일이 없었다. 삶은 점점 더 바빠지고 어디론가 가고 싶으면 좀 더 먼 곳으로 갔고 또 요즘은 주로 자동차로 이동하기 때문이다. 최근에 우연히 인천을 갈 일이 생겨 오랜만에 경인선을 타게 되었다.

차창의 햇빛을 느끼며 졸고 있는데 어느덧 백운, 동암, 제

* 한국 관광 100선은 문화체육관광부와 한국관광공사가 한국인이 꼭 가 봐야 할 국내의 대표 관광지를 2년마다 선정하여 홍보하는 사업이다. 2023년 기준 한국 관광 100선에는 '개항장 문화지구—인천 차이나타운(송월동 동화마을)'이 포함되어 있다.

물포…… 뱃고동이 울리듯 차례차례 들려오던 소리가 있었다. 그 소리와 함께 어두운 기억의 저편에서 추억이 하나씩 점등되기 시작했다. 스무 살 시절에 본 서해바다, 연안부두, 월미도 그리고 또…… 만남과 이별의 서사가 아련했다. 그동안 얼마나 많은 것들이 변했는가. 그러나 백운, 동암, 제물포…… 역 이름을 알려 주는 소리만 그때와 똑같았다. 세월은 흘러가도 산천은 남아 있었다.

종착역에 도착했다.

인천역 광장으로 나오자 눈앞에 예전에 못 본 기차 모형 조형물 하나가 우뚝하다.

'한국철도 탄생 역'

그 주위로 사람들이 여럿이 둘러서서 웅성웅성한다. 그들을 안내하는 존재로 문화 관광 해설사가 있었다. 이곳이 철도의 발상지이고 또 주변에 있는 건물이 100년 전에 어떤 건물이었고 조계지가 어떻고…… 여자 해설사의 카랑카랑한 목소리를 들으며 광장 오른편으로 걸어갔다. 관광 안내소가 있다. 작은 크기의 관광 리플릿들이 안내대에 가득 꽂혀 있다. 안내원은 한국 근대사를 직접 만나 볼 수 있는 생생한 장소를 방문한 것을 환영하면서 다양한 관광 상품들을 소개했다. '개항 e지 투어'라는 이름으로 개항장 거리, 차이나타운, 동화마을, 자유공원 등을 친환경 전동차를 타고 이동하면서 주변 관광지의 설명과 근대 시대의 역사도 들을 수 있는 스마트한 관광 상품까지 있는 데다가 국내 최장 도심형 관광 모노레일을 타고 인천 월미도를 순환하는 노선까지 만들어져 있었다. 과거의 섬에서 미래형 도시로 막 건너온 사람처럼 얼떨떨한 것은 너무 오랜만의 방문 탓만은 아닐 것이다. 세상은 얼마나 빠른 속도로 변했는가. 인천도 마찬가지였다. 그런데 변화된 속에서도 변하지 않는 것, 보전된 과거가 관광 자원이 되어 사람들을 끌어들이고 있었다. 그림으로 그려진 주변 지도 하나를 얻어서 관광안내소를 나왔다.

친환경 자동차로 둘러보는 방법도 있겠지만 내가 정한 코스는 따로 있었다. 그건 도보 여행이다.

인천역을 등지고 광장 맞은편을 바라본다. 길 건너편에 화려한 금빛으로 빛나는 커다란 패루(牌樓)가 시선을 사로잡는다.

패루는 붉은 기둥 위에 지붕을 얹은 중국식 전통 대문으로, 한국으로 치면 솟대나 장승 같은 역할을 한다. 역광장 맞은편은 차이나타운이고 그 입구에 세워진 것은 제1패루였다. 그곳에는 총 4개의 패루가 있다. (제2패루는 인화문으로 한중문화관 앞에 있고, 제3패루는 선린문으로 자유공원 입구에 있으며, 제4패루는 한중문으로 동화마을을 지나 차이나타운 끝에 있다.)

패루에서부터 내 첫 번째 코스가 시작된다.

영화 「차이나타운」도 있지만 인천의 차이나타운은 오정희의 「중국인 거리」와 떨어뜨려 생각할 수 없는 공간이다.

소설 속처럼 "뒤통수를 쇠똥처럼 바짝 말아 붙인 머리를 조금씩 흔들며 엄청나게 두꺼운 귓불에 은고리를 달고 전족한 발을 뒤퉁거리는" 중국인 여자는 만날 수 없고 "검게 그을린 목조 적산 건물 가옥 베란다에 널린 얼룩덜룩한 담요"도, "레이스의 속옷"도 볼 수 없지만 현대식 주택 사이에 남아 있는 2층 목조건물에서, 붉은색 간판과 붉은색 장식물을 주렁주렁 늘어뜨린 중국 음식점들에는 아직 옛 분위기가 남아 있다.

인천 차이나타운에만 있는 것 중에 '짜장면 박물관'이 있다. 공화춘(共和春)이라는 오래된 식당이 박물관으로 바뀐 것이다. 이곳에서 한국식 짜장면이 탄생했다.

차이나타운을 지나 인천 중구청과 옛 시장 관사 사잇길을 지나간다. 자유공원으로 가는 이 길목은 한국 근대사를 직접 느낄 수 있는 장소이다.

먼저 중구청 건물은 등록문화재이기도 하다. 일본이 1883년에 일본 조계지 내에 있는 자국민 보호를 목적으로 세운 영사관 본청 건물로 설립 당시에는 2층 목조건물이었다. 광복 후에는 인천시청으로, 1985년부터 중구청으로 사용되고 있다.

중구청 앞은 개항 시대 일본인들이 거주했던 일본 조계지였다. 조계지(租界地)란 외국인 전용 거주 지역을 뜻하는데, 국가와 국가 사이에 체결된 조약에 따라 상대국 국민의 통상과 거주의 편의를 제공하기 위해 조성된 지역이었다. 조계지에서는 외국인들이 통상, 거주, 행정, 사법 등의 활동, 외국인 행정 자치권이나 치외법권, 본국 법률에 따라 영사 재판이 행해지고 자체 통화를 발행하기도 했다. 그러니까 이 중구청 일대는 식민 지배의 상흔이 새겨진 공간이다. 이곳엔 일제 강점기에 지어진 근대 건축물과 최근에 지어진 현대 건축물이 혼재되어 독특한 풍경을 보여 준다. 중구청 맞은편에 위치한 '인천시민애(愛)집'은 옛 시장 관사로 일본 가옥과 한옥을 혼합한 독특한 건축양식을 보여 준다.

옛 시장 관사를 나와 길을 가로질러 계단을 하나 오르면 또 하나의 이채로운 건물이 보인다. 제물포 구락부, 자유공원 기슭에 놓인 건물은 1901년에 러시아인 사바친이 인천에 거주하던 외국인의 친목 사교장으로 사용하기 위해 지은 지상 2층 벽돌조 건축물이었다. 내부의 메인 공간에 서양식 바가 있어서 사교 공간으로서의 특징과 당시의 분위기를 느낄 수 있다. 제물포 구락부를 지나 계단을 오르면 자유공원에 다다른다.

자유공원은 고종 20년 1883년에 인천이 개항된 지 5년 후인 1888년 11월에 한국 최초의 서양식 공원으로 만들어졌다. 서울 최초의 서양식 공원으로 꼽히는 탑골공원보다 조성

시기가 9년이나 앞서기 때문에 이곳이 우리나라 최초의 서양식 공원이자 근대식 공원으로 알려지게 되었다. 원래 이름은 '만국공원'. 1957년에 맥아더 장군 동상이 세워지면서 자유공원이라는 현재 이름으로 바뀌었다.

오정희 소설에서 사춘기를 앞둔 소녀인 '나'는 할머니가 돌아가신 날 밤, 맥아더 장군의 동상 위로 올라간다.

"키를 넘는, 위가 잘려진 정사면체의 받침돌에 손톱을 박고 기어올라 장군의 배 위에 모아 쥔 망원경 부분에 발을 딛고 불빛이 듬성듬성 박힌 시가지를 내려다"본다.

동상 위에서 깜깜하게 엎드린 바다를, 동지나해로부터 밤새워 불어오는 바람, 바람에 실린 해조류의 냄새를 깊이 들이마시며 중국인 거리를 내려다보는 '나'의 혈관 속으로 혼란스러운 인생의 단면들이 교차하고, 그러면서도 어찌할 수 없이 다가오는 봄의 기운이 아울러 꿈틀거린다. 그때의 어린 '나'에게는 전쟁도, 할머니의 죽음도 성년에 이르는 깊고 긴 강 같은, 통과의례일 뿐이었다.

오정희는 원래 서울 출생이지만 전쟁이 나면서 피난길에 올라 충남 홍주의 오관리라는 마을에서 피난살이를 하다가 1955년에 인천으로 이주한다. 그녀가 머물렀던 곳이 자유공원 아래 조그만 일본식 집이었다. 소설 「중국인 거리」에는 인천이라는 지명은 나오지 않고, 어떤 항구도시로만 묘사된다. 그러나 조금만 들여다보면 작품 속에 등장하는 항구도시와 공원이 인천과 자유공원임을 금방 알 수 있다.

공원의 꼭대기에는 전설로 길이 남을 것이라는 상륙작전의 총지휘관이었던 노장군의 동상이 있었다. 그곳에서는 시가지 전체가 한눈에 들어왔다. 선창에 정박해 있는 크고 작은 배들의 깃발이 색종이처럼 조그맣게 팔랑이고 있는 사이 기중기는 쉬지 않고 화물을 물어 올렸다. 선창에서 멀찌감치 물러나 섬처럼, 늙은 잉어처럼 조용히 떠 있는 것은 외국 화물선일 것이다.(「중국인 거리」에서)

맥아더 장군 동상을 뒤로 볼 때 맞은편에 보이는 기념물이 '한미 수교 100주년 기념탑'이다.

자유와 평화, 정의와 인도, 신의와 평등의 추구를 통한 세계 인류 공통의 이상과 목표의 실현을 위해서 보다 더 긴밀하고 공고한 유대와 협력을 위해서 양국은 뜨거운 혈맹의 관계를 맺기에 이르렀다.

탑 비문에 새겨진 문장 중의 하나이다. 단지 한 문장 안에 자유, 평화, 정의, 인도, 신의, 평등, 세계 인류, 이상, 목표, 유대, 협력, 혈맹…… 이렇게 많은 단어가 한꺼번에 다 들어가 있다. 마치 공설 운동장 확성기에서 들려오는 소리들처럼 웅변조의 우렁우렁한 그 단어들……. 자유공원은 이렇듯 한미 수교의 역사와 일본인의 식민지배의 상처와 맥아더 동상으로 상징되는 한국전쟁의 기억이 상호 교차하는 상징적 장소인 것이다.

우리나라와 미국이 최혜국 대우, 거중조정, 관세 등을 포함한 전문 14조의 '조미수호통상조약'을 체결한 것은 1882년. 이 조약은 우리나라가 구미 국가와 맺은 최초의 수호통상조약이었다. 100주년 기념탑은 그 역사적 사실을 기념하고 양국 관계의 지속적 발전을 위해 건립되었다는 것. 지금의 한미관계에 대해 어떻게 생각하냐고 누가 묻는다면, 나와 같은 인문학자는 '여기서 조금만 가면 한국 근대문학관이 있습니까?'라고 화제를 돌리며 그곳을 벗어날 것이다.

자유공원을 나와 인천 아트 플랫폼 쪽으로 걸어간다. 아트 플랫폼은 구 일본우선주식회사를 비롯한 근대 개항기의 건축물을 리모델링하여 창작 스튜디오, 공방, 자료관, 전시장, 공연장 등을 꾸며 놓았다.

근처에는 미두취인소(오늘날의 선물거래소와 유사한 곳. 현 국민은행 신포동 지점)와 같은 건물도 있다. 인천 미두취인소는 일제의 경제적 수탈 기관이었다.

개항 이후 인천은 새로운 항구의 건설과 국제무역항으로

서의 역할, 경인 철도의 부설로 인해 전국에서 노동자들이 모여드는 도시로 변했다. 1930년대 일제가 대륙 침략을 시작하면서 인천항 근처에 대규모 공장이 들어섰다. 이제 인천은 공업 도시가 되었다. 미두취인소는 그 시대의 상징적인 기관이다. 이 시기에 일확천금을 노리고 모여든 사람들과 몰락하는 군상의 모습을 그려 낸 것이 이광수의 소설 「재생」(1924)과 채만식의 희곡 「당랑의 전설」(1940)이다.

> 과연 여러 가지 사람이 미두판에 모인다. 망건을 도토리같이 쓴 학자님 같은 이가 있으면, 얼굴이 볕에 그을린 농부 같은 이도 있고, 십수년 간 서양이나 다녀온 사람 모양으로 양복을 말쑥하게 차린 사람도 있고, 기성복에 기성 외투에 풀이 죽은 옷을 질질 끄는 시골 협잡꾼 같은 이도 있고……. 이렇게 거의 모든 계급 모든 종류 사람들이 갑작 부자를 바라고 모여드는 것이 우습기도 하고…….(「재생」에서)

> 포치의 앞 기둥엔 인천미두취인소라는 간판이 붙었다.
> ―생고꾸 야로오!(1000석 내놓겠다)
> ―산젱고햐꾸 돗다!(3500석 사겠다)
> ―핫셍 야로오!(8전으로 내놓겠다)
> ―고셍 돗다!(5전으로 사겠다)

이러한 몇 가지의 드높은 아우성을 중심으로, 그러나 그 고함들이 실상 무슨 소리인지 언뜻 분간을 할 수가 없을 만큼, 다수한 군중의 와글와글 흥분하여 떠들고 부르짖고 하고…….(「당랑의 전설」에서)

아트 플랫폼을 지나 조금 더 걸어가면 한국 근대문학관에 이른다.

19세기 개항장 건물 자리에서 한국 근대문학관이 생겨났다. 2017년의 일이다. 전국 최초의 공공 종합 문학관이라 하는데 인천에 있는 '최초'의 유적들에 또 하나의 '최초'가 더해진 셈인가.

문학관 앞에 서면 누구라도 이 건물의 문학적 성격을 금방 알아챌 수 있다. 통유리 전면에 수십 미터 거리에서 확 눈에 띌 한 편의 시가 적혀 있기 때문이다. 시의 제목은 '아름다운 곳'.

아름다운 곳

봄이라 해서 사실은
새로 난 것 한 가지도 없다
어딘가 깊고 먼 곳을 다녀온

모두가 낯익은 작년 것들이다

우리가 날마다 작고 슬픈 밥솥에다
쌀을 씻어 헹구고 있는 사이
보아라, 죽어서 땅에 떨어진
저 가느다란 풀잎에
푸르고 생생한 기적이 돌아왔다

창백한 고목나무에도
일제히 눈발 같은 벚꽃들이 피었다

누구의 손이 쓰다듬었을까
어디를 다녀와야 다시 봄이 될까
나도 그곳에 한번 다녀오고 싶다

시를 읽고 나니 시를 읽기 전과 건물이 달라 보인다. 한국근대문학관은 한편의 시와 더불어 아름다운 '그곳'이 된다.

한국근대문학관은 근대문학 유산을 살필 수 있는 보고이다. 근대문학에 나타난 인천의 모습을 제대로 살필 수 있는 기회이기도 하다. 인천을 무대로 쓴 소설은 많지만 '인천' 하면 떠오르는 문인이 많지는 않을 것이다.

'노마'라는 어린이를 문학사에 등재한 현덕(본명 현경윤, 1909~?)을 아는 사람이 얼마나 될까. 인천 태생 현덕의 작품에는 인천을 배경으로 한 것이 많다. 인천의 대부도에서 3년간 보통학교를 수업하고 상경해 중동학교 속성과 1년을 거쳐 제일고보에 입학했으나 그마저 가난으로 중단되었다. 게다가 월북 작가의 멍에를 쓰고 상당 기간 동안 문학사에서 사라졌던 인물이 현덕이다. 현덕은 1938년 《조선일보》 신춘문예에 「남생이」가 당선되어 등단했다. 이후 「경칩」, 「두꺼비가 먹은 돈」, 「잣을 까는 집」, 「군맹」 등을 발표해 문명을 얻었다.

오래전에 여러 책을 뒤지고 인터넷 사이트를 검색해 보았으나 인천의 문학 유적을 소개한 글을 거의 찾을 수 없었다. 유흥지를 소개한 책자들은 넘쳐 났으나 정작 발굴하고 가꾸어야 할 문학 유적지 소개문 하나 없다고 탄식하는 내용의 문학답사기를 잡지에 실은 적이 있다. 이곳 출신의 문인들이 누구누구이고, 어디에 그의 흔적들이 있다는 것을 일목요연하게 볼 수 있다면 상업도시, 항구도시의 이미지에다 문화도시라는 자랑스러운 이미지까지 덧붙일 수 있을 것이라는 취지로 썼다. 그러면서 그것이 향후 인천이 해야 할 일이라고 덧붙였다. 근대문학관의 탄생은 그 해야 할 일을 했음을 보여 주는 증거였다. 문학관을 돌아보며 새삼 감격스러운 기분이 치밀었다.

문학관 벽에는 인천이 배출한 근대 문인 김동석, 함세덕,

배인철을 소개한 패널이 걸려 있다. 함세덕(1915~1950)은 유치진과 더불어 한국 근대 희곡문학을 대표하는 극작가 중 한 사람이다. 그는 인천 화평동에서 태어나 인천 공립보통학교와 인천 상고를 다녔다. 인천의 섬과 어촌을 배경으로 어민의 삶과 언어, 현실과 이상 등을 희곡 속에 담아냈고 낭만주의와 사실주의가 조화를 이룬 뛰어난 극작을 많이 했다. 대표작인 「동승(童僧)」은 1949년과 2002년에 영화화되기도 했다. 김동석(1913~?)은 부천에서 태어나 인천공립보통학교를 거쳐 인천상업학교에 입학한 후 중앙고등보통학교에 편입했다. 경성제국대학 영문학과와 대학원을 수료하고, 해방될 때까지 보성전문학교 교수로 재직했다. 김동석의 비평이 조선문학가동맹의 진보적 문학관과 연결되어 주목을 받은 것은 김동리와 펼친 순수 논쟁을 통해서였다. 김동석은 「순수의 정체」에서 김동리의 순수문학을 비판했을 뿐 아니라 역사의 진보에 대한 신념과 문학의 사회적 역할을 적극 옹호하며 문학의 시류적인 정치성을 특유의 비유와 논리로 비판해 나갔다. 해방 후 김동석은 비평집 『예술과 생활』(1947)과 『뿌르조아의 인간상』(1949)을 남기고 1950년 가족과 함께 월북했다. 시인 배인철(1920~1947)은 인천 용동에서 태어나 인천공립보통학교와 일본의 니혼대학 영문과에서 공부했다. 그는 해방 후 우리나라에 들어온 미군 속 흑인 병사에 주목했다. 남북이 대립하고 있는 현실에서 미군의 진정한 의미를 날카롭게 형상화한 뛰어난 '흑인시'를 남겼다.

근대문학관을 나와서 제2 코스로 향한다. 먼저 월미도로 가서 여객선을 탈 생각이다.

오렌지주스로 목을 축이며 매표소로 향한다. 사람과 승용차를 구분 지어 요금을 받는다. 경승용차, 일반 승용차, 승합차와 여행자를 태우고 월미도 선착장을 떠나 건너편 영종도 영종경제자유구역의 구읍 뱃터로 가는 여객선이다.

여객선 입구에 새우깡 봉지가 잔뜩 담긴 상자가 있고 또 선실 안쪽에는 새우깡 과자를 파는 사람이 있었다. 알고 보니 새우깡은 갈매기 먹이였다. 여객선을 따라오는 갈매기 무리들. 갑판으로 날아드는 새들. 사람들이 던져 주는 새우깡을 보고 갈매기들은 맹렬하게 달려드는 것이었다.

바다로 던져진 새우깡 하나를 놓고 갈매기의 다툼은 때아닌 구경거리다. 사람들은 그 모습을 즐기고 사진에 담고 있고 아이들한테도 구경시켜 주고 있다.

두 번째 코스의 종착점은 소래포구다. 버스를 이용하면 시내를 빙빙 돌기 때문에 1시간 이상이 걸리지만 택시를 이용하면 30분 남짓이면 도착한다. 송도 신도시와 연세대 국제캠퍼스를 옆에 두고 15분 정도를 더 달리면 소래포구 수산물시장에 이른다. 예전에는 길 주변이 온통 논과 밭이었고, 간간이 공장이 자리 잡고 있었지만, 이제는 넓은 도로와 빌딩 숲으로 변해 완전히 낯선 곳이 되었다. 포구도 많이 변했지만 그래도 포구 특유의 활기와 비릿한 냄새는 예전과 다름이 없었다. 포구를 걸어가면 양쪽에 도열해 선 횟집들, 노점들, "소래포구를 찾아주셔서 감사합니다" 환영의 깃발처럼 내 걸린 플래카드. 안쪽으로 더 깊이 들어가 본다. 모퉁이를 돌면, 눈 앞에 펼쳐지는 것이 수산물시장의 장관이다. 싱싱한 어물을 고르는 외지인들이 몰려들어 매우 혼잡스럽다. 광어, 숭어, 놀래기 등 횟감을 1회용 접시 가득 담아 놓고 가격표를 붙여 놓았다.

수산시장 천막의 귀퉁이를 돌자, 그제야 질박한 촌부의 모습 같은 포구의 풍경이 눈앞에 펼쳐진다. 갈매기 서너 마리 날아오르고 낡은 목선들이 고즈넉한 모습으로 한가로이 휴식을 취하고 있다. 소래의 성수기는 6월, 9월, 11월이라고 한다. 물이 들어오는 때에 맞춰 가면 배에서 잡은 고기를 내려놓고 경매를 하는 진풍경을 볼 수 있다고 한다. 바다가 내려다보이는 난간 옆에 작은 상을 차려 놓은 노전에 쪼그리고 앉아 먹는 회는 소래포구에서 맛볼 수 있는 최상의 진미이다. 그리고 한 편의 시를 떠올릴 수 있다면 금상첨화이다.

손 내밀면 한웅큼 잡히는 습기

이것이 뼈를 녹게 하였구나

몸 묶인 낡은 목선들
출항의 빛나던 때를 추억하며 삐그덕대고
다리 밑 썰물은 관능의 혀 거두고 있다
누군가 그곳을 향해 오줌발을 세운다
그래, 비린내는 비린내로 밀어내야지
날이 새면 적막한 이곳도
소란으로 반짝일 거야
저 아득한 서해 같은 서울로
문어발로 달려드는 어둠 토막치면서
우리는 왔던 길을 되돌아간다
(이재무, 「소래포구에 와서」에서)

역사와
문학을
찾아
떠나는 여행

남양주의 정약용과
실레의 김유정

1968년에 세워진 문학비는 춘천에서 서울, 또는
서울에서 춘천 가는 길에 놓치면 아까운 풍경이다.

김유정 생가

여유당 현판

김유정역

춘천으로 가는 길은 북한강의 수려한 물줄기와 산자락을 따라가는 아름다운 길이다. 서울~양양 고속도로를 이용하면 1시간 남짓이면 닿을 수 있지만, 이전의 경춘가도를 이용하면 시간은 그 곱절이나 든다. 지난 추억들을 더듬으며 구(舊)도로로 들어선다. 서울을 벗어나 구도로를 따라 달리다가 팔당댐을 지나 양수리 길목에 이르면 정약용 생가를 만날 수 있다. 남양주시 조안면 능내리(당시는 광주군 초부면 마현리)에 다산의 생가와 묘지, 기념관이 있다.

다산 정약용은 『목민심서』, 『경세유표』 등 500여 권의 저서를 남긴 조선 시대 실학의 대가이다. 정조 때 과거에 급제한 후 규장각 편찬 사업에 참여해 많은 업적을 남겼고, 정조의 죽음과 함께 18년간의 긴 유배 생활을 하지만, 귀양살이 중에도 학문 연구에 전념했고 고향인 양주에 돌아와서도 오직 저술에 몰두한 대학자의 고향을 만날 수 있는 기회다. 다산은 1762년 음력 6월 16일 정재원과 해남 윤씨 사이에서 태어나 어린 시절을 이곳에서 보냈고, 강진에서 18년 유배 생활을 마치고 1818년 가을에 57세의 나이로 돌아와 75세로 세상을 뜰 때까지 이곳에서 지냈다.*

고색창연한 생가는 ㅁ자 형태로 되어 있는데 앞채가 '여유당(與猶堂)' 현판이 붙은 사랑채이고 뒤채가 안채이다. 여유당은 다산의 호이고, 사랑채의 당호는 그 호에서 따온 것이다. '여유당'이라는 말은 다산이 「여유당기(與猶堂記)」에서 밝힌 대로, "내가 노자의 말을 보건대, 겨울에 시내를 건너는 것처럼 신중하게 하고(與), 사방에서 나를 엿보는 것을 두려워하듯 경계하라(猶)고 하였으니 이 두 마디 말은 내 병을 고치는 약이 아닌가?"라는 구절에서 그 의미를 짐작할 수 있다. 겨울 냇물을 건너듯이, 이웃을 두려워하듯이 조심조심 세상을 살아가자는 뜻. '여유당' 현판은 추사 김정희의 글자를 집자해서 새긴 것이라고 한다. 그런데, 원래 생가는 1925년 을축년 대홍수로 유실되고 이 집은 1986년에 전통 한옥으로 다시 지은 것이었다. 다산은 1789년에는 과거에 급제하여 희릉직장을 시작으로 벼슬길에 오른 이후 10년 동안 정조의 총애 속에서 예문관 검열, 사간원 정언, 경기 암행어사, 동부승지·좌부승지, 곡산부사, 병조참지, 형조참의 등을 두루 역임했다. 1789년에는 한강에 배다리〔舟橋〕를 준공시키고, 1793년에는 수원성을 설계하는 등 기술적 업적을 남기기도 했다.

승승장구하던 다산이 학자로 전신하는 계기가 된 것은 천주교 박해 때문이었다. 당시 다산은 이벽, 이승훈 등과 접촉하면서 천주교에 관심을 갖게 되었다. 다산은 천주교를 서학(西學)으로 인식하고 학문적으로 관심을 가졌을 뿐, 그의 다

* 강진의 다산초당과 유적지 답사는 '김영랑' 편에 기록했다.

른 형제들(정약전이나 정약종)과는 달리 교회 내에서 뚜렷한 활동을 하지는 않았다. 당시 천주교 신앙은 성리학적 가치체계에 대한 전면적 도전으로 여겨져 집권층으로부터 강한 비판을 받고 있었다. 다산은 천주교 신앙과 관련된 혐의로 여러 차례 시달렸고, 그때마다 자신이 천주교와 무관함을 변호했지만, 1801년의 천주교 교난 때 유배를 당함으로써 중앙의 정계와 결별한다. 최근의 한 연구는 정약용이 1820년대 유배지에서 풀려난 이후 천주교를 더 이상 서학이 아니라 새로운 종교로 받아들여야 한다는 입장을 갖게 되었다고 보기도 한다.

이 유배는 다산이 정치인으로서의 삶과 결별하고 학자로 변신하는 극적인 계기가 되었다. 다산은 많은 문도를 거느리고 강학과 연구와 저술에 전념하면서 선진(先秦) 유학을 집중적으로 연구해 성리학적 사상 체계를 새롭게 극복하고자 했다. 또한, 그는 조선왕조의 사회 현실을 반성하고 이에 대한 개혁안을 정리했다. 그의 개혁안은 『경세유표』, 『흠흠신서』, 『목민심서』의 일표이서를 통해 제시되고 있다.

1818년 57세 되던 해에 유배에서 풀려난 정약용은 이곳 여유당으로 귀환해서 생을 마감한 1836년까지 기거한다. 그는 이곳 향리에 은거하면서 『상서』 등을 연구하고, 강진에서 완결하지 못했던 저술 작업을 계속해서 추진했다. 『매씨서평』의 개정·증보 작업이나 『아언각비』, 『사대고례산보』 등의 저술이 이때 이루어졌다. 『아언각비』는 국문학을 전공하는 입장에서 특히 주목되는 책으로, 국민의 언어와 문자 생활을 바로잡기 위해 당시에 널리 쓰이던 말과 글 중에서 잘못 사용되는 것을 골라 그 참뜻과 어원을 밝히고, 용례를 들어 설명한 책이다. 이후 다산은 회갑을 맞아서 자찬 묘지명을 작성하고, 500여 권에 이르는 자신의 저서를 정리해 『여유당전서』를 편찬했다. 그의 묘지명은 웬만한 책 한 권 분량의 자서전으로, 60년 생애를 돌아보면서 살아온 일을 상세히 적었다. 주요 저술을 짓게 된 배경과 내용을 요약하고, 정조의 은총과 궐내의 은밀한 비사도 빼놓지 않았다.

> 나는 건륭 임오년(1762)에 태어나 지금 도광(道光)의 임오(1822)를 만났으니 갑자가 한 바퀴 돈 60년의 돌이다. 뭐로 보더라도 죄를 회개할 햇수다. 수습하여 결론을 맺고 한평생을 다시 돌려 내가 금년부터 정밀하게 몸을 닦아 실천한다면 명명을 살펴서 나머지 인생을 끝마칠 거다. 그러고는 집 뒤란의 자(子)의 방향 쪽에다 널 들어갈 구덩이의 모형을 그어 놓고 나의 평생의 언행을 대략 기록하여 무덤 속에 넣을 묘지로 삼겠다.(『다산 산문선』에서)

생가와 함께 기념관이 잘 어우러진 정약용 선생의 유적

지를 둘러본다. 앞을 휘둘러 흐르는 한강과 잘 조화된 아름다운 풍경이지만, 그의 삶은 그 풍광처럼 순탄하지는 않았다. 다산은 문벌과 당색의 타파를 강력하게 주장했고, 인재의 고른 등용을 역설했으며, 암행어사가 되어 부패한 탐관오리를 적발하기도 했지만, 당대의 현실에서는 그런 결기가 용납되지 않았다. 다산의 정의롭고 혁신적인 사상을 받아들이기에는 시대가 너무 고루하고 무지했다. 다산은 그런 현실과 정면으로 맞서면서 당대의 모순을 파헤치고 해결하기 위해 고민하면서 자신의 학문을 숙성시키고 체계화해 나갔다. 그가 던진 빛은 지금껏 어둠을 뚫고 시대를 가로질러 형형한 빛을 발한다. 서울에서 멀지 않은 곳에서 이 대가의 흔적을 만날 수 있다는 것은 우리 후학들이 누릴 수 있는 복이 아닐까.

다산 생가를 나와 방향을 춘천 쪽으로 잡고 조금 올라가면 새터를 지나가게 된다. 새터, 대성리, 청평, 강촌, 춘천 등은 과거 대학 시절에 MT를 다니면서 오갔던 곳, 옛날의 기억을 더듬으며 경춘가도를 달린다. 한강을 옆에 두고 그림 같은 풍경을 음미하면서 강촌을 지나 춘천 초입에 이르면 작고 아담한 김유정역이 눈앞에 나타난다.

2004년 12월 1일, '신남역'이 '김유정역'으로 바뀌었다. 신남역은 청량리와 춘천 간을 잇는 경춘선의 간이역 중의 하나로 강촌역과 남춘천역 사이에 있다. 이 작고 조용한 역은 경춘선을 타는 많은 여행자들에게는 대성리, 강촌, 춘천 사이에서 스쳐 지나가는 여러 역 중의 하나였을 것이다. 그런데 그냥 지나친 것들 속에 놓쳐 버린 것들이 있다. 사실 우리의 눈에 보이는 풍경 속에는 보이지 않는 이야기들이 숨어 있기 마련이다. 신남역은 그 이면에 많은 이야기를 품고 있다.

원래 이곳은 춘천읍에서 20리가량 산을 끼고 꼬불꼬불 돌아가야 닿을 수 있는 산골이었다. 앞뒤 좌우에 굵직굵직한 산들이 빽빽이 둘러섰고 그 속에 묻힌 아늑한 마을. 그 마을은 주변 산에 묻힌 모양이 마치 움푹한 떡시루〔甑〕 같다 하여 실레마을〔甑里〕이라 불리곤 했다. 1930년대까지만 해도 집이라야 쓰러질 듯한 헌 초가들이고, 50호 남짓 되는 촌락이었다. 그런데, 이 꼬불꼬불 돌아가야 나오는 산골에 서울과 춘천을 잇는 철길이 열리면서 역사가 들어섰다. 1914년, '신남역'이었다. 신남역 주변은 서서히 근대화된 농촌의 모습을 갖추어 갔다. 그리고 신남역이 생긴 후 90년 만에 역명이 '김유정역'으로 바뀌었다.

실레마을에 대한 개인적인 기억은 1996년부터 시작된다. 길모퉁이에 '김유정 유적지'라는 초라한 입간판만이 서 있을 뿐 김유정의 고향에서 김유정의 흔적을 찾기가 어려웠던 기억이 있다. 시골집을 돌아다니며 할머니에게 묻고, 용달차 운전석에 앉은 젊은 사람에게도 묻고, 이렇게 저렇게 몇 사람을 거치고 똑같은 길을 몇 번 왕복하는 해프닝을 연출한 끝에 간신히 실레마을의 윤곽을 잡았지만, 고향에서 김유정을 기억해 주는 사람은 많지 않았다.

다시 실레마을을 찾은 것은 그로부터 5년 뒤. 마당 안에 풀어 둔 예닐곱 마리의 개들만이 컹컹 낯선 방문객을 경계했던 파란 기와집과 그 옆으로 이어진 높은 담장의 집들은 사라지고 그 터 위에서 생가 복원 공사가 진행되고 있었다. 김유정이 야학을 꾸리던 시절에 청강했던 학생 중의 하나인 나이 든 제자의 집도 사라지고, 언덕 위에는 '유정식당'이라는 간판을 건 양옥집이 번듯하게 서 있었다. 1999년 11월에 2001년 12월까지를 목표로 유적지 복원 사업이 추진되고 있었던 것이다. 10년 전, 김유정에 대한 간단한 안내문조차 없었던 실레마을은 생가 복원과 함께 유적지 공사가 완료되어 '김유정 문학의 현장'으로 변해 갔다. 2004년에는 '신남역'이 '김유정역'으로 바뀌었고, 경춘선을 타는 여행자들은 김유정역을 지나갈 때마다 그의 이름을 한번쯤은 되뇌일 수 있게 되었다.

마을에 들어서면 문학 체험 공간으로서 1930년대 김유정을 맘껏 느낄 수 있다. 김유정의 생애와 문학이 실레마을에 고스란히 서려 있기 때문이다. 「봄봄」, 「동백꽃」 등 국어 교과서에 실린 작품들을 통해 이미 친숙한 작가의 소설 대부분이 이곳에서 구상되었고, 작품의 등장인물이나 지명 등도 대부분 이곳의 실제의 상황과 일치한다는 점에서 마을 전체가 작품의 산실이자 현장이다.

김유정역 철길 건너편으로 금병산이 펼쳐진다. 역에서 10분쯤 걸어가면 생가와 기념관으로 구성된 '김유정 문학촌'을 만나게 된다. 김유정 문학촌 뜰에 서면 금병산 자락 안에 움푹 떡시루처럼 들어앉은 마을의 모양새가 한눈에 들어온다. 문학촌에서 제작한 5절지 크기의 '마을 안내 그림지도'는 일견 고궁 안내도처럼 김유정의 문학을 축약해 놓았다. 내방객들은 그 지도를 들여다보며 숨은그림찾기 하듯 문학 탐사를 할 수도 있을 것이다. 금병산 자락 아래 잣나무 숲 뒤쪽이 「동백꽃」의 배경이다. 맞은편 언덕에 김유정이 움막을 짓고 아이들에게 우리말을 가르친 야학터가 있다. 마을 가운데 잣나무 숲으로 들어서면 「봄봄」의 실존 인물인 욕쟁이 영감 김봉필의 마름집이 있다. 점순이와 성례는 안 시켜 주고 일만 부려먹는 데서 불만을 느낀 '나'가 장인 영감과 드잡이를 하며 싸우는 모습이 눈에 그려지는 곳이다.

금병산은 생전에 김유정이 자유로이 오가며 글감을 취재하던 곳이다. 원창고개, 봄봄 길, 산골나그네 길, 새술막, 금따는 콩밭길, 동백꽃길, 「만무방」의 덕만이 마을, 덕만이 고개, 사금 채취하던 삼포, 「봄봄」에서 화전밭 갈던 장소인 새고개……. 소설 속에서 친숙하여 웃음이 절로 나오는 정겨운 이름들이다. 김유정이 코다리찌개로 술을 마시던 주막터, 한들의 팔미천에는 들병이 나그네가 "하룻밤만 드새고 가게 해 주세유~" 하고 찾아온 덕돌네 주막터와 남편을 숨겨 주었던 물레방앗간터가 있다. 「산골 나그네」, 「봄봄」, 「동백꽃」, 「만무방」과 함께 「총각과 맹꽁이」, 「소낙비」, 「노다지」, 「솥」, 「가을」, 「산골」 등 12편이 실레마을을 무대로 하고 있다. 점순이, 덕돌이, 덕만이, 뭉태, 춘호, 근식이…… 소설 속에서 등장하는 이름들뿐만 아니라 소설의 지명과 실제 지명이 일치하는 까닭에 실레마을의 요소요소는 소설이 살아 숨 쉬는 느낌을 주며 마치 마을 전체가 하나의 세트장처럼 잘 구성되어 있다는 인상을 준다.

최근에는 생가 앞에 대형 공연장과 함께 '실레 문학마을'이라 해서 민속공예와 한복 체험방, 생활 자기와 민화 체험방 등을 만들어 놓았고, 곳곳에는 소설 속의 풍경을 청동 조각으로 만들어 놓았다. 생가를 문학의 현장으로 만들려는 의도로 짐작되지만, 과도하게 많은 조형물과 건물들이 눈을 번잡하고 혼망스럽게 하는 것을 부인할 수는 없다.

생전의 김유정에게 이곳은 어떤 의미였을까. 전시관에 보관된 청풍 김씨 세보를 보면 아버지 김춘식 아래 장남 유근, 차남 유정이 등재되어 있고 유정 이름 밑에 작가로서의 이력이 함께 적혀 있다. 조선조 효종 때 대동법을 실시한 김육의 10대 손이자, 서울에도 백여 칸의 집을 지닌 춘천 천석지기의 막내 아들로 태어났을 때만 해도 김유정은 누가 봐도 복스러운 처지였지만, 그것이 오래가지는 못했다.

장남 유근 뒤에 내리 딸만 다섯을 낳다가 얻은 아들이었기에, 유정은 태어나서 한동안은 온 식구의 귀염을 독차지하였다. 아명도 멱설이. 곡식이 가득 담기는 멱서리처럼 재물과 복이 가득 쌓이는 인물이 되라는 뜻에서 붙인 이름이었다. 이런 유복한 유년 시절은 머지않아 산산조각이 났다. 7살 때 어머니가 병사하고, 어린 그를 품에 안고는 어미를 잃은 자식이라고 눈물을 뿌리던 그의 아버지마저 2년 후에 돌아가시니 유정은 열 살이 되기 전에 부모를 모두 여읜 신세가 된 것이다. 부모를 대신해야 할 큰형은 난봉꾼에 성격 파탄자였다. 집안은 급격히 기울기 시작했다. 자전적 소설 「형」에서 유정은 지워지지 않는 어린 시절에 대한 슬픈 기억을 다음과 같이 그려 내고 있다.

아버지가 형님에게 칼을 던진 것이 정통을 때렸으면 그 자리에 엎디어질 것을 요행 뜻밖에 몸을 비켜서 땅에 떨어질 제 나는 다르르 떨었다. 이것이 십오 성상을 지난 묵은 기억이다 마는 그 인상은 언제나 나의 가슴에 새로웠다. 내가 슬플 때, 고적할 때, 눈물이 흐를 때, 혹은 내가 자라난 그 가정을 저주할 때, 제일 처음 나의 몸을 쏘아드는 화살이 이것이다. 이제로는 과거의 일이나 열 살이 채 못 된 어린 몸으로 목도하였을 제 나는 그 얼마나 간담을 졸였던가. 말뚝같이 그 옆에 서 있던 나는 이내 울음을 터뜨리고 말았다.

(「형」에서)

누나들과 유모의 돌봄을 받았으나 김유정은 말더듬 증상, 염인증과 더불어 우울증에 시달리며 성장했다. 우울증의 원인은 7살 때 돌아가신 어머니에 대한 그리움과 애정 결핍이었다. 심약했던 관계로 어머니의 사진을 늘 품에 지니고 다녔고 또 늘 사랑을 갈구했다고 한다.

휘문고보 졸업을 앞둔 가을(1928) 어느 날 김유정은 목욕탕에서 나오는 한 여인을 목도한 후 뒤를 밟아 집까지 따라갔다. 이때부터 불붙기 시작한 광기의 열정. 말 한 번 나눠 보지 않은 연상의 여인에게 그날 밤부터 매일 편지를 보내기 시작해서 나중엔 혈서까지 써 보냈다.

당시 박녹주는 김유정보다 2살 연상으로 '겨레의 애인'이라 불릴 정도로 유명한 '동편제'의 명창이었다. 그녀는 김유정과 같은 나이의 동생이 있었고 사랑하는 사람이 있었기에 유정에게 마음을 줄 수 없었고, 그의 구애를 거의 스토커쯤으로 여겼던 듯싶다.

> 대학생복을 입은 청년이 방으로 들어왔다. 훤칠한 키에 잘생긴 얼굴이었다. 보료를 밀어 주며 앉으라고 했다. 그러고는 첫마디에 "학생이 김유정이요?" 하고 물었다. 김유정은 그렇다고 했다. 나는 어른스럽게 "무슨 학생이 공부는 안 하고 편지질이오?"라며 나무라는 투로 말했다. 그는 대뜸 "편지하는 게 잘못이요? 편지는 내가 하고 싶어서 했소." 이러지 않는가? 나는 당돌한 태도에 흠칫 놀랐다. 이번에는 "학생이 기생과 무슨 연애를 하잔 말이요." 했다. 김유정이 "왜 학생은 기생하고 연애하면 안 된다고 법 몇 조에 있습니까." 하고 따지듯이 물었다. 나는 그의 이런 대답에 잠시 할 말을 잊고 있다가 다시 "연모가 뭐요? 공부나 잘하지 않고." 이랬더니 "연모란 사랑한다는 말입니다. 당신의 사랑 없이는 나는 바로 살 수 없습니다." 해 가며 끝없이 사랑의 말을 늘어놓았다. 나는 그 말이 듣기 싫고 부아가 치밀어서 그를 쫓다시피 해서 돌려보냈다.(「여보, 도련님 날 데려가오」에서)

사랑을 고백하고 거절을 당했으나 유정은 미련을 접지 못하고 2년간이나 광적인 구애를 계속하여 장안에 그와 박녹주에 관한 소문이 파다했다. 이 과정에서 다니던 학교(연희전문)에서는 출석 미달 등의 사유로 제적을 당하고, 지울 수 없는 실연의 상처에 병까지 얻어 낙향하게 된다.

박녹주와의 만남은 사랑에서는 실패했으나 문학의 입장에서 보자면 다르게 생각할 수 있다. 만약 박녹주가 유정의 사랑을 기꺼이 받아들였다면 문학사는 달리 쓰였을 것이다. 한 남자의 광적인 사랑을 보기 좋게 거절함으로써 역설적으로 그로 하여금 문학혼을 불태우게끔 도와준 것이 아닌가.

또 하나는 김유정 문학의 특징으로 꼽히는 해학미와 관련된 대목이다. 김유정의 문체로 유머러스한 표현 방식과 위악적인 인물 묘사를 꼽는데, 이는 전통적인 판소리의 해학적 표현과 유사한 점이 많다고 할 수 있다. 김유정이 박녹주를 만나기 이전에는 판소리에 관심이 없었다는 기록을 감안하면 소리하는 여자를 사랑하게 되어 우리 소리의 곡조와 정조를 가슴에 담게 되었다는 점을 무시할 수 없다. 사실, 김유정의 소설에는 유난히 「아리랑」이 많이 등장한다. 소설 「만무방」과 「안해」를 비롯하여 여러 글에서 아리랑이 언급된다. 그래서인지 김유정은 '아리랑의 작가'로 불리기까지 한다. 이상에 따르면 김유정이 부르는 「강원도 아리랑」은 천하일품이었다고 한다. "우리 소리 합시다~" 하고 척척 붙어 올라올 것 같은 목소리로 '강원도 아리랑 팔만 구암자'를 뽑아내곤 했다는 것이다.

삶에 대한 한과 애착을 동시에 보여 주는 아리랑은 현실의 고통과 슬픔을 감내하고 삶을 긍정하는 태도와 해학을 보여 준 김유정의 문학과 많이 닮았다.

> 아리랑 아리랑 아라리요/ 아리랑 띄어라 노다 가세/ 증기차는 가자고 왼고동 트는데/ 정든 님 품 안고 낙누낙누/ 아리랑 아리랑 아라리요/ 아리랑 띄어라 노다 가세/ 낼 갈지 모래 갈지 내 모르는데/ 옥씨기 강낭이는 심어 뭐 하리/ 아리랑 아리랑 아라리요/ 아리랑 띄어라 …….
>
> (「만무방」에서)

유정의 생애에는 박녹주와 더불어 또 하나의 치명적인 사랑이 기록되어 있다. 생애 말년에 박봉자(시인 박용철의 누이로 평론가 김환태와 결혼했다.)에게 박녹주처럼 편지로 열렬히 마음을 호소했으나 돌아온 것은 침묵이었다. 이 또한 일방적인 짝사랑이었던 것. 이 일을 통해 김유정의 상심은 더욱 깊어졌고 건강은 악화되었다.

유정이 실레마을로 내려왔을 때 그의 형은 10년의 방탕 끝에 천석지기 재산을 거의 탕진하고 먼저 솔가하여 고향에 내려와 있었다. 뒤에 이 만형과 재산 분쟁을 벌이면서 유정은 형과는 더욱 멀어졌다. 그는 형 집에 머물지 않고 주막집을 드나들며 들병이 만무방 들과 어울려 지냈다.

김유정이 한동안 따라다녔던 들병이는 박녹주 다음으로 그에게 큰 영향을 준 대상이다. '들병이'란 남편 있는 여인이 시골 주막으로 돌아다니며 술과 몸을 파는 것인데,「산골 나그네」,「총각과 맹꽁이」 등에 등장하는 이 들병이들의 한 편에는 '자기 아내를 매음시켜 생계를 삼을 뿐만 아니라 즐기기조차 하는 남편'들이 존재한다.「안해」에서는 들병이를 만들어 생계를 유지하기 위해 소리를 가르쳐 보지만 제대로 익히지 못하자 아내를 구박하는 '나'가 등장한다. 김유정은 이들 들병이들을 실제로 따라다녔다. 돌쟁이 아이가 있어 틈틈이 젖을 빨렸으며 그림자처럼 따라다니는 노름쟁이 남편이 있는 그녀들의 치마와 몸에서 풍기는 젖내가 어머니에 대한 상념을 일으켰기 때문이다.

한편, 김유정은 매형의 권유에 의해 충청도 광업소에서 몇 달 동안 현장 감독을 하기도 했다.「금따는 콩밭」,「금」에 나오는 영식, 수재, 최 서방, 덕순이 등의 인물이 모두 그곳에서 만난 인간 군상들이다. 금점을 둘러싸고 횡재를 꿈꾸는 무지하고 어리석은 사람들을 그는 수없이 만났다. 그리고 고향인 실레에서 5리 정도 떨어진 '물골'에서는 사금이 나오고 있었기 때문에 그곳 개울 바닥은 온통 파헤쳐져 성한 곳이 없을 지경이었다. 이런 체험에서 유정은 금을 찾아 헤매는 많은 사람들을 보았고, 그들을 통해서 횡재를 노리며 살아가는 인간 군상을 그려 낼 수 있었다.

실레마을에서의 경험. 특히 그가 보고 들은 1930년대 농민들의 삶은 모두 김유정 문학을 통해 생생하게 형상화된다. 김유정 작품의 시간적 배경을 이루는 1933~1937년은 그야말로 일제의 가혹한 수탈 정책으로 많은 농민들이 소작농으로 전락하고 곤궁과 피폐가 극에 달한 때였다. 「소낙비」의 춘호, 「만무방」의 응칠이, 「금따는 콩밭」의 수재, 「노다지」의 꽁보, 「땡볕」의 덕순이 부부 등은 이러한 시대에 자신의 고향에서 밀려나 유랑하는 하층 농민들이다. 「소낙비」의 춘호가 아내를 매음으로 내모는 것은 그것이 삶을 유지하기 위한 불가피한 수단이었기 때문이다. 소설 「만무방」에서 소작마저도 어려워 빚만 늘어나 야반도주를 하며 수수 일곱 되에 같은 농민끼리 살인도 마다 않는 모습이 그려진다. 김유정은 이렇게 1930년대 한국 민중의 생활과 감정과 관습을 깊이 이해하여 자신이 터득한 언어와 제스처로 작품을 썼다.

1932년은 유정의 생애에서 가장 활발하고도 의욕적인 기간이었다. 조카인 김영수와 문우인 조명희 등과 함께 고향 실레에서 '농우회(農友會)', '부인회'를 조직하는 등 농촌계몽 활동과 더불어 야학 운동을 활발하게 펼쳤다.

유정이 야학 운동을 펼쳤던 그 '금병의숙' 앞에 섰다. 지금은 마을회관으로 변해 있는 관계로 문 앞에 설치되어 있는 조그마한 기념비를 통해서만 유정의 자취를 확인할 수 있을 뿐이다. 회관 옆에 세워진 장성한 느티나무 한 그루가, 그것을 직접 심었던 김유정의 생전 자취를 묵묵히 떠올려 주고 있다. 느티나무 옆으로, 한국문인협회와 모 방송국이 공동으로 정초한 표징물과 김유정 기적비(紀蹟碑)가 자리 잡고 있다. 생가 주변을 찾는 탐방객들이 이곳을 찾지는 않는 듯 표징물 주변은 한가롭기만 하다.

그렇지만 유정의 금병의숙 시절은 머지않아 막을 내린다. 형이 전 재산을 팔아, 그중 일부를 그에게 나누어 주어 다시 서울로 쫓아 보냈기 때문이다. 그러나 누나 집에 얹혀사는 서울생활 속에서 그는 점점 비참하게 변해 갔다. 생활 관념이 부족한 그는 곧 빈털터리가 되었으며, 경제적인 곤궁과 울화와 폭음 속에서 점점 찌들어 갔다.

1933년 김유정은 폐결핵 진단을 받았다. 악화된 늑막염이 폐결핵으로 진행된 것이다. 당시에 결핵은 치명적 질병이어서 폐결핵 진단을 받았다는 것은 사망 선고나 다름없었다. 시한부의 삶이었으나 그는 오히려 더욱 열정적으로 작품 창작에 매달렸다.

"요즘에 나는 헤매던 그 길을 바로 들었다. 전일 잃은 줄로 알고 헤매고 있었던 나는 요즘에야 비로소 나를 위하여 따로이 한 길이 옆에 있음을 알았다."(「길」)라고 유정이 마침내 찾아낸 그 길, 그 길은 그가 젊은 날의 어둠과 고난과 실의의 막다른 골목에서 찾아낸 비상구였다. 그는 글쓰기를 통해 자신의 자존을 확인하려 했으며, 가난과 우울과 치욕으로부터 구원받을 수 있기를 희망했던 것이다.

그의 머릿속을 맴돌던 인물 형상들이 「소낙비」, 「만무방」, 「노다지」의 완성된 형태로 창작되어 쏟아지기 시작했고, 마침내 1935년 《조선일보》 신춘문예에 「소낙비」가, 《조선중앙일보》에 「노다지」가 차례로 당선되었다. 죽기 직전인 1936년 그가 써낸 소설이 열두 편이었다. 그의 몸속에 생명의 불꽃은 꺼져 들어가고 있었으나 문학의 강력한 불길만은 생명을 마지막까지 태워 가며 폭죽처럼 터져 나온 셈이었다.

그런데 김유정은 그 자신이 가난과 절망 속에서 신음하고 있었으면서도 작품 속에서는 그런 현실의 비극을 경쾌한 가락과 토속적이면서도 해학적인 문체에 실어 웃음으로 뒤바꿔 놓는 역량을 보여 준다. 김유정이 시종일관 여유와 웃음을 잃지 않았던 것은 무엇 때문일까. 그의 삶과 당대의 현실을 대비해 본다면 그의 해학은 슬픔과 한(恨)을 총상처럼 안에 숨겨 두고 있는 고통의 해학이다. 겉으로 웃지만 속으로는 울고 있는, 웃음과 슬픔의 이중적 구조를 지닌 해학이다. 현실이 고통스러울수록 삶에 대한 애착은 더욱 강하게 불타고 절망은 웃음으로 치환되어 긍정의 제스처로 나타난다. 극한의 고통 속에서 역설처럼 터져 나오는 힘, 그것이 문학의 저력이자 김유정 문학이 지닌 힘인 것이다.

1936년, 폐병이 더욱 악화되자 김유정은 정릉에 있는 암자로 거처를 옮겨 요양하게 되는데, 여기에서도 유정은 줄기차게 글을 썼다. 그해에 발표된 작품 연표만 봐도 「동백꽃」, 「야앵」, 「정조」, 「가을」, 「심청」, 「봄과 따라지」, 「두꺼비」, 「이런 음악회」 그리고 미완성으로 남겨진 「생의 반려」가 있다. 그는 나날이 수척해 갔으나, 마지막 순간까지도 펜을 놓으려 하지 않으며 생에 대한 강한 열망을 보였다. 1937년의 봄날, 김유정은 사망하기 11일 전 친구인 안회남에게 편지를 썼다.

> 필승아
>
> 나는 참말로 일어나고 싶다. 지금 나는 병마와 최후 담판이다. 흥패가 이 고비에 달려 있음을 내가 잘 안다. 나에게는 돈이 시급하다. 내가 돈 백 원을 만들어 볼 작정이다. 동무를 사랑하는 마음으로 네가 좀 조력해 주기 바란다. 또다시 탐정소설을 번역하여 보고 싶다. 그 외에는 다른 길이 없는 것이다. 허니 네가 보던 중 아주 대중화되고 흥미 있는 걸로 한

뒤 권 보내 주기 바란다. 그러면 내 50일 이내로 번역해서 너의 손으로 가게 하여 주마. (중략) 그 돈이 되면 우선 닭을 한 30마리 고아 먹겠다. 그리고 땅꾼을 들여, 살모사 구렁이를 십여 뭇 먹어 보겠다. 그래야 내가 살아날 것이다.

그에게 허락된 생명이 딱 열흘 정도뿐인 것도 모르고 쓴 편지에는 삶에 대한 강한 집착이 절절하다. 닭 30마리를 고아 먹고 살아나고 싶다는 유정의 소원은 이루어지지 못했다. 1937년, 3월 28일 새벽 6시, 김유정은 경기도 광주군에 있는 매형 유 씨 집에서 고단한 생의 마지막 숨을 놓았다. 시신은 화장되어 한강에 뿌려졌다. 그리고 의암호반에 '김유정 문인비'가 세워진 것이 1968년, 그가 죽은 지 31년 뒤였다.

1968년에 세워진 문학비는 춘천에서 서울, 또는 서울에서 춘천 가는 길에 놓치면 아까운 풍경이다. 춘천으로 가는 구도를 옆에 끼고 의암댐이 저만치 바라보이는 길목 어귀에 차를 멈추고 주변을 두리번거리면 우뚝 서 있는 하얀 기념비를 만날 수 있다. 문학비의 비문에 새겨진 글은 「산골 나그네」의 한 구절이다.

산골의 가을은 왜 이리 고적할까! 앞뒤 울타리에서 부수수하고 떨잎은 진다. 바로 그것이 귀밑에서 들리는 듯 나직 나직 속삭인다. 더욱 몹쓸 건 물소리 골을 휘몰아 맑은 샘은 흘러내리고 야릇하게도 음율을 읊는다. 퐁! 퐁! 퐁! 쪼록 퐁!

살아 있을 때 누구보다 불쌍하고 고통스러웠던 작가 김유정은 그러나 지금은 가장 사랑받고 축복받는 작가로서 복을 누리고 있다.

'김유정 문학촌'은 김유정 생가와 기념 전시관으로 구성되어 있다. 생가는 ㅁ자 형태의 기와집 구조인데 지붕은 기와 대신에 이엉을 엮어 얹은 초가 형태이다. 당시 기와 대신 이엉을 얹은 것은 화적 떼들의 표적이 되어 약탈과 방화를 당하는 것을 막기 위한 조치였다고 한다. 외양간과 디딜방아, 측간, 연못과 정자까지 복원돼 있고, 정원에는 김유정을 대표하는 노란 동백꽃(사실은 생강나무)을 비롯해 매발톱, 제비꽃, 초롱꽃, 들국화, 구절초 등의 꽃이 심어져 있어 계절을 바꾸어 가며 피어난다. 해마다 이곳에서 김유정 추모제, 문학제, 문학 캠프, 문학 강연 등의 행사가 거의 연중무휴로 열린다. 작가의 육신은 스물아홉 짧은 생애로 끝났지만 작가의 이름은 작품과 함께 불멸한다고나 할까.

감각적
문장과
인물
묘사력

성북동과 철원의
이태준

이태준 고택 마루에 앉아 젊은 시절의 이태준을
떠올려본다. 멀리 성북동 계곡을 따라
황수건이 지나가는 것이 보인다.

이태준 서재

철원근대문화유적
농산물 검사소

이태준 가족 사진

지금은 교과서에도 실리고 대학 입학시험에도 출제되는 등 국가적으로 공인된(?) 작가의 반열에 올랐으나 1980년대 중반까지만 해도 이태준이라는 이름은 낯설고 생소했다. '이○준' 혹은 '이X준' 등으로 복자화된 상태로 접할 수밖에 없었으니, 사전 지식이 없다면 온전한 이름을 알아내기란 쉽지 않은 일이었다. 이태준뿐만 아니라 '임○'(임화) '김○천'(김남천) '이○영'(이기영) '홍○희'(홍명희) 등의 월북 작가들이 하나같이 복자 처리되어 있었고, 그들의 작품을 읽거나 연구하는 일도 쉽지 않았다. 이태준을 연구하기 위해 도서관과 개인 소장가를 찾아다니면서 작품을 수집하던 1985년경에는 이태준이 마치 불온한 반체제 문인쯤으로 취급되었고, 그런 작가를 연구하는 행위 또한 미심쩍은 시선을 받았던 것이다.

당시 개인 소장가들을 찾아다니면서 들었던 "왜 빨갱이 작가를 연구하려 하는가?", "이 책자(이태준 작품집)가 불온문서라는 걸 모르는가?" 등의 위협적 언사들은 그때의 살풍경을 단적으로 보여 준다. 그런 의구심 속에서 나는 작품을 하나하나 복사했고, 그것을 조심스레 읽으며 이태준의 실체에 다가갔던 기억이 또렷하다.

이태준이 태어난 곳은 강원도 철원군 묘장면 산명리(현 철원읍 대마리). 지금은 민통선 바로 앞에 위치해 자유롭게 출입할 수 있지만 1990년대 이전에는 군부대의 허가를 얻어야 출입이 가능했던 곳이다. 민통선이 북으로 올라가면서 노동당사에서 백마고지역과 전망대, 이태준 생가터, 한내다리, 선비소 등은 자유롭게 볼 수 있으나, 월정리역과 평화전망대, 백마고지 등은 군부대의 허가를 얻어야 출입이 가능하다. 최근에는 철원 고석정에서 출발해서 노동당사, 월정리역, 통일전망대, 백마고지를 돌아보는 관광 코스가 개발되어 간단한 절차를 밟고 출입이 가능하지만, 이태준 생가터는 일정에 들어 있지 않다.*

노동당사 옆의 초소를 통과해 2킬로미터 정도 달리면 왼편에 철원역 부지가 나오고 조금 더 올라가 오른편으로 빠지면 월정리 역사와 평화전망대에 이른다. 예전에는 울퉁불퉁한 비포장도로를 달렸으나 지금은 곱게 뻗은 포장도로를 따라 10분 정도 달리면 월정리역에 닿을 수 있다. 광활한 철원 평야가 휴전선에 가로막혀 중동무이로 끝나는 곳에 동화 속에서나 볼 수 있는 작고 아담한 월정리 역사가 눈앞에 나타난다.

"밤이 이슥해서는 그가 월정리역에서 어디로 가는 것인지 차표 사는 것을 보았다."는 단편 「사냥」의 한 구절이 떠오르

* 2019년 하반기부터는 돼지열병과 코로나-19로 민통선 관광이 폐쇄되어 모든 출입이 불가능했다. 2020년 10월 나는 다행스럽게 문화 해설사로 일하는 철원문학회의 이주섭 선생의 도움으로 민통선 안쪽과 이태준 생가터 주변을 두루 살펴볼 수 있었다.

는 순간이지만, 이제는 원산 방향의 이정표만을 간직한 채 외롭게 웅크리고 서 있다. 사실 이곳은 6·25전쟁 당시 처절한 격전지였다. 쌍방 간에 벌어졌던 전투의 잔해인 듯이 월정리 표지판 너머로는 잡초가 무성하고, "철마는 달리고 싶다"라고 쓰인 이정표만이 살풍경을 드러낸다. 경원선을 복원하는 과정에서 남측 구간인 백마고지역에서 월정리역 구간 9.3킬로미터를 복원하면서 조성된 역이지만, 이제는 차표도 살 수 없고 검표원도 만날 수 없는 곳이 되었다.

논과 밭으로 변해 버린 용담, 율이리(栗梨里)에 섰다. 백마고지역에서 3번 국도를 따라 5분쯤 나오면 민통선을 코앞에 둔 율이리 용담마을에 이른다. 용담마을은 지금은 흔적도 없이 사라졌고, 이태준 생가터는 밭으로 변해 농사가 한창이다. 1995년에 철원문학회에서 '이태준 생가터'에 안내 표지판을 설치해 놓았으나 누가 빼 버렸는지 지금은 그 흔적조차 찾을 수 없다. 사실 여기는 이태준의 생가터가 아니라 봉명학교를 설립한 5촌 당숙 이봉하(1887~1962)의 고택이 있던 곳으로, 고아인 이태준이 어린 시절을 보낸 곳이어서 생가터라고 말하는 것일 뿐이다. 아무리 주변을 둘러봐도 용담마을의 흔적은 눈에 띄지 않는다. 이런 현실을 예견하기라도 한 듯이, 일찍이 상허는 「용담 이야기」에서 이곳을 한 폭의 수채화로 기록해 놓았다.

용담은 아름다운 촌이다. 금강산과는 먼 곳이지만 그와 한 계층인 듯하게 수려한 산수는 처처에 승경(勝景)을 이루어 있다. 뒤에는 나즈막한 두매봉재가 조석으로 오르기 좋은 조그만 잔디밭길을 가지고 있으며 앞에는 언제든지 구름을 인 금학산이 창공에 우뚝하니 솟아 있다. 손을 씻으려면 웃골과 백학골에서 흘러나오는 옥수천이 있고 수욕이나 천렵이나 낚시질이 하고 싶으면 선비소 한내다리, 쇠치망 진소, 칠송정 모두 일취일경이 있는 곳이다.

(「용담 이야기」에서)

『제2의 운명』에서 상허는 "철원역에서 기차를 내려 철길을 따라 서울 쪽으로 약 5리를 걸어 용담마을에 이른다."라고 했으니 아까 본 철원역 부지에서 왼쪽으로 5리 정도를 걸어가면 이 생가터에 이르는 모양이다. 이주섭 선생에 따르면 이 생가터에 이태준과 이봉하 기념관을 만들자는 제안이 있었으나 땅 주인의 과도한 땅값 요구와 유족들과의 이견으로 결실을 보지 못했다고 한다. 생가터에서 조금 떨어진 곳에 이봉하 씨의 따님이 살고 있어서 그곳을 기념관으로 만들자는 의견도 있었지만, 독립운동가 이봉하의 기념관을 만들자는 것이지 이태준 기념관을 만들자는 것은 아니었다고 한다. (이태준이 아무리 유명 인사라 해도 월북했고 또 서자였기에 집안과 지역 주민의 동의를 얻기가 쉽지 않았던 모양이다.)

이태준은 이곳에서 1904년에 태어나 6살이 될 때까지 자라다가 아버지를 따라 블라디보스토크로 이주했는데, 당시 아버지 이문교는 구한말 개화파에 관여했던 인물이다. 이문교는 시대의 격랑 속에서 조선을 개화하여 일본의 메이지 유신에 상응하는 조선의 부응을 꿈꾸었던 인물이지만, 자전소설 『사상의 월야』에 그려져 있듯이, 개화파라는 이유로 의병들의 습격을 받아 산속으로 피신해야 했고, 가족들은 의병들에게 갖은 수모를 당해야 했다. 이문교는 결국 가솔을 이끌고 러시아의 해삼위로 이주하는데 이때가 1909년이었다. 그렇지만 얼마 후 이문교는 병으로 죽고, 3년 뒤인 1912년에는 상허의 모친 안 씨마저 산고 후유증으로 세상을 하직하고 만다.

이태준이 양친을 다 잃고 고아가 되어 용담으로 돌아온 것은 그의 나이 9살 적이다. 상허는 천애 고아로 친척 집을 전전하며 어린 시절을 보냈고, 주변의 동정과 괄시를 받으면서 어렵게 봉명학교를 졸업했다. 그래도 남다른 강인함과 성취욕을 지녀서 졸업식장에서는 졸업생을 대표해 상장을 받았다고 한다. 자신의 힘으로 인생을 개척하겠다는 포부를 안고, 원산으로 향한 것이 중학을 졸업하고 15세가 되던 해였다. 그 후 상허는 이곳을 떠나 공부와 세상살이로 도회지를 떠돌면서도 늘 이곳을 그리워했는데, 마치 주재소의 감시로 청운의 꿈을 등지고 고향을 떠나야 했던 「실낙원 이야기」의 주인공처럼, 이곳은 상허의 정신적 유토피아나 다름 없었던 것이다.

생가터에서 길을 건너 안쪽으로 조금 들어가면 선비소와 한내다리를 볼 수 있다. 원산행 기차를 향해 손을 흔들곤 했다는 곳, 지금은 상판도 없이 형체만을 간직한 한내다리가 눈에 들어온다.

> 이따금 우르르하고 기차가 도시 풍경을 가득 가득 담은 차창을 끌고 지나갈 때, 나는 꽃이면 꽃을 들고, 고기 꾸럼지면 고기 꾸럼지를 들고 높이 휘둘러 원산 금강산으로 가는 아름다운 아가씨들의 일빈(一嚬)을 낚어 보는 것도 한내다리에서나 할 수 있는 낚시질이다.(「무서록」에서)

경원선이 복원되면서 한내다리 옆에 새 교량이 세워져 북을 향하고 있어 그 명칭만은 유지할 수 있을지도 모르겠다는 생각이 든다. 이태준이 가끔 낚시를 담갔다는 선비소는 메워져 논으로 변해서 이전의 풍취는 상상으로만 접해 볼 수 있다. 선비소에서 남쪽을 바라보면 아담하게 솟아 있는 산이 금학산이다. 이태준 소설에 자주 등장하는 금학산은 해발 947미터로 모양이 학처럼 생겼다 하여 그렇게 이름이 지어졌다. 철원의 굴곡을 한눈에 내려다본 증인인 셈이지만, 산천은 늘 그렇듯이 말이 없다.

생가터를 나와서 10여 분쯤 떨어진 명소가 된 노동당사 건물 앞에 섰다. 주변의 크고 작은 건물들은 모두 사라졌고, 어깨가 떨어져 나가고 뼈대만 앙상한 노동당사 건물만이 황량한 풍경을 빚어낸다. 노동당사 왼편에는 철원경찰서터가 아직도 남아 있다. 「촌뜨기」에서 장군이가 순사에게 끌려가 구류를 당했던 장면이 떠오르지만, 어린아이의 키를 넘을 정도로 무성한 잡초는 건물의 형체마저 짐작할 수 없게 한다. 노동당사 건물 뒤로 바라보이는 나지막한 산등성이가 바로 봉우재다. 파란 많은 한 작가의 일생이 적요한 풍경 속에서 허망하게 교차하는 순간이다. 잡초 무성한 민통선을 뒤로 하고 발길을 서울로 돌린다.

이태준의 유년기 추억이 얽힌 고향 마을은 흔적도 없이 사라졌으나, 다행히도 그가 살던 집의 모습은 여전히 그 형태를 보존하고 있다. 뒷날 자수성가한 이태준은 자신이 자랐던 철원 용담의 옛집을 서울에 그대로 옮겨 놓았다.

서울 성북구 성북동 248번지 (성북로 26길 8)

성북구립미술관 바로 뒤편에 자리 잡은 빌라들 사이에 둘러싸여 고풍스러운 자태가 이채로운 100여 평 남짓한 한옥. 상허는 이곳에 있던 초가를 헐고, 그 터에 지난 기억을 더듬어 고향의 옛집을 복원해 놓았다. 1933년, 그러니까 상허가 30세가 되던 해에 지어진 것이니 가옥의 연륜이 90에 이른다. 이화여전 음악과를 졸업한 이순옥과 결혼한 지 3년이 되던 당시 이태준은 장녀 소명과 장남 유백을 두고 있었고, 22세에 「오몽녀」로 등단한 이래 「산월이」, 「봄」, 「실락원 이야기」 등을 발표하면서 왕성하게 작품 활동을 하던 시절이었다. 사회적으로도 《조선중앙일보》 학예부 기자를 하면서 이화여전에 출강하고, 박태원, 정지용 등과 어울려 구인회를 조직하는 등 기반을 잡아 가던 시기였다. 그런 까닭에 남다른 애착을 갖고, 고향의 뿌리 하나를 옮겨 놓는 심정으로 이 집을 지었으리라.

기와를 얹은 담장이 양편에서 호위하고 있는 고즈넉한 나무 대문이 세월의 잔잔한 때를 입은 채 방문객을 맞는다. 나무 대문 안쪽으로 널찍한 마당, 그 오른편에 아담한 기와집 한 채가 ㄱ자 모양으로 서 있다. 섬돌 위로 높직한 누마루와 지붕이 요즘 한옥에서 보기 힘든 독특한 풍취를 보여 준다. 전면에 붙은 부채 모양의 '문향루(聞香樓)'라는 현판이 시선을 끄는데, 그곳이 바로 상허가 집필실로 사용했던 곳이다. 소설 「무연」에 등장하는 용담집에는 '문향루'가 아니라 '호상루(濠想樓)'라는 현판이 붙어 있었다고 한다. 호상루 현판이 달려 있던 용담집은 누마루 밑을 돌면 연당이 놓여 있고, 밤이면 개구리들이 어찌나 시끄럽게 울었던지 외조부는 잠을 잘 때 늘 하인을 시켜 돌을 던져 울지 못하게 했다고 한다. 그 연당을 옮겨 놓은 듯, 이곳 마당 한편에도 조그마한 연못이 꾸며져 있다. 마당 저쪽에는 예전에 상허가 서재로 쓰던 초당이 있었던 모양인데, 6·25전쟁 때 허물어져 자취가 없고, 지금은 그 자리에 간이 건물을 지어 손님을 맞고 있다.

신기한 것은 상허가 섬돌 밑에 심어 놓은 난초가 해마다 피고 지고 한다는 사실이다. 그가 남긴 유일한 유품인 낡은 책장과 함께 난초는 옛 주인의 숨결을 잊지 않고 토해 내는 모양이다. 「난」이라는 수필에서 이태준은 책이 지리하거나 붓이 막힐 때 난초 잎을 닦아 주는 것이 제일이라고 했다. 난초는 그만치 심경을 가라앉혀 주며, 그렇기 때문에 '양란이양신(養蘭而養身)'이라는 것. 이렇듯 주인의 극진한 사랑을 받았던 까닭에 아직도 난은 잎을 틔우는 것인지. 가람 이병기로부터 사란(絲蘭) 한 분(盆)을 받고 즐거워했다는 이태준이 지금껏 꽃망울을 틔우는 난초를 본다면 어떠한 심정을 가졌을는지.

마당 한구석에 비석 하나가 놓여 있어 보니, 이 한옥이 '서울시의 지방문화재 11호'라는 안내문이었다. 전통 한옥이라는 이유로 문화재로 지정된 것이지만, 그로 인해 앞으로도 한

동안은 상허의 문학적 산실인 이 집이 원형대로 보존되리라는 희망을 갖게 해 준다. 이태준의 자취가 남아 있는 이 집이 계속 보존된다면 상허를 기억하는 사람들의 아쉬움을 조금은 달래 줄 수 있지 않을까.

상허는 이 성북동 집에서 그를 대표하는 「달밤」, 「촌띄기」, 「손거부」, 「가마귀」, 「복덕방」, 「패강냉」, 「영월영감」, 「밤길」, 「토끼 이야기」 등의 주옥같은 작품을 써냈다. 이 시기에 발표한 작품들은 대부분 상허의 안정된 생활을 반영하듯 간결하고 감각적인 문장과 인물, 독특한 분위기를 특징으로 한다. 「달밤」에서 보이는 황수건에 대한 애상적인 묘사와 비감 어린 분위기는 이 시기 이태준 문학의 특성을 단적으로 보여 준다. 주인공 황수건은 "태고 때 사람처럼 우둔하면서도 천진스런 눈"을 갖고 있다.

> 서울이라고 못난이가 없을리야 없겠지만 대처에서는 못난이들이 거리에 나와 행세를 하지 못하고, 시골에선 아무리 못난이라도 마음 놓고 나와 다니는 때문인지, 못난이는 시골에만 있는 것처럼 흔히 시골에서 잘 눈에 뜨인다. 그리고 또 흔히 그는 태고 때 사람처럼 그 우둔하면서도 천진스런 눈을 가지고, 자기 동리에 처음 들어서는 손에게 가장 순박한 정취를 돋아 주는 것이다.(「달밤」에서)

이태준은 이렇듯 현실에서 초라하게 몰락할 수밖에 없는 인물들을 통해 비감하고 우울한 분위기를 빚어 내고, 그것을 통해서 당대 현실을 비판하는 기법을 구사했다.

상허는 이 성북동 집에서 월북 직전까지 살면서 꾸준한 작품 활동을 했는데, 집을 지을 당시에는 고향을 닮은 이 집에서 해로하고 작가로서 한평생을 마감하려 했을지도 모른다. 서둘러 가족을 이끌고 이곳을 떠나리라고는 그 자신도 상상하지 못했을 것이다.

1987~1988년에 걸쳐 납월북 문인들이 해금되면서 우리 문학은 한층 풍성한 내실을 갖게 되었다. 기존의 문인에 좌익 문인까지 더해지면서 우리 문학은 불구 상태에서 벗어나 온전한 모습을 갖춘 것이다. 흥미로운 것은 납월북 문인 중에서 이태준에 대한 연구가 단연 많아서 무려 천여 편에 이른다는 것. 이태준에 대한 지대한 관심은 무엇보다도 그의 문학적 행로가 일제강점기와 분단으로 이어지는 파행의 근현대사와 궤를 같이한다는 데 있다. 이태준은 카프(KAPF)가 결성된 1925년에 「오몽녀」로 작품 활동을 시작했으나 그와는 거리를 둔, 순수문학을 지향한 구인회(九人會)를 주도했고, 1930년대 후반기에는 《문장》지를 주재하면서 식민지 근대화에 맞서서 우리 고유의 전통과 역사에 깊은 관심을 보여 주었다.

"내 취미에 맞는 인물을 붙들어 가지고 스케취나 공부하면서 제작 생활을 할 수 있는 시기를 기다려 왔다. 그래 불우선생, 황수건이(「달밤」의 주인공), 안영감(「아담의 후예」의 주인공), 색시, 손거부, 복덕방 영감들 따위 사상적 사고라거나 현실 기구와 관련한 구성이라거나 그런 것을 피할 수 있는 이미 운명이 결정된 인물들을 택해 거의 시를 쓰는 즉흥 기분으로 쓴 것이다."

이태준은 이런 생각을 간결하고 치밀한 묘사와 서정적 분위기, 선명한 인간상을 통해 표현했다. 그의 작품은 시대적 상황을 반영하기보다 대상과 사건의 섬세한 묘사, 동정적 시선을 내세워 예술적 완성도를 추구했고, 「달밤」, 「색시」, 「손거부」, 「복덕방」, 「아담의 후예」 등에서 그런 특성을 볼 수 있다.

이태준은 문학에서 가장 중요한 것은 '문장'이라고 생각했다. 첫째도 문장, 둘째도 문장, 셋째도 문장이라는 것. 문장이 구어의 수준을 벗어나지 못하거나 다듬어지지 않았다면 한갓 기록일 뿐이며 참된 소설 문장은 아니라는 것이다. 문장이란 말과는 달리 저절로 배워지는 것이 아니라 일부러 배워야 하며 또 작가의 치밀한 계획과 선택과 조직이 필요하다. 예컨대 소설의 문장은 끊임없는 가공과 정련의 산물이다. 이태준은 하나의 단편을 완성한 뒤에도 끊임없이 고치고 다듬었고, 그 결과 이태준 소설은 간결하고 군더더기 없는 문장으로 정평이나게 된다.

말을 그대로 적은 것, 말하듯 쓴 것, 그것은 언어의 녹음이다. 문장은 문장이기 때문인 것이 따로 필요한 것이다. 언어 형태가 아니라 문장 자체의 형태가 문장 자체로 필요한 것이다. 언어미(言語美)는 사람의 입에서요, 글에서는 문장미(文章美)가 요구될 것은 자연이다. 말을 뽑으면 아모것도 남는 것이 없다면 그것은 문장의 허무다. 말을 뽑아 내여도 문장이기 때문에 맛있는, 아름다운 매력 있는 무슨 요소가 남어야 문장으로서의 본질, 문장으로서의 생명, 문장으로서의 발달이 아닐가? 현대, 또는 장래 문장의 이상은 이곳에 있지 않을가 생각한다.(『문장강화』에서)

이러한 문학관과 문장에 대한 깊은 조예로 작품 활동을 했던 까닭에 "(이태준은) 조선 문단에 새 생명을 주었고 새로운 문예도를 개척한" 작가로 칭송되기에 이른다.

그래서 해방과 함께 이태준이 좌익에 가담하고 정치 활동에 뛰어든 것은 커다란 '문학적 사건'(최태응)으로 받아들여졌다. 좌익에 이용당했다느니 묘혈(墓穴)을 자청했다느니 하는 추측이 난무했던 것, 하지만 한 인간의 행위가 어느 날 돌발적으로 나타나는 것은 아니고 오히려 내재되어 있던 속성이 어떤 계기로 인해 촉발되는 것이라면, 이태준의 월북을 단지 '충격적인 사건'으로 치부할 수만은 없을 것이다. 이태준의 월북은 내재된 특성이 해방이라는 특수한 국면에서 촉발된 것이라고 하겠는데, 그것은 상허의 또 다른 특성이 되는 아버지로부터 물려받은 지사적 사명감을 통해서 확인할 수 있다.

구한말 개화의 꿈을 간직한 채 비운의 죽음을 맞이한 아버지에 대한 이태준의 흠모는 『사상의 월야』를 비롯한 여러 작품에서 두루 발견되고 이태준 소설의 중요한 바탕을 이룬다. 「고향」에서 목격되는 암울한 현실에 대한 분노라든가, 「꽃나무는 심어 놓고」에서 보이는 일제의 기만적 농업 정책에 대한 울분, 「패강냉」의 식민 정책에 의해 점차 사라지는 전통에 대한 아쉬움과 분노 등은 이태준의 민족주의적 성격을 보여 주는 사례들이다. 또 깊은 산골에서 학생들을 가르치며 청춘을 바치겠다는 소박한 꿈마저 용납하지 않는 현실에 대한 반감을 토로한 「실락원 이야기」나 현실과 타협하지 않고 양심을 지키며 살려는 신문 기자를 다룬 「순정」 역시 그런 특성을 보여 준다.

> 윤건은 의례로 그만한 취조쯤은 차장이 차표 조사하는 것 같은 예상사로 알고 다니는, 이미 중독된 사람들과 같이 무신경 무비판적으로 당하고 지나칠 수는 없었다. 윤건은 유

리같이 맑은 조선의 봄하늘을 오래간만에 바라보면서도 마음속에는 폭풍우와 같은 울분이 뭉게거리고 있었다.

(「고향」에서)

일제의 취조와 감시가 일상화된 현실을 목격하고, 또 일제에 붙어 출세한 사람들을 보면서 주인공은 격한 반감을 내보인다. 식민 치하의 암울한 현실에 대해 작가는 방관하고 묵인하는 것이 아니라 적극적으로 맞서며 저항하는 길을 택한 것이다.

이태준이 해방 후 좌익에 관여하고 월북한 것은 이런 특성이 현실에서 발현된 것으로 볼 수 있다. 「해방 전후」에서 목격되듯이, 이태준은 해방 직후의 혼란스러운 상황에서 침묵만으로 일관하는 것은 비겁하며 어떤 식으로든 행동을 보여야 한다고 믿었다. 이전에는 일제의 감시가 워낙 심했기 때문에 소극적으로 처세했지만, 지금은 일제가 사라졌기 때문에 '민족 자주 국가'를 세우기 위해 적극적으로 행동해야 한다는 것. 이런 생각에서 그는 조선문학가동맹의 임화 등과 행동을 같이하면서 적극적으로 정치 현실에 나서게 된다.

"그런데 어쩌자구 우리 현공은 공산당으로 가셨소?"

"제가 공산당으로 갔다고들 그럽니까?"

"자자합디다. 현공이 아모래도 이용당허는 거라구."

"직원님께서도 절 그렇게 생각허십니까?"

"현공이 자진해 변했을는진 몰라, 그래두 남헌테 넘어갈 양반 아닌 건 난 알지요."

"감사헙니다. 또 변했단 것도 그렇습니다. 지금 내가 변했느니, 안 변했느니 하리만치 해방 전에 내가 제법 무슨 뚜렷한 태도를 가졌던 것도 아니구요, 원인은 해방 전엔 내 친구가 대부분이 소극적인 처세가들인 때문입니다. 나는 해방 후에도 의연히 처세만 하고 일하지 않는 덴 반댑니다."

"해방 후라고 사람의 도리야 어디 가겠소? 군자는 불처혐의간(不處嫌疑間)입넨다."

"전 그렇진 않습니다. 지금 이 시대에선 이하(李下)에서라고 비뚤어진 갓〔冠〕을 바로잡지 못하는 것은 현명이기보단 어리석음입니다. 처세주의는 저 하나만 생각하는 태돕니다. 혐의는커녕 위험이라도 무릅쓰고 일해야 될, 민족의 가장 긴박한 시기라고 생각합니다."

(「해방 전후」에서)

이렇듯 민족주의적이고 지사적인 성격이 강했던 관계로 상허는 해방 후 남한의 과도정부에 실망하고 북행길에 오른 게 아닌가 한다. 이태준과 비슷한 성향의 김기림, 정지용, 조벽

암 등 이른바 양심적인 작가들이 남한의 혼란과 미군의 진주에 실망하고 북한을 택한 것도 그런 사실과 관계될 것이다.

월북 후 이태준은 이전과는 확연히 다른 모습을 보여 준다. 이태준은 소련파의 후원을 받으면서 소련을 다녀오고,(그 체험을 기록한 책이 『소련 기행』이다.) 전쟁 기간에는 종군작가로 참전하여 미군에 대한 적개심을 고취하고 인민군 전사들을 격려하는, 북한의 선전 일꾼으로 전쟁에 앞장선다. 미군에 대한 원수를 백배 천배로 갚자는 「백배 천배로」, 겁 많은 병사가 용기 있는 전사로 변화되는 과정을 그린 「누가 굴복하는가 보자」, 빨치산 대원인 김칠복이 고향에 잠입하여 처자식의 참상마저 외면한 채 냉정히 임무를 수행하고 귀대하는 과정을 그린 「고향길」 등이 이 시기에 쓰인 작품들이다.

하지만 이태준 역시 역사의 소용돌이에서 벗어나지 못해 1955년 소련파 숙청과 더불어 함경도의 탄광촌으로 추방된다. 남파 간첩 김진계에 따르면, 1969년 당시 이태준은 원산 부근 마천령산맥에 있는 장동탄광에서 사회보장으로 아내와 함께 외롭게 살고 있었다고 한다. 사회보장이란 여자는 55세, 남자는 60세가 넘으면 노동법에 따라 정부의 보조로 살아가는 것을 말한다. 김진계가 장동탄광에서 남파 훈련을 받던 도중 우연히 낯익은 노인을 만나, 혹시 "작가가 아니냐?"고 물으니, 노인이 머뭇거리면서 "이태준이다."라고 대답했다고 한다. 평율리 민주선전실장을 지낼 때 도서관에서 이태준의 단편집 『달밤』과 『가마귀』를 읽었고, 『문장강화』라는 책이 좋다는 말을 여러 번 들었기 때문에 김진계는 그 말을 듣고 큰 충격을 받았다. 그래서 지금도 글을 쓰느냐고 물으니, 이태준은 쓸쓸한 표정으로 "쓰고는 싶소만……." 하면서 말을 얼버무렸다는 것이다. 그때 이태준의 나이 65세였다.

김진계는 1954년 어느 날 이태준의 모든 책들이 도서실에서 사라졌다고 덧붙인다. 북한에서는 이미 1954년에 이태준의 문학적 생명이 끝난 셈이다. 숙청 당시 이태준의 죄목은 '구인회 활동의 반동성과 전쟁기 소설의 친미적 성향'이었다. 남다른 감각과 문장력을 지녔던 문학인이 탄광촌의 한 모퉁이에서 비운을 안고 기억의 저편으로 사라진 것이다.

이태준 고택 마루에 앉아 젊은 시절의 이태준을 떠올려 본다. 멀리 성북동 계곡을 따라 황수건이 지나가는 것이 보인다. 맑지도 못한 목청으로 유행가를 부르며 지나가는 황수건을 보면서 이태준은 그가 무안해할 것을 생각하고는 나무 그늘에 몸을 숨긴다.

감각적
문장과
인물
묘사력

봉평의 이효석

“9월에 와야 장관이지요. 9월에 오시지 그러셨어요.”
내가 봉평에 간 시점은 이제 막 메밀이 꽃을 피우기
시작한 8월이었다.

카페 '동'

이효석 경성제대 재학 시절

이효석이 쓰고 다닌 모자와
즐겨 들은 레코드

영동고속도를 타고 달리다가 평창IC를 빠져나와 북으로 7킬로미터 정도를 달리면 봉평에 닿는다. 지금은 메밀꽃으로 알려졌지만 역사적으로 오랫동안 영서 지방 중심지의 하나였다. 태백산맥을 중심으로 산맥의 동과 서는 생활과 풍습과 성벽이 다르다고 언젠가 이효석은 수필(「영서의 기억」)에 쓴 적이 있다. 영동은 해물과 감의 고장이고, 영서는 산과 들과 수풀과 시내의 고장이다. 영동에서는 달이 바다에서 뜨지만 영서에서는 달이 영(嶺)에서 뜬다.

지금의 평창 또는 봉평(평창군 봉평면)은 이효석의 「메밀꽃 필 무렵」이 연상될 정도로 그 지명이 널리 알려졌으나, 율곡의 부친이 판관으로 봉직할 당시 신사임당이 율곡을 회임한 회임지이기도 하며, 율곡의 사당인 '봉산서재'가 있는 곳이기도 하다.

봉평에 다다르면 길가에서 파는 삶은 옥수수와 더불어 눈에 띄는 상호가 있으니, 바로 "메밀꽃 필 무렵"이라는 이름을 단 음식점들이다.

메밀은 대개 8월 하순쯤 꽃이 피기 시작한다. 감자를 캐고 그 자리에 심기 때문에 파종 시기에 따라 개화일이 다르지만 대체로 8월 말에서 9월 초에는 꽃이 피는 셈이다. 9월 초순은 봉평의 메밀밭이 장관을 이루는 시기이다. 하얀 메밀꽃이 흐드러지게 들판을 수놓기 시작하면서 절정을 이룰 무렵, 이

고장에서는 어김없이 축제가 열린다. '가산공원' 옆에서 삶은 옥수수를 파는 봉평 주민은 "9월에 와야 장관이지요. 9월에 오시지 그러셨어요." 하고 아쉬워했다. 내가 봉평에 간 시점은 이제 막 메밀이 꽃을 피우기 시작한 8월이었다.

이효석은 이태준과 함께 거론되는 식민지 시대의 대표적인 작가. 1907년에 태어나 1942년 서른여섯의 이른 나이에 세상을 떠났으니 길지 않은 생을 살았지만, 15년 내외의 창작 기간에 '현대 단편 문학의 빼어난 봉우리'로 꼽히는 「메밀꽃 필 무렵」을 비롯한 60여 편의 중·단편소설, 3편의 장편소설 및 80여 편의 수필 등을 남긴 뛰어난 작가였다. 이만한 작가를 향토에서 '보유'(?)한 것은 지역의 자부심이 될 만하지 않겠는가. 이효석의 문학적 얼을 기리는 향토 모임인 '봉석회'가 만들어진 것은 1972년이다. 가산문학관으로 오르는 언덕에 세워져 있는 '고 박동락 선생을 기리는 비'의 박동락 씨가 이효석의 문학적 업적을 기리기 위해 봉평 면민을 중심으로 봉석회를 만들고 물레방앗간을 복원하고 가산공원을 세우는 등의 기념 사업을 벌인 장본인이다. 이효석의 호를 딴 '가산(可山)공원'이 조성된 것은 1990년이었다.

300평 남짓한 공터 한가운데 미처 자라지 못한 잔디와 껑충하니 키만 높은 나무 몇 그루를 배경으로 덩그러니 놓인 이효석 동상, 그리고 그 옆으로 김우종 선생의 비문이 길게 적힌 문학비가 거의 전부이다시피 했던 것이 20여 년 전의 썰렁한 풍경이었다면 그새 참 많이도 변했다. 달라진 것 중에 먼저 눈에 들어오는 것은 가산공원 안쪽에 소설 속의 무대인 충주집을 복원해 놓은 것이다. 공원 옆 공터는 종종 장터로 변한다. 장터를 재현한 여러 초가집들과 조형물들이 이곳에서 장돌뱅이 허 생원이 조 선달과 술집에 앉아 있는 봉평장의 모습을 떠올리게 한다. 그런데 마을을 걷다 보면 문화 마을의 '문화'가 무색하게 느껴지는 순간을 자주 겪는다. 요란한 간판과 조잡한 작중인물 조형, 각종 요릿집 간판 등이 이제는 풍성하다 못해 넘쳐서 눈을 피곤하게 한다. 상상력을 돋구기보다는 방해하는 형국이다.

「메밀꽃 필 무렵」에서 허 생원이 굳이 봉평장을 찾아다니는 이면에는 젊은 날 봉평 장터에서 우연히 만난 성씨 처녀와의 인연이 숨어 있다. 단 한 번 맺은 깊은 인연의 결과로 생긴 아들 동이가 아들인지 모르고 함께 노새를 타고 가는 밤길의 그 유명한 장면, 내 머릿속에 영상처럼 들어와 있는 메밀밭 이미지는 아마도 다음과 같은 대목에서 왔을 것이다.

> 이지러는 졌으나 보름을 가제 지난 달은 부드러운 빛을 흐뭇이 흘리고 있다. 대화까지는 칠십 리의 밤길, 고개를 둘이나 넘고 개울을 하나 건너고 벌판과 산길을 걸어야 된다.

달은 지금 긴 산허리에 걸려 있다. 밤중을 지난 무렵인지 죽은 듯이 고요한 속에서 짐승 같은 달의 숨소리가 손에 잡힐 듯이 들리며, 콩 포기와 옥수수 잎새가 한층 달에 푸르게 젖었다. 산허리는 온통 모밀밭이어서 피기 시작한 꽃이 소금을 뿌린 듯이 흐뭇한 달빛에 숨이 막힐 지경이다. 붉은 대궁이 향기같이 애잔하고 나귀들의 걸음도 시원하다. 길이 좁은 까닭에 세 사람은 나귀를 타고 외줄로 늘어섰다. 방울 소리가 시원스럽게 딸랑딸랑 모밀밭께로 흘러간다.

(「메밀꽃 필 무렵」에서)

영화의 한 장면처럼 생생한 이 시적인 장면과 메밀밭의 실제 풍경을 비교해 본다면 어느 것이 더 환상적일까.

가산공원에서 걸어 나와 홍청천 흐르는 남안 다리를 건너면 장돌뱅이 허 생원이 성씨 처녀와 사랑을 나누던 물레방앗간이 나온다. 물레방아는 소설 속에서 걸어 나와 마을의 명물이 되었다. 주변은 모두 '효석 문화 마을'로 조성되었다. 수만 평 크기의 메밀밭이 들판처럼 펼쳐지고 그 중심에 해당하는 '이효석 문학관'은 언덕 위에 세워졌고, 거기에서 조금 떨어진 곳에 '이효석 생가터'가 놓여 있는 구도이다. 이효석은 호적상으로는 '진부면 하진부리 142번지'가 본적지로 되어 있으나, 실제 출생한 곳은 '강원도 평창군 봉평면 창동리 남안동'이다.

(이효석의 부친 이시후는 한성사범학교를 나와 한때 진부면장을 지낸 적이 있을 만큼 이 지역에서 알려진 인물인데, 그래서인지 한때는 진부 사람들이 효석의 생가를 진부로 우기고 봉평 사람은 봉평이라 우기는 일도 있었다 한다.)

현재 '가산 이효석 생가' 표지판이 꽂힌 곳이 바로 봉평면 창동리 생가터로, 이곳에서 1907년 태어나고 13세까지 유년기를 보낸 곳이라는 안내문이 벽에 붙어 있다. 원래는 초가지붕이었는데 새마을운동이 한창일 때 함석으로 개축되었다가 누수를 고려해 가벼운 기와로 변모해서 현재의 모습을 이루고 있다. 거기에서 아래로 700미터 정도 가면 2007년에 복원된 생가를 볼 수 있다. 생가터를 매입할 수 없어서 새로 부지를 구했고 그곳에 지역 원로들의 고증을 거쳐 복원한 것이다.

이효석에게 고향은 어떤 의미였을까. 정작 이효석은 14살 이후 서울에서 반생을 보낸 까닭에 어른이 되어서도 고향에 대한 의식이 미미한 채로 살았다. 그래서 고향에 관한 글을 부탁받을 때마다 망설이고 주저했음을 고백한 바 있다.

> 고향이라고 해야 할 곳은 강원도 영서 지방이나 네 살 때에 일가는 서울에 옮겨 가 살았고 일단 내려가 보통학교 시절을 마치고는 나는 다시 서울에서 지금까지의 거의 전부의 반생을 지내게 되었다. 그동안의 지리적 변동이라고는 몇 해

동안 경성(鏡城)에 있던 일과 지금 평양에 살고 있는 일뿐이다. (……) 다시 사골로 돌아가 영서에 내려가 볼 때 거기에 또한 뿌리 깊은 두고 온 친척은 없는 것이라 여나믄 살까지의 들에 뛰놀던 시절과 보통학교 시절과 철든 후 서울서 가끔 내려가 한철씩 지낸 때의 일과 ―이것이 영서에서 보낸 생활의 전부이다. 눅진하고 친밀한 회포가 뼛속까지 푹 젖어들 여가가 없었던 것이다. 고향의 정경이 일상 때 마음에 떠오르는 법 없고 고향의 생각이 자별스럽게 마음을 눅여 준 적도 드물었다. 그러므로 고향 없는 이방인 같은 느낌이 때때로 서글프게 뼈를 에이는 적이 있었다.

(「영서의 기억」에서)

그런 이효석이 잃었던 고향을 찾아낸 듯한 느낌을 불현듯 갖게 된 계기가 있었다. 어느 날, 백석(白石)의 시집 『사슴』을 읽을 때 시집에 나오는 모든 소재와 정서가 그대로 바로 영서의 것이라고 깨닫게 된 것이다. 그는 시집을 통해 비로소 고향을 찾은 느낌이었다고 한다. 윌리엄 워즈워스가 어릴 때의 자연과의 교섭을 알뜰히 추억해 낸 것과도 같이 그는 그때부터 묻혀 있던 어린 시절의 기억을 풀어낼 수 있게 되었다. 가령 읍내의 기억, 마을의 기억, 산골의 기억과 더불어 산과와 청밀과 곡식과 농산물 품평회의 기억들, 산협 약수터와 늦가을 별이 쨍쨍할 때면 오대산 월정사 부근에서 여름내 아름드리 박달나무를 베어 내 깎아 만든 목기류 행상의 떼, 익은 머루와 다래, 가을의 기억들……. 이렇듯 풍부한 고향의 기억들을 되살려 내면서 이효석은 마침내 「산협」, 「메밀꽃 필 무렵」과 같은 작품을 탄생시킬 수 있었던 것이다.

그 작품들로 인해 이 마을에는 지금도 쉬지 않고 여행자들의 발길이 이어진다. 사람들은 언덕배기에 놓인 문학관으로 올라가는 길에 세워진 문학비를 들여다보고 마당 앞 전망대에서 마을을 내려다보고 기념 촬영을 하거나 담소를 나눈다. 올 때마다 풍경은 달라진다. 이효석 탄생 100주년이 된 2007년 '이효석 문학선양회'와 평창군이 공동으로 작가의 좌상을 문학관 뜰에 제작해 놓았다. 축대 위에 세워진 근엄한 기념 동상들과 달리 의자에 앉아 집필하는 작가의 상은 매우 친근하고 가까운 느낌이다. 뜰에 앉아 이효석은 아직도 집필을 계속하고 있다.

이효석은 봉평에서 신동 소리를 들으며 자랐다. 그의 모친이 용꿈을 꾸었다는 아낙에게 논 몇 마지기를 주고 꿈을 사서 잉태했다고 하니, 그에 대한 주변의 기대가 꽤 컸음을 짐작할 수 있다. 그는 평창 보통학교를 1등으로 졸업하고, 무시험 전형으로 경성제일고보에 입학했다. 이효석이 문학에 열을 쏟기 시작한 것은 이 경성고보 시절부터다.

그는 당시 학생들이 주로 탐독하던 러시아 작가들 외에도 토마스 만, 캐서린 맨스필드 등의 심미주의 계열의 작가들에 빠져들어 문학적 감수성을 키워 나갔다. 뒤에 대학에 들어가서도 영문학을 전공하면서 영국 문학을 위시한 외국 문학을 두루 섭렵한다. 훗날 '버터 냄새 나는 작가'라는 별명은 이 같은 독특한 독서 편력에서 비롯된 것이다. 특히 D. H. 로렌스나 조제프 케셀 등에게서 받은 영향은 훗날 「성서」나 「들」에서 보이는 성(性)에 대한 탐미적 모습으로 드러나기도 한다.

수필 「첫 고료」에 따르면, 이효석은 이미 고보 상급 학년 시절부터 《매일신보》 문예면에 콩트 등을 투고하여 수시로 게재된 적이 있었다. 그의 1년 선배이자 절친했던 문우 유진오도 효석이 신문사의 신춘문예에 익명으로 응모하여 상금을 탔고, 그 턱으로 여러 번 얻어먹은 일이 있다고 한다. 본격적으로 창작 활동을 시작한 것은 대학에 들어간 이후였다. 유진오, 최재서, 조용만, 이희승 등의 예과 동인 기관지였던 《문우(文友)》와 교우지 《청량(淸凉)》에 이효석이 발표한 작품들이 게재되어 있다. 물론 아직은 습작의 수준을 크게 벗어나지 못한 것이었다. 그러다 문단의 주목을 받기 시작한 것이 1928년 본과 2년생이던 해에 《조선지광》에 단편 「도시와 유령」을 발표하면서부터다. 이 작품에서 효석은 건축 공사장의 미장이인 주인공을 통해서 거지들만 득실거리는 서울의 비참한 현실을 신랄하게 비판하는데, 즉 "도시의 유령"(즉 거지)들이 "살기는 살았어도 기실 죽어 있는 셈이나 마찬가지인 비참한 사람들"임을 강조하고 "이런 비논리적 유령은 결코 있어서는 안 될 것"이라고 독자들을 일깨운다. 그리고 작품의 끝부분에서 "현명한 독자여! 무엇을 주저하는가. 이 중하고도 큰 문제는 독자의 자각과 지혜와 힘을 기다리고 있지 않은가!"라고 선동적인 주장을 덧붙여 마치 당대를 풍미했던 신경향파 작품과도 같은 모습을 보여 준다. 이 작품을 계기로 이효석은 '동반작가'라는 평가를 듣는다. 이후로도 이효석은 「행진곡」, 「노령근해」, 「북국 점경」 등 동반자 계열의 작품을 줄곧 발표하여 유진오와 더불어 대표적 동반작가로 꼽히게 된다.

당시 경성제대 출신 신예 작가로서 이효석의 인기가 어떠했는지는 1930년 여름에 《조선일보》에서 가장 인기 있는 '5대 작가'의 단편을 연재했는데, 여기에 효석이 「마작철학」을 발표했다는 것을 보아도 알 수 있다. 이런 인기에다가 효석의 독특한 행동 역시 세인들의 화제를 불러일으키기에 충분했다. 술은 두주(斗酒) 급이었고 의복은 대단히 스마트하게 차렸으며, 칠피 단화에 나비 모양 장식을 붙인 구두를 신고 다녔다. 또한 축음기와 레코드판을 소유하고 있었을 만큼 음악과 영화에도 조예가 깊었다. 말하자면 작품에서는 가난한 민중과 어두운 현실을 그려냈지만 생활은 다분히 부르주아적이고 탐미적이었다.

인기 작가로서의 화려했던 시절은 오래가지 못했다. 학교 졸업 후 마땅한 일자리를 찾지 못했던 그는 일본인 은사의 주선으로 경무국 검열계에 취직했다가 주변 사람들로부터 '변절자'라는 호된 비난을 받는다. 경무국 검열계는 일제의 사상 통제와 감시의 최일선 기관이었다. 일제는 신문이나 잡지, 단행본 등 발표되는 모든 글을 검열했는데, 그 검열은 민족정신을 말살하고 일제의 동화 정책에 부응하는 글만을 발표하게 하는 것이었다. 호구지책이었다고는 하지만, 이 일은 이효석의 현실 인식이 상대적으로 안이했음을 보여 준다.

이효석은 대학 3학년 때 만난 18세의 처녀, 이경원과 결혼한 직후였다. 한동안 실의에 빠져 이렇다 할 작품도 쓰지 못하고 지내다가 처가가 있는 함북 경성으로 낙향한다. 경성에서 그는 농업학교 영어 교사로 있으면서 점차 마음의 안정을 되찾고, 특유의 탐미적 성향을 내보이기 시작한다. 경성 생활이 끝나던 무렵에 발표된 「돈(豚)」은 이러한 변화를 보여 주는 신호탄과 같은 작품으로 이후 이효석은 동반자적 경향의 작품을 청산하고 성과 자연의 세계로 들어간다.

경성 농업학교에서 평양 숭실전문학교로 자리를 옮긴 효석은 잔디가 깔린 마당에 화초가 많이 피어 있는 창전리의 '푸른 집'에서 오로지 창작에만 몰두했다. 이 집에서의 6년간이 이효석 문학의 절정기에 해당한다. 「계절」, 「성서」(1935) 외에도 「분녀」, 「산」, 「들」과 같은 순수 서정소설들이 1936년에 발표되었고, 바로 그해에 대표작 「메밀꽃 필 무렵」이 탄생했다. 이 밖에도 수많은 수필과 중·단편, 장편들을 써내니 「삽화」, 「개살구」, 「거리의 목가」(1937), 「장미 병들다」, 「부록」, 「해바라기」(1938), 「여수」, 「산정」, 「황제」, 「향수」, 「일표의 공능」, 「화분」(1939), 「벽공무한」, 「하르빈」(1940) 등은 모두 이 시기에 쏟아진 작품들이다.

그동안 이효석에 대한 평가는 긍정과 부정이 엇갈려 왔다. 이효석을 부정적으로 보는 사람들은, 초기의 경향성은 대타 의식이 강한 효석이 당시 시류에 순응하면서 나온 결과이며, 나중에 그것의 불리함을 깨닫고 문학적인 현실 도피의 방책으로 심미주의에 귀의했다고 평가한다. 반면 긍정적으로 보는 경우는 이효석의 작가적 성향이 현실 도피라는 부정적 성격을 띠고 있더라도, 그 자체를 당대의 흥미로운 문예 현상으로 인정해 주어야 한다는 견해이다. 즉, 이효석의 작품 속에 드러나는 심미주의와 낭만주의는 작가적 체질이 자연스럽게 외화된 것으로, 그 자체로 문학성을 인정받아야 한다는 것이다. 둘 다 수긍할 수 있는 견해지만, 빈약하기만 한 우리 현대문학사에서 굳이 효석을 부정하고 배제할 필요는 없을 것이다.

이효석의 생애 중 가장 안정된 시절을 보여 주는 장면은, 문학관에 조성된 거실의 모습이다. 피아노와 축음기와 크리스마스트리가 나란히 놓여 있고, 벽에는 여배우의 사진이 걸려 있다. 이효석은 서양 고전음악 애호가로 음악을 즐겨 들었다. 월부로 구입한 야마하 피아노를 집 거실에 두고 쇼팽과 모차르트의 피아노 소나타를 직접 연주했고, 슈베르트의 「보리수」를 독일어로 유창하게 부르는 실력을 갖고 있었다.

서가에는 항상 꽃이 꽂혀 있었다 한다. '사람이 사람답자면 당연히 꽃을 사랑해야 한다'고 생각했고, 자주 꽃집에 들러 꽃을 샀다. 꽃은 양이(洋梨)의 향기가 난다는 장미를 좋아했다. 영화 시나리오를 직접 쓰기도 했으며, 한 달에 7~8회나 볼 정도로 영화 또한 즐겼다. 프랑스 영화 같은 예술영화를 높이 평가했다고 한다.

문우 한흑구에 따르면, 이효석은 서양풍의 신사와 같은 사람이었다. 언제나 고독과 사색을 즐기는 그는 늘 혼자 다니기를 좋아했다. 그를 만나기 쉬운 곳은 다방이었고, 서양 고전음악의 판이 늘 돌고 있는 세르팡 다방이었다. 당시 그는 옷도 서구적인 것을 좋아했고, 꽃도 나무도 서구적인 것을 사랑했고, 음식도 서구적인 것을 즐겼다고 한다.

이런 이효석에 대해서 갖는 느낌은 사실 복합적이다. 이효석 자신도 표현했듯이, 작품 중에는 버터 냄새가 나는 것도 있고, 메주 냄새가 나는 것도 있다. 그의 문학을 완독한 입장에서 요약되는 느낌은, 당대의 궁핍한 현실을 감안하자면, 그의 행동과 문학은 안이하고 고답적인 것으로 비춰진다는 점이다. 특히 「화분」이나 수필 「주을의 지협」, 「주을 가는 길에」 등에서 언급된 주을 온천에서의 이국적 생활은 당대 현실과는 거리가 먼 것이었다.

이효석에게는 경성에서의 생활이 가장 화려했다고 볼 수 있다. 1940년에 아내와 사별하고 곧이어 차남 영주를 잃는 등 시련이 닥쳤기 때문이다. 그에게도 병마가 덮쳤다. 1942년 5월 그는 학교에 나갔다가 심한 감기 증세를 느끼고 귀가하여 곧 드러눕게 되는데, 알고 보니 결핵성 뇌막염이라는 치명적인 병이었다. 유진오가 '위급'을 알리는 전보를 받고 도착했을 때, 이효석의 병실은 붉은 카네이션, 흰 글라디올러스 등 서양 화초가 화려하게 어우러져 있었다고 한다. 그다운 병실 분위기였던 셈이다. 끝내 그 상태에서 회생을 못 하고 세상을 뜨고 만다. 이때 이효석의 나이는 서른여섯이었다.

이효석은 사후 부친에 의해 평창군 진부의 논골에 매장되었다가 나중에 봉평의 고속도로변으로 이장되었고, 이후 1998년 9월 9일 다시 묘소가 경기도 파주시 공원묘원으로 이장되었다.

「메밀꽃 필 무렵」에서는 봉평을 중심으로 평창 일대의 아름다운 자연경관이 묘사된다. 강원도 산골을 무대로 촌민들의 토착적인 삶이 그려져 있는 「산협」과 농촌 총각 식이의 슬픈 사랑을 보여 주는 「돈」, 「수탉」, 「개살구」 등 이효석 소설의 대부분은 자연과 그 속에서 살아가는 투박한 촌민들을 배경으로 한다. 그런데 이효석 문학 속의 자연은 김유정이나 이무영의 그것과는 성격이 다르다. 김유정과 이무영이 농민들에게 깊은 애정을 보여 주었다면, 이효석은 농민들의 실제 생활에 대해서는 별로 관심이 없었다.

이효석의 작품에 빈번하게 등장하는 또 하나의 요소는 '성(性)'이다. 남녀 간의 성은 자주 동물들과 대비된다. 「돈」에서는 분이에 대한 식이의 그리움이 돼지의 교미 장면과 병치되고, 「수탉」에서는 을손의 좌절된 사랑이 닭에 대한 학대로 나타난다. 「메밀꽃 필 무렵」에서도 장돌뱅이들의 외로움이 나귀의 발정 장면을 통해서 암시된다. 이효석의 작품 속에서 성은 어떤 윤리나 가치를 전제한 것이 아닌 까닭에 매우 파격적인 모습을 보여 준다. 사랑을 위해서는 아버지와도 연적이 되며(「개살구」), 숙모와 종질 간에도 사랑 행위가 이루어지고(「산협」), 때로는 동성애적인 모습을 보여 주기도 한다(「화분」).

털몸을 근실근실 부딪치며 그의 곁을 궁싯궁싯 굼도는 씨

돋은 미처 식이의 손이 떨어지기도 전에 화차와도 같이 말뚝 위를 엄습한다. 시뻘건 입이 욕심에 목메어서 풀무같이 요란히 울린다. 깔린 암톹은 목이 찢어져라 날카롭게 고함친다.

둘러선 좌중은 일제히 웃음소리를 멈추고 일시 농담조차 잊은 듯하다.

문득 분이의 자태가 눈앞에 떠오른다. 식이는 말뚝에서 시선을 돌려 딴전을 보았다.

'분이 고것 지금엔 어디 가 있는구.' (「돈」에서)

이 같은 원시적 행동에서 우리는 기존의 도덕관을 부정하는 작가의 대담함을 엿볼 수 있지만, 사회성을 갖춘 것은 아니라는 점에서 D. H. 로렌스와는 많은 차이점을 보여 준다. 로렌스의 『채털리 부인의 사랑』에서 그려진 성은 1920년대 영국의 억압적 사회구조에 대한 저항의 의미를 갖고 있다. 기존의 가치관에 비추자면, 미천한 신분의 정원사와 애정 행각을 벌이는 채털리 부인(즉 코니)의 행위는 도저히 용서받기 힘든 일이지만, 그녀의 행위에는 정상적이지 못한 부부 관계에 대한 부정과 함께 상류사회의 위선적 도덕관에 대한 반항의 정신이 숨어 있다. 로렌스의 말대로, 코니의 사랑은 "사회적인 세계의 거대한 허위로부터 자기 자신의 해방"을 의미하는 것이었다.

그런데 효석 소설에서는 이와 같은 사회적·철학적 의미를 찾기 힘들다. 성은 그 자체가 목적이거나 아니면 탐미의 대상으로만 존재할 뿐이다. 사랑의 행위에 동물들의 교성이나 격렬한 음악이 배경으로 등장한다든지 그것을 엿보는 인물이 등장하는 것은 모두 작가의 탐미성(혹은 관음성)과 관계된다. 효석이 당대에 심한 비판을 받았던 것은 이처럼 식민 치하의 곤궁한 현실을 외면한 채 성을 관능과 탐미의 대상으로만 다루었기 때문이다.

> 낙엽 타는 냄새같이 좋은 것이 있을까. 가제 볶아 낸 코오피의 냄새가 난다. 잘 익은 개금 냄새가 난다. 갈퀴를 손에 들고는 어느 때까지든지 연기 속에 우뚝 서서 타서 흩어지는 낙엽의 산더미를 바라보며 향기로운 냄새를 맡고 있노라면 별안간 맹렬한 생활의 의욕을 느끼게 된다.
>
> (「낙엽기」에서)

교과서에도 실렸던 이 글은 음악처럼 읽힌다. 그가 쓴 몇몇 단편소설은 소설인지 수필인지 경계가 모호할 정도로 수필적 색채가 강한데, 그는 소설을 시나 수필처럼 쓴 작가였다.

문학관을 둘러보다가 우연히 '여기에 웬 카페지, 기념품을 파는 곳인가?' 생각하면서 기웃거리다 뜻하지 않게 카페

‘동’을 보았다. 불현듯 나는 1936년의 다점(茶店) ‘동’을 떠올리고 마음이 뭉클해진다. 물론 1930년대의 그 ‘동’과 문학관의 ‘동’은 아우라가 전혀 다른 공간이긴 하지만 ‘동’이라는 간판만으로도 반가움이 앞서는 것이다.

평양 시절 이효석은 일요일마다 10리 길을 걸어 찾아가는 찻집이 하나 있었다. 경성에서 나남까지는 약 10리의 거리였으나 그가 나남을 문 앞같이 자주 다니게 된 것은 나남의 거리가 마음에 든 까닭이다. 나남 거리의 공원 옆 모퉁이에는 조촐한 한 채의 집이 있었다. 찻집 ‘동’. 문을 밀치고 들어가면 단칸방에 탁자와 의자가 꽉 들어차는 작은 공간이었다. 주중에 그는 학생들을 가르치는 선생이고 일상적인 생활을 반복하는 생활인이었으나, 그 하루 생활 속에서 일탈하여 그곳을 찾아가곤 했던 것이다.

> 차점 ‘동’—이것이 또한 나에게는 중하고 귀한 곳이었다. 그곳을 바라고 나는 거의 일요일마다 십리의 길을 걸었다. (……) 굵은 눈송이가 휘날리는 밤을 나는 그 안에서 난로와 차에 몸을 덥혀 가며 이야기에 휩쓸리거나 레코드에서 흐르는 「제 두 아무울」*의 콧노래에 귀를 기울이곤 하였다. 적적

* 「제 두 아무울」은 1930년 미국 흑인 가수 조세핀 베이커가 부른 「나의 두

한 곳에서 나는 나의 감정을 될 수 있는 대로 화려하게 치장함으로써 먼 것을 꿈꿀 수밖에는 없었다. 생활은 재료만이 아닌 것이다. 중요한 것은 그 향기다. 감정 분위기 향기를 뺏길 때 그곳에는 모래만이 남는다. 나는 늘 이 향기를 잃어버릴까를 두려워하며 언제든지 그것을 주위에 만들고야 만다. '동'은 그때의 나에게 이 향기를 준 곳이었다. (……) 북국의 눈송이는 유달리 굵다. 그리고 밤의 눈이란 깊은 푸른빛을 뜨이는 것이다. 창 기슭에 쌓이는 함박 같은 눈송이를 두터운 휘장 틈으로 내다보며 난로와 더운 차에 얼굴을 붉히노라면 감정이 화려하게 장식되고 찬란한 꿈이 무럭무럭 피어올라 가게 안에 차고 먼 아름다운 것이 눈앞에 보여 오군 하였다. 그 아름다운 것이 무엇인지는 모른다. 형상도 아무것도 없는 다만 부연 안개일는지도 모른다. 그 안개가 생활에 대단히 필요한 것이다. 나는 그 안개 속에 많은 밤을 그 안에서

사랑(J'ai Deux Amour)」을 말한다. "소문에는 바다 너머 저곳에 푸른 하늘 아래에 매혹적인 천국에 도시 하나가 있다고들 한다./ 그리고 거대한 검은 나무 아래에, 매일 저녁 나의 모든 희망이 그곳으로 가고 있다./ 나는 두 사랑을 가진다 내 조국과 파리, 그 둘을 위해서 항상 내 마음은 황홀하다./ 내 대초원 사바나는 아름답다 그런데 그걸 부정해야 소용없다. 나를 마술에 들게 하는 것은 파리다 파리 전체이다./ 어느 날엔가 그것을 보는 일은 나의 아름다운 꿈이다. 나는 두 사랑을 가진다 내 조국과 파리."

지냈으나 생각하면 다행한 일이었다. 안개 없이는 살 수 없는 까닭이다. 문학도 그 속에서 그것을 찾을 수 있을 때에 한층 생색 있는 것이 된다. 나는 끊임없이 내 주위에 '동'의 안개를 꾸며 내고 뱉어 내려고 애쓴다.

(「고요한 '동'의 밤」에서)

그가 꿈꾸었던 것은 다만 문학적 몽상일 수도 있다. 또는 실체 없는 "부연 안개" 같은 것일 수도 있다. 그런데 그는 그 안개가 생활에 대단히 필요하다고 말한다. "문학도 그 속에서 그것을 찾을 수 있을 때에 한층 생색 있는 것이 된다."고 믿었다.

내가 봉평에 온 것도 그가 생활 속에서 잃어버린 그 무엇, 안개를 찾아오는 여정이었던 것이 아닐까. 도시의 일과를 떠나 찾아갈 수 있는 찻집 '동'과 같은 공간.

안개, 메밀꽃 향기.

이제 메밀꽃 들판에 메밀꽃이 흐드러지게 만개하리라.

낭만적 도취와
비탄의
시 세계

대구의 이상화

젊은 날의 상화, 늘늘 빼앗겼기에 봄조차
빼앗긴 것이 아닌가 하고 속울음을 삼켰던 시인은
오늘 한적한 공원 중턱에 젊은 날의 모습 그대로
앉아 조용히 고향을 내려다보고 있다.

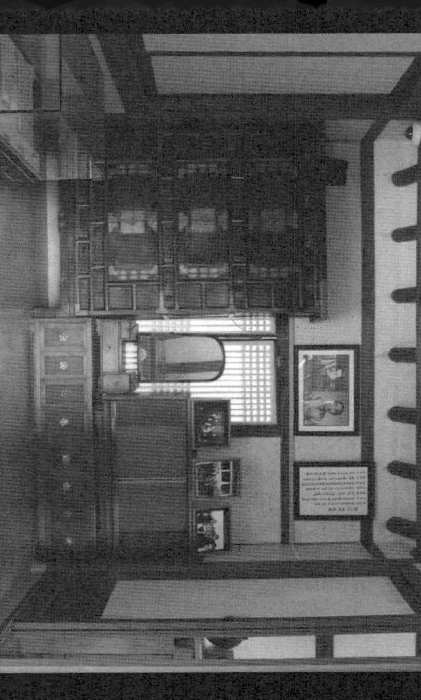

이상화 고택 내부

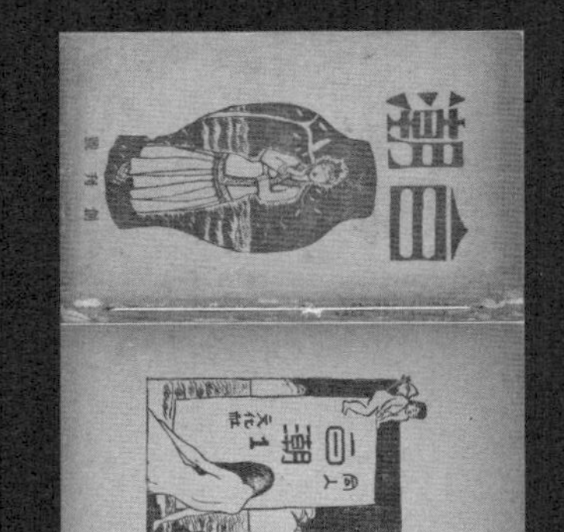

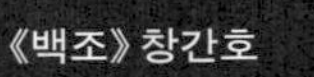

《백조》 창간호

이상화 시인

여름이면 대한민국에서 가장 높은 온도로 치솟는 도시가 대구이다. 생태 환경이 악화되면서 최근에는 무덥지 않은 곳이 없지만, 대구는 '대프리카'라는 말이 나올 정도로 여름이 무더운 도시로 유명하다. 대구가 유명세를 떨치는 이유는 이 기후 조건에만 있는 것은 아니다. '대구·경북'이라는 이니셜(TK)로 알려져 있다시피, 한국 현대사에서 빈번하게 배타적 권위와 세력을 과시해 온 집단의 대명사로 떠오르는 도시이기도 하다.

도시가 크고 정치적 이미지가 강렬한 반면에 이상화와 이장희 그리고 현진건 등 근대문학 초창기를 빛냈던 몇몇 작가들의 고향이라는 사실은 잘 드러나지 않은 채 가려져 있는 편이다.

하지만 도시의 중심지를 조금만 벗어나면 언제든지 근대로의 여행을 떠날 수 있는 곳이 대구이기도 하다. 동산 선교사 주택, 3·1운동 만세길, 계산성당, 제일교회와 더불어 이상화 시인이 젊은 시절 걸어 다니던 거리, 달서구 유천교에서 상인동 임휴사까지 이르는 약 2.5킬로미터의 길인 '상화로'를 만날 수 있다.

대구에서 시인을 처음 만난 장소는 두류공원이다.

두류산이 저만큼 바라보이는 공원 중턱, 한산한 공원 도로 옆에 놓인 잔디밭에 현진건과 이장희 문학비와 상화의 동상, 백기만의 시비가 몇 걸음을 사이에 두고 나란히 놓여 있고 그 두 개의 문학비 사이에 시인이 앉아 있다. 그날, 두 권의 책을 옆에 놓고 펜을 쥔 채 앉아 무엇인가를 생각하는 형상의 동상 앞에서 노인 하나가 동상 옆에 서 있는 시비를 소리 내어 읽고 있었다. 「빼앗긴 들에도 봄은 오는가」의 1절이다.

나는 조용히 노인의 목소리로 오랜만에 그 시를 들었다.

지금은 남의 땅 — 빼앗긴 들에도 봄은 오는가?

나는 온몸에 햇살을 받고
푸른 하늘 푸른 들이 맞붙은 곳으로
가르마 같은 논길을 따라 꿈속을 가듯 걸어만 간다.

입술을 다문 하늘아 들아
내 맘에는 나 혼자 온 것 같지를 않구나
네가 끌었느냐 누가 부르더냐 답답워라 말을 해 다오.

바람은 내 귀에 속삭이며
한 자욱도 섰지 마라 옷자락을 흔들고
종다리는 울타리 너머 아가씨같이 구름 뒤에서 반갑다
웃네.

고맙게 잘 자란 보리밭아
간밤 자정이 넘어 내리던 고운 비로
너는 삼단 같은 머리를 감았구나 내 머리조차 가뿐하다.

혼자라도 가쁘게나 가자
마른 논을 안고 도는 착한 도랑이
젖먹이 달래는 노래를 하고 제 혼자 어깨춤만 추고 가네.

나비 제비야 깝치지 마라
맨드라미 들마꽃에도 인사를 해야지
아주까리 기름을 바른 이가 지심매던 그 들이라 다 보고 싶다.

내 손에 호미를 쥐어 다오
살찐 젖가슴과 같은 부드러운 이 흙을
발목이 시도록 밟아도 보고 좋은 땀조차 흘리고 싶다.

강가에 나온 아이와 같이
짬도 모르고 끝도 없이 닫는 내 혼아
무엇을 찾느냐 어디로 가느냐 우스웁다 답을 하려무나.

나는 온몸에 풋내를 띠고
푸른 웃음 푸른 설움이 어우러진 사이로
다리를 절며 하루를 걷는다 아마도 봄 신령이 잡혔나 보다.
그러나 지금은 ── 들을 빼앗겨 봄조차 빼앗기겠네.
(「빼앗긴 들에도 봄은 오는가」)

「빼앗긴 들에도 봄은 오는가」는 「나의 침실로」와 더불어 대중에게 가장 널리 알려진 이상화 시인의 대표작이다. 「빼앗긴 들에도 봄은 오는가」는 곡이 붙여져 1980년대 초 대학생들에 의해 애송되기도 했는데, 애절한 시구와 곡조가 당시의 시대적 정서와 맞물려 있었기 때문일 것이다. 이상화 시집을 펼쳤을 때 귓전에 그 노래 곡조가 먼저 맴돌았던 것을 보면 음률의 기억력은 어떤 문자의 힘보다도 더 강렬한 모양이다.

이 시에서 화자와 자연은 분리되지 않고 일체를 이루고 있다. 그렇기에 시를 읽으면 봄기운이 도는 들길 한복판에 나와 있는 듯한 일체감을 느끼게 된다. 이윽고 시의 밑바닥에 흐르는 정서에 촉촉이 젖어 들게 된다. 그것은 '푸른 설움'으로 압축되는 민족 감정, 나라를 빼앗긴 민족의 가슴에 괴어 있는 회한과 설움이다. 1920년대의 대표적 저항시로 꼽히는 이 시의 생명력은 무엇인가. 선명하고도 활달한 이미지들의 전개, 소박하고 정겨운 시어, 매끄러운 율동감과 조화미를 갖춘 데다가 그것들을 중심에서 받쳐 주는 주제 의식, 즉 절절한 민족애와 향토애가 수십 년이 지난 지금의 시점에까지 이 시를 애송케 하는 힘이었다.

오래전 이상화 시인의 고택을 찾아 헤맨 기억이 있다. 대구 중구의 계산 5거리. 고층의 빌딩 뒤에 숨어 있는 골목의 미로 속에서 낡은 한옥 건물 몇 채가 빌딩 그늘 밑에 웅크리고 있었다. 일제시대 때부터 이곳에 자리 잡은 옛집들이었다.

그렇게 방치되어 있던 곳을 1999년부터 고택을 보존하자는 시민운동이 시작되면서, 군인공제회가 고택을 매입해 2005년 10월 대구시에 기부했고, 대구시는 고택을 보수하고 고택 내에 전시물을 설치하여 지금에 이르렀다.

현재 이상화 고택은 가장 인기 있는 관광 명소이다. 이 고택은 시인이 1936년부터 1943년 사망할 때까지 살았던 집이다. 교남학교(현재 대륜고등학교) 교가 가사의 문제로 가택수색을 당해 자신의 시 원고를 모두 압수당했던 곳이기도 하다. 시인은 원래 대구시 중구 서문로 2가 현 대구시민회관 건너편에서 태어났다. 그 후 집을 네 차례나 옮긴 뒤 이 계산동 고택에서 거주하며 만년을 보냈다.

이상화 시인은 1901년생이다.

그의 집안은 안동의 이육사와 비견될 만큼 명문가였다.

현재 남아 있는 계산동 고택은 그가 1927년 낙향 이후 파산해 이사한 집이고 생을 마감한 곳이다. 상화는 생전에 단 한 권의 시집도 펴내지 못하고 갔으나 한국 문학사에서 그는 1920년대를 대표하는 시인으로 꼽힌다. 그는 우리나라 문단사상 최초로 시비가 세워진 시인이기도 하다.

시인은 일곱 살 때 아버지가 돌아가신 후에는 주로 백부 밑에서 성장했다. 백부 이일우는 3천 석 지기의 부호로 민족의식이 투철하고 개화한 인물이었는데 자손들을 보통학교에 보내지 않고 사숙을 통해서 교육시켰다고 한다. 상화도 독선생으로부터 교육을 받았는데 15살 때 백부를 졸라 서울에 유학을 갔고 경성 중앙학교를 다녔다. 형 이상정은 잘 알려진 독립운동가로, 일제강점기 충칭육군참모학교 교관, 신한민주혁명당 중앙위원, 군사부장 등을 역임했고, 1940년대에는 대한민국 임시정부 외무부 외교연구위원으로도 활동했던 인물이다. 형이 독립운동가로 정치적 행로를 보였다면 상화는 문학으로 민족의식을 표현한 셈이다.

『이상화 평전』(정진규)에 따르면 상화는 3학년에 접어들면서 "인생과 우주에 대한 철학적인 번민"에 빠져들기 시작했다. 그의 갈등과 방황은 병적으로 깊어져 나중엔 귀향, 가출, 수개월간 풍찬노숙의 전국 유랑으로 이어졌다. 나라를 잃은 젊은이가 지닐 수 있는 고뇌에다가 삶에 대한 근본적인 회의가 겹쳐 젊은 영혼은 쉽게 치유할 수 없는 열병을 앓은 것이다. 스무 살이 되기 전에 거쳤던 이 '고뇌의 시간'들에 주목하는 것은 이 시기를 통해 '시인으로서의 상화'가 싹을 틔우기 때문이다. 그는 이미 17세 때에 아우 상백과 동향인인 백기만과 함께 습작 시집 『거화(炬火)』를 발간한 적이 있었는데, 그의 내면에 도사리고 있던 시혼은 그 지독한 열병의 산고를 거쳐 본격적으로 개화하고 있었던 것이다. 방랑 생활을 끝낸 뒤 1919년에 대구학생운동을 공모하다가 검거를 피해 서울로 피신하기도 했던 그는 그해에 서온순과 결혼하는 등 일신상의 변화를 겪기도 했다. 그리고 본격적인 문학 활동에 들어갔다. 1921년 동향인 빙허 현진건의 소개로 박종화, 홍사용, 나도향, 박영희 등과 함께 《백조》 동인에 합류했던 것.

《백조》와 상화, 상화의 초기 시가 놓인 자리에는 《백조》와 그 주위에 모여 있던 1920년대의 '불행했던' 낭만주의자들이 있다.

《창조》의 창간에서 《백조》의 종간에 이르는 1919년에서 1923년에 이르는 기간에 창작된 시들은 시문학사상 독특한 징후를 드러내고 있다. 일제가 무단정치를 문화 정책으로 전환시키는 과정에서 '문예부흥'이라고 해도 좋을 만큼 수많은 동인지들이 생겨난 것도 이 시기였다. 이 과정에서 두드러지는 것은 근대 문예사조가 대량으로 유입되면서 '사실주의', '계급주의', '낭만주의', '자연주의' 등으로 나타나는 문예사조의 혼류 양상이다. 이중에서 주조를 형성한 것이 《백조》 동인으로 대표되는 '낭만주의적 경향'이었다. 1920년대 초 동인 활동에 참가한 문인들은 대부분 동경 유학을 체험한 중산층 지식인들이었는데, 이들은 이광수와 최남선으로 대표되는 계몽주의적 문학을 거부하면서 본격적인 현대문학의 줄기를 만들어 갔으나 그들 자신은 새로운 시대에 대처할 만한 현실적·이념적 전망을 갖고 있지 못한 과도 계층이었다. 기미년 독립운동이 실패한 뒤의 음울한 사회 분위기와 세기말적 퇴폐주의, 상징주의와의 결합이 낳은 절망적 영탄, 퇴폐, 감상적 시들의 양산은 이 시기 시인들의 정서가 어떤 것인가를 보여 준다.

저녁의 피 묻은 동굴 속으로
아 ―― 밑 없는, 그 동굴 속으로
끝도 모르고
끝도 모르고
나는 거꾸러지련다
나는 파묻히련다.

가을의 병든 미풍의 품에다

아 ―꿈꾸는 미풍의 꿈에다
낮도 모르고
밤도 모르고
나는 술취한 집을 세우련다
나는 속 아픈 웃음을 빚으련다.
(「말세의 희탄」)

같은 《백조》 동인이었던 월탄이 "시커먼 굵다란 선이 힘있게 꿈틀하는 것 같은, 새빨갛게 달아서 녹은 무쇳물을 확 끼얹는 듯한 인생을 통곡하는 시"라고 소개하고 있는 이 시는 '자폭'과 '파멸에의 몰입'마저 보여 준다. 당시 상화의 내면 풍경을 거울처럼 보여 주고 있지 않나 생각된다.

자료에 따르면 이 시절의 상화는 이 시와 다를 것 없는 생활을 하고 있었다. 그는 당대를 풍미했던 데카당의 기질에 젖어 밤마다 동인들과 더불어 술을 마셨고 밤거리를 헤맸다. '밑없는 동굴', "병든 미풍"이 의미하는 것은 도대체가 아무런 전망이 보이지 않는 병든 현실이다. 나라를 잃은 민족, 희망 없는 연대를 살아가야 하는 젊은 청춘들의 "속 아픈 마음"은 "거꾸러지련다", "파묻히련다"라는 처절한 좌절과 파멸의 밑바닥으로 추락하고 있는 것이다.

이상화의 초기 시를 대표하는 작품으로 꼽히는 것이 「나의 침실로」이다. 이 시는 언제 읽어도 '숨이 막히는 듯하다'는 표현이 적절할 정도이다. 시인의 감정과 호흡이 격한 리듬과 환상적인 이미지를 통해 이만큼 격정적으로 드러나기는 힘들 것이다.

「마돈나」 지금은 밤도, 모든 목거지에, 다니노라 피곤하여 돌아가려는도다,
아, 너도 먼동이 트기 전으로, 수밀도의 네 가슴에, 이슬이 맺도록 달려오너라.

「마돈나」 언젠들 안 갈 수 있으랴, 갈 테면 우리가 가자, 끄을려 가지 말고!
너는 내 말을 믿는 「마리아」—내 침실이 부활의 동굴임을 네가 알련만……

「마돈나」 밤이 주는 꿈, 우리가 엮는 꿈, 사람이 안고 궁그는 목숨의 꿈이 다르지 않으니,
아, 어린애 가슴처럼 세월 모르는 나의 침실로 가자, 아름답고 오랜 거기로.

「마돈나」 별들의 웃음도 흐려지려 하고, 어둔 밤 물결도

잦아지려는도다,

아, 안개가 사라지기 전으로, 네가 와야지, 나의 아씨여,

너를 부른다.

(「나의 침실로」에서)

「나의 침실로」에 등장하는 '마돈나'와 '침실'의 의미를 두고 여러 가지 해석이 있어 왔다. '마돈나'를 두고 조국 또는 조국의 해방이라고 보는 해석이 있는가 하면, 상화의 연인인 '유보화'와의 열애를 근거로 '마돈나'가 구체적으로 유보화를 가리킨다고 보는 사람도 있다. 이 해석에 따르면 이 시는 시인의 실연 체험을 바탕으로 '숨 막히는 연애 감정과 성적 충동'을 보여 주는 셈이 된다.

그런데, 시를 읽다 보면 '침실'을 단순히 관능과 쾌락의 장소로 이해하기에는 석연찮은 점이 없지 않다. 이 시의 부제가 "가장 아름답고 오랜 것은 오직 꿈속에만 있어라"인 것도 의미심장한 구절이다. 여기에서 "가장 아름답고 오랜 것"은 무엇을 의미하는 것일까? "밝음이 오면 어딘지 모르게 숨는 두 별" "네 손이 내 목을 안아라. 우리도 이 밤과 함께 오랜 나라로 가고 말자" 등의 구절이 자아내는 시적 분위기는 '죽음'의 냄새를 적잖이 풍기고 있다. 데뷔작인 「말세의 희탄」에서 "저녁의 피묻은 동굴 속으로…… 나는 파묻히련다"라고 자학했던 그

‘절망의 동굴’이 이 시에서는 “부활의 동굴”로 바뀌어 나오는 것도 주목할 부분이다. 이 “부활의 동굴”은 “뉘우침과 두려움의 외나무다리 건너” 존재하고 “어린애 가슴처럼 세월 모르는 아름답고 오랜” 공간이라고 한다. 여기에서 침실은 단순히 휴식의 장소가 아님을 이해하게 된다. 시인의 피곤한 영혼은 ‘목거지의 세계’로 표현되는 속악한 현실로부터의 탈출을 갈망하고 있으며, 그래서 ‘침실의 세계’는 절망의 현실에 대한 반세계의 상으로 존재하는 꿈의 세계로 등장한다. ‘마돈나’가 특정인을 대상으로 하고 있건 그렇지 않건, 또 ‘침실’이 죽음을 의미하건 아니건, 우리는 이 시를 통해 시인의 내면 속에 이 기존의 관념을 부정하고 새로운 세계로 전환하려는 간절한 욕망이 끓고 있음을 읽어 낼 수 있다.

상화의 생애를 모르고 시를 읽을지라도 상화 시의 특징인 강렬함, 장작불 같은 뜨거움, 가령 「나의 침실로」에서 볼 수 있는 숨 막히는 리듬을 대하노라면 시인이 어떤 사람이었는가에 대해서 의문을 갖지 않을 수 없게 된다. 아마도 정열적이고 낭만적이며 다감한 기질의 소유자일 것이라는 예감을 갖게 되는 것이다. 그러나 식민지 체제하에서 살다 간 많은 작가들이 그랬듯이 식민지 현실에 영합할 수 없었던 시인의 삶은 신산스러웠을 것이고, 따라서 상화 시의 뜨거움 뒤에서 우리가 만날 수 있는 것은 어둡고 불행했던, 즉 전망 없는 현실의 한가운데서 이룰 수 없는 꿈을 반추했던 한 불행한 시인의 모습이다.

시인으로 데뷔하던 해, 상화는 프랑스 유학을 꿈꾸었다. 그에게 유학은 절망적인 현실에서 빠져나가기 위한 출구와도 같았다. 그러나 요시찰 인물인 그에게 허가가 나지 않아서 일단 일본으로 가, '아테네 프랑스'(일종의 불어 연수 기관)에서 불어를 공부하면서 기회를 기다렸다. '마돈나'의 실제 인물로 알려진 함흥 출신의 미인 유보화를 만난 것도 이 시절이다. 그러나 시인은 거기에서 그의 인생에 전환을 가져올 극적인 체험을 하면서 학업을 중단한다. 1923년 8월 관동대지진의 현장을 직접 목격하게 되는 것이다. 자신도 일본 청년자위단에 잡혀 목숨을 잃을 뻔한 것을 간신히 위기를 넘기게 되면서 더 이상 동경에 머물 엄두를 내지 못했고, 결국 유학을 포기한다. 물 건너 이국땅에서 그가 본 것은 조국의 운명과 민족의 현실이었다. 동경에 머물던 시절 쓴 「도쿄에서」라는 시에서 그는 "예쁘게 잘 사는 동경의 밝음 웃음" 속에서 그의 꿈은 "문둥이 살끼 같은 조선의 땅을 밟고 돈다"고 토로하고 있었는데, 그는 이때 이미 불란서라는 이방의 세계로 탈출하는 대신, 조선의 땅으로 돌아가 일을 하리라는 생각을 품고 있었는지도 모른다. 그의 시 의식도 변화되었다. 초기 시의 관능과 퇴폐의 포즈에서 벗어나 적극적으로 저항시를 써 나가기 시작한 것이다.

귀국한 후 몇 년간 상화는 생애에서 가장 많은 시를 썼다.《백조》가 종간된 후 그는 주로《개벽》에 시를 발표하며 경향파에 가담하기도 했다. 상화는 시의 반 이상을 1925년에서 1926년 사이에 썼는데「비음(緋音)」,「빈촌의 밤」,「가장 비통한 기욕(祈慾)」을 포함해 대표작「빼앗긴 들에도 봄은 오는가」도 이 시기에 썼다. 상화의 시력에서 전환기로 불리는 1925~1926년간에 발표된 시들은 문학사적으로도 높이 평가되는데, 상화가 일제 치하 저항시인으로 자리매김되는 것도 이 시기에 생산된 시들이 보여 준 성과 때문이다. 우리는 퇴폐와 관능, 낭만적 도취의 시 의식을 보였던 시인이 마치 알을 깨고 나오듯 자신을 사로잡고 있던 허위 의식을 깨고, 민족과 국가의 부당한 고통 앞에 적극적으로 대응하는 용기와 자세를 상화를 통해서 보게 된다. 이 지점에서 상화는 1920년대를 상징하는 대표적인 시인으로 부상하게 되는 것이다.

그러나 '절정의 두 해'를 기점으로 상화의 시작 활동은 시들해지기 시작했다. 그가 낙향한 해인 1927년 한 해 동안은 전혀 시를 쓰지 않았고 이후로도 뜸한 상태였다. 1926년 가을에 그는 폐병을 앓고 있던 연인 유보화를 떠나보내고 큰 실의에 빠졌고 이후 낙향을 했는데 현실은 그런 그를 편히 쉬게끔 놔두지 않았다. 의열단 사건, 조선은행 폭탄 투척사건(1927. 4.)에 연루되어 경찰서에 끌려가 고문, 폭행, 가택 연금 등의 고초를 잇따라 겪으면서 그는 서서히 심신이 황폐해졌고 이후 한동안 폭음과 방황의 세월을 보내게 된다. 계산동에서 보았던 낡은 한옥은 그가 몇 년간의 방탕한 생활 끝에 가산을 탕진하고 빚에 몰려 전답을 팔아넘기고 이사 온 집이었다. 그는 극도로 생활이 어려워져 한때 《조선일보》 경북 총국을 맡아 경영하기도 했으나 이재에 밝지 못했던 까닭에 운영이 제대로 될리 없었다.

상화는 37세에 새로운 전기를 갖게 된다. 울분과 폭음으로 일관하던 그동안의 생활에 종지부를 찍고 심기일전 새로운 생활을 시작한 것이다. 교남 학교에서 무보수로 영어와 작문을 가르쳤고 「춘향전」을 영역하고 국문학사 집필을 시도하는 등, 그는 말년에 새로운 의욕을 불태우고 있었다. 그러나 독립운동을 하고 있던 맏형을 만나고 만주에서 돌아오던 해에 경찰에 끌려가 고문을 받고, 몇 년간의 과로가 겹치며 무서운 병을 얻게 된다. 위암을 얻어 드러눕게 된 이상화는 나이 43세에 영영 세상을 등지고 만다. 그가 세상을 떠난 날은 해방을 두 해 앞 둔 1943년 어느 봄날이었다.

이상화의 집에서 그리 멀지 않은 곳에 있는 달성공원. 대구에서 가장 유서 깊은 공원이다. 1905년에 지어졌다는 이 공원은 여느 평범한 공원과는 다르게 동물원을 함께 꾸며 놓았다. 공원 안쪽으로 걸어가다 보면 아시아 코끼리들을 모아 놓은 울타리를 지나 바로 위쪽으로 우리나라 신문학사상 최초로 세워진 시비가 놓여 있다.

시비는, 비석 가까이에 눈을 갖다 대야 겨우 비문을 읽을 수 있는 다른 시비들과 달리 비면에 새겨진 「나의 침실로」의 시 일절이 멀리서도 읽혔다. 시의 글씨체는 당시 11살이었던 막내아들 태희의 글씨체를 빌렸다고 한다. 검은 오석(烏石)으로 비를 썼다는 것, 널찍하고 묵직한 모양새로 비석의 모양을 꾸몄다는 점이 독특하다. "尙火詩碑(상화시비)"의 '尙火'는 그가 쓰던 4개의 아호 중의 하나인데 우리가 알고 있는 相和는 그의 본명이다. 이 시비는 상화가 세상을 떠난 지 5년 후인 1948년 김소운 등 문우들에 의해 세워졌고, 시비가 세워진 지 48년 만인 1995년에 두류공원에 상화 동상이 세워졌다.

깜깜한 부활의 동굴에서 영원한 님을 기다리던 젊은 날의 상화, 들을 빼앗겼기에 봄조차 빼앗긴 것이 아닌가 하고 속울음을 삼켰던 시인은 오늘 한적한 공원 중턱에 젊은 날의 모습 그대로 앉아 조용히 고향을 내려다보고 있다.

전통 선비의

격(格)과

풍류

안동의 이육사

젊은 날의 상화, 들을 빼앗겼기에 봄조차

빼앗긴 것이 아닌가 하고 속울음을 삼켰던 시인은

오늘 한적한 공원 중턱에 젊은 날의 모습 그대로

앉아 조용히 고향을 내려다보고 있다.

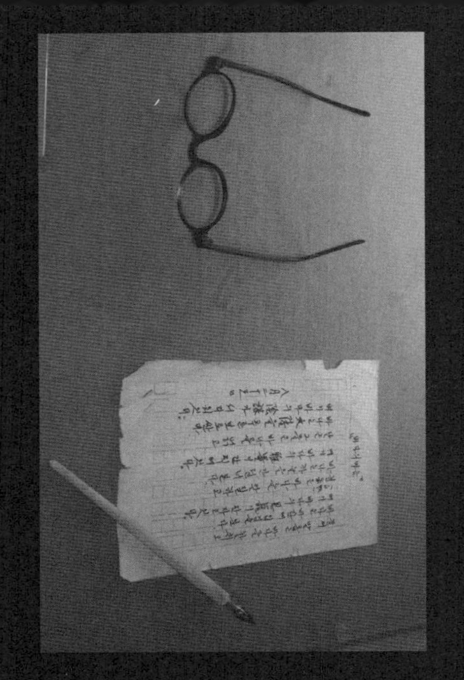

육사가 쓴 안경과 친필원고

이육사 태화동 복원생가

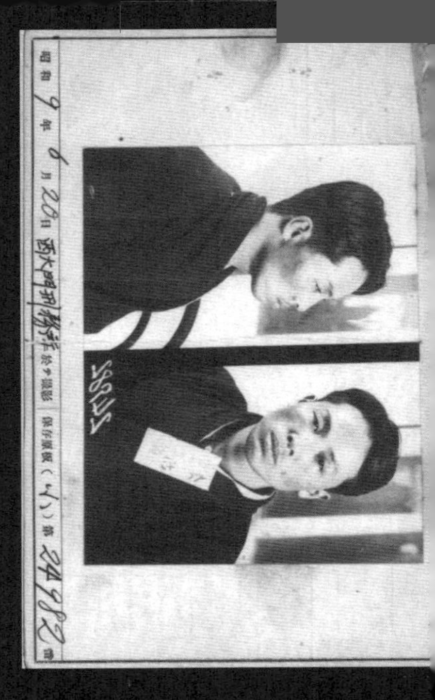

서대문형무소에 수감된 육사(1934)

차가 안동 시내에 들어섰을 때 다음과 같은 문구가 눈을 사로잡았다.

"한국 정신문화의 수도 안동"

간략한 이 한 줄이 지역의 강한 자긍심을 상징적으로 표현한 듯하다. 이 자긍심이 어디에서 온 것인지, 보이지 않는 행간을 찾아 이곳저곳을 두리번거려야 하는 것은 안동을 찾은 사람들의 몫이다.

안동은 지역 전체가 향토 박물관을 이루고 있다. 길가에서 흔히 보이는 고가들과 반촌, 농암종택, 퇴계종택, 안동김씨 종택, 병산서원 ……. 이름만 들어도 문화재급으로 다가오는 고택들을 만날 수 있다. 고색창연한 저택들의 도저한 존재감 앞에서 드는 미묘한 감정은 500년 된 나무 앞에 섰을 때의 감정과 흡사한 것인지 모르겠다. 속도전을 치르듯 마구 달려온 도시의 영혼이 유유한 역사 앞에서 잠시 속도를 멈춰야 하는 순간이다.

안동은 조선왕조의 세도정치를 손안에 쥐고 놀았던 안동 김씨의 뿌리가 있는 곳인 만큼 김씨와 관련된 고택들이 많다. 안동 문화권을 형성하는 양반들은 여러 유형으로 구성되며 특히 15~16세기 처향(妻鄕)을 따라 이주한 가문의 후손, 정치·사상사적으로는 퇴계 학맥을 잇는 남인의 부류가 많은 것이 특색이다. 안동 양반들이 세상을 향해 큰소리를 칠 수 있는 것은 나름의 역사적 배경을 지니고 있다. 무엇보다 나라의 운명이 위태로운 위난의 시기에 몸과 목숨을 바친 인물들이 이곳에서 많이 배출되었다는 것. 항일 의병과 애국 계몽운동, 독립운동을 적극 주도한 곳이고, 근대 전환의 혼란기에 양반으로서 일정한 사회적 역할을 한 대표적인 지역이라는 것, 이런 사실들이 물질이나 유물보다도 큰 자긍심의 근거인 것이다. 기록에 따르면 안동은 독립운동사의 첫 장이 열린 곳이며(1894년 갑오의병), 가장 많은 자결 순국자를 배출한 곳이자 또한 가장 많은 독립 유공 포상자를 배출한 곳이기도 하다.

안동이 내세우는 독립 삼공신(三公臣)이 있으니, 의성 김씨 집안의 일송 김동삼(1878~1937), 고성 이씨 집안의 석주 이상룡(1858~1932), 진성 이씨 집안의 이육사가 그들이다.

이 중 육사의 가계도를 훑어 보자. 육사의 조부 이중직은 신교육 기관인 보문의숙의 초대 숙장을 지냈고, 1910년 경술국치를 맞자 거느린 노비들을 풀어주고 땅을 나누어 줄 정도로 개화사상과 지사 정신에 투철한 당대로는 매우 혁신적인 의식의 소유자였다. 육사의 외조부 허영. 한말 의병의 거두로서 자손들과 함께 중국에 망명해 만주에 거점을 두고 민족운동을 펼치면서 훗날 육사의 독립운동에 영향을 미친 인물이다. 허영의 사촌인 허위 역시 항일 무장투쟁을 펼치다 일본군에 체포되어 서대문형무소에서 1908년 교수형을 당했다. 외숙 허규

(1884~1957)는 육사가 정신적으로 크게 영향을 받았던 독립운동가로 육사는 그와 함께 다양한 항일 활동을 벌였다.

육사의 집안은 저항성이 강한 성격을 보였다. 그런데, 친일적인 행위나 태도를 인정하지 않는 이런 단호한 태도와 사고는 어느 날 갑자기 생겨난 것은 아니다. 육사가 고백한 바, "눈물을 흘리지 않는 사람이 되리라고 배워 온 것이 세 살 때부터 버릇"이었고, "내 집안이 대대로 지켜 온 이 땅에는 말도 아니고 글도 아닌 무서운 규모가 우리들을 키워 주었다."(「계절의 오행」에서)라는 서술에서 알 수 있듯이, 누대에 걸친 정신적 틀, 곧 전통적 규범 속에서 길러진 성격인 것이다. 그러니 7살 때 경술국치를 목격하고 육사와 그의 형제들이 사익을 뒤로 하고 정의를 앞세워 항일운동 전선에 뛰어든 것은 자연스러운 일이었을 것이다.

안동 지역의 강직한 저항성은 퇴계 학통과도 무관하지 않다. 안동에는 퇴계학파의 본산인 도산서원이 있다. 길을 지나가면서 곳곳에서 목격하게 되는 반가의 정신적 기둥과도 같은 도산서원은 그 정점에 놓여 있다. 도산서원은 정조 때 지방 과거를 치렀다는 도산별과 자리와 낙동강 줄기를 한눈에 내려볼 수 있는 풍광 좋은 언덕에 자리 잡고 있는데, 1970년대에 성역화된 이후 사람들의 발길이 잦은 안동의 대표적 유적지이다.

안동에서 내려 육사를 만나러 가는 길에 들러야 할 첫 방문지 또한 이곳이다. 서원을 굽이돌아 오른쪽 길로 빠지면 퇴계 종택의 오래된 기와집을 만날 수 있으며, 그것을 옆에 두고 산길을 달리면 그 끝에서 육사의 생가터와 묘소 그리고 최근 건립된 기념관을 만날 수 있다. 퇴계 이황의 후예(14대 손)인 육사가 어떤 문화적 배경과 분위기 속에서 성장했는가를 체험할 수 있는 코스가 되는 셈이다.

도산서원에 도착하니 마침 중학생들을 싣고 온 관광버스들이 도산서원 입구를 차지하고 있다. 서원 탐방을 앞두고 학생들 앞에서 떠들지 말고 경건한 태도를 취해야 한다고 서원 관리인이 주의를 환기하고 있다. 차량들 틈에 어느 학생이 흘리고 간 듯한 인쇄물 한 장이 떨어져 있다. 주워 보니 이육사 관련 자료였다. 「광야」, 「꽃」, 「절정」, 「청포도」 4편의 시 전문과 작품 해설을 인쇄한 것이 국어 선생님이 나눠 준 답사 자료인 모양이다. 그렇지만 저 아이들이 육사가 살았던 시대를 짐작이나 할 수 있을지, 나라를 빼앗기고 일제에 저항했다는 이유로 투옥되고 죽음을 당했던 그 참혹한 시대를……. 그런 사실에는 관심이 없는 듯 학생들은 또래들과 어울려 놀기에 정신이 없다.

도산서당 마당에 퇴계가 연꽃을 심었다는 연못 정우당(淨友塘)이 있다. 연꽃에 대한 설명도 친절하게 되어 있다. "진흙

탕에 살면서도 몸을 더럽히지 않고, 속은 비고 줄기는 곧아 남을 의지하지 않으며 향기는 멀수록 맑다." 꽃에 관한 말이 아니라 선비의 정신을 요약해 놓은 듯하다. 분명 이러한 선비정신은 독경 소리처럼 자주 되뇌어지고 향처럼 맴돌면서 선비들의 골수에 스며들었을 것이다.

육사는 어린 시절을 어떻게 보냈을까. 육사가 남긴 수필 「은하수」에는 유년기의 체험들이 토로되어 있다.

> 내 나이 7, 8세쯤 되었을 때, 여름이 되면 낮으로 어느 날이나 오전 10시쯤이나 11시경엔 집안 소년들과 함께 모여서 글을 짓는 것이 일과였다. (……) 그러나 한여름 동안 글을 짓는 데도 오언, 칠언을 짓고 그것이 능하면 제법 운을 달아서 과문을 짓고 그 지경이 넘으면 논문을 짓고 하는데, 이 여름 한철 동안은 경서는 읽지 않고 주장 외집을 보는 것이다. 그중에도 『고문진보』, 『팔대가』를 읽는 사람도 있고, 『동인』이나 『사초』를 외이기도 했다. 그런데 글을 짓고 골이고 장원례를 내고 하면 강가에 가서 목욕을 하고 석양에는 말을 타고 달리고 해서 요즘같이 '스포츠'란 이름이 없을 뿐이었지 체육에도 절대로 등한히 한 것은 아니었다. 그리고 저녁 먹은 뒤에는 거리로 다니며 고시 같은 것을 고성 낭독을 해도 풍속에 괴이할 바 없었다.(「은하수」에서)

가을이 되면 '강(講)'에 대비해서 자정을 넘기며 『논어』, 『맹자』, 『대학』, 『중용』 같은 경서를 외우는 게 일과였고, 책과 씨름하다 창문을 열고 보면 하늘에는 무서리가 내리고, 먼 데서 새벽닭 우는 소리를 듣곤 했다고 한다. 그의 유·소년기 교육은 이처럼 철저히 '전통적 선비의 품격을 지향'한 것이었다. 육사는 뿌리 깊은 가문의 후예답게 엄한 가정교육을 받는 한편 밤낮으로 한학을 수학하면서 성장했다.

그러다가 12세 때 예안 보문의숙에 다니면서 신학문에 눈뜨기 시작한다. "내가 배우던 중용 대학은 물리니 화학이니 하는 것으로 바뀌고 하는 동안 그야말로 살풍경의 십 년이 지나갔었다."(「연인기」)라고 고백했듯이, 바야흐로 육사의 내면을 지배했던 유학이라는 전통 세계는 점차 힘을 잃어 가는 시대로 변해 가고 있었던 것이다. 그러나 육사의 시에서 드러나는 타협할 줄 모르는 기개나 의인 정신은 엄격한 유가식 교육 과정에서 이미 바탕이 닦여 있었다.

경상북도 안동시 도산면 원촌리 881번지.

공민왕의 전설이 깃든 왕모산이 올려다보이고, 낙동강이 굽어보이는 지점에 포도 모양의 7개의 화강암 위에 동판으로 만든 시인의 모습과 함께 대표작 「청포도」를 새긴 시비가 외롭게 놓여 있다. 이 자리에 있던 육사 생가는 1976년 4월에 헐려 시내 태화동 포도골로 이전되었고, 안내문과 비석, 시비만 이 생가터를 표시해 주고 있었다.

육사가 18세 될 때까지 자랐던 이 고향 마을은 원래 100여 호가 넘는 큰 부락이었다고 한다. 퇴계의 5대손 이구가 이 마을에 정착하면서 세간 명리를 부운같이 여기고, 속진과 치욕을 멀리한다는 뜻에 따라 '원촌(遠村)'이라 불린 이후 수많은 과거 급제자와 항일 독립지사가 배출된 마을이지만, 1970년대 안동댐이 건설되면서 수몰되어 옛날의 모습을 잃었다. 이제는 고가 몇 채만이 옛날의 흔적을 어렴풋이 보여 줄 뿐이다.

그런데 태화동에 있는 생가는 두 채의 집을 붙여 놓은 기이한 형태여서 원형과는 거리가 있었다. 그래서 생가의 옛 모습을 복원해서 최근에 건립된 육사문학관 뒤편에 세웠는데, 산 밑에 세워진 이(二) 자형의 한옥이 바로 그것이다.

원기, 원록, 원일, 원조, 원창, 원홍 6형제가 태어났다고 해서 당호를 육우당(六友堂)이라 했다는 한옥은 지금은 새집의 번듯한 모양새를 갖추었지만, 옛 생가의 사진을 보면 격식을 갖추었다는 것 외에는 살림의 규모가 빈한했음을 짐작할 수 있다. 빈한한 살림 속에서 육 형제를 각별한 가르침으로 교육한 것이 어머니 허길이었다. "형제들이 너무 법도에 얽매이게 되면 우애를 해치게 되니, 술과 담배를 함께하라."라고 일렀다는 것, 말하자면 형제끼리 법도보다는 우애를 중시할 것을 가르친 것이다.

어린 시절 유가식 교육을 받으며 성장한 육사는 16살이 되던 1919년에 도산보통공립학교(문중 학교인 보문의숙을 신학문을 가르치는 공립학교로 개편했다.)를 1회로 졸업하고, 그해에 3·1운동을 목격한다. 18세 때 안일양과 결혼했고 처가 마을에서 백학학원을 다니다 잠시 교편을 잡기도 했다. 이후 일본과 베이징, 만주를 드나드는 과정에서 17번의 투옥, 마지막 검거 이후 1944년 1월 16일 새벽 베이징의 감옥에서 사망하기까지 20여 년의 생애 중 우리에게 비교적 잘 알려진 부분은 그가 서른 살 이후 10년간 쓴 36편의 시 중 대표적 작품 몇 편과 관련된 정보이다. 즉, 그가 「광야」, 「청포도」 등을 쓴 대표적 저항시인이라는 정도가 사람들이 육사에 대해 갖고 있는 주요 정보인 것이다. 육사는 널리 알려진 시인이지만, 실제로는 잘 알려지지 않은 시인인 셈이다.

그는 본명이 아니라 여러 개의 이름을 사용했기에 교육과정과 행적이 선명하게 파악되지 않아 연구자에 따라 다르게 기록되고 있다. 육사 연구가 문학을 중심으로 이루어지다 보니 독립운동과 관련된 치밀한 조사와 분석이 뒤따르지 못한 탓이다. 구체적인 예로 생가터에 있는 '청포도 시비' 안내문에 소개된 시인의 행적에도 오류가 있다고 한다. 육사가 북경의 사관학교와 북경대학 사회학과를 다녔고 정의부에 가입했다는 것.

육사 관련 글들의 상당수가 이런 사실을 근거로 해서 그 이력을 기록하고 있다. 하지만 육사는 1926년 7월에 베이징 쭝구어(中國)대학 상과에 입학해 7개월 동안 재학(혹은 2년 중퇴)했고, 다음 해인 1927년 여름에 귀국해 '장진홍 의거(10월 18일)'에 얽혀 구속되었다. 한편, 1933년《조선일보》현상 소설 예선 당선자 근황에 오른 '이활(李活)'이 이육사라는 주장도 있다. 그렇지만, 김희곤(『새로 쓰는 이육사 평전』)은 소설 예심을 통과한 이활이라는 인물은 개성 출신의 동명이인이라고 한다. (1933년은 육사가 의열단에서 운영하던 군사학교에서 훈련을 마치고 귀국하던 해였다.)

그나마 육사의 독립운동에 대한 연구는 1990년대 이후 진전되어 그동안 분명치 않던 몇 가지 사실들이 밝혀졌다.

육사의 독립운동과 관련하여 의열단과의 관계도 분명히 해명해야 할 부분이다. 의열단은 1919년 중국 관내에서 독립운동을 하던 김원봉, 윤세주 등 13명이 주축이 되어 조직된 단체로 당시 그 이름만 들어도 일제가 공포에 떨었다는 독립운동 단체이다. 1980년대까지 육사에 대해 기록한 글에 따르면 그는 이미 1920년대에 의열단원이 되었고, 이활이라는 이름으로 의열단에서 운영한 조선혁명군사정치간부학교에 1기생으로 입교했다고 한다. 육사가 조선혁명군사정치간부학교에 입교하게 된 것은 밀양 출신인 윤세주의 권유에 의해서였다.

1932년 10월부터 1933년 4월까지 6개월 동안 육사가 받은 교육은 정치학, 경제학, 사회학과 조직 방법, 철학, 군사학, 통신법, 선전법, 연락법 등을 비롯해 탄약, 폭탄, 도화선, 뇌관 등 제조법, 그리고 투척법, 피신법, 변장법, 서류 은닉법, 삐라 살포법, 암살법, 무기 운반법, 철로 폭파법, 열차 운전법 등이었다. (동창생의 증언에 따르면, 그는 권총 사격의 명수였고 정치조에 소속되어 있었다고 한다.) 그런데, 의열단은 제1기생들이 재학할 당시 교관이나 입학 때의 소개자를 통해 그들의 혁명 의식을 확인한 후 비밀리에 입단을 권유하고 이에 응한 사람에게는 가입 맹서를 하게 했는데, 혁명간부학교 졸업생들은 모두 의열단에 가입했다. 그런데 육사는 의열단 전체 회의에 그 이름이 빠져 있고, 그런 점에서 의열단에 가입하지는 않았다고 김희곤은 말한다.

졸업 후 육사는 귀국해 언론 활동을 통해서 민족의 독립 의식을 고취시키겠다는 계획이었으나 얼마 되지 않아 체포되었고, 곧 활동이 중단되었다. 육사의 문학 활동이 본격적으로 시작된 것은 출옥 이후부터이다. 그의 파란 많은 삶은 다음과 같은 구절에서 그 편린을 엿볼 수 있다.

목숨이란 마치 깨어진 배쪼각
여기저기 흩어져 마을이 구죽죽한 어촌보담 어슬프고

삶이 티끌만 오래 묵은 포범(布帆)처럼 달아매였다.

남들은 기뻣다는 젊은 날이었건만
밤마다 내 꿈은 서해를 밀항하는 짱크와 같애
소금에 절고 조수에 부푸러올랐다.
(「노정기」 1, 2연)

여기에서 우리는 거듭되는 옥고와 고난, 늘 불안과 긴장의 얼음판을 걸었던 육사에게 과연 시(詩)란 무엇이었는가 하는 질문을 던지게 된다.

생애 전반기가 독립운동가로서의 행동으로 채워졌다면 생애 후반기에 그가 선택한 것은 문학이었다. 삶의 신산과 고초를 겪고 몸이 피폐해졌을 때 도달한 정신세계일 수도 있고, 정치 활동을 해 온 그에게 다른 차원의 행동일 수도 있었을 것이다. 빈궁과 투옥의 40 평생에 거의 하루도 편안한 날이 없었으며, 문학청년이 아니었던 까닭에 30 고개를 넘어서 비로소 시를 쓰기 시작했다는 육사. 그럼에도 그토록 시를 좋아했다는 것은, 이원조의 말대로 육사가 혁명적 정열과 의지를 그대로 "시에 빙자해 꿈도 그려 보고 불평도 폭백(暴白)"하고 싶었기 때문일 수도 있다.

어떤 한 사람에 대해, 그를 투사로 이해해야 하는가 아니면 시인으로 이해해야 하는가 식의 이분법적 질문을 던지는 것은 어리석은 일이다. 시란, 시인 자신의 육체적·정신적 삶의 총체를 금광석처럼 응고시킨 언어적 표현이기 때문이다. 그러면서도 시와 행동이 아름다운 일체를 이룬 예를 찾기 힘든데, 그 높고도 보기 드문 경지를 육사의 시에서 발견하게 되는 것이다.

육사의 시력은 1933년 《신조선》에 「황혼」을 발표하면서부터 시작된다. 만년에 이르러 시작된 그의 시작은 문학 수업을 거치지 않은 아마추어가 쓴 것으로 보기에는 "너무나 본격적인 자취와 성과"를 보이는 것이었다. 김종길은 이 점에 대해 육사가 기질적으로 "초강과 풍류"를 타고났다고 본다. 초강과 풍류는 전형적인 한국 선비의 기질적 특성이다. 「청포도」나 「광야」 등에서 나타나는 동양적인 풍격, 형식미를 그 증거로 내세운다. 이는 육사가 어린 시절부터 쌓아 온 한학의 소양과도 관련이 있다고 할 수 있다. 즉, 어렸을 때부터 한시를 읊조린 그의 바탕이 "닭 우는 소리", "매화 향기" 등의 시구에 나타나는 동양적 상상력으로 이어지고, 여기에다 중국 등지를 왕래하면서 획득한 대륙적 정서와 근대적 상상력이 결합하면서 「광야」에서 드러나는 시간과 공간을 감각적으로 실감케 하는 육사만의 탁월한 시적 비유를 낳았다고 볼 수 있는 것이다.

육사 시에서는 카프(KAPF) 계열의 시에서 목격되는 전투적 구호나 생경함을 발견할 수 없는 것도 주목할 대목이다. 그의 시는 당대를 휩쓸었던 정치적 시 운동의 흔적을 담고 있지 않으며 한편으론 형식과 내용에서 서정적 심미성과 고전적 균형미를 갖추고 있다. 이런 사실은 육사의 투사적 생애와 비교해 볼 때 매우 이례적이다. 또한 낭만주의나 모더니즘, 퇴폐주의 같은 특정한 문예사조로 포괄할 수 없는 독특한 경지를 보여 주면서도 동시에 뛰어난 심미성을 보여 준다는 점 또한 흥미롭다. 이는 항일운동을 하는 육사가 문단 내의 특정한 유파나 동인에 소속되어 활동할 만큼 여유가 없었으리라는 점과도 무관하지 않다. 당시 그와 친했던 문우는 신석초, 윤곤강 등 몇 사람 정도였고 문단 내 교우 관계 또한 지극히 제한적이었다.

신석초에 따르면 당시 육사의 행동반경은 항상 넓고 바빴다. 친구들과 함께 있다가 약속이 있다고 자리를 떴다가 곧 돌아오곤 했다. 그 시간이 그가 매우 중요한 임무를 수행하는 시간이었을 것이라고 회고한 바 있다.

육사의 치열한 현실 인식과 강인한 의지는 다음과 같은 시관에서도 드러난다.

> 그러나 시인의 감정이란 얼마나 빠르고 복잡하다는 것을 세상치들이 모르는 것뿐이오. 내가 들개에게 길을 비켜 줄 수 있는 겸양을 보는 사람이 없다고 해도 정면으로 달려드

는 표범을 겁내서는 한 발자국이라도 물러서지 않으려는 내 길을 사랑할 뿐이오. 그렇소이다. 내 길을 사랑하는 마음, 그것은 나 자신에 희생을 요구하는 노력이오. 이래서 나는 내 기백을 키우고 길러서 금강심(金剛心)에서 나오는 내 시를 쓸지언정 유언은 쓰지 않겠소. (……) 다만 나에게는 행동의 연속만이 있을 따름이오. 행동은 말이 아니고, 나에게는 시를 생각한다는 것도 행동이 되는 까닭이오.

(「계절의 오행」에서)

「절정」(1940)에서, 육사는 "서릿발 칼날진 그 우에 서다", "한 발 재겨 디딜 곳조차 없다"며 극한적인 상황을 인식하면서도 "겨울은 강철로 된 무지갠가 보다"라는 상징적 비유로 한 발자국의 후퇴나 양보가 없는 강철과 같은 의지와 결의를 보여 준다. 관조적 자세를 통해 비극적 상황을 초극하려는 의지를 드러낸 것으로, 당대에 이만한 시대정신과 대결 의식을 보여 주는 시인은 육사 말고는 없었다. 육사의 비극적인 삶은 「절정」을 통해서 가장 고도로 승화된 모습을 드러낸 것이다.

매운 계절의 채찍에 갈겨
마침내 북방으로 휩쓸려 오다

하늘도 그만 지쳐 끝난 고원
서릿발 칼날 진 그 우에 서다

어디다 무릎을 꿇어야 하나
한 발 재겨 디딜 곳조차 없다

이러매 눈감아 생각해 볼밖에
겨울은 강철로 된 무지갠가 보다
(「절정」)

같은 연도에 쓰인 「교목(喬木)」에도 시대 상황에 맞서고자 하는 육사의 결연한 의지가 투영되어 있다.

푸른 하늘에 닿을 듯이
세월에 불타고 우뚝 남아 서서
차라리 봄도 꽃피진 말아라

낡은 거미집 휘두르고
끝없는 꿈길에 혼자 설레이는
마음은 아예 뉘우침 아니라

검은 그림자 쓸쓸하면
마침내 호수 속 깊이 거꾸러져
참아 바람도 흔들진 못해라
(「교목」)

세월의 불길에 스스로를 불태우고 "차라리 봄도 꽃피진 말아라"라는 단호한 명령의 어투는 암흑의 현실에서 구차한 존명을 거부하는 절의를 내보이면서 동시에 자신의 삶에 흔들리지 않는 결단을 보여 준 것이다.

육사가 남긴 시 중 「절정」, 「교목」, 「청포도」, 「광야」는 육사 시의 정수를 보여 주는 대표작으로 평가된다. 아마도 그에게 시는 '금강석처럼 굳은 기백의 소산이며, 유언을 대신하는 삶의 최종적인 언어'였을지 모른다.

1939년 8월 《문장》에 발표한 시 「청포도」는 육사가 가장 아끼는 시였다. 다른 시에서 볼 수 있는 절박함, 단호함의 정서와는 달리 너그러움과 기다림의 여유를 보여 주는 시에 대해 그는 조카 이식우에게 "내가 어떻게 이런 시를 쓸 수 있었을까" 하면서 "내 고장은 '조선'이고 청포도는 우리 민족인데, 청포도가 익어 가는 것처럼 우리 민족이 익어 간다. 그리고 곧 일본도 끝장난다."라고 말했다고 한다. 이미 그때 육사는 일본의 패망과 독립을 확신했던 것으로 보인다.

내 고장 칠월은
청포도가 익어 가는 시절

이 마을 전설이 주절이주절이 열리고
먼 데 하늘이 꿈꾸며 알알이 들어와 박혀

하늘 밑 푸른 바다가 가슴을 열고
흰 돛단배가 곱게 밀려서 오면

내가 바라는 손님은 고달픈 몸으로
청포(淸袍)를 입고 찾아온다고 했으니

내 그를 맞아 이 포도를 따 먹으면
두 손은 함빡 적셔도 좋으련

아이야 우리 식탁엔 은쟁반에
하이얀 모시 수건을 마련해 두렴
(「청포도」)

탐스럽게 열린 청포도는 단순한 과일이 아니라 "이 마을 전설"을 풍성하게 담고 있다. 포도는 오래전부터 이 마을에서 가꾸어져 왔고, 그래서 평화로운 삶과 푸근한 옛이야기들이 포도의 풍성함과 어울려 싱싱하게 환기된다. 화자는 언젠가 찾아올 '청포를 입은 손님'을 위해 그 포도를 하얀 은쟁반과 모시 수건으로 준비하고자 한다.

그렇지만 안타깝게도 그 꿈은 이루어지지 못했다. 1943년 북경에 갔던 육사는 모친과 백형의 소상에 참석키 위해 서울에 왔다가 일본 헌병대에 체포되었다. 북경으로 압송된 육사의 옥사가 전해진 것은 그 이듬해 1월, 가족들이 달려갔을 때는 이미 화장된 후였다. 꿈에도 그리던 조국 해방을 바로 코앞에 두고 비명에 간 것이다.

안동댐 민속촌 입구에는 1968년에 세워진 육사 시비가 세월의 오랜 때를 입은 채 서 있다. 검은색 바탕의 시비에 쇠못으로 긁어 놓은 듯 희미하게 새겨진 「광야」, 그 '가난한 노래의 씨'는 발밑으로 흐르는 안동호를 묵묵히 내려다보며 고통스럽게 죽어 간 한 시인을 소리 없이 기리고 있다.

육사는 시력 10년에 한시 3수를 포함하여 36편 남짓한 시를 남겼을 뿐이다. 육사 시의 절창으로 꼽히는 「광야」는 「꽃」과 함께 그의 사후에야 발견된 유고시였다. 두 시에 대해서 박두진은 그 시구가 '신어'에 가깝다고 찬탄한 적이 있는데, 「광야」에 이르러 육사의 시 세계는 바야흐로 원숙의 경지를 보이는 것이다. 만약 그가 목숨을 부지했더라면, 한국 시사는 육사 시들을 자산으로 하여 훨씬 풍요로워졌을 것이다. 그러나 시인의 생애는 너무나 짧았고, 그 삶은 섬광처럼 강렬했다.

까마득한 날에
하늘이 처음 열리고
어디 닭 우는 소리 들렸으랴.

모든 산맥들이
바다를 연모해 휘달릴 때에도
차마 이곳을 범하던 못하였으리라.

끊임없는 광음을
부지런한 계절이 피어선 지고
큰 강물이 비로소 길을 열었다.

지금 눈 나리고
매화 향기 홀로 아득하니
내 여기 가난한 노래의 씨를 뿌려라

다시 천고의 뒤에

백마 타고 오는 초인이 있어
이 광야에서 목놓아 부르게 하리라.
(「광야」)

「광야」를 다시 음미컨대, 마치 시인이 죽음을 앞두고 유언을 남기는 것과 같은 장엄함을 느끼게 한다. 어두운 현실 속에서 묵묵히 씨 뿌리는 자의 절망과 고통, 지사적 의연함과 초인 정신 등이 대륙적인 기상과 풍모로써 시의 전면을 압도한다.

육사문학관의 전시실, 유리 벽 너머에 종이에 시를 쓰고 있는 듯한 형상의 육사 상이 보는 사람의 마음을 숙연케 한다. 수인 번호 264. ('264'라는 수인 번호로 보아 이 형상은 1927년 장진홍의 조선은행 대구 지점 폭파 사건에 연루되어 대구형무소에서 3년간 옥고를 치를 때의 모습인 듯하다. 그때의 수인 번호 264를 따서 호를 '이육사'로 지었다는 것이다.)

베이징 주재 일본 영사관 교도소에서 순직한 것이 1944년 1월 16일 새벽. 동지이자 친척인 이병희가 시신을 거두어 화장하고, 동생 원창에게 유골을 인계하여 미아리 공동묘지에 안장되었다. 그 후 한참이 지난 뒤인 1960년에야 이육사는 고향으로 돌아올 수 있었다. 육사문학관에서 산길을 타고 30여 분 정도 오르면 육사의 묘를 만날 수 있다.

이육사가 죽은 지 2년째 되던 해에 아우이자 평론가인 이원조에 의해 유고시집 『육사 시집』(1946)이 묶여 나왔고, 금강석 같은 시들이 비로소 세상에 알려지기 시작했다.

사림 계층 출신의 시인으로 항일 저항의 시를 쓰고 그 최후를 민족운동 전선에서 마친 유일한 시인으로 이육사가 꼽힌다. 해방 이전의 한국 시사에서 일제하 암흑기는 침울하고도 치욕적인 시기였다. 수많은 시인과 소설가가 붓을 꺾었고, 한때 그 이름이 형형하던 애국지사들이 친일의 오명을 썼던 시절에, 육사는 우리가 저항시인이라는 관용구를 붙여 논할 수 있는 몇 안 되는 시인 중의 하나이다. 그는 수시로 감옥을 들락거리면서 그때마다 "대나무로 훑어 대는 고문에 매일처럼 피옷을" 말리는 시련을 당해야 했다. "하늘도 그만 지쳐 끝난 고원/ 서릿발 칼날 진 그 위에 서다/ 어디다 무릎을 꿇어야 하나/ 한 발 재겨 디딜 곳조차 없다"는 「절정」의 시구나, "지금 눈 나리고/ 매화 향기 홀로 아득하니/ 내 여기 가난한 노래의 씨를 뿌려라" 같은 구절은 혹독한 시련 속에서 피어난 인동초 같은 시구들이다. "그는 한국문학사에 세워진 불망(不忘)의 비석이다."라는 누군가의 말에 동의하지 않을 수 없는 것이다.

문학관을 나왔을 때, 도산서원 앞에서 만났던 중학생 일행과 또다시 마주쳤다. 원촌리의 하늘에서 쏟아지는 밝은 햇

살 아래 아이들의 웃음소리가 구슬처럼 청량하게 울려 퍼진다. 아이들은 전통이나 엄숙함 따위에서는 해방된 듯 자유롭고 유쾌하다. 구김 없고 천진난만하다는 것! 이것이 육사가 꿈꾼 조국에서 누릴 수 있는 자유의 표정이 아닐까. 아이들이 일제시대를 이해하지 못하더라도, 또 그런 시대를 배경으로 한 육사의 시들을 이해하지 못하더라도, 분명한 것은 우리들의 현재는 육사를 비롯해 이 나라의 독립을 위해 목숨을 바친 그들의 투쟁과 죽음에 빚을 지고 있다는 사실이다.

선(禪) 감각과 화해의 미학

영양의 조지훈

2000년 초반에 왔을 때는 표지석 하나 없는 쓸쓸한 곳이 지금은 인파로 북적이는 명소로 탈바꿈했다.

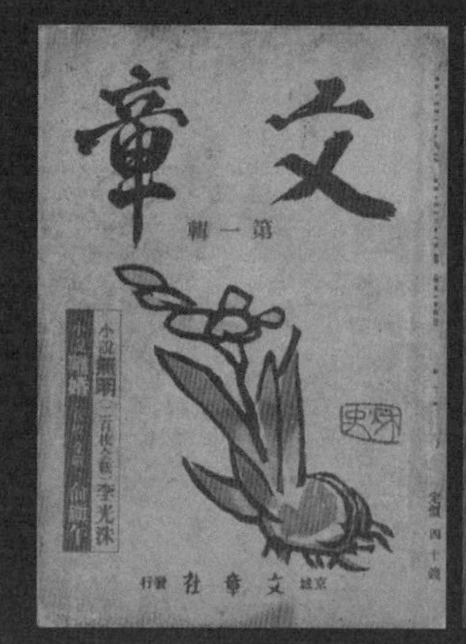

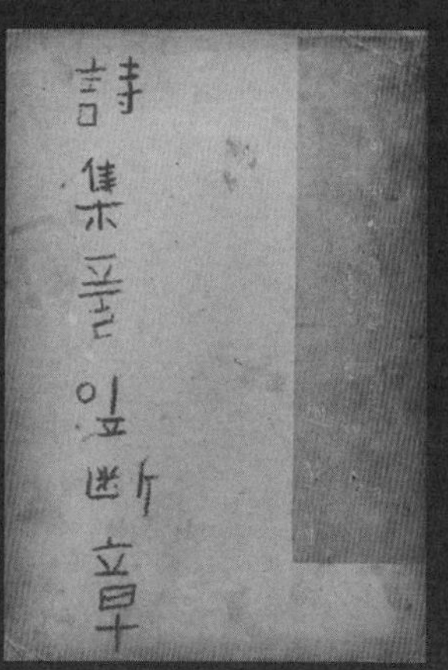

《문장》 제1집

『청록집』

『풀잎단장』

지훈문학관 내부

조지훈(1920~1968)의 고향인 영양은 이육사의 고향 안동과 멀지 않은 거리에 있다. 안동에서 임하댐을 지나 가릿재길을 타고 달리다 보면 영양읍에 당도하고, 읍에서 7킬로미터쯤 더 달리면 도계와 가곡의 중간에 있는 산골 주곡동에 닿는다.

주곡동 마을 어귀에 이르면 250년 된 느티나무가 파수꾼처럼 서서 이곳을 찾아온 과객을 맞이한다. 간간이 승용차가 질주할 뿐 인적이라곤 찾아볼 수 없는 고요하고 한적한 도로변에 초여름의 나무와 숲, 맑은 하늘이 그림 속에서나 볼 수 있을 '시 마을'의 배경을 만들어 내고 있다. 이곳에서 시인 한 사람 나오지 않았다면 도리어 이상했을 거라는 생각조차 든다. 마을 초입의 느티나무 숲 오솔길을 걸어 들어가면 '조지훈 시비'를 만날 수 있다. 검은 바탕에 펜으로 그어 놓은 듯 희미한 서체로 그의 시 「빛을 찾아가는 길」이 새겨져 있다.

사슴이랑 이리 함께 산길을 가며
바위틈에 어리우는 물을 마시면
살아 있는 즐거움의 저 언덕에서
아득히 풀피리도 들려오누나
해바라기 닮아 가는 내 눈동자는
자운이 피어나는 청동의 향로
동해 동녘 바다에 해 떠오는 아침에

북받치는 설움을 하소하리라
돌부리 가시밭에 다친 발길이
아물어 꽃잎에 스치는 날은
푸나무에 열리는 과일을 따며
춤과 노래도 가꾸어 보자
빛을 찾아가는 길의 나의 노래는
슬픈 구름 걷어가는 바람이 되리.
(「빛을 찾아가는 길」)

널리 알려진 「승무」 대신 이 시가 새겨져 의아했으나 시를 읽는 동안 이 시를 선택해서 시비에 옮긴 사람의 뜻이 헤아려지는 듯했다. 빛을 찾는 사람의 가볍고 낙관적인 마음을 이렇듯 경쾌하고 아름답게 표현한 시가 있을까.

1981년에 장남 광렬 씨의 설계로 세워졌다는 시비를 둘러선 숲 저 너머로 어슴푸레하게 펼쳐져 있는 마을이 주곡동이다.

주곡동이 영양 지역에서 명망이 높다는 것은 익히 알고 있었다. 길거리에서 만난 촌부의 "이곳은 한양 조씨 일가들이 모여 사는 곳이지요."라는 말에서도 은근한 자부심이 묻어 나온다. 주실마을은 400여 년의 전통을 지닌 한양 조씨 동족 마을로 월록서당, 호은종택, 옥천종택, 만곡정사 등 많은 문화재를 간직하고 있다. 마을의 오랜 역사를 말해 주듯이 곳곳에는 고색창연한 기와집들이 솟아 있다. 조덕린(호은 조전의 증손자)의 가옥 옥천(玉川)종택과 조씨 문중의 서원이었던 창주정사, 지훈이 한문을 배웠다는 월록서당 등이 마을을 돌다 보면 눈에 들어온다. 20여 년 전에 왔을 때는 이 고택들 중에서 어떤 것이 조지훈 시인의 종택인지를 짐작할 수 없었다. 2007년 ㅁ자 형태로 '지훈문학관'이 만들어지고 안내석과 표지판 등이 들어서면서 이제는 누구나 쉽게 찾을 수 있는 곳이 되었다. 솟을대문을 앞세운 ㅁ자형의 기와집이 눈에 들어오는데, 뿌리 깊은 양반가의 종택임이 대뜸 느껴졌다. 집 앞에는 '호은종택(壺隱宗宅)'을 알리는 바윗돌이 세워져 있고, 그 맞은편에는 조지훈 생가임을 알리는 안내 표지판이 서 있다. 동네에서 만난 할머니는 이 집을 '조 박사 집'이라고 일러 주었다. 이 마을에서 나온 박사만 해도 20명이 넘는다고 하니 이 마을의 범상함을 짐작하고도 남음이 있다.

주곡동이 그만큼 많은 학자들을 배출한 데는 이곳에 처음 조씨 가문의 기반을 잡은 선조 호은공 조전(趙佺) 이래 대대로 학문적 기풍을 전수해 온 내력이 숨어 있었다. 원래 이곳은 주씨가 살았으나 1630년 조선 중기 조광조의 후손인 한양인 조전이 사화를 피해 이곳에 정착했다고 한다. 조지훈 생가 문전에 있는 '호은종택'의 호은(壺隱)은 조전의 호이다. 생가 옆에 호은정이라는 현판이 붙은 별채는 당시 이 지방의 유학을 상징하는 정신적, 학문적 산실이었다 한다. 지훈 역시 이런 분위기 속에서 성장했는데, 그가 보통학교에 들어가지 않고 가문에서 세운 월록서당에서 서당식 교육을 받았던 것은 한학자인 조부 조인석이 일본식 현대 교육을 받는 것을 반대했기 때문이라고 한다.

지훈에게 큰 영향을 미친 것으로 알려진 조인석은 학문과 문장, 지조가 높은 성균관 유생 출신으로 6·25전쟁의 와중에 희생된 인물이다. 증조부가 되는 조승기는 구한말 의병대장으로 독립운동을 하다가 한일합병조약 소식을 듣고 자결했고, 지훈의 부친인 조헌영은 일본 와세다 대학을 나온 영문학도로서 유학 시절부터 해방되기까지 이 호은정에서 청소년을 모아 신학문과 민족정신을 가르쳐 일인들로부터 고초를 당했던 인물이다. 조지훈이 향유로서 융성한 문벌을 형성한 가문의 종택에서 성장했고, 민족정신과 청렴한 생활을 강조하는 가문의 전통에 많은 영향을 받았으리라는 점은 충분히 헤아릴 수 있다. 이는 유교적 휴머니즘의 색채를 보이는 지훈 시의 근원이 어디에 있는가를 시사하는 자료이기도 하다.

대문이 활짝 열려 있고, 바깥쪽 행랑채와 사랑채 쪽은 비워져 있으나 안채에서는 누군가 살고 있는 듯한데 아무리 불러도 응하는 사람이 없다.

잠시 마을에 머무르는 동안 내가 마주친 사람은 서너 분의 할머니들뿐이다. 제법 큰 마을인데도 괴괴한 정적만이 감돌았다. 수백 년 동안 융성했던 마을이었으나 시대의 변화 앞에서는 어쩔 수 없어 고여 있는 듯 퇴락한 모습을 면하지 못하고 있었다. 쓸쓸히 논길을 걸어 나오는데 조지훈 시 한 수가 머릿속을 스친다.

> 발 돋우고 눈 들어 아득한 연봉을 바라보나
> 이미 어진 선비의 그림자는 없어……
> 자주 고름에 소리 없이 맺히는 이슬방울
> (「별리」에서)

지훈의 본명은 동탁(東卓)이다. 사진으로 본 그의 모습은 검은 테의 안경과 굳게 다문 다부진 입매가 전형적인 학자요 고고한 선비다. 고대 교수로 20여 년간 재직하면서 문학 외적인 저술을 많이 남겼지만, 일반에게 잘 알려진 면모는 그가 전통적 서정성을 현대시에 계승·발전시킨 대표적 시인이자, 박두진, 박목월과 함께 청록파를 이룬 3인 중의 한 명이라는 것이다.

조지훈 시의 특질이라 할 수 있는 '동양적 자연관, 전통문화에 대한 애착과 향수, 민족 정서의 형상화'는 오랜 문학적 방황을 거듭한 끝에 도달한 시 세계였다.

그의 문학적 체험은 9세 때로 거슬러 올라간다. 당대 풍미하던 프로문학의 영향을 받아 처음으로 동요를 지어 본 것이 문학의 첫 경험이었다. 그는 당시 정규 과정인 일제 교육을 받지 않고 서당에서 한학, 조선어, 수신, 역사 등을 배우며 선비 정신과 학자적 탐구 정신을 습득해 나갔다. 그러나 일찍이 문학적 싹을 보였던 까닭에 지훈에게 한학을 가르치던 조부 조인석은 "너는 문인으로 나가라."라고 말했다고 한다.

연보에 따르면 시를 본격적으로 습작하기 시작한 것은 16세부터이다. 그에게 가장 큰 영향을 준 사람은 어려서부터 시가를 들려주던 아버지와 큰형 세림(본명 조동진)이었다. 자전적인 글 「나의 역정」을 통해 그는 세 살 위인 맏형 세림이 "문학의 싹을 길러 준 사람"이라고 말한 적이 있다. 지훈과 함께 주곡동 마을의 문집 『꽃탑』을 펴내기도 하고 소년회를 조직하기도 한 세림은 지훈의 문학적 자질을 일깨워 주었으나 아깝게도 21세에 요절했다. 1996년에 간행된 『조지훈 전집』(나남)에는 요절 시인 조세림이 남긴 『세림 시집』 시편들이 함께 수록되어 있다.

조지훈이 주곡동 마을을 처음 벗어난 것은 17세 때이다. 서울로 올라온 그는 동향 시인인 오일도가 주재하던 '시원사'에 머물면서 시 습작을 계속했고 20세가 되는 1939년에 혜화 전문학교 문과에 입학했다. 한 연구자에 따르면, 조지훈은

1936년에서 1939년에 이르는 습작기에 '시문학파'의 영향을 받았으며, 또 한편으로는 와일드의 심미주의, 보들레르의 상징주의, 아방가르드, 쉬르, 다다 등에 경도함과 함께 도연명, 이백, 두보, 백낙천 같은 동양의 시인들도 두루 섭렵하는 등 동·서양에 걸친 방대한 독서 체험을 가졌다. 이 시기에 창작된 시들은 심미주의 경향의 시, 모더니즘 경향의 시, 전통 지향의 시들이 혼재되어 있는데 이러한 시적 혼돈은 유교 가문에서 습득한 생래적인 민족주의적 정서와 문학적 체험 사이에서 비롯된 정신적, 사상적 갈등이라는 게 연구자의 지적이다.

혜화 전문학교의 입학은 지훈이 최초로 정규 교육과정을 밟았다는 점, 이를 통해 유교적 인간관을 가진 그가 불교적인 정신세계와 조우하면서 시 세계를 넓혀 간다는 점에서 주목할 만하다. 불교적, 선적 세계가 그의 시 세계에 본격적으로 스며든 것이다. 그는 또한 서울에 체류하는 동안 '극예술연구회', '낭만좌'와 '조선어학회'에 드나들며 수많은 선배 문인, 예술인, 학자들과 교류한다. 이때 그가 만난 문인들이 한용운, 서정주, 김달진 등인데 이들로부터 '지절(志節)의 민족정신', '동양적인 체념과 생활 이념', '순수 서정의 시정신' 등을 계승받는다. 한편으로는 니체, 셰스토프, 드미트리 메레시콥스키 등의 사상을 접한 것도 그의 시 세계에 영향을 미쳤을 것이라고 본다.

지훈은 1939년 《문장》에 「고풍의상」이, 그다음 해에 「승무」와 「봉황수」가 2차 추천됨으로써 시단에 등장하는데, 당시 지훈의 시를 추천한 사람은 정지용이었다. 정지용은 조지훈이 서구 취향의 시보다는 "위축된 정신이나마 조선의 자연 풍토와 조선인적 서정과 최후로 언어 문자를 고수하는" 전통 지향의 시를 쓸 것을 권고한 시인이다. 지훈이 시적 방향을 정하는 데 그의 추천과 권고가 일정하게 작용했다는 것은 여러 문헌에서 언급되었다.

지훈의 데뷔작 「고풍의상」은 조지훈이 "서구 시를 모방하던 그때까지의 습작을 탈각하고 자기 자신의 시를 정립하려고 한 첫 작품"(「나의 역정」)이라고 밝힌 만큼 그의 시력에서 의미가 큰 작품이다.

> 하늘로 날을 듯이 길게 뽑은 부연 끝 풍경이 운다
> 처마 끝 곱게 늘이운 주렴에 반월(半月)이 숨어
> 아른아른 봄밤이 두견이 소리처럼 깊어 가는 밤
> 곱아라 고아라 진정 아름다운지고
> 파르란 구슬빛 바탕에
> 자주빛 호장을 받힌 호장저고리
> 호장저고리 하얀 동정이 환하니 밝도소이다
> (「고풍의상」에서)

봄밤과 처마의 곡선, 아름다운 전통 한옥을 배경으로 한 이 시는 "풍경", "반월", "주렴", "두견" 등의 소재와 더불어 한복의 아름다운 색감과 곡선미, 또 그것을 입은 여인의 자태와 율동미가 어우러지면서 시적 심미감이 고조되고, 시인은 그 속에서 물아일체의 경지에 흠뻑 젖어 있음을 보여 준다. "고아라", "밝도소이다", "흔들어지다"와 같이 어미 처리의 섬세함과 순수한 우리말에 대한 인식도 돋보인다. 일제의 침탈 속에서 역사와 전통, 나아가 민족어마저 말살되어 가는 시대적 배경 속에서 왜 시인은 고전 의상에 애착을 보이고 그것에 찬탄과 탐미의 시선을 보내는가? 여기에서 시인의 내면 깊이 숨어 있는 지향과 열망을 엿볼 수 있다. 즉, "고풍의상"은 그 자체로써 '조선심'을 표현하고 있으며, 민족의식의 표상이라 할 수 있는 제재이다. 이 시는 옛것에 대한 회고와 애수에 머무르지 않고 고전 의상의 재발견을 통해 역사와 민족이 살아 있음을 증거하고 싶어 하는 시인의 열망과 의지를 담고 있는 것이다.

정지용이 이 시에 대해 "고유한 하늘 바탕이나 고매한 자기 살결에 무시로 거래하는 일말 운하와 같이 자연과 인공의 극치"라고 평하면서 "시단에 하나의 '신고전'을 소개"한다는 추천사를 쓴 점이 인상적이다. 정지용은 지훈의 시가 앞으로 고전적인 작풍으로 나갈 것임을 예견한 것이다. 또 다른 추천작 「봉황수」도 "사라져 가는 것, 퇴락해 가는 것들에 대한 관심과 애정을 통해 민족혼의 부활과 국권 회복의 꿈을 노래"한 작품이다.

그의 삶과 시에 가장 큰 분기점을 마련해 준 때가 있으니, 그것은 혜화전문학교를 졸업하고 오대산 월정사에서 외전 강사(즉 초빙 강사)로 첫 사회생활을 시작하면서부터였다. 그때 그는 다른 자리를 마다하고 굳이 사찰의 강원을 택했다고 한다. 시인의 길에 들어선 그로선 자기 침잠에 몰두할 만한 환경으로 산사를 택한 것이 아니었을까. 경(經)을 읽고 싶으면 경을 읽고, 시를 읽고 싶으면 시를 읽고, 예불을 하고 싶으면 예불을 하고, 술을 먹고 싶으면 술을 마실 수 있는 비승비속(非僧非俗)의 생활이 나중에 병을 얻어 산을 내려올 때까지 계속되었다.

월정사 시절에 얽힌 한 토막의 일화가 있다. 먹물 장삼 대신 흰 두루마기를 입고 긴 머리를 한 그의 모습은 오대산에 괴승이 나타났다는 소문으로 비화되어 강릉에서 신문기자가 취재하러 오기까지 했다는 것이다. 그는 학승들과 '시문선답'과 같은 대화를 하며 문학 교육과 선미를 가르치고 배웠다 한다. 이 산사 생활을 통해 조지훈은 시선일여(詩禪一如)의 시정신을 깨우치게 되며 시인으로서의 확고한 작품 세계를 굳히게 된다. 그가 궁극적으로 도달한 것은 동양적 자연의 세계였다. 그 자연은 불교와 선미가 융해된 자연이었다. 이 시기에 대해서 그는 다음과 같이 회고한 바 있다.

> 이 절간 생활은 나의 시를 또 한 번 변하게 하였다. 그것은 변이된 생활의 쾌적미와 당시 내가 심취했던 시선일여(詩禪一如)의 경지 때문이었다. 일체의 정서와 주관을 배제하고 자연을 있는 그대로 직관하고 관조하는 서경의 소곡조를 찾았다. (……) 감각과 예지 그대로의 결정으로서 정적을 생동태에서 파악하고 생동태를 정지태로 포착하는 기법을 애용하였다. (「나의 시의 편력」에서)

「산방」, 「산1」, 「산2」, 「유곡」 등의 시편을 보면 당시 지훈의 눈에 비친 동양적 자연의 세계를 엿볼 수 있다. 조부 밑에서 한문 교육을 받고 성장한 만큼 지훈의 한시적 교양은 상당한 수준이었고, 지훈 전집에는 그가 번역한 한시들이 함께 수록되어 있다. 그의 시는 한시적 교양과 선적 감각이 함께 어우러지는 특색을 보이는데 김재홍은 이 점을 들어 그의 시가 만해의 시와 근친 관계를 보인다고 한다. 한편으로는 자연 표상을 통해 인생의 존재론적 의미를 탐구한다는 점에서는 소월의 시와 닿아 있으며 그렇기 때문에 지훈의 시가 서정적으로나 정신적으로나 전통시를 계승하고 있음을 알 수 있다는 것이다.

또 하나, 그의 초기 시 세계가 보여 주는 특질은 '조화와 교감'의 미학이다. 「승무」에서 볼 수 있는 '진, 선, 미 합일의 미학', 「고사(古寺)」에서 볼 수 있는 '정적미, 고취미를 바탕으로 한 선 감각과 화해의 미학'은 지훈에게 시와 선은 분리되는 것이 아니라 함께 어우러져 조화되면서 멋스러움으로 표출된 것임을 보여 준다.

하지만 자연의 세계에 머무르기엔 나라 안팎의 정세가 너무나 가파르게 전개되고 있었다. 당시는 암흑기라고 불리는 일제의 탄압이 가장 극악했던 시절이었다. 조지훈은 황국신민화 정책의 암울한 비보 속에서 어느 날 《문장》 폐간호를 받는가 하면, 월정사 서실마저 수색당하는 충격적인 일을 겪는다. 그는 통음의 시간을 보내다 졸도하는 일까지 있었다. 오대산에서 내려와 요양차 서울에 상경한 이후 3년간은 방랑과 절망의 시기였다. 경주에 있는 목월을 만나러 가거나, 친구들을 방문하면서 암울한 마음을 달래던 그는 1943년 가을에 아예 주곡동으로 낙향해 버리고 만다. 대부분의 문인들이 '조선문인보국회'라는 친일 문학 단체에 가담한 상황에서 그 역시 친일 단체의 입회를 강요받았지만, 차라리 붓을 꺾는 쪽을 택했던 것이다. 나중에 「지조론」이라는 글을 쓸 만큼, 변절에 대해 완고한 입장을 가졌던 그가 불의에 순응한다는 것은 있을 수 없는 일이었다.

낙향 이후의 심경에 대해서는 「무국어」라는 글을 통해 엿볼 수 있다.

> 하는 수 없이 낙향해 버리고 만 것이 어느덧 철 수가 바뀌었다. 날마다 산을 바라보고, 밤마다 물소리를 이웃하는 것밖에, 나는 책 한 권 바로 읽지 못하고 소란한 세상을 병든 몸으로 숨어서 살아간다. 친한 벗에게서는 편지 한 장 오지 않고, 들리는 소문이란 쫓기는 백성의 울부짖음밖에 아무것도 없었다.
>
> 어쩌지 못할 설움 속에 그래도 울먹거리는 마음을 다소 가라앉히기는 노란 국화가 피면서부터였다. (……) 아아, 국화가 나에게 한갓 슬픔을 더해 준다기로소니, 영혼과 육신이 함께 목마른 지금의 나에게 국화가 없으면 낙엽이 창살을 휘몰아치는 기나긴 가을밤을 어떻게 견디랴.
>
> (「무국어(撫菊語)」에서)

해방과 함께 그의 생애는 새로운 전기를 맞는다. 그는 사회 활동에도 적극 참여하는 한편, 교육자로서의 새 삶을 시작했다. 혜화전문학교, 경기여고, 서울여자의과대학, 동국대학을 거쳐 고려대학교 국문학과 교수로 부임하게 된다. 시인으로서 창작도 활발히 해 나갔다.

유치환, 김동리, 박두진, 서정주, 조연현 등과 함께 순수문학을 옹호하고 민족문학을 건설하는 일에도 앞장섰다. 그가 청년문학가협회 창립대회에서 발표한 「해방 시단의 과제」는 그의 문학관을 단적으로 보여 주는 글이다. 「순수시의 지향」, 「정치주의 문학의 정체」, 「고전주의의 현대적 의의」, 「현대문학의 고전적 의의」 등 순수문학적인 관점의 글들이 이때 쓰이며 최초의 시인론인 「김영랑론」도 이 시기에 쓰였다.

해방 후 한국 현대시문학사에 기록될 만한 일이 1946년에 일어난다. 박목월, 박두진, 조지훈 세 사람의 시를 엮은 시집 『청록집』이 발간된 것이다. 어느 눈 오는 날 밤에 성북동 지훈의 집에서 원고를 뽑았고 거기에 목월이 '청록집'이라는 이름을 붙였다. 그리고 박두진이 근무하던 을유문화사에서 이를 시집으로 발간했다. 이 세 사람은 모두 《문장》을 통해 등단한 시인이었고, 후일 청록집이 세 시인 모두의 시적 고향이 된다는 점에서 뜻깊은 일이었다. 지훈도 밝혔듯이, 『청록집』은 암흑기 상황에서 발표할 수 없었던 시를 발표할 수 있게 된 해방의 감격과 혼란한 정치적 시류 속에서 시의 올바른 길을 제시하려는 의욕과 우리 시의 새로운 전개를 위한 교량으로서의 전통을 집성해 놓은 것이었다. 그것이 시사적으로 어떤 의미가 있는가는 "해방 공간의 혼란 속에서 그들이 추구한 자연의 발견과 그 탐구의 노력은 그것 자체가 신선한 생동감을 던져 준다."라는 김재홍의 말에서도 알 수 있다.

1950년대는 조지훈에게 가장 화려한 시절이었지만, 6·25 전쟁으로 조부와 부친(납북된 후 소식이 끊김)과 어머니, 그리고 아우까지 잃는 불행한 가족사와 함께 시작된 연대였다. 피난지에서도 종군작가단을 결성해 종군한 그는 강한 휴머니즘의 태도와 반공 의식, 자유와 정의에 대한 강렬한 의지를 갖게 된다. 전쟁시의 명편 중의 하나로 꼽히는 「다부원에서」를 보면 잔혹한 전쟁을 통해 허망한 인간 상실과 파멸의 현장을 본 그의 비관적인 심경을 엿볼 수 있다.

일찍이 한 하늘 아래 목숨 받아
움직이던 생령들이 이제

싸늘한 가을바람에 오히려
간고등어 냄새로 썩고 있는 다부원

진실로 운명의 말미암음이 없고
그것을 또한 믿을 수가 없다면
이 가련한 주검에 무슨 안식이 있느냐

살아서 다시 보는 다부원은

죽은 자도 산 자도 다 함께
안주의 집이 없고 바람만 분다.
(「다부원에서」에서)

이제 조지훈의 시 세계는 고전적인 정서와 시선 일체의 초기 시 세계에서 해방 전후사와 전쟁, 그리고 4·19혁명을 겪으며 점차 역사와 현실의 세계로 확대되어 간다.

고난과 충격의 시기 속에서도 시 창작을 중단하지 않은 그는 1952년에 첫 개인 시집인 『풀잎 단장』을 발간하고 이후, 『조지훈 시선』, 『역사 앞에서』 등을 펴내며 개인적으로는 가장 화려한 문단 시절을 보낸다. 시뿐 아니라 비평 활동도 활발하게 해 나갔다. 특히 그가 쓴 『시의 원리』(1953)는 현대시문학사상 최초의 정통 이론서로, 그의 문학 활동 중 가장 중요한 업적으로 꼽히는 저서이다.

무너진 성터 아래 오랜 세월을 풍설에 깎여 온 바위가 있다.
아득히 손짓하며 구름이 떠가는 언덕에 말없이 올라서서
한줄기 바람에 조찰히 씻기우는 풀잎을 바라보며
나의 몸가짐도 또한 실오리 같은 바람결에 흔들리노라
아 우리들 태초의 생명의 아름다운 분신으로 여기 태어나
고달픈 얼굴을 마조 대고 나즉히 웃으며 얘기하노니

때의 흐름이 조용히 물결치는 곳에 그윽히 피어오르는 한 떨기 영혼이여

(「풀잎 단장」)

풀잎은 우리 주변에서 쉽게 볼 수 있는 존재, 그래서 단순하고 미미한 존재이기도 하다. 그렇지만 오랜 세월 무너진 성터에서 풍설에 깎여 온 바위 아래 피어 있다. 외부 여건에 아랑곳하지 않는 강인한 생명력을 지닌 존재가 바로 풀이자 우리들이라는 것이다. 생명의 신비에 대한 경외심이 잘 드러난 시이다.

말년의 지훈은 『여운』(마지막 시집)의 발간 외에는 학문적 탐구와 저술 활동에 더 힘을 기울였다. 1960년대에 그가 펼친 저술 활동은 실로 화려한 것이었다. 주요 저서의 목록만 봐도 『한국 현대시사의 쟁점』, 『한국문학의 전통』, 『한국현대시문학사』, 『한국 문화사 서설』, 『한국 문화사 대계』 중 제1권 『민족국가사』, 『신라 가요 연구 논고』, 『한국 민속학 소사』, 『한국 민족운동사』 등 그 영역의 진폭이 이루 헤아릴 수 없을 정도다.

시인, 지사, 국학자, 논객이라는 화려한 수식어가 붙는 그의 일생은 생각보다 짧았다. 기관지 확장 및 폐기종이라는 병을 얻어 아까운 생을 마감할 때가 1968년. 주곡동 생가에서 부친 조헌영과 박노미 사이에서 3남 1녀 중 두 번째 아들로 태

어났을 때가 1920년이었으니, 겨우 48년의 생애를 살다 간 셈이다.

지훈을 기리는 문학관이 2007년에 개관해 현재는 지역 명소가 되었다. 부인 김난희 여사가 직접 쓴 "芝薰文學官"(지훈문학관) 현판을 필두로 170여 평 규모 단층 목조 기와집은 ㅁ 자 모양으로 되어 있다. 문학관에 들어서면 지훈의 대표 시인 「승무」가 흘러나오고, 동선을 따라 지훈의 삶과 그 정신을 엿볼 수 있는 다양한 유물들이 전시되어 있다. 세상을 뜨기 6~7년 전부터 애용했다는 담배 파이프와 안경 등을 비롯해 즐겨 입었던 외투와 삼베 바지 등도 전시되어 있다. 2000년 초반에 왔을 때는 표지석 하나 없던 쓸쓸한 곳이 지금은 인파로 북적이는 명소로 탈바꿈했다. 문학에 문외한이라 할지라도 문학관과 기념 공원을 둘러보면서 지훈 시 한 편이라도 읽는다면 '조지훈 시인의 고향'이라는 말이 결코 어색하지는 않을 것이다.

2006년 9월 지훈이 재직했던 고려대 문과대 뒤편 교정에서 '조지훈 시비' 제막식이 있었다. 시비 전면에는 「승무」가, 뒷면에는 이력과 함께 4·19혁명 직후 쓴 헌시가 새겨져 있다. 헌시는 4·19 혁명 보름 뒤인 1960년 5월 3일 자 《고대신문》에 「늬들 마음을 우리가 안다 — 어느 스승의 뉘우침에서」라는 제목으로 실린 시이다. 시를 통해 지훈은 “현실에 눈감은 학문”을 하던 자기 자신을 반성하고 “그날 비로소 너희들이 갑자기 이뻐져서 죽겠던 것이다.”라며 혁명에 뛰어든 학생들에 대한 찬사와 애정을 표시했다.

사랑하는 젊은 이들아
붉은 피를 쏟으며 빛을 불러 놓고
어둠 속에 먼저 간 수탉의 넋들아
늬들 마음을 우리가 안다 늬들의 공을 온 겨레가 안다.
하늘도 경건히 고개 숙일 너희 빛나는 죽음 앞에
해마다 해마다 더 많은 꽃이 피리라.

낙동강
물줄기와
파수꾼

부산의 김정한

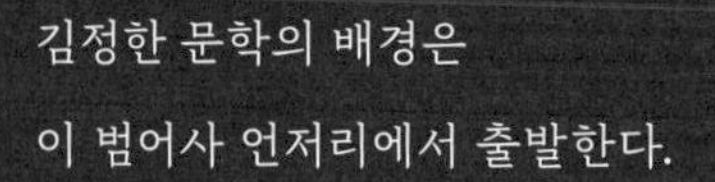

김정한 문학의 배경은
이 범어사 언저리에서 출발한다.

즐겨썼던 모자 등 유품

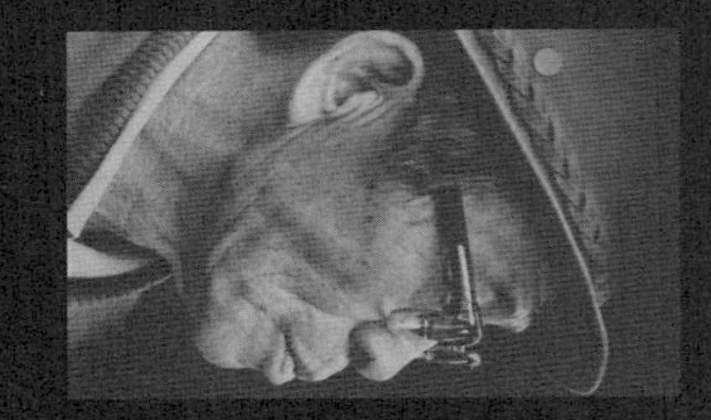

요산 김정한

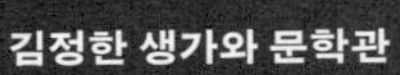

김정한 생가와 문학관

부산은 국제영화제 기간이었다. 2023년에는 10월 4일에 개막했고 개막작은 「한국이 싫어서」였다. 나는 일요일인 8일에 도착했다. 일요일이라 다른 날에 비해 한산했지만 영화제 특유의 활기는 거리 곳곳에서 느껴졌다. 1996년에 시작해서 지금 27회를 맞이한 부산국제영화제는 대한민국을 넘어 아시아를 대표하는 영화제로 자리 잡았다. 2011년 개관한 부산국제영화제 전용관 '영화의 전당'은 부산의 랜드마크가 되어 있었다.

부산은 서울에 버금가는 대도시이면서 부산항을 품은 대표적 항구도시이다. 시원한 바다와 호젓한 사찰, 풍미가 가득한 음식과 야경이 어우러져 다채로운 매력을 뿜어내는 큰 도시이다. 지형과 예술이 조화를 이룬 감천문화마을에서 넓은 백사장과 초현대식 건축물이 즐비한 해운대 등 부산은 옛것과 현대가 고루 조화를 이룬 아름다운 도시이다.

그러나 문학자인 내게는 무엇보다 요산 김정한 문학의 현장이 있는 도시로 먼저 떠오른다. '낙동강의 파수꾼'이자 '부산의 지킴이'로 꼽히는 작가, 요산(樂山) 김정한의 문학 현장을 찾아가기 위해 길을 나섰다.

김정한은 1932년에 단편 「그물」을 《문학건설》에 발표한 뒤, 1936년에 「사하촌」이 《조선일보》 신춘문예에 당선되어 등단했지만, 1940년대 이후에는 거의 절필 상태로 지냈다. 25년 동안 창작을 중단했으니 세간의 이목에서도 멀어지고 작가의 생명도 시든 것처럼 여겨졌지만 환갑을 앞둔 59세의 나이에 「모래톱 이야기」(1966)를 내놓아 세상을 깜짝 놀라게 한다. 이후 「수라도」, 「인간단지」, 「산거족」 등 빛나는 작품들을 연이어 내놓음으로써 요산의 문단 복귀는 문학사적 사건이 되었다.

개인적으로 단편소설 「산거족」에 나오는 한 대목을 한동안 외우고 다녔던 적이 있다. 요산이 작고한 현재 시점에서는 마치 유언처럼 장엄하게 느껴지는 구절이다.

> 사람답게 살아가라! 비록 고통스러울지라도 불의에 타협한다든가 굴복해서는 안 된다. 그것은 사람이 갈 길이 아니다.

이 글귀는 1980년대에는 죽비 소리처럼, 1990년대에는 산사의 범종 소리처럼 가슴을 울리곤 했다. 요산 문학의 정수가 그 문장 속에 압축되어 있는 듯이 느껴진다.

김정한의 이력을 보면 특이한 점이 있다. 서울 유학과 일본 와세다 대학 시절을 빼고는 부산을 떠나 본 적이 없다는 것이다. 부산에서 태어나 부산에서 일생을 보낸 유일한 문학인으로 김정한을 꼽는 부산 문학인들의 자부심은 대단하다. 부산 문학, 특히 소설 문학은 요산의 그늘 아래 있다고 해도 과언이 아닌 것이다.

김정한이 태어나 스무 해가 넘도록 살았다는 '생가'는 '부산 금정구 남산동 663-2번지'에 보존되어 있다. 20여 년 전에 왔을 때는 안내 표지판 하나 없는 좁은 골목길을 지나 만날 수 있는 쓰러져 가는 한옥이었지만, 이제는 깔끔하게 복원되었다.

부산시와 요산기념사업회는 남산동 661-2번지에 생가를 복원하고(2003), 이후 생가 옆에 기념문학관(2006)을 건립했다. 생가를 복원하면서 발견된 특이한 점은 상량(上梁)이 두 개라는 것이다. 애초에 생가는 1914년에 지어졌는데, 연호를 달리한 두 개의 상량을 갖고 있었다. '대정 3년(大正 三年)'으로 적힌 상량의 위쪽에 '단군개국 4247년(壇君開國 四二四七年)'이라고 쓴 또 하나의 상량이 겹쳐 올려져 있다. 상량의 시각도 보통 하는 것과 다르게 술시(저녁 7~9시)였다. 이런 상량은 요산의 부친 김기수가 일제의 연호를 쓰는 데 저항감을 갖고 '단군 기원'을 썼고 혹시 일어날지도 모를 껄끄러운 일을 피해 상량 시각을 저녁때로 잡은 것이라고 한다. 부친의 이런 '나라사랑', '민족정신'이 요산에게 영향을 끼쳤음을 짐작게 하는 대목이다.

생가 뒤편으로 보이는 산자락이 금정산이다. 그리고 가까이에 천년 사찰인 '범어사'가 있다.

김정한 문학의 배경은 이 범어사 언저리에서 출발한다. 「사하촌」의 보광사뿐만 아니라 「옥심이」의 백암사, 「추산당과 곁사람들」에 나오는 백련암, 「묵은 자장가」에 나오는 청운사 등이 모두 범어사의 그림자를 드리우고 있다. 김정한이 증조부가 세운 서당을 다니며 한학을 배우다가 12세에 들어간 명정학교도 바로 이 범어사에서 세운 사립학교였다.

범어사와 명정학교는 만해 한용운과도 관련이 있다. 만해의 불교 활동의 중심지였고 『불교대전』을 간행한 곳도 이 절이기 때문이다. 또한 만해의 제자인 김법린이 범어사에서 중이 되어 명정학교 교사로 있으면서 3·1운동에도 관여하다가 투옥되는데, 김정한은 1919년에 이 학교에 입학했고, 3·1운동 당시 상급생들이 범어사와 범어사 입구를 오가며 만세를 부를 때 함께 했다는 기록이 있다. 『낙동강의 파수꾼』에서 "내가 절학교에 이태 동안 다니면서 소위 신학문이란 걸 배운 이외에 그 당시의 불교라기보다는 절이나 중들에 대한 일들을 직접 눈으로 많이 보았다."라는 구절이 나오는 것을 보면 소설 속의 절학교가 사실은 명정학교이고, 이렇게 절 학교를 다니면서 겪은 부정적인 체험이 「사하촌」 이래 중들에 대한 비판적 시선으로 이어진 게 아닌가 하는 생각이 든다. 그러나 절과의 인연이 깊다 보니 1936년에 「사하촌」이 신춘문예에 당선되었을 때는 범어사 측으로부터 테러를 당할 만큼 심한 반감을 샀다.

물론 「사하촌」에 묘사된 '천여 년의 역사를 가지고 무려 백여 명의 노, 소승이 우글거리는 사찰 대본산 보광사'는 범어사 자체라기보다는 비슷한 처지의 사하촌을 객관화하는 과정에서 형상화된 것이지만 범어사 측으로서는 오해할 수밖에 없는 상황이었을 것이다.

이런 사실을 아는지 모르는지 범어사 자락에 세워진 '김정한 문학비'는 묵묵히 말이 없다. 수많은 등산객들과 행락꾼들이 오가지만 어느 하나 문학비에 눈길을 돌리는 사람이 보이지 않는다. 문학비가 차로 옆에 있어 접근이 쉽지 않다. 김정한 문학비를 지나 모퉁이를 돌아내려오면 아동문학가 이주홍 문학비, 시조 시인 고두동 문학비 등이 연이어 세워져 있다.

김정한은 다른 작가에 비해 매우 선이 굵고 선명한 인상을 주는 작가로 평가된다. 그는 유례를 찾기 힘들 만큼 투철하고 일관된 삶의 자세를 견지하여 왔다. 그런 태도는 단어와 문장을 대하는 데서도 드러난다. 1936년 창작에 필요한 단어들을 수집하고 정리해 『조선어 사전』을 만들었고, 경상도 일대의 식물을 채집해 모양, 이름, 생태를 자세히 기록한 식물도감인 『향토 식물 조사록』을 작성하기도 했다. 그의 책상 서랍에는 이런 단어와 식물 도록으로 가득 차 있었다고 한다. (문학관 2층 전시실에는 이 카드들과 함께 『삼별초』를 집필하면서 작성한 촘

촘한 연표가 전시되어 있다.) 이 성실한 관찰과 조사를 바탕으로 작품을 집필했던 까닭에 문장은 정확하고 빈틈이 없게 된다.

금정산 뒤로 낙동강이 흐른다. 김정한은 어렸을 때부터 낙동강을 보고 자랐다. 구포다리가 놓이기 전에는 나룻배를 타고 김해 등을 건너다녔다. 그러나 낙동강이 그의 소설 무대 속으로 흘러 들어온 것은 「모래톱 이야기」부터다. 김정한이 오랜 절필 끝에 이 작품을 쓰게 된 동기는 순수문학의 언저리를 맴돌던 당대 문단에 대한 강한 부정이었다고 말한다.

> 이십 년이 넘도록 내처 붓을 꺾어 오던 내가 새삼 이런 글을 끼적거리게 된 건 별안간 무슨 기발한 생각이 떠올라서가 아니다. 오랫동안 교원 노릇을 해 오던 탓으로 우연히 알게 된 한 소년과, 그의 젊은 홀어머니, 할아버지, 그리고 그들이 살아오던 낙동강 하류의 어떤 외진 모래톱 ―이들에 관한 그 기막힌 사연들조차, 마치 지나가는 남의 땅 이야기거나, 아득한 옛날이야기처럼 세상에서 버려져 있는 데 대해서까지는 차마 묵묵할 도리가 없었기 때문이다.
>
> (「모래톱 이야기」에서)

김정한이 부산중학교 교사로 근무할 당시 만난 제자 중의 한 명이 소설 속에 나오는 건우였다. 건우는 비가 오는 날이면

지각을 면치 못했는데, 이유는 "나룻배 통학생"이었기 때문이다. 건우가 사는 조마이섬은 몇백 년, 아니 몇천 년 갖은 풍상과 홍수를 겪어 오는 동안에 모래가 밀려서 된 나라 땅인데, 일제 시절에는 일본 사람의 소유가 되어 있다가 해방 후에는 어떤 국회의원의 명의로 둔갑해 있고, 그 뒤로는 어떤 유력자 앞으로 넘어가 있었다. 선조 때부터 거기에 발을 붙이고 살아오던 사람들과는 무관하게 소유자가 도깨비처럼 바뀌고 있었던 것이다. 갈밭새 영감이 홍수로 섬이 물에 잠길 위기에 처하자 둑을 허물고 유력자의 하수인을 물에 내동댕이친 것은 누적된 울분과 한을 표현한 것이다. 결국 갈밭새 영감은 살인죄로 감옥으로 가고, 건우는 학교에서 보이지 않게 된다. 낙동강을 삶의 터전으로 갖고 있음에도 불구하고 그로부터 소외된 사람들의 이야기를 건우를 통해서 고발한 것이다.

이 작품이 높게 평가되는 것은 가난하고 헐벗은 '따라지'들에 대한 애정과 함께 작가의 치열한 비판 정신 때문이다. 작품이 발표된 1960년대 중반은 4·19혁명으로 분출된 민주주의에 대한 열망이 군사정권에 의해 무참하게 짓밟히면서 박정희 개발 독재가 본격적으로 닻을 올린 시기였다. 문단에서는 남정현의 '「분지」 필화 사건'(1965) 등으로 반공주의의 한파가 몰아쳤고, 작가들은 숨을 죽인 채 사회와 정권의 비리에 침묵해야 했다. 이런 상황에서 김정한은 '유력자'로 대표되는 정권을 비판하고 저항하는 대담한 모습을 보여 준 것이다.

이 작품을 계기로 김정한은 산업화 과정에서 소외되고 희생된 가난한 민중들의 입장을 대변하는 작품을 줄곧 발표한다. 김정한이 보기에 가장 문제되었던 것은 민중들의 실제적인 삶을 외면한 채 진행되는 허울뿐인 근대화 정책이었다.

「제3병동」의 강남옥 처녀의 눈에 비친 근대화는 단적으로 "천하고 안타까운" 것이었다. 멀리 보이는 들 끝 초가집들은 게딱지처럼 다닥다닥 흉한 몰골을 드러내고 있는데, 철길가의 집들은 거의 일률적으로 시멘트나 기와, 슬레이트로 화려하게(?) 고쳐 이어졌다. 어떤 집들은 철길에서 보이는 쪽만 기와나 슬레이트고 나머지는 찌그러져 가는 초가 그대로 방치되어 있고, 벽도 보이는 쪽만 회칠이 되어 있다. "우리들을 도와줄 수 있는 외국 손님들을 맞이하기" 위한 과시용이었던 까닭이다. 이 외형 위주의 근대화는 민중들의 실제적인 삶을 외면한 것이고, 그래서 작가는 "근대화 두 번만 했으면 집까지 뺏아 갈 거 앙이가!"(「유채」에서)라는 자조 어린 탄식을 내놓는 것이다.

김정한의 문학은 바로 이 인간의 실제적인 삶을 억압하고 왜곡하는 사회적 비리에 대한 저항으로 요약할 수 있다.

'가락의 동쪽'이라는 데서 그 이름이 유래되었다는 '낙동강'의 물결은 깊고도 묵묵하다. 낙동강 1300리라 했던가. 그 길이만큼 사연도 깊고 많을 터. 억새풀의 표정이 질기게 느껴지는 것도 그 강과 함께 흘러온 인간의 역사를 닮았기 때문일 것이다.

낙동강 물이 실어 나른 토사들은 강 하구에 이르러 차곡차곡 쌓이기 시작해 넓은 모래톱을 형성해 놓았다. 그 모래톱이 철새 도래지로 유명한 '을숙도'이다. 김정한의 대표작인 「모래톱 이야기」에서 등장하는 "이 고장 사람들이 젖줄같이 믿어 오는 낙동강 물이 맨들어 준 우리 조마이섬"도 을숙도를 일컫는 것이었다. 을숙도는 수심이 얕고 해수와 담수가 교차하기 때문에 각종 동식물성 플랑크톤, 갑각류, 소형어류 및 해조류가 풍부하다. 겨울은 온화하고 여름은 서늘하여 겨울 철새의 월동지이자 여름 철새의 번식지로 적합하다. 그래서 사철 10여만 마리의 철새가 찾아오는 세계적인 철새 도래지로 꼽혔으나 낙동강 중류와 부산 주변 공단에서 배출되는 여러 오염 물질과 농업, 축산, 생활 폐수의 유입 및 무분별한 남획 등으로 인해 철새 도래지로서의 명성이 퇴색해 가는 중이었다. 게다가 1987년에 명지동과 하단동에 낙동강 하구 둑이 들어서면서부터는 더더욱 옛날의 모습을 잃어버렸다. 하구 둑이 놓이기 전의 풍경은 이제 소설 속에서나 찾아볼 수 있을 듯하다.

길가 수렁과 축축한 둑에는 빈틈없이 갈대가 우거져 있었다. 쑥쑥 보기 좋게 순과 잎을 뽑아 올리는 갈대청은, 그곳을 오가는 사람들과는 판이하게 하늘과 땅과 계절의 혜택을 흐뭇이 받고 있는 듯, 한결 싱싱해 보였다. (……) 길바닥까지 몰려나왔던 갈게들이, 둔탁한 사람들의 발자국 소리에 놀라 이리저리 황급히 구멍을 찾아 흩어지는가 하면, 어느 하늘에선지 종달새가 재잘재잘 쉴 새 없이 재잘거리고 있었다.

(「모래톱 이야기」에서)

경부선의 종착역인 부산역은 바다에 인접해 있다. 열차에서 내리면 거대하고 화려하게 신축된 역사가 서울역과 다를 것 없이 시야를 가로막지만 귓전에 꽂히는 부산 사투리에 문득 눈길을 돌리면 담장 너머로 부산만에 정박 중인 선체들이 시야에 들어오고 그제서야 이곳이 남한 제일의 항구도시라는 사실을 깨닫게 된다. 부산항은 국내 최대의 무역항이고, 부산은 대한민국 최초의 광역시이다.

용두산 공원은 부산시 중구에 자리 잡은 공원으로 서울로 치면 남산에 해당한다. 용두산 공원에 오르면 우리나라 최대 항구로서의 부산의 전모가 시야에 들어온다. 118미터의 부산 타워 앞에 서면 태평양 연안의 유수한 항구 중의 하나임을 증명하듯이 부산만이 웅장하게 펼쳐진다. 부산만에 정박 중인 배들은 대부분 큰배들이다. 250킬로미터 떨어져 있는 일본 시모노세키와는 페리로, 그 밖에 도쿄, 오사카 등지와도 항공로로 연결되는 국제도시답게, 외국인 관광객들이 전망 좋은 벤치에 앉아 바다를 바라보며 담소를 나누는 모습도 공원 곳곳에서 눈에 띈다.

부산만을 등지고 뒤를 돌아보면 병풍처럼 두르고 있는 구릉들이 눈에 들어온다. 구릉들 중 한 가닥은 금정산에서 다대포 몰운대로 뻗어 나가고, 또 한 가닥은 해운대의 장산으로 뻗어 나간다. 서쪽으로는 물금 부근에서 낙동강 하구를 향해 드넓게 평야 지대가 펼쳐진다. 부산은 남쪽과 동쪽으로 바다에 면하고, 서쪽으로 김해시, 창원시, 북쪽으로 양산시, 울산시에 접한다. 한반도 남동단의 관문으로 꼽히지만 개항장이 된 것은 1876년 일본에 의해서였다. 1945년에는 해외 동포들이 고국으로 들어오는 귀환 항이었고, 1950년 전쟁이 났을 때는 임시 수도가 되기도 했다. 직할시로 승격한 것이 1963년, 이후 발전을 거듭해 한때는 서울권에 버금가는 부산권을 형성해 국제적인 해양 도시로 명성을 떨쳤다. 부산은 자랑할 것도 많고, 갈 곳도 많다. 욕심 가는 곳은 많지만 아쉬움을 접고 영도 쪽으로 방향을 잡는다.

영도다리를 건너 10여 분을 달리면 왼쪽으로 한국해양대학교가 보이고 조금 더 가면 남동쪽 끝에 이른다. 그곳에 아름다운 바다가 기다리고 있다. 절벽 위에 섰을 때 좌우 전면으로 펼쳐지는 망망한 바다, 바로 대한해협이다. 전망대에 서면 대마도가 흐릿하게 윤곽을 드러내고 그 앞을 유유히 오가는 배들이 눈에 들어온다. 대마도에서 시야를 왼쪽으로 돌리면 보이는 섬이 조용필의 「돌아와요 부산항에」에 등장하는 오륙도이고, 그 뒤로 펼쳐지는 마천루가 해운대 마린시티이다.

오른쪽으로 주전자 모양으로 생긴 섬이 주전자섬이다. 영도 등대에서 절벽을 따라 자갈마당으로 내려가는 길은 어쩐지 외국 영화의 한 장면 속으로 걸어 들어간 것처럼 이국적 풍취가 가득하다. 503촉광의 빛을 18초 간격으로 바다를 비추어 세계 각지에서 오는 배들의 뱃길을 밝혀 주고 있는 '영도 등대'는 언덕 위의 하얀 성채처럼 신비롭게 서 있어서 사람의 마음을 설레게 만든다. 아마도 등대와 바다와 하얀 색깔이 어우러져 기묘한 아우라를 빚어내고 있는 탓이다.

망부석이 서 있는 해안선의 기암절벽 위에는 바다를 바라보며 두 손을 꼭 잡고 마치 풍경의 일부처럼 못 박힌 연인들로 가득하고 절벽 아래 자갈마당에는 파도와 바람과 절벽에 마음이 흔들린 여행객들이 회와 소주를 앞에 놓고 객기를 달래며 지나가는 유람선을 향해 이따금 손을 흔들어 준다. 신라 태종무열왕이 전국의 명승지를 돌다가 이곳의 풍광에 사로잡혀 수

레를 멈추었다던가. 이곳에 서면 모두들 과연 그럴 법하다고 고개를 끄덕이게 된다. 등대에서 조금 내려오면 해방 후부터 애달픈 사연을 지닌 뭇사람들이 떨어져 내렸다는 사연 많은 자살 바위가 있는데, 지금은 그 자리에 전망대를 만들어 놓았다. 전망대 입구에는 모자상을 설치해 놓았는데, "모자상은 세상을 비관하여 전망대에서 자살을 하려는 사람들에게 어머니의 진한 사랑을 다시 한번 생각하게 하여 삶의 안식과 희망을 얻을 수 있도록 하기 위하여 1976년에 설치하였음"이라는 문구가 새겨져 있다.

버스는 영도에서 빠져나온 나를 자갈치축제가 열렸던 남포동 인근에 내려 주었다. 지하철 자갈치역 표지를 보며 도로 맞은편으로 시선을 주니 그곳이 한국 최대 생선 시장으로 유명한 '자갈치시장'이다. 마침 해마다 10월에 한 차례 열린다는 '자갈치 축제' 기간이어서 길을 건너가 본다.

어둠이 내려 주위가 거뭇거뭇한데도 어시장은 불야성을 이루고 있다. 억척스러운 자갈치 아지매들의 활기찬 목소리와 파닥거리는 고기들의 물 튀기는 소리, 흥정하는 소리 대신 축제 소문을 듣고 전국의 엿장수는 다 몰린 듯, 여기저기서 각설이 분장을 한 호박엿 장수들이 북을 치며 분위기 메이커 노릇을 톡톡히 하고, 작은 목선들이 어둠 속에서 출렁대는 남항 바닷가 근처에서는 "오이소! 보이소! 사이소!" 정겨운 문구의 플래카드 밑으로 무대가 차려져 있고, 요리 경연 대회가 끝물을 장식하는 중이다. 뒤로는 임시 수족관까지 차려 놓았다. 능성어, 노래기, 도도바리, 돌돔, 병어, 방어 들이 어항 속에서 꿈벅거리며 노닌다. 어른의 손을 잡고 수족관 구경을 온 아이들의 눈이 휘둥그레진다. 시장 안쪽 좌우로 늘어선 생선 가게에서는 입맛에 따라 여러 생선회를 먹을 수 있다. 바닥에 줄지어 있는 포장마차들에서 파는 것들도 죄 어물들이다.

이곳에선 부산 사람들의 숨결을 생생하게 느낄 수 있다. 그래서 부산의 대명사로 불리는 모양이다. 남포동 남항 바닷가에 위치하고 신동아 시장, 건어물 시장과 어우러져 대규모 수산시장을 이루면서, 노상에는 생선을 파는 아낙네들의 투박한 경상도 사투리를 질리지 않게 들을 수 있고 한국 최대 어항 특유의 번잡함을 경험할 수 있다. 그 번잡함 한가운데 끼어들어 등 없는 의자에 앉아 조개구이와 함께 소주 한 잔을 기울이다 보면 부산의 밤은 소리 없이 깊어진다.

물금에서 원동을 지나 삼랑진에 이르는 길은 낙동강 줄기를 따라 펼쳐진다. 삼랑진을 더 거슬러 올라간 상류께에서 소설 「뒷기미 나루」의 창작 무대인 '뒷기미 나루터'를 만날 수 있다. 김정한의 낙동강 소설 중에서 「모래톱 이야기」가 낙동강의 하구를 무대로 한다면 「뒷기미 나루」는 낙동강이 밀양강으로 갈라지는 지점을 담아내고 있다.

지방 도로를 타고 가다가 낙동교를 바로 앞에 두고 차를 멈추면 오른쪽으로 차 한 대가 간신히 드나들 정도의 좁은 길이 나오는데, 그 길을 따라 조금 나가면 '나루터 횟집'이 있고 바로 그 옆에 뒷기미 나루가 있다. 적막한 풍경 속에 나룻배 두 척이 한가로이 떠 있다. 이 나루는 밀양강과 낙동강의 삼각지점에 있으면서 밀양 하남읍과 수산들, 김해 생림면을 마주보고 있어 옛날부터 사람들이 대처로 나가는 길목이었다.

> 뒷기미 나루는 삼랑진을 더 거슬러 올라간 낙동강 상류께, 지류인 밀양강이 본류에 굽어드는 짬이라, 다른 곳보다 물이 한결 맑았다. 물이 맑아 초가을부터 기러기 떼며 오리 떼가 많이 모여들었다. 그렇게 많이 모이던 기러기며 오리 등이 간다 온다 말도 없이 훨훨 날아가기 시작하면, 뒷기미의 하늘에 별안간 아지랑이가 짙어 오고, 모래톱 밭들에는 보리빛이 한결 파릇파릇 놀랄 만큼 싱싱해진다.
>
> (「뒷기미 나루」에서)

뒷기미 나루는 유장한 낙동강을 배경으로 그 풍광이 그림처럼 아름다운 곳이지만 사전 지식 없이 간다면 의미 없이 흘러가고 말 풍경이다.

여기에서 또 하나 놓칠 수 없는 것이 근대소설의 첫 장을 연 『무정』의 감동적 현장인 '자선 음악회'가 열린 삼랑진이다. 소설 후반에서 이형식과 선형, 영채 등이 동경으로 유학을 떠나는 도중에 홍수를 만나 철길이 끊기자 기차에서 내려 음악회를 열었던 곳이 이 삼랑진 철교 근처이다.

삼랑진 철교와 뒷기미 나루터는 낙동강을 따라 부산의 외곽을 돌며 문학의 현장을 훑어볼 수 있는 훌륭한 문학 여행 코스이다.

부산은 최근 국제영화제로 유명세를 떨치고 있다. 영화에 문학이 가리어지지 않도록 부산 출신 문인들을 발굴하고 지원하는 일도 함께 했으면 하는 소망을 가져 본다. 그러면 영화와 문학 예술 도시로서의 면모가 더 빛날 것이 틀림없다. 문화는 하루아침에 이루어지는 것이 아니라 당국의 지속적인 관심과 문화 종사자들의 열의가 어우러졌을 때 완성되는 종합예술 작품 같은 것이기 때문이다. 이런 점에서 본다면 최근 문학 단체들이 각종 문학 행사를 주관하며 활발한 지역 활동을 벌이는 모습은 매우 고무적인 현상이라 할 수 있다.

애련에
물들지
않는
남성적
시혼

통영의 유치환

"과연 시인의 고향이나."

방하리 생가

靑馬詩鈔

『청마시초』(1939)

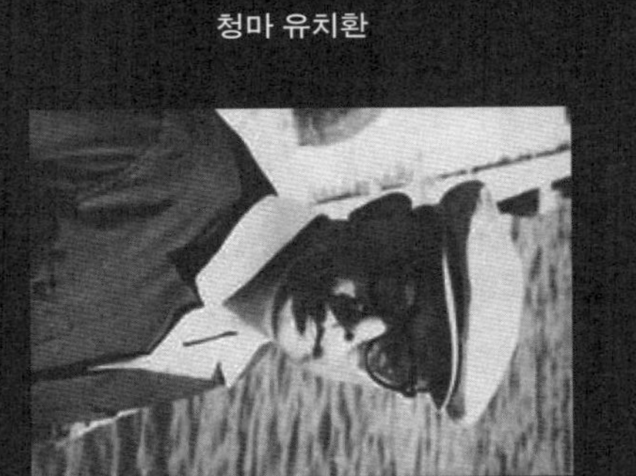

청마 유치환

청마 유치환 시비

거가대교가 놓이면서 통영 가는 길은 많이 짧아졌다. 부산 천성동에서 바다 위를 달려 가덕도와 죽도, 저도를 거치면 바로 거제도에 이른다. 사장교 2개와 침매 터널, 육상 터널 2개로 이루어진 총 8.2킬로미터에 이르는 거대한 다리가 2010년 개통되면서 거제도는 부산의 이웃 동네가 되었다. 부산·거제 간의 거리가 140킬로미터에서 60킬로미터로 줄었고, 2시간 걸리던 것이 50분이면 닿을 수 있게 되었다. 거제도는 부산에서 맘만 먹으면 바로 다녀올 수 있는 드라이브 코스가 된 셈이다.

하지만 이 다리로 인해 이전의 무수한 산과 들을 굽이돌던 운치와 풍경은 사라졌다. 다리가 세워지기 전 김해에서 진주를 거쳐 통영에 이르는 해안 도로를 달렸을 때의 기분은 바다 위를 질주하는 지금과는 질감이 달랐다. 진주를 거쳐 통영에 이르는 해안 도로를 달리다 보면 눈앞에 펼쳐지는 무수한 산과 들이 기실은 섬이요, 바다는 마치 강물처럼 그 사이를 흘러가고 있음을 볼 수 있었다. 그 사이사이에 송이버섯처럼 옹기종기 들어앉은 집들의 풍경은 바다로부터 불어오는 짠 내음과 함께 묘한 향수를 불러일으켰던 기억이 선명하다.

거가대교를 건너고 거제도의 해안 도로를 타고 나와 통영으로 건너간다. 사철 온난하고 바닷빛이 푸르고 맑아 '조선의 나폴리'라 불렸다는 곳. 그래서인지 내항을 마주 보고 있는 통영 동호동에는 '나폴리'라는 이름을 달고 있는 숙박 업소와 음식점들이 여기저기 눈길을 끈다.

> 통영은 다도해 부근에 있는 조촐한 어항이다. 부산과 여수를 내왕하는 항로의 중간 지점으로서 그 고장의 젊은이들은 조선의 나폴리라 한다. 그러니만큼 바닷빛은 맑고 푸르다. 남해안 일대에 있어서 남해도와 쌍벽인 큰 섬 거제도가 앞을 가로막고 있기 때문에 현해탄의 거센 파도가 우회하므로 항만은 잔잔하고 사철은 온난하여 매우 살기 좋은 곳이다. 통영 주변에는 무수한 섬들이 위성처럼 산재하고 있다. 북쪽에 두루미목만큼 좁은 육로를 빼면 통영 역시 섬과 별다름이 없이 사면이 바다다. 벼랑가에 얼마쯤 포전(浦田)이 있고 언덕배기에 대부분의 집들이 송이버섯처럼 들앉은 지세는 빈약하다. 그래서 대부분의 주민들은 자연 어업에, 혹은 어업과 관련된 사업에 종사하고 있었다.
>
> (박경리, 『김약국의 딸들』에서)

통영항의 적요함 속에 표표히 떠 있는 고기잡이배들과 갈매기들의 소리 없는 날갯짓, 출항하는 배와 어부들의 수선거림, 숙소에서 하룻밤을 보내고 맞이한 항구도시의 모습은 자못 분주하다. 언젠가 정지용이 청마를 찾아 이곳에 왔을 때,

"과연 시인의 고향이다."라고 경탄한 통영의 풍경은 그 분주함 속에서 서서히 평화로운 모습을 드러내는 것이다.

통영에는 보물들이 많다. 통영의 자연환경은 그 첫째가는 보물이다. 남도의 해안 끄트머리에 이르러 부챗살처럼 펴진 어항에 늘 넘실대는 푸른빛의 바다와 위성처럼 그 주위를 두르고 있는 크고 작은 섬들이 보여 주는 풍광은 내륙에서는 감히 상상하기 힘든 세계다. 여기에다 문학과 역사가 깃들어 있다. 전설적인 해상 영웅 이순신의 유적들이 있는 곳. 통영 오광대의 기원지. 박경리의 고향. 『김약국의 딸들』의 첫 장은 전체가 통영에 대한 이야기다. 유치환과 유치진 형제의 유년 시절이 깃들어 있는 곳이기도 하다. 청마의 시들, 시인이 거닐던 거리, 연서를 보냈던 우체국, 그리고 지금 미처 이름을 다 댈 수 없는 수없는 예술적 심혼들이 이곳을 지나갔으리라.

고깃배들이 정박 중인 둥그스름한 항만의 입구에 서면 오른편으로 보이는 큰 산이 미륵도의 미륵산이다. 미륵도 맞은편인 항구 왼쪽으로 조그맣게 솟은 산이 남망산이고, 이 남망산 중턱에 청마 시비가 놓여 있다. 통영 문화관을 옆에 두고 바닷가로 돌아가면 청마 시비가 외로이 서 있다.

이것은 소리없는 아우성
저 푸른 해원을 향하여 흔드는

영원한 노스탈쟈의 손수건
순정은 물결같이 바람에 나부끼고
오로지 맑고 곧은 이념의 푯대 끝에
애수는 백로처럼 날개를 펴다

시 「깃발」이 붉은색 바탕의 글씨로 소리 없는 목소리를 토해 낸다. 바다를 배경으로 읽는 「깃발」은 마치 그 깃발이 바다 위에 닻을 올리고 떠 있는 갑판 꼭대기에서 펄럭이는 것이 아닌가 싶은 착각을 일으킨다. 푸른 해원, 노스탤지어, 물결, 바람, 푯대, 백로, 날개 등이 자아내는 이미지들은 바다에 가깝다. 바다를 가까이 두고 산 시인의 상상 속에서 저 푸른 해원은 끝내 닿을 수 없는 이상향이고, "영원한 노스탈쟈의 손수건"으로 펄럭이는 깃발은 시인의 동경과 애수를 상징하는 셈이다. 존재론적 허무와 애수의 감정을 이렇게 맑은 서정으로 그려 내고 있는 작품도 흔하진 않을 것이다.

같은 남도의 시인이라도 강진의 영랑이 가냘프고 여성적인 곡조를 들려준다면 청마는 웅장하고도 남성적인 시혼을 보여 준다. 「바위」 같은 시를 보면 주먹을 불끈 쥔 듯한 굳센 결의가 시구마다 넘쳐 난다. 그것은 영랑의 많은 시가 '~테요', '~네', '~구려' 식의 종결어미로 처리되면서 부드럽고 섬세한 어감을 자아내는 것과 달리, 청마 시는 그 주제가 무거운 데다가 '~노라', '~리라', '~이여' 식으로 단호한 종결형이 많아 강렬한 여운을 주는 탓도 있을 것이다. 영랑이 보다 심미적인 아름다움에 치중하여 시 세계를 이루었다면 청마는 외적인 것보다는 내적인 데 더 관심을 기울인 시인이었던 셈이다. 같은 시인이라도 각자가 내는 운율, 곡조가 다르기 마련이니 청마 시를 싹트게 한 발원점은 어쩌면 이곳 통영 바다가 아닐는지.

남망산을 내려와 항만을 따라 걸어 올라가다 보니 '충무할매 김밥' 간판이 계속 이어진다. 저마다 '원조', '일번지', '60년 전통', '애기 김밥' 등의 상호를 내걸었다. 눈으로만 헤아려도 수십 집은 될 듯하다. 지금으로부터 40여 년 전 뱃길을 이용하는 섬사람들을 상대로 김밥 행상을 하는 할매가 있었는데, 1980년대 초 '국풍(國風) 81'* 행사가 열릴 때 서울로 원정을 올라와 김밥 선전을 하면서 그 이름이 알려지기 시작했다고 한다. 택시 기사가 한 말이었다. "40년 전통 맛따라 삼천리 원조 할매 김밥" 유리문에 글씨도 크고 요란하게 선팅이 된 집에 들어가 주문을 해 보니, 넓은 쟁반에 주먹밥처럼 싸 놓은 김밥 대여섯

* '국풍 81'은 1981년 전두환 정부가 민족문화의 계승과 대학생들의 국학에 대한 관심 고취라는 명분으로 서울 여의도광장에서 개최한 관제 문화 축제. 194개 대학 6000여 명의 학생들과 민속인 및 연예인 등이 참가해 659회의 공연을 벌였고, 1000만 명의 인원이 행사에 참여했다.

개, 여기에 오징어, 어묵조림에 무김치 이렇게 3가지 반찬이 곁들여 나오는데, 이것이 충무식 김밥이다.

김밥집을 나와 아주머니가 가르쳐 준 윗길로 천천히 걸어 올라간다. 중앙로 옆에 태평동이 있는데 청마의 부친 유준수가 경영하던 태평로 500번지의 '유약국'이라고 하면 지금도 기억하는 사람들이 있다고 한다. 골목길을 걷노라면 청마의 시 「귀고(歸故)」가 자연스럽게 떠오른다.

검정 사포를 쓰고 똑딱선을 내리면
우리 고향의 선창 가는 길보다도 사람이 많았소
양지바른 뒷산 푸른 송백을 끼고
남쪽으로 트인 하늘은 깃발처럼 다정하고
낯설은 신작로 옆대기를 들어가니
내가 크던 돌다리와 집들이
소리 높이 창가하고 돌아가던
저녁놀이 사라진 채 남아 있고
그 길을 찾아가면
우리 집은 유약국
행이불언하시는 아버지께선 어느덧
돋보기를 쓰시고 나의 절을 받으시고
헌 책력처럼 애정에 낡으신 어머님 옆에서

나는 끼고 온 신간을 그림책인 양 보았소

(「귀고」)

원래 유생이었던 부친은 재미 삼아 한의를 공부하다가 나중엔 정식 한의 과정을 거쳐 '유약국'을 차리면서 통영에 뿌리를 내렸다. 처음에 동문로에 있던 '동문 유약국'은 나중에 도로 확장 과정에서 태평동 500번지 자리로 옮겼는데 이 역시 주인이 바뀌고 필지가 분할되는 과정을 거쳐 지금은 그 흔적조차 찾아볼 수 없는 상태가 되었다. 이 중 청마가 태어난 곳으로 알려진 곳은 동문로에 면한 태평로 552의 1번지 '동문 유약국집'. 지금은 생가터 표지석만 덜렁하니 남아 있고, 거기 있던 집은 현재 청마문학관(통영시 정량동)에 그대로 복원되어 있다.

그런데, 여기 와서 새삼 확인한 사실은 청마의 고향이 통영이라는 것에 대해 거제도 사람들은 동의하지 않는다는 것. 그래서 그런지 청마의 생가는 통영에도 있고 거제도에도 있다. 연보를 보면 유치환은 1908년 경남 통영시 '태평동'에서 태어난 것으로 되어 있다. 그러나 통영에서 살기 시작한 것은 두 살 때부터이고, 태어난 곳은 '거제도 둔덕면 방하리'라는 것. 부친 유준수는 그 방하리 유생으로 통영의 밀양 박씨 가의 규수와 결혼하면서 통영으로 건너와 살기 시작했다. 청마가 거제에서 태어난 것을 증명해 줄 수 있는 시가 있다면 아마 다음의 시일 것이다.

거제도 둔덕골은
팔대로 내려 나의 부조(父祖)의 살으신 곳
작은 골안 다가솟은 산방산 비탈 알로
몇백 두락 조약골 박토를 지켜
마을은 언제나 생겨난 그 외로운 앉음새로
할아버지 살던 집에 손주가 살고
아버지 갈던 밭을 아들네 갈고
베 짜서 옷 입고
조약 써서 병 고치고
그리하여 세상은
허구한 세월과 세대가 바뀌고 흘러갔건만
사시 장천 벗고 섰는 뒷산 산비탈 모양
두고두고 행복된 바람이 한 번이나 불어왔던가
(……)
아아 나도 나이 불혹에 가까웠거늘
슬플 줄도 모르는 이 골짜기 부조의 하늘로 돌아와
일출이경(日出而耕)하고 어질게 살다 죽으리
(「거제도 둔덕골」, 1, 3연)

제주도 다음으로 크다는 거제도는 통영에서 다리 하나만 건너면 바로 닿을 수 있는 곳이다. 거제대교를 건너 10분쯤이면 닿을 수 있는 둔덕골, 그 입구에 '청마 시비'가 세워져 있다. 둔덕골이 고향이라는 것을 알리고자 함인지 시비 이름도 '청마고향시비'이다.

거기에서 조금 더 안으로 들어가면 둔덕면 방하리, 청마의 생가를 만날 수 있다. 청마가 태어난 생가를 복원하고, 그 옆에 기념관과 청동 시비와 동상을 세워 놓았다. 통영의 생가와 여기 둔덕면의 생가, 사람은 하나인데 생가가 둘인 셈이다.

청마 시인의 고향을 두고 거제와 통영이 벌이는 보이지 않는 줄달리기는 슬하의 자식을 두고 친부와 양부가 벌이는 신경전처럼 쉽게 끝날 논란은 아닌 듯했다. '포로수용소'를 곧바로 떠올리는 거제의 황량한 이미지를 벗기 위한 거제군과 문화도시로 새롭게 탈바꿈하려는 통영군의 노력은 어찌 보면 시인을 향한 관심과 애정의 다른 표현이 아닐까 생각된다. 상업주의적 타산을 염두에 둔 이기주의가 아니라면 말이다. 청마의 시비만도 전국에 10개가 넘는다. 개인 시비로 청마만큼 많은 시비를 가진 시인도 드문데, 이는 그만큼 그를 기리는 사람들이 많다는 증거인 셈이다.

왕고못댁 제삿날 밤 열나흘 새벽 달빛을 밟고

유월이가 이고 온 제삿밥을 먹고 나서
희미한 등잔불 장지 안에
범문욕례 사대주의의 욕된 후예로 세상에 떨어졌나니

신월(新月)같이 슬픈 제 족속의 태반을 보고
내 스스로 고고의 곡성을 지른 것이 아니련만
명이나 길라 하여 할머니는 돌메라 이름 지었다오
(「출생기」 3, 4연)

'돌메', 유치환이 어린 시절에 불렸던 이름이다. 명이 길라고 외조모께서 지어 준 애칭이었다. 어린 시절 그는 주로 통영 외가에서 자랐다. 유치환이 돌메로 불렸듯이, '쇳돌이'로 불렸던 또 한 사람이 있다. 맏형, 동랑(東朗) 유치진이다. 여러 자료에 따르면 청마는 동랑으로부터 많은 영향을 받았다.

형제는 신학문에 일찍 눈을 뜬 아버지의 뜻에 따라 일찌감치 일본 유학을 떠나기도 했다. 통영보통학교를 졸업한 청마가 먼저 유학길에 오른 형의 뒤를 따라 동경의 도요하마(豊山) 중학교에 입학한 것은 1922년, 나이 14세 때였다. 유치진에 따르면 청마는 이미 중학 시절부터 습작을 시작해《동아일보》와《조선일보》 등의 '학생문예란'에 시가 실린 적이 있었고 정지용 등의 시에 매료되어 있었다고 한다. 당시 유치진이 중심이 되어 만든 동인회에서 함께 활동했고 그때 만든 동인지 《토성》에 시를 발표하기도 했다. 형은 그때부터 로맹 롤랑의 「민중예술론」 등을 탐독하며 연극에 뜻을 두었고 동생은 시심을 닦아 나가고 있었던 셈이다.

청마의 청년 시절은 그리 순탄치 못했다. 일본에 가서 사진 기술을 익히다가 다시 돌아오는 등, 인생의 뚜렷한 목표를 정하지 못하고 세월을 보냈다. 1929년 형 동랑과 함께 《소제부》라는 회람지를 만드는 등 문학에 대한 지칠 줄 모르는 열정을 삭여 나가던 그는 박용철이 《시문학》을 종간한 이후 새로 만든 《문예 월간》에 시 「정적」(1931)을 발표하면서 정식으로 문단에 등단했다. 청마는 이후 40년에 걸친 시력을 보여 주면서 해방 전 시인으로서는 가장 많은 시집을 남겨 놓게 된다.

청마 시의 의의는, '에피고넨(아류)'이 넘쳐 나던 1930년대에, 모더니즘이나 감각주의 시, 서구 취향의 시류와 일정한 거리를 두고 독자적인 시적 공간을 개척해 나갔다는 데 있다.

시인에게 시란 미의 사제와도 같은 것이어서, 어떤 경우는 마치 악기를 들고 연주하듯 시의 운율에 파고들게 하지만, 다른 시인에게는 육체와 정신을 무력화시키는 비인간적인 현실에 저항하는 도구가 되기도 한다. 가령 이육사에게 시는 그가 처한 현실의 시련을 정신적·의지적으로 받쳐 주고 고무해 주는 정신적 투쟁의 도구이며, 영랑에게는 슬픔과 한을 여과

하고 응결하여 슬픔의 미학을 구축하는 매재였다. 그런데 청마에 이르면 이 양자는 조화를 이루면서 새로운 장을 열게 된다. 즉 육사의 시가 민족 현실, 독립운동이라는 좀 더 현실적인 문제에 시선을 두고 있다면, 청마는 보다 근원적인 것, 우주적인 것, 철학적인 세계로 향하고 있다. 청마에게 시는 현실과 이상, 육신과 영혼, 이성과 감성, 애욕과 순정의 갈등으로 이어지는 모순적 생의 한복판에서 그것을 초월하기 위해 치열한 자기 격투를 벌이는 장이다. 이로 인해 청마는 현대시의 영역을 확대·심화시켜 놓았다는 평을 듣기도 한다.

1936년《조선문단》에 처음 발표된「바위」는 청마의 시 세계를 잘 보여 주는 시이다.

내 죽으면 한 개 바위가 되리라.
아예 애련에 물들지 않고
희로에 움직이지 않고
비와 바람에 깎이는 대로
억년 비정의 함묵(緘默)에
안으로만 안으로만 채찍질하여
드디어 생명도 망각하고
흐르는 구름
머언 원뢰

꿈꾸어도 노래하지 않고
두쪽으로 깨뜨려져도
소리하지 않는 바위가 되리라.
(「바위」)

'애린'과 '희로'는 인간을 끊임없이 나약하게 만드는 유약한 정감, 번뇌를 의미한다. 그것은 인간에게 끊임없는 비애와 절망을 가져다준다. 그러나 시인은 그것에 의해 흔들리고 싶지 않다는 단호한 의지를 보여 준다. 시인은 생의 초극을 지향하며, '바위'라는 집념과 의지의 상징물을 통해 그것을 형상화한다. 최동호 교수의 지적대로, 이 바위로 응결된 의식은 현대시의 정신사적 흐름에서 이육사적 특질과 깊이 관련된 남성적 기질을 시사한다. 육사나 청마 모두 광막한 북만주의 체험을 통해 삶의 가열성과 비장함을 철저히 인식함으로써 1920년대의 중요한 시적 흐름이었던 여성적인 호흡과 연약성으로부터 벗어날 수 있는 가능성을 확보한 것이다.

초기 시인 「그리움」이나 「깃발」에서 볼 수 있는 "슬프고도 애달픈 마음", "공중의 깃발처럼 울고" 있는 구절 등이 보이는 애수와 비감은 그러한 정감에 함몰되지 않기 위한 시인의 의지를 거쳐 한 단계 높은 정신적 차원으로 승화된 작품들이다. 「일월」에서 시인이 "비와 바람을 더불어 근심하고/ 나의 생명과/ 생명에 속한 것을 열애하되/ 삼가 애련에 빠지지 않음은/ ―그는 치욕일레라"라고 읊은 것도 애련과 비애를 극복하기 위한 끈질긴 노력인 것이다. 「일월」에서 볼 수 있듯, 우울과 애상에 젖지 않고 '향일성(向日性)'의 시정신을 보여 주는 것은 청마 시가 지닌 고유한 특질이다.

청마를 생명파 시인으로 평가하게 된 근거를 제공한 시 중의 하나가 다음 작품이다.

나의 지식이 독한 회의를 구하지 못하고
내 또한 삶의 애증을 다 짐지지 못하여
병든 나무처럼 생명이 부대낄 때
저 머나먼 아라비아의 사막으로 나는 가자.

거기는 한 번 뜬 백일이 불사신같이 작열하고
일체가 모래 속에 사멸한 영겁의 허적에
오직 알라의 신만이
밤마다 고민하고 방황하는 열사의 끝.

그 열렬한 고독 가운데
옷자락을 나부끼고 호올로 서면
운명처럼 반드시 「나」와 대면케 될지니

하여 「나」란 나의 생명이란
그 원시의 본연한 자태를 다시 배우지 못하거든
차라리 나는 어느 사구에 회한 없는 백골을 쪼이리라.
(「생명의 서 1장」)

우리는 이 시에서 한 편의 짧은 참회록을 연상하게 된다. 현실에서 삶의 회의와 애증을 견디지 못한 '병든 나무' 같은 시인은 사막으로 탈출하여 절대의 고독과 허무의 한가운데 홀로 서서 운명처럼 '나'와 마주하려 한다. 그것은 고독하고 허무한 존재로서의 자기 자신과의 막다른 만남이며 최후의 대결이다. 열사의 사막에서 회한 없이 자신의 백골을 쪼인다는 것은 자신의 삶이 모래처럼 분화되고 그것이 영겁 속에 함축될 것을 의미하며, 이 가혹하고 처절한 절망의 극복을 통해 참다운 자아를 추구하려는 과정을 보여 주는 것이다. 윤동주가 '부끄러움'을 통해 식민지 시대 지식인의 한 유형을 보여 주었다면 우리는 유치환을 통해 남성적인 강인함과 의지를 만나게 된 셈이다.

청마의 시를 읽노라면 한자어, 관념어들이 많이 등장하는데 당혹스러움을 느끼게 된다. 이것은 청마 시가 지닌 '사변성'에서 비롯되는 것으로 비장한 내용, 관념적인 주제, 철학적인 내용을 담고 있는 시에서는 단점이라 할 수밖에 없다.

하지만 그것이 전혀 보이지 않는 일군의 시가 존재하는데, 서정적인 내용, 특히 연애시에 이르면 청마 특유의 힘차고 단호한 기세는 사라지고 봄날의 아지랑이 같은 부드럽고 아늑한 기운이 충만되어 있다. 단단한 철근도 휘게 만드는 것이 사랑의 힘이던가? 시인이 사랑에 빠지면 시 또한 그 사랑의 기운을 그대로 빨아들여 더할 나위 없이 부드럽고 감미롭고 사랑스런 광채를 발하게 마련인가 보다. 존재론적, 철학적 시 세계의 한 편에 이런 부드러운 파동의 세계가 존재할 수 있다는 것은 어쩌면 시인이 궁극적으로 지향했던 것이 사랑이 아니었나를 말해 주는 반증이 된다.

> 사랑하는 것은
> 사랑을 받느니보다 행복하나니라
> 오늘도 나는
> 에메랄드빛 하늘이 환히 내다뵈는
> 우체국 창문에 와서 너에게 편지를 쓴다.
> (「행복」 1연)

"사랑하는 것은/ 사랑을 받느니보다 행복하나니라"라는 시구로 유명한 연애시 「행복」을 쓴 현장으로 알려진 곳, 통영우체국 앞에 서면 길 왼편에 태평동에서 가장 큰 서점으로 알려진 이문당 서점이 10여 년 전까지만 해도 있었다. 생전에 청마가 자주 들렀다던 서점이지만, 2014년에 찾는 사람이 줄어들고 또 온라인 서점에 밀리면서 더 이상 버티지 못하고 문을 닫았다. 그렇지만 오랜 역사를 갖고 있는 서점을 없앨 수 없다는 주변의 반대에 밀려 인근의 다른 서점에 '이문당 서점'의 간판을 옮겨 다는 식으로 명맥을 잇고 있다. 또, 이문당 서점 맞은편에 청마의 연인이 수예점을 차렸었다는 곳과 커피를 마시며 시를 썼다는 다방 역시 지금은 사라지고 대신 현대식 커피 전문점이 그 자리를 점하고 있다.

(청마가 해방 직후 통영여중에서 교사로 근무하던 38세 무렵, 남편과 사별한 뒤 딸 하나를 키우던 29세의 동료 교사 이영도를 사랑하여 하루에 한 통씩 20년 동안이나 연애편지를 보냈다. 맘을 열지 않았던 이영도는 점차 맘을 열고 둘은 플라토닉한 사랑을 나눴다. 이영도는 1967년 유치환이 불의의 교통사고로 명을 달리하자 청마로부터 받은 편지 200편을 선별해서 서한 시집으로 출간했다. 사후 1달 뒤에 발간한 서한집 『사랑하였으므로 행복하였네라』는 2만 5천 부가 팔려 화제를 낳았다. 이영도는 시조 시인 이호우의 누이동생이다.)

커피 전문점의 창가에 앉으면 유리문 너머로 우체국과 서점이 한눈에 내려다보인다. 실내를 감도는 커피 향과 함께 시인의 애틋한 사랑을 음미해 볼 수 있는 순간이다. 생전에 청마는, 누가 시인이 된 동기를 묻는다면 그것은 연애일 것이라는 내용의 글을 남긴 적이 있다. 그가 연서를 써서 보낸 여인은 여러 명이었던 모양이다. 누군가를 늘 그리워하고 갈망하는 마음이 시인의 내면을 풍요롭게 해 주는 원동력이 아니었겠는가. 사랑은 비애와 절망을 줄 수도 있지만, 동시에 그것을 뛰어넘는 힘도 주는 것이다.

1939년에 첫 시집인 『청마 시초』를 낸 그는 다음 해에 만주로 탈출을 시도했다. 청마 혼자가 아니라 가족 모두를 이끌고 행한 탈출이었다. 시인의 감성으로는 점점 급박해지는 국내외의 정세를 감당하기 힘들었을지도 모른다. 만주에서는 농장 관리인을 하면서 절망적인 시간들을 보냈다. 그때 쓴 「절명지」에서 그 심경의 편린을 엿볼 수 있다.

고향도 사랑도 회의도 버리고
여기에 굳이 입명하려는 길에
광야는 음우에 바다처럼 황막히 거칠어
타고 가는 망아지를 소주(小舟)인 양 추녀 끝에 매어 두고
낯설은 호인의 객잔에 홀로 들어앉으면
오열인 양 회한이여 넋을 쪼아 시험하라
내 여기에 소리없이 죽기로
나의 인생은 다시도 기억지 않으리니

(「절명지」)

그러나 절명지에서의 죽음과도 같은 시간에서 해방될 수 있는 때가 닥쳐왔다. 광복이 되었고 다시 고향 땅을 밟을 수 있었기 때문이다. 해방 이후에 청마는 주로 교육계에 몸을 담았다.

1953년 휴전이 되자 청마는 통영으로 귀환해 있다가 경남 함양 안의중학교의 교장이 되었다. 다음 해에는 경북대에서 전임강사를 잠시 맡았지만 곧 그만두고, 1955년 경주고등학교 교장으로 취임했다. 이후 10여 년 동안 대구와 경주를 오가며 교직 생활을 했는데, 이 무렵 청마는 이승만 정권의 독재와 전횡에 저항하며 직필을 쏟아냈다. 1959년《대구매일신문》에 "최내무에게 고함"이라는 글이 문제가 되어 교장직에서 밀려났고, 4·19혁명으로 이승만 정권이 무너진 뒤에야 복직되었다.

1963년 부산의 경남여고 교장으로 부임하면서 부산에 정착한 청마는 문단과 사회의 큰 우산 같은 존재가 되었다. 원만한 성격과 서민적 기질을 잘 아는 문우들은 문단의 장래와 화합을 위해 청마에게 많은 것을 기대했다. 당시 청마는 예술원 회원, 한국시인협회 회장, 부산시문화위원회 부위원장, 한국예술단체총연합회 부산지부장 등의 직책을 맡고 있었다. 그러나 안타깝게도 1967년 2월 13일, 문인들과 헤어져 귀가하다가 버스에 받혀 쓰러진 이후 끝내 눈을 뜨지 못했다. 향년 59세. 시인의 죽음은 허망하고 허무한 것이었다. 묘지는 둔덕면 방하리 산록. 고향 뒷산에 안식한 것이다. 그러나 통영 바닷가에 선 그의 시비는 저 푸른 해원을 향한 영원한 노스탤지어의 향수를 자아내며 오늘도 그 깃발을 흔들고 있다.

방하리 생가에서 차로 30분 정도 가면 거제포로수용소가 나온다. 거제 포로수용소는 6·25전쟁 중에 붙잡힌 북한군과 중공군 포로를 수용하기 위해 세워졌다. 1951년 2월에 설치해서 1953년 7월까지 운영됐는데, 전쟁 기간에 세워진 수용소 중 가장 규모가 컸다. 북한군 15만, 중공군 2만, 여자 포로 300명이 수용되었다. 거제는 육지와 가까워 포로를 수송하기 수월하면서도, 거제대교가 지어지지 않았던 당시에는 육지와의 교통수단이 오로지 배밖에 없어서 포로를 격리 수용하기에 적합한 데다 가장 후방에 있어 전쟁 와중에도 그나마 안전한 곳이었기 때문에 여기에 설치된 것이다. 지금은 대부분 철거됐으나 곳곳에 몇몇 유적들이 남아 그 당시의 풍경을 전해준다.

토지의
삶과
생명의
문학

통영과 원주의
박경리

연기 속에서 잔잔하게 들려주시던 목소리는
지금도 귓전을 맴돈다. '박경리 문학공원'은
그런 선생의 흔적들을 고스란히 간직하고
1999년에 조성되었다.

최참판댁에서 바라본 평사리 들판

평사리 최참판댁

원주의 집필실을 복원해 놓았다

동양의 나폴리라 불리는 통영까지는 차로 4시간 반이나 걸리는 거리. 서울에서 남으로 남으로 달려서 도착한 곳, 지금은 새 도로가 뚫려 그렇지 이전에는 6시간은 잡아야 닿을 수 있는 곳이었다. 통영 시내에서 20분 남짓을 달려 산양읍 사무소를 지나 미륵산 초입의 박경리기념관으로 향한다. 한산만을 앞에 두고 야트막한 언덕을 오르면 박경리 추모공원과 묘소를 만날 수 있다. 묘소에 이르는 완만한 길목에는 「옛날의 그 집」, 「눈먼 말」, 「우주 만상 속의 당신」을 새긴 비석이 나란히 서 있고, 묘지 앞에는 어록비가 단정하게 서서 조문객을 맞는다.

> 살아 있는 모든 것들의 생명은 다 아름답습니다. 생명이 아름다운 것은 그것이 능동적이기 때문입니다. 세상은 물질로 가득 차 있습니다. 피동적인 것은 물질의 속성이요, 능동적인 것은 생명의 속성입니다.
>
> (「마지막 산문」에서)

박경리 선생의 생명 사상을 집약한 듯한 짧고 간결한 문구. 그 글귀를 앞에 두고 한려수도를 바라보며 평화롭게 선생은 누워 계시다. 묘역에는 향로석이나 묘표석 하나 없고 상석만이 달랑 놓인 정갈한 모습이다. "버리고 갈 것만 남아서 참 홀가분하다."던 생전의 말씀처럼 아무 치장이나 장식 없이 평화롭게 잠들어 계시다. 묘소에 경배하고 묘 앞에 점점이 펼쳐진 한려수도를 내려다본다.

박경리기념관은 묘소 입구 산양읍 신전리의 부지에 선생이 타개한 지 2년 뒤인 2010년 5월에 세워졌다. 건물 주변에는 생전에 채소 가꾸기를 즐긴 선생의 취미를 살려 채마밭과 장독대, 정원이 조성되었다. 이 기념관은 박경리 선생이 생전에 추진했던 사업으로 당초 충렬사 광장 주변의 소설 『김약국의 딸들』의 무대였던 곳에 건립코자 했으나 갑작스러운 타계로 묘소가 이곳으로 결정되면서 기념관으로 명칭이 변경되어 건립된 것이다. 선생의 성격대로 소박하고 단순한 형태의 기념관에는 각종 유품과 함께 친필 원고가 전시되어 있다. 육필 원고에는 "문학은 반드시 생명을 위한 것입니다. 생명을 위해 참조하고 발견하고 균형을 잡아 나가는 것입니다."라는 구절이 선생의 문학을 집약해 놓은 듯이 쓰여 있다.

큰 산맥처럼 우뚝 솟은 박경리의 존재가 새삼 확인된 것은 임종 직후였다. 선생은 자신의 존재를 소리 내어 주장한 적이 없었기에 그저 풍경 같고 공기 같은 존재였다. 그런 상황에서 선생의 돌연한 죽음은 사람들에게 친숙했던 존재의 산맥 같은 존재감을 느끼게 했다. 2008년 5월, 선생의 죽음을 맞이하며 많은 사람들은 비로소 친숙했던 어떤 인물의 큰 산 같은 존재감을 느꼈던 모양이다. 작가가 오랫동안 머물렀던 장소(책상 하나와 원고지와 펜 하나로 자신을 지탱하며 사마천을 생각하며 살았다는 '옛날의 그 집')와 고향은 조문 행렬로 덮였다. 텃밭을 매고 고추를 따는 생전의 모습과 "모진 세월 가고/ 아아 편안하다 늙어서 이리 편안한 것을/ 버리고 갈 것만 남아서 참 홀가분하다"라는 생전의 시편은 뭇사람의 가슴을 울렸다. 그 상실감과 애도의 크기는 무엇이었을까. 그것은 한국 문단에 자리한 박경리라는 문학적 산맥의 높이가 아니었을까. 예술원 회원으로 영입하려는 일각의 노력을 한사코 고사하고 오로지 소설가로서의 견결한 삶을 유지한 것은 우리 문단에서는 찾기 힘든 풍경이었다. 상과 명예를 탐하는 현실에서 그의 모습은 이례적이다 못해 경이롭기까지 했다. 그리하여 그의 문학은 죽어 흙으로 돌아가지 않고 하늘의 별로 변신했다. 작가의 죽음은 살아남은 사람들이 지상의 시간을 살아가는 동안 고향처럼 추억하게 될 별과 같은 존재로 치환된 것이다.

25년간의 세월을 두고 대하를 이루어 간 소설 『토지』는 그 집필 기간이 한 아이의 성장사와 맞먹는 한국문학사의 독보적 위치를 이룩했지만, 작가의 일생 또한 그 자체가 하나의 거대 서사였음은 두루 알려진 사실이다.

작가 박경리는 1926년 10월 28일(음력) 경남 통영에서 태어났다. 본명은 박금이. 훗날 문학적 자전에서 밝혔듯이 그의 탄생은 '불합리한 것'이었다. (작가의 사주풀이에 따르면 박경리는 초저녁 범띠생인데, 초저녁은 배고픈 호랑이가 막 먹잇감을 찾으러 다닐 때이므로 여자 사주치곤 기가 아주 센 거였다고 회고한 바 있다.) 아버지는 자식을 낳은 어머니를 곧 떠나갔고, 그는 "어머니에 대한 연민과 경멸, 아버지에 대한 증오, 그런 극단적 감정 속에서 고독을 만들"며 성장기를 보냈다.

1945년 진주여고를 졸업한 후 이듬해에 결혼했지만 전쟁 중에 남편을 잃고 전쟁 직후에는 아들을 잃는 등 참담한 시련이 이어졌다. 불합리한 출생, 가혹한 전쟁 체험을 낙인처럼 갖게 된 불운한 운명의 소유자에게 '작가'의 길은 필연이었다. 삶의 고통은 그를 문학에 매달리게 했다.

박경리의 초기 소설에는 이러한 신산스러운 삶의 풍경이 씨줄과 날줄처럼 교직되어 있다. 초기작 중에는 한국전쟁 때 남편을 잃고 사는 전쟁 미망인을 주인공으로 한 작품들이 많다. 「불신 시대」에서 진영의 남편은 9·28수복 전야에 폭사했고 아들은 아홉 살 때 의사의 부주의로 죽고 말았다. 이후에 진영은 아이의 환상에 시달리다가 아이에 대한 생각에서 벗어나려고 성당에 나가지만 신자들의 탐욕적이고 비인간적인 모습에 환멸을 느낀다. 병원에 갔다가 의사들의 몰염치를 경험하고, 어머니를 따라 절에 갔다가 역시 "이 세상이나 저세상이나 그저 돈이 있어야지요." 하고 물질을 요구하는 중들의 행태를 보고 역겨움을 느낀다. 이러한 체험을 거듭하면서 진영은 인간에 대한 믿음을 잃고 세상에 대한 회의와 불신에 사로잡힌다. 아들의 혼백을 위로하기 위해 절에 맡겼던 위패를 빼앗듯이 채 가지고 나와서 불에 사른 후 "내게는 다만 쓰라린 추억이 남아 있을 뿐이다. 무참히 죽어 버린 추억이……."라고 진영이 중얼거릴 때, 인물의 심리 상태는 부조리한 현실에 대한 자조에 사로잡힌 듯하지만, 뒤이어 이어지는 다음과 같은 독백은 작품에 새로운 의미를 부여하는 데 성공한다.

> "그렇지, 내게는 아직 생명이 남아 있었지. 항거할 수 있는 생명이."

아이의 죽음을 제의 삼아 전쟁의 상처를 딛고 나오는 이 생명력, 현실을 자각하고 세상의 부조리와 타락에 대한 항거를 드러내는 이 의식적 전환의 장면은 장차 생명 사상으로 진화해 갈 박경리 문학의 정수를 암시한다.

「불신 시대」와 더불어 「영주와 고양이」(1957), 「암흑시대」(1958) 등의 초기작은 대부분 작가의 실제 체험을 소재로 한 사소설이다. 전쟁을 겪으면서 사랑하는 남편과 자식을 잃게 된 기구한 운명이 작가의 창작을 무의식적으로 규율했고,

그것이 초기작의 대부분을 형성한 것이다. 이 시기에 한정한다면, 박경리의 문학은 가난과 굶주림 속에서 "자기를 잃지 않으려는 몸부림"이지 아직까지는 삶과 세계의 진실을 탐구하는 미적 구성물은 아니었다.

『표류도』에 와서는 이런 주관성이 사라지고 한층 성숙된 모습을 보여 준다. 강현회라는 전쟁 미망인의 신산스러운 삶을 소재로 한 이 작품에서 주인공 현회의 성격은 작품의 전·후반에서 확연히 다르게 나타난다. 물론 어머니와 어린 딸을 데리고 사는 전쟁 미망인이고, 또 낭만적 사랑에 대한 갈망이 작품의 중심 요소가 된다는 점에서 이 작품 역시 초기의 연장선상에 놓여 있지만, 주인공 현회가 스스로를 고립시키는 자폐적 태도에서 벗어나 현실을 냉정하게 인식하는 개방적 자세를 취하고 동시에 '낭만적 사랑' 대신 '현실적 사랑'을 선택하는 등의 변화를 보여 준다는 점에서 초기와는 확연히 구별된다.

> 전쟁, 죽음, 기아, 사랑, 대부분의 사람들이 겪어야 하는 이러한 인간사를 나도 이제 웬만큼 겪은 셈이다. 사람도 죽였고, 죄수라는 이름도 붙게 되었으니 이만하면 막다른 골목까지 온 셈이다. 그러나 내 생명이 있는 한 나는 나에 대하여 거짓으로 살아가지는 않으리라. 이 속에서도 내가 절망하지 않고 삶을 의식하는 이상 여하한 고난도 내 마음의 생장

을 막지는 못하리라. 나는 확실히 이곳에 와서 내가 지닌 거죽을 한 꺼풀 벗었다. 오만과 묵살과 하찮은 지혜에 쌓였던 한 꺼풀의 옷을 벗어던졌다. 이제 인간의 비극이 내 머릿속에 있는 추리의 세계가 아니요, 내 말초신경의 진동도 아니다. 내 피부에, 내 심장에 불행한 인간들은 다정한 친구처럼 자리하고 있는 것이다.(『표류도』에서)

자기 중심의 시선에서 벗어나지 못하고 세상에 대한 불신과 적의를 드러냈던 초기와는 달리 『표류도』에서는 이렇듯 세상을 수용하고 판단의 기준으로 타인과 그들의 시선을 내면화한다. 이를 통해서 현회는 자신의 삶에 더욱 애착을 갖고 관념과 환상에서 벗어나 현실을 냉정하게 인식하는 것이다. “나를 현실에 적응시켜야 한다. 내 생명이 있기 위하여 나를 변혁시켜야 한다.”라는 마지막 장면의 다짐은 그래서 외로운 ‘표류도’에서 벗어나고자 하는 강한 의지로 이해할 수 있다.

이 작품에서 목격되는 또 다른 특징은 현회의 유일한 희망이자 삶의 근거이기도 했던 딸 훈아의 급작스러운 죽음이다. 출감 후 자식이 교통사고로 죽었다는 비보를 전해 듣고 현회는 거의 자포자기의 절망감에 빠져드는데, 이런 데서 작가의 비정한 성격을 새삼 확인할 수 있거니와, 이 역시 이전의 삶과 단호히 결별하겠다는 의지로 볼 수 있다. 초기 단편의 인물들이 거의 대부분 어린 자식에 대한 희망 하나로 삶을 유지해 왔음을 상기하자면 그 희망의 끈인 자식마저 죽음으로 내몬 작가의 의도는 이전의 감상적이고 환상적인 삶에서 벗어나겠다는 결연한 의지에 다름 아닌 것이다.

이렇게 보자면 자신의 '억울하고 괴로운 심경을 표현하기 위해 소설을 쓴다.'는 「암흑 시대」의 진술은 더 이상 의미를 갖지 못한다. 작가는 세상에 항거하는 수단이 아니라 세상 사람들의 꿈과 슬픔을 이해하고 담아내기 위한 공기(公器)로 작품을 대하는 진정한 소설가로 탈바꿈하는 것이다.

『시장과 전장』은 박경리의 1960년대를 대표하는 작품으로 사적 담론의 수준을 벗어나지 못했던 작가가 사회 현실로 관심을 돌리면서 나온 성과작이다.

작품의 한 축을 구성하는 지영을 통해 보여 주고자 한 것은 전쟁과 소시민의 일상, 나아가 가족과 생명의 소중함에 관한 것이다. 사실 지영을 중심으로 전개되는 이야기는 평범한 소시민 가족이 겪는 전쟁 체험담이라 해도 과언이 아니다. 지영은 결혼하기 전에 남편이 될 하기석이 자기를 하대한다는 이유로 돌연 파혼을 생각하고, 또 책 세 권을 사면서 두 권 값만 지불하는 모습을 목격하고는 심한 혐오감을 느끼며, 길을 가다가 무심히 남의 감자를 훔치는 행동을 보고는 거부감을 갖는 등 강한 결벽성의 소유자였다. 반면 남편은 '소박한 허영심'의 소유자여서 고졸 학력의 그녀를 대학 졸업자로 만들고 싶어 했고, 심지어 '종이 인형'처럼 그녀를 취급하려 했다. 남편의 이 허영심을 견딜 수 없었던 지영은 38선 근처 황해도 연안에 일자리가 생기자 주저하지 않고 부임했던 것이다. 그런데, 전쟁을 겪으면서 이 결벽스러운 인물은 심각한 변화를 보이는데, 그것은 지영이 그렇게 부정했던 속물적이고 소시민적인 남편에 대한 극적인 이해와 수용이다. 연안행을 통해 남편과 가족으로부터 거리를 두고자 했으나 그것이 오히려 가족과 남편의 소중함을 환기시키는 계기가 된 것이다.

이제 지영은 감상적이거나 결벽스러운 인물이 아니라 억척스러운 아내이자 어머니로 변신한다. 그녀가 감상적인 소녀에서 가족의 생활과 안위를 고민하는 '소시민'으로 탈바꿈하면서 작품 속의 '전장'은 더 이상 주관적인 체험의 공간이 아니라 삶과 삶이 형성되고 갈등하는 사회적 환경이 된다.

또한 지영에게 전쟁은 일상의 평화와 생명을 파괴하는 폭력으로 나타난다. 공산주의, 자유주의 같은 이념은 기껏 허황된, 그것도 모순투성이의 구호에 불과한 것이지 결코 사람들의 실존을 구속하는 본질적 요소는 아니었다. 전쟁의 와중에서 민중들이 남과 북 그 어느 편에도 손을 들어 주지 않았던 것은 전쟁이 어느 편에 가담할 수 있는 뚜렷한 명분을 주지 못했던 까닭이다. 대세가 분명해지지 않은 상태에서 어느 한쪽에 가담했다가는 자칫 목숨을 잃을지도 모르는 상황이고, 그래서 민중들은 하나같이 "생존을 위한 신중함"으로, 혹은 "현실을 좇는 현명함"으로 전쟁을 관망했던 것이다. 하지만 그럼에도 전쟁은 민중의 삶을 총체적으로 파괴한다는 데 작가의 문제의식이 놓여 있다. 남편 하기석은 입당 원서를 냈다는 이유만으로 죄인 취급을 받아 감옥에 갇혔고, 쌀 한 톨을 구하겠다고 한강변에 나갔던 어머니는 국군의 무자비한 총격으로 참혹하게 목숨을 잃었다. 뿐만 아니라 민중들의 질박한 심성은 한없이 교활해지고 잔인해져 약탈과 도둑질을 다반사로 행하며 혼란을 이용한 살인 행위마저 주저하지 않는다. 민중과는 무관한 전쟁이 역설적으로 민중을 참혹하게 파괴한 것이다.

여기에서 작가는 단지 보여 줄 뿐 결코 해설하거나 설명하지 않는다. 이제 사회 현실을 객관화할 수 있는 거리감을 확보하고 전쟁을 사실적이고 구조적인 차원에서 바라보는 것이다. 전쟁은 운명적인 것이 아니라 교조적 이데올로기의 맹신적 숭배와 극한적 대립에서 비롯된 사회·역사적 산물이라는 인식, 『시장과 전장』에서 보여 준 이러한 인식은 6·25전쟁을 이데올로기의 측면에서 문제 삼은 작품 가운데서 단연 돋보이는 성과라고 하겠다.

이와 함께 박경리는 초기작 이래의 '생명 사상'에 대한 탐구를 계속한다. 그것은 삽화처럼 제시된 '이가화'를 통해서 구체화된다. 이가화는 이념에 대한 이해가 전혀 없으면서도 하기훈에 대한 사랑 하나로 빨치산 투쟁에 가담한 인물로, 하기훈의 비인간적인 행동에 대해서도 결코 일희일비하지 않는 성격을 보여 준다. 그녀는 전장의 한복판을 살면서도 실상은 그와는 무관한, 이를테면 사랑을 위해서 자신의 모든 것을 바친 마치 '전장' 속에서 '시장'의 세계를 사는 인물이다. 작가가 그녀에게 깊은 애정을 보였던 것은 이 헌신적이고 가식 없는 사랑에서 인간 구원의 가능성을 발견했기 때문이다. 그런 의도에서 작가는 하기훈의 비정한 세계에 대립하는 존재로 이가화를 맞세우고, 전자의 결핍을 보완하고자 한다. 이가화는 작가의 본원적 지향을 담지한 존재이고, 이후 우람한 봉우리로 솟게 될 생명 사상의 싹에 해당한다.

1969년부터 집필에 들어간 대하 『토지』는 박경리의 문학과 생명에 대한 사랑이 완결된 형태로 구현된 작품이다. 『토지』는 작가가 생전에 "나는 『토지』의 도구였을 따름이다."라고 고백할 정도로 암이라는 지병과 싸우면서 이룩해 낸 필생의 역작이자, 집필에서 탈고까지 26년간의 장구한 시간과 함께 원고지 분량만도 3만 매가 넘는 대작이다.

총 5부로 이루어진 『토지』는 시간적으로 갑오년 동학농민

혁명과 갑오개혁, 을미왜병 등이 지나간 1897년에서 1945년 8월 15일까지의 한국 근대사를 망라하고, 공간적으로는 경남 하동 평사리라는 한국 농촌을 비롯해 지리산, 서울, 간도, 러시아, 일본, 부산, 진주 등에 걸치는 광활한 국내외적인 지역을 관통하고 있다. 『토지』가 이룩한 성과의 하나는 "가족이라는 혈연 단위와 그 확대를 역사적인 시대의 교체와 맞물리도록 고안함으로써, 조선 말기 이후 한국 사회의 근대화라는 격변기를 살아가는 전형적인 인물들의 창조에 성공했다."(권영민)라는 평가에서 볼 수 있다.

제1부는 외세의 침략과 왕권의 붕괴, 양반계급의 몰락과 친일 세력의 대두, 가혹한 농민 수탈에 이어 농민의 이산으로 이어지는 역사적 전개 과정이 평사리라는 봉건 농촌 마을에서 살아가는 농민들의 생활상과 더불어 서술된다. 최 참판댁의 비극적인 내력, 최치수의 죽음, 전염병의 창궐과 윤씨 부인의 죽음, 최씨 집안의 재산을 탐내는 조준구의 음모, 윤보의 의병 가입과 서희, 길상과 임이네의 간도 이주 등 부침하는 인간 군상들의 모습이 파노라마처럼 펼쳐진다. 원래 작가는 『토지』를 1부로 끝낼 계획이었지만 (1부를 시작한 후에 암 수술까지 받은 상태였다.) 5부까지 이어진 것은 "내가 『토지』를 쓰는 것이 아니라 『토지』가 나를 몰아가고 있다."라는 고백처럼 글쓰기에 운명적으로 이끌렸기 때문이다.

2부는 1911년부터 6~7년간 간도의 용정 지방을 배경으로 최서희, 김길상, 이용, 김영팔, 월선이, 임이네, 김 훈장, 이상현 등의 간도 생활과 간도에서 독립운동에 가담한 이동진과 일제의 앞잡이 노릇을 하는 김두수 등 주변 인물들의 다채로운 삶의 편력들이 그려진다. 3부는 주인공 최서희와 그 일행이 간도로부터 고향으로 돌아온 다음 3·1운동이 일어난 해인 1919년 가을부터 1929년 광주학생운동까지를 다루고 있다. 4부는 1930년에서 1938년까지 항일독립운동이 조직적으로 전개되고 일본 군국주의의 식민지 지배가 노골화되던 시기를 다루는데, 작가의 시선이 한층 넓어진 것을 볼 수 있다. 작가는 민족의 대지 곳곳에 시선을 투사하여 정한과 생명 사상, 휴머니즘과 민족주의 등의 문제를 깊이 있게 형상화한다. 그리고, 5부는 1940년부터 1945년 해방을 맞이하기까지 인물들의 좌절과 극복, 절망과 승화, 한과 희망을 그려 낸다. 여기에서 작가는 자신의 문학적 여정을 정리하듯이 일제에 대한 탐색과 민족주의, 사회주의, 가족주의, 허무주의 등 이념형에 대한 검토는 물론 문화와 예술에 대한 사념까지를 거침없이 쏟아낸다. 일제의 마지막 발악을 배경으로 길상은 예비 검속에 걸리고, 윤국은 학병에 입대하며, 암흑기의 끝에서 서희는 해방의 소리를 들으며 빛을 보는 것으로 종결된다. 이렇게 하여 『토지』는 개인의 운명과 역사의 조류가 절묘하게 어우러진 대서

사시로 완성되는 것이다.

『토지』에는 작가의 정신사가 그대로 용해되어 있다. 남편의 죽음, 암과의 투병, 시대의 불의에 항거하며 수난이 거듭되었던 가족사와 더불어 '운명에서 한의 미학으로, 문명에서 문화로, 거대한 역사에서 민초들의 자잘한 삶으로, 그리고 그 모든 것들을 감싸 안는 생명론으로 진화를 거듭한' 작가의 정신적 편력이 소설 속에 곁곁이 스며 있다. 즉, 초기에는 타자의 시선으로 삶과 죽음을 포용하는 관점에서 시작되었으나, 점차 각계각층의 인물들을 심오하게 통찰하고 두루 섭렵하는 과정으로 나갔는데, 『토지』는 그런 소설적 진행을 모두 망라하고 있다. 그래서 『토지』의 주인공은 최서희나 김길상 등이 아니라 평사리와 간도 등에서 살아가는 무수한 민초들이고, 이들을 통해 작가는 땅을 중심으로 순환되는 생명의 본질을 포착해 내는 것이다. 사소하기만 했던 민초들의 삶과 사연이 응축되고, 거기에 주변 사람들의 내력이 스며들면서 하나의 대하(大河)를 만들고 그것이 마침내 한민족의 서사시를 일구어 낸 것이다.

작품에서 작가의 의도를 대변하는 인물은 길상이다. 그는 일찍이 "천수관음상을 조성하여 어지러운 세상, 불쌍한 중생에게 보살의 자비를 펴게 하라."는 우관선사의 뜻과 희망을 물려받은 인물로 형상화된다. 그는 "내부에 숨은 청랑한 오성"

을 직관할 수 있는 투시안을 지니고 있다. 그가 모이를 받아먹는 꾀꼬리를 보면서 발견한 다음과 같은 인식은 작가의 그것이라 해도 틀린 말은 아닐 것이다.

길상은 꾀꼬리가 날아가는 하늘을 멀거니 쳐다본다. 엿새쯤 지났을 때 꾀꼬리는 새끼를 찾아오질 않았다. 새끼 새는 제법 털에 윤이 나고 노랑과 검정의 빛깔도 선명해졌다. '나리야?' 하고 부르면 여전히 '삐욱!' 하고 대답을 했고 방을 오래 비웠다가 돌아오면 횃대에서 뛰어내려 너무 기뻐서 입을 벌린 채 울음소리도 내지 못했는데 참으로 열광적인 애정의 표시였다. 그런데 하나의 생명을 지켜 주기 위해 무수한 살생을 자행하게 되는 것은 어느 경우에 있어서도 마찬가지 일이거니와 한 마리의 꾀꼬리 새끼를 키우기 위해선, 매일 살생을 하지 않으면 안 되었다. 그리고 하찮은 미물에게조차 각기 다른 성정이 있는 것을 알았다. 여치란 놈도 그 성정이 각기 다른 성싶었다. 아주 지독히 반항하는 놈이 있었다. 새 주둥이 속에서도 결사적인 투쟁으로 먹지 못하고 내뱉는 일이 번번이 있었는데 이럴 때는 여치의 목을 비틀 수밖에 없다.

"나무아미타불!"

목이 비틀린 여치를 새 입에 넣어 주고 다시

"극락왕생하여라."

하는 것이다. 지렁이를 꼬챙이로 자를 때도 손끝에 전해오는 생명의 꿈틀거림.

"나무아미타불! 극락왕생하여라."

(「작은 새의 죽음」 2부 1편에서)

'손바닥에 전해지는 따끈한 온기와 앙상한 뼈의 감촉', 길상은 그 미물의 생명에 전율한다. 그런데 그 생명을 살리기 위해 또 다른 생명을 희생해야 하는 아이러니, "나무아미타불!"을 연발하는 길상의 태도는 어느 하나의 생명도 소홀히 할 수 없다는 생명 존숭의 정신을 단적으로 보여 준다. 곧, 사랑과 연민. 길상이 마지막 원력을 모아 도솔암에서 관음 탱화를 완성하는 장면은 생명 사상의 극점을 보여 준다. 삶과 생명과 예술이 혼연일체를 이루는 순간, 길상은 모든 현실적이고 인간적인 갈등과 한의 응어리에서 벗어나는 것이다.

"사랑이라는 것이, 가장 순수하고 밀도도 짙은 것은 연민이에요, 연민. 연민이라는 것은 불쌍한 데에 대한 것, 말하자면 허덕이고 못 먹는 것에 대한 것, 또 생명이 가려고 하는 것에 대한 설명이 없는 아픔이거든요. 그것에 대해 아파하는 마음, 이것이 사랑이에요. 가장 숭고한 사랑이에요."

이 '생명에의 연민'이 바로 박경리가 추구하는 생명 사상의 본질이다. 그래서 『토지』는 최서희나 김길상과 같은 개별 인물들의 일대기가 아니라 평사리와 간도 등 땅을 중심으로 순환되는 무수한 민초와 그 생명의 서사가 되는 것이다.

원주 단구동(현 토지길) 선생의 옛집에 들렀다. 지금은 '박경리 문학공원'으로 조성되어 원주에 오면 꼭 들러야 하는 명소가 되었지만, 선생이 살아계실 때는 채소를 기르고 살림을 했던 주거지였다.

1990년대 초반 대학원 학생들과 함께 선생을 방문했던 기억이 선명하다. 당시 선생은 담배를 즐겨서 2시간 남짓 이야기를 나누는 동안 줄곧 담배를 태우셨다. 잠시도 쉴 틈 없이 연기를 내뱉던 모습, 담배를 좀 줄이시라고 하자, "이게 내 친군데 뭘." 하셨던 기억이 생생하다.

> "여러분, 생각하는 시간을 많이 가지세요. 자기 자신과 자주 마주 앉아 보세요. 모든 창작은 생각에서 탄생합니다."
>
> "예술가는 도피하는 것이 아니라 작품으로 참여하는 것입니다."

연기 속에서 잔잔하게 들려주시던 목소리는 지금도 귓전을 맴돈다. '박경리 문학공원'은 그런 선생의 흔적들을 고스란히 간직하고 1999년에 조성되었다. 선생께서 생활했던 집과 정원, 집필실 등을 원형대로 보존했고, 옆에는 소설 『토지』의 배경을 그대로 옮겨 놓은 3개의 테마 공원(홍이동산, 평사리 마당, 용두레벌)을 조성하여 관광객들의 발길을 잡고 있으나, 선생의 성품에 비추어 볼 때 과유불급이 아닌가 하는 생각이 들었다.

박경리 문학의 위대함은 시대와 사회의 한계를 뛰어넘는 서사적 반향을 보여 준 데 있다. 전쟁으로 모든 것이 황폐화되고 사회적 가치와 질서가 순식간에 아수라장으로 변해 버린 상황에서 박경리가 주목했던 것은 '생명'이다. 『표류도』와 『시장과 전장』에서 주목한 것은 생명을 파괴하는 존재로서의 전쟁과 이념의 문제였다. 주관적 자의식에서 벗어나 시선을 외부 현실로 돌리면서, 박경리는 전쟁이란 일상의 평화와 생명을 파괴하는 폭력이라는 점, 공산주의란 인간에 대한 사랑이 없는 맹신적 믿음일 뿐이라는 인식에 이르는데, 이는 당시 어느 작가도 흉내 낼 수 없었던 이데올로기에 대한 예리한 통찰이었다. 이 통찰을 바탕으로 박경리는 일반 민초들의 삶과 생명에 대한 거대한 파노라마를 창조해 낸 것이다.

"나는 슬프고 괴로웠기 때문에 문학을 했으며 훌륭한 작가가 되느니보다 차라리 인간으로서 행복하고 싶다."던 생전의 토로처럼, 이제 '멀미 같은 시간'을 내려놓고 영생의 복락을 누리시기를 기원해 본다.

그대는 사랑의 기억도 없을 것이다
긴 낮 긴 밤을
멀미같이 시간을 앓았을 것이다
천형 때문에 홀로 앉아
글을 썼던 사람
육체를 거세당하고
인생을 거세당하고
엉덩이 하나 놓을 자리 의지하며
그대는 진실을 기록하려 했던가.
(「사마천」)

난초처럼
살다 간
시인 학자

여산의 이병기

짚으로 이은 지붕이 자아내는 독특한 운치!
초가 너머에 병풍처럼 두른 푸른 대숲,
언뜻 보기에도 그것은 참으로 절묘한 조화였다.

가람 이병기

『중등국어교본』

이병기 생가

예전에 여산 길은 호남선 열차를 타고 익산까지 이동한 뒤 버스로 갈아타고 가는 게 일반적이었다. 지금은 철도와 도로가 사통팔달로 뚫려 길이 많아졌다. 고속열차로 익산까지 가서 버스로 갈아타고 30여 분이면 여산에 이르고, 승용차를 이용하면 3시간 정도면 닿을 수 있다. 이번에는 승용차를 이용했다. 경부고속도로로 진입해서 1시간 정도를 달리다가 논산천안고속도로로 바꿔 타고 연무IC로 빠져나와 15분 정도를 더 가면 여산에 도착한다. 여산면에서 10분 정도를 달리면 '가람 이병기 생가'와 '진사마을'이라는 이정표가 보이고, 농로를 따라 2~3킬로미터 정도 들어가면 대나무 숲으로 둘러싸인 아담한 풍채의 '가람 생가'를 만날 수 있다.

전라북도 익산시 여산면 원수리 573번지.

한평생을 학문과 시조에 바친 가람 이병기 선생이 태어나고, 만년을 보낸 생가가 눈앞에 펼쳐진다. 짚으로 이은 지붕이 자아내는 독특한 운치! 그리고 초가 너머에 병풍처럼 두른 푸른 대숲, 언뜻 보기에도 그것은 참으로 절묘한 조화였다.

이곳에 선산이 있고, 대대로 터를 잡고 살아온 연안 이씨 집안의 내력이 숨어 있어서인지, 아니면 국가가 선생에 대한 자리매김을 이 정도의 예우로써 보여 주고 있는 것인지, 기념관까지 갖춘 생가는 자못 기품 있고 정겨운 모습이다.

한글 세대라면, 『국문학 전사』를 후학들에게 남긴 국문학계의 태두이자 현대 시조의 거봉인 가람 선생의 난초 시편을 한 두 수 암송하면서 학창 시절을 보냈을 것이다. 그리고 1976년에 간행된 『가람 일기』(신구문화사)의 주인이 말년을 보낸 곳이다. 『가람 일기』는 1909년부터 쓰기 시작해 '조선어학회 사건'(1942)으로 옥고를 치를 때 빼고는 한 날도 쉬지 않고 써 온 것이니, 이미 그것은 존재 자체만으로도 한 편의 문화사 내지는 사회사의 의미를 지닌다. 더군다나 그것이 문학사에 단 한 편의 친일 문장도 남긴 일이 없고, 일제하 암흑기에서도 창씨와 개명의 혹한을 견뎌 냈던 사람의 일기라면, 그 가치는 더욱 빛날 수밖에 없다.

수우재(守愚齋).

(수우재는 생가의 당호로, '愚'는 존경하는 할아버지 동우(東遇)의 이름을 받은 것이라고 한다.)

생가는 조선 말기 선비의 가옥 배치를 따르고 있는데, 안채·사랑채·헛간·정자 등이 남아 있다. 소박한 안채와 사랑채, 아담한 정자와 연못에서 선비 가옥의 면모를 살필 수 있다. 생가 초입에는 가람 선생의 고조부가 이곳으로 이주하여 정착한 시기부터 있었다는 200년 정도 되었을 것으로 추정되는 탱자나무가 이채롭게 서 있다.

가람이 이곳에서 태어난 것은 1891년 3월 5일, 6남 6녀의 장남이었다. 아버지 이채(李採)는 당시 부안에서 변호사업을 개업했을 정도로 개화한 인물이었다고 한다.

가람은 이곳 수우재에서 완고한 조부의 가르침을 받으며 10여 년간 한학을 배웠는데, 가람이 처음으로 신학문을 접한 것은 양계초의 『음빙실 문집』을 통해서였다. 『음빙실 문집』은 청나라 말엽 학자이자 정치 사상가였던 양계초의 문집으로, 개혁적인 계몽사상을 담고 있어서 당시 우리나라나 일본, 월남 등에 적지 않은 영향을 미쳤던 책이다.* 이 책을 섭렵하면서 선생은 신학문에 눈을 뜨게 된다.

그래서 뒤늦게 전주 공립 보통학교에 편입한 것이 19세 때였고, 이를 6개월 만에 졸업하고 20세에, 당시 전국의 수재들만 모인다는 한성사범학교에 입학한다. 그 후 가람은 일요일마다 조선어 강습원을 다니며 주시경 선생의 문법 강의를 듣고, 그것이 계기가 되어 국어 연구와 한글 운동에 눈을 뜨고, 국문학 연구와 시조 부흥에 적극 나서게 된다. 그러나 구한말

* 『음빙실 문집(飮氷室文集)』은 적자생존과 우승열패의 원리를 서술한 계몽사상서로 중국과 동아시아 지식인들에게 큰 영향을 미쳤다. 안창호는 대성학원 교장으로 있을 당시 젊은 선비들이 찾아와 "우리들이 나라를 위해서 해야 할 첫 번째 일이 무엇입니까?"라고 묻자, "양계초가 지은 『음빙실 문집』을 읽어 보아라."라고 했다는 일화로 유명하다. 남한산성 한용운 기념관에는 만해가 즐겨 봤다는 『음빙실 문집』이 전시되어 있다.

에 출생한 선생의 앞날에는 파란만장한 이 땅의 역사가 가로 놓여 있었다.

경술국치는 가람에게 깊은 충격을 안겨 준 정신적 사건이었다. 20세의 젊은 나이로 가람은 괴로운 나날을 보냈는데, 훗날 가람이 두 번이나 망명을 시도했다는 것은 당시 겪었던 고충이 어떠했는가를 말해 준다. 가람은 그때의 '처연'했던 심경을 다음과 같이 적고 있다.

서울에 유학 와서 일 년이 되었는데	到此漢城偶一年
나그네 심사가 정히 처연하다	客中心事正凄然
끝없는 세상 근심 말을 다 못 이뤄	萬端世慮難成語
먼 고향 생각에 잠을 못 이룬다	千利鄉懷不得眼
매화 지고 버들 푸른, 이미 봄인데	梅瘦柳新春已地
대포 소리 떨치는 깊은 밤하늘, 타오르는 세상	破振蘆燒夜深天
세상을 감당하는 남아의 뜻은	因循堪耐男兒志
후일 반드시 큰 뜻을 이루리라.	他日必期偉業傳

이때 가람이 품은 절치부심, 그 '큰 뜻'은 무엇이었던가. 그의 생애가 입증하듯이, 그것은 국문학 연구와 후진 양성, 시조 시학의 완성이라는 위업으로 나타났다. 그러나 이 모두가

나라를 빼앗긴 상태에서는 용기와 인내를 필요로 하는 일이었기에 결코 쉬운 것이 아니었다. 일찍이 김윤식 교수가, 가람을 제대로 이해하기 위해서는 가람이 시조를 선택한 의미와 민족의식과의 상관관계에 주목해야 한다고 지적했듯이, 일제 치하에서 그것은 또 다른 형태의 저항운동이었던 것이다. "보다 큰 것에 바치되, 밖에다 떠들지 않는다."라는 것이 가람의 처세술로, 소리 높여 애국을 부르짖는 세태 속에서 가람은 이처럼 "조용히 우리 것을 찾고 지켜 가는" 길을 걸어갔던 것이다.

1913년 한성사범을 졸업한 가람은 고향에서 훈도 생활을 하면서 박봉을 떼어 고문헌을 수집하고 시조를 창작하기 시작한다. 뒤에 동광고보를 거쳐 휘문고보 교사로 재직하면서도 방학 때마다 전국을 여행하며 사적을 답사하고 문헌을 수집하는 게 일과였다. 그렇게 모은 고서적이 20여 년 동안 수천 권. 교편을 잡으면서 받는 월급의 반은 책을 사는 데 썼는데, "처자들에겐 반반한 치마 한 벌, 과일 한 톨 사 줄 수 없었다."라고 당시의 괴로운 심경을 일기에 적어 놓고 있다. 이렇게 모은 수천 권의 저서는 훗날 서울대학교에 기증되어 현재까지도 많은 국문학도의 사랑을 받고 있다.

우리나라 민간 학술 단체의 효시라 할 '한글학회'의 전신인 '조선어연구회'가 휘문의숙(현재의 휘문중고)에서 탄생한 것은 1921년이었다. 여기에서 가람은 연구회 간사를 맡으면서 조직적인 우리말 연구 운동을 펼쳐 나갔고, 4년 뒤인 1926년에는 '시조회'를 조직해 민족문학의 연구와 보급에 사명감을 불태웠다. 그러나 일제의 무단통치가 시작되면서 우리말에 대한 탄압이 날로 거세어졌고, 상황은 더욱 악화되었다. 창씨개명도 하지 않고 버티던 가람은 마침내 '조선어학회 사건'(1942)으로 함흥 형무소에서 1년간의 옥고를 치른다. 가람은 당시의 심경과 고초를 29수의 시편 「홍원저조(洪原低調)」를 통해 기록하고 있다.

> 세상 모든 일이 저절로 잊어지고
> 죽지 못하여 하찮이 남은 목숨
> 도리어 도야지 팔자를 조석으로 기린다.
>
> 뜰에 나던 별이 창으로 도로 든다
> 하루를 보내기 한해도곤 더디더니
> 어느덧 제돌을 이어 또 가을이 되었다.
>
> (「홍원저조」 5, 29연)

출옥 이후 가람은 고향에서 농사에 전념하며 일제 강점기 말의 어두운 삶을 견디어 나갔다. 이 시절의 일기에는 "이럴 적에 대성통곡이라도 했으면 시원할 듯 온몸에서 끓는 피가 쏟아져 나오는 듯 도무지 세상이 원수 같다."라는 격앙된 표현도 보인다. 설상가상으로 아들 동희마저 징병으로 끌려가 실종되는 참척을 겪으니, 민족의 고통에 찬 삶과 더불어 가람 개인이 겪은 고통과 슬픔은 필설로 다 할 수 없는 것이었다.

그렇지만 이 시련 속에서도 가람은 연구와 창작을 게을리하지 않아, 국문학사에 길이 남을 성과를 내놓는다. 『한중록』을 주해하고(1939), 『인현왕후전』을 묶어 냈으며(1940), 『역대 시조선』(1939)과 창작집 『가람 시조집』(1939)을 내놓았다.

1945년 가람은 고향에서 해방을 맞았다. 민회(民會) 등에서 그를 모시러 오곤 했으나, "관리니 단체니 정당이니 무슨 회니 하는 것은 체질적으로 맞지 않는 일"이었기에 그는 한글 강습과 문화 강연에 더 힘을 기울였고, 다른 사회 활동과는 거리를 두었다. 가람의 소망은 "시조나 짓고 책이나 모아 뒤적이고 노우트나 만들고 국학에 관한 몇 가지 저작이나 하고 교육 겸 호구나 하기 위하여 칠판에 백묵이나 날리자는" 데서 더 나아가지 않았으며, 자신의 본분에 어긋나는 일은 절대 자청하지 않았다. 가람의 이런 태도가 일부 인사들로부터 비판을 받기도 했지만, 가람은 끝내 정치 활동에 참여하지 않고 학자적 소신을 지켜 갔던 것이다.

해방 후 가람이 이룬 중요한 성과의 하나는 교과서 편찬이다. 일제가 떠난 자리에 무엇보다 절실했던 것은 우리말과 글을 가르칠 수 있는 교과서였다. 해방과 함께 미군정이 들어서면서 교과서 편찬에 착수하는데, 집필을 위임받은 조선어학회는 국어과 집필을 가람에게 맡겼다.

> 국어 교과서 중학교의 것은 내가 편수의 주임을 맡았다. 초등·중등 기타 『국어』 교과서 편수에 대한 토의를 문예·학술·교육 단체를 망라하여 하자 하고 나는 문화건설협회에가 이원조 군을 보고 상의하니 게서 여러 문화 단체와 이미 이 문제를 의논하고 건의문을 지었다 하며, 그 건의문을 보니 편수관의 생각과 부합하였다. 서로 좋다 하고 나는 게서 위원 다섯만 추천해 달라고 부탁하였다.
>
> (『가람일기 Ⅱ』 1945년 11월 2일 자)

이렇게 해서 이병기는 소설가 이태준과 조선어학회의 이숭녕과 이희승을 합한 세 명으로 '중등 기초 위원(집필 위원)'을 확정 짓고, 이들을 중심으로 『중등 국어 교본』(군정청 학무국)을 만든다.

이후 서울대 등에서 교수로 재직하면서도 우리의 말과 글을 일깨우고 후진을 양성하는 데 힘썼고, 6·25전쟁의 와중에도 고전에 대한 연구를 중단하지 않았으니, 「지리산가」, 「춘향가」, 『청구영언』, 『해동가요』의 주해가 모두 이 시기에 이루어졌다. 1956년 전북대학교에서 정년 퇴임한 후에도 학문에 대한 정진을 중단하지 않아 이듬해에는 백철과 공저로 『국문학전사』(1957)를 세상에 내놓았다. 백철이 2부 '신문학사'를 쓰고, 1부의 '고전문학사'와 부록의 '국한문학사'를 가람이 썼는데, 여기에서 우리는 다시 한번 가람의 국문학에 대한 열정과 해박한 식견에 탄복하게 된다. 특히 평민 중심의 문학사 서술은, 문학사를 어떻게 기술할 것인가에 대한 중요한 시사를 주어 이후 문학사 서술의 본보기가 된다.

그러나 그해 『우리말 큰사전』의 발간을 기념한 한글날 기념 행사에서 감격에 찬 술잔을 사양하지 않고 들이킨 것이 화근이었다. 귀갓길에 뇌출혈이 발생했고, 이후 1968년 세상을 뜰 때까지 기나긴 와병 생활에 들어가야 했던 것이다.

> 기쁘거나 슬프거나 가장 나를 따르노니
> 이생의 영과 욕과 모든 것을 다 버려도
> 오로지 그 하나만은 어이할 수 없고나
> (「시마(詩魔)」 3연)

노산 이은상과 더불어 이 땅의 대표적인 시조 작가로 일컬어지는 가람은 13세 때부터 시조를 쓴 것으로 알려져 있다. 일찍이 한학을 공부한 까닭에 처음엔 한시를 쓰다가, "우리의 말로 우리의 감정을 표현"해야 한다고 생각해서 시조 창작의 길로 들어선 것이다.

그런데 가람이 본격적으로 작품 활동을 시작한 1930년대는 서구풍의 모더니즘과 화려한 감각의 이미지즘이 작가들을 사로잡았던 시기이다. 작가들은 대부분 서구 취향에 젖어 있었고, 우리 고유의 전통이란 기껏 고완품으로밖에 취급되지 않던 시기였다. 그런데도 가람은 유독 낡은 형식의 시조를 선택했는데, 가람의 독특한 면모는 이런 데서 드러난다.

> 새것을 좋아하고 낡은 것을 싫어함은 누구나 다 같은 생각이지마는 우리 소용이 됨에는 낡은 것이라도 새것만 못지 않다. (……) 밟을 건 다 밟아야 한다. 성급함보다도 차근하고 찬찬하고 꾸준해야 한다. (……) 제가 스스로 살피고 따지고 깨닫고야 정말 그 가치와 생명이 드러날 것이다.
> (「가람 문선」에서)

김윤식 교수는 가람의 이 글에 주목하여, 그가 전통이 무엇인가를 투철히 아는, 보기 드문 정신의 소유자라는 사실을 간파한 적이 있거니와, 이러한 시조관은 당시에 횡행하던 '시조야말로 우리 민족의 유일한 시 형태며 문학 양식'이라는 맹목적, 지사형적 사고와는 차원을 달리하는 것이다.

당시 가람의 시조들은 시조의 '신조'라 불릴 만큼 문단에 신선한 반향을 일으켰다. 1939년 『가람 시조집』이 백양사에서 나오자, 정지용은 "송강 이후에 가람이 솟아오른 것이 아닐까"라고 했으며, "가람 이전에 가람이 없고, 가람 이후에도 가람이 없다."라는 발문으로 그 위대성에 아낌없는 찬사를 보낼 정도였다.

가람 시조의 비밀은 그의 '시조 혁신론'에서 드러난다. 가람은 시작(詩作)을 하면서 다음 5가지 원칙을 지켰다고 한다. 첫째는 실감·실정의 표현에 힘을 기울일 것, 둘째는 취재의 범위를 넓혀 일상적인 소재까지 시화하려고 애쓸 것, 셋째 용어의 참신성을 강조하여 새로운 조어와 순수한 우리말의 발견을 통해 시어의 범위를 넓혀 갈 것, 아울러 새로운 격조의 창조, 연작 쓰기를 시도할 것 등이었다. 이 가운데서 특히 시조에 새로운 율격과 예도를 새로운 격조로 앉힌 그의 혁신성은 "가람의 천재가 폭발했다."라고 평가받을 정도로 주목의 대상이 되기도 했다. 이를테면 현대시조와 고시조의 차이는, 고시조는 가락을 띤 창(唱)이라는 데 있었으나, 현대시조는 고시조의 음악을 탈피하는 새로운 격조의 창조를 과제로 해야 한다는 것이다. 말하자면 옛 시조가 근거하고 있던 곡조의 자리에 새로운 격조를 대치시킴으로써 가람의 시조는 비로소 현대성을 띨 수 있었던 것이다.

가람에게 있어서 격조는 자연의 본질과 결부되는 것이었다. 가람은 자연의 본질과 삶의 이치를 난초와 매화, 수선 등 산수를 통해서 깨달았고, 그 깨달음의 오도를 시조의 새로운 격조로 앉히는 개가를 올렸으니, 여러 사람들의 지적처럼 가람 시조의 격조를 높인 중요한 원천은 '난초'였다. 가람 하면 난초를 떠올릴 정도로 가람의 생활 속에 난초의 정신은 깊숙이 자리 잡고 있다. 『가람 일기』에 따르면, 배양이 제일 어렵다는 난초가 많을 때는 20여 종, 30여 분(盆)이나 키웠을 정도라고 하니 관심과 애정의 정도를 짐작할 수 있다. 가람의 문하에서 사사받았던 최승범 교수에 따르면, 가람은 글에서뿐 아니라, 평상시에도 "빵은 육체나 기를 따름이지만 난은 정신을 기른다."라는 말을 곧잘 했다고 한다.

> 내가 난초를 재배한 지 30여 년에 이걸 달라는 이는 많았으나 주어도 기르는 이는 없었다. 이도 또한 오도(悟道)다. 오도를 하고서야 재배한다.(「난초」에서)

가람에게 난초는 '오도'나 다름없었던 것이다. 난을 기르며 인생의 도를 깨달았던 가람. 이렇게 해서 빼어난 난초 시편들이 탄생하게 된 것이다.

빼어난 가는 잎새 굳은 듯 보드랍고
자줏빛 굵은 대공 하이얀 꽃이 벌고
이슬은 구슬이 되어 마디마디 달렸다

본래 그 마음은 깨끗함을 즐겨하여
정한 모래 틈에 뿌리를 서려 두고
미진도 가까이 않고 우로(雨露) 받아 사느니라
(「난초 4」)

가람이 도달한 시 세계는 관조와 법열의 세계라고 할 수 있다. 일찍이 한학에 깊은 조예를 갖고 있었던 까닭에 난초와 자연을 벗하면서 관조의 세계에 몰입한 것은 어쩌면 당연한 일이기도 했다. 무욕과 무위의 세계를 꿈꾸며 사물을 응시하고 음미하는 모습은 가람의 안온하고 담담한 성격과 고스란히 부합된다.

그런데 가람의 관조적 태도는 고시조에서 볼 수 있는 것과는 사뭇 달랐다. 종래의 시조들이 먼 거리에서 대상을 바라보고 관념적인 가치를 부여하는 형식이었다면, 가람의 경우는 가까운 거리에서 작은 것을 관찰하고 그 본질을 파악한다. "가람에게 문제되는 것은 언제나 사물의 윤곽이 아니라 사물의 결"이다. 말하자면 시 속에서 작가의 주관이 직접 나타나지 않고 멀리 둘러서 나타나며, 그로 인해 주관은 풍경 속에 용해되어 하나의 사물로 드러난다.

> 맑은 시내 따라 그늘 짙은 소나무 숲
> 높은 가지들은 비껴드는 볕을 받아
> 가는 잎 은바늘처럼 어지러이 반작인다.
>
> 청기와 두어 장을 법당에 이어 두고
> 앞뒤 비인 뜰엔 새도 날아 아니오고
> 홈으로 나리는 물이 저나 저를 울린다.
>
> 바위 바위 위로 바위를 업고 안고
> 또는 넓다 좁다 이리저리 도는 골을
> 시름도 피로도 모르고 물을 밟아 오른다.
>
> (「계곡」 1, 2, 5연)

새 한 마리 날지 않는 적요한 법당 뜰에 청명한 소리를 내며 흐르는 물은 순진무구한 자연을 상징한다. 바위가 바위를 업고 안고, 좁았다 넓어졌다 하는 계곡 사이를 시름도 피로도 없이 흐르는 물은 원초적 자연이자 작가의 맑은 성정인 셈이다.

그리고 두 번째의 "바위 바위 위로 바위를 업고 안고"에서 'ㅂ'과 'ㅏ, ㅣ'의 적절한 조화를 통한 음악적 효과의 활용 역시 주목할 사실로, 가람이 현대시 못지않은 감각과 기교를 시조에 적극 활용한 것을 알 수 있다. "시조에서 감각을 최초로 보여 준 시인"(김제현)이라는 평가처럼 가람은 여러 가지 방법으로 고시조의 정형성을 탈피하고자 했던 것이다. 한자의 적절한 사용과 배치로 시각적 조형미를 고려한다든지, 일상어를 직접 시어로 선택하여 구어체 문장의 효과를 최대로 발휘한 것 등은 모두 가람의 업적인 셈이다.

이러한 성과가 있었기에 가람은 현대시조의 거봉이라는 평가를 받기에 이른 것이다. 아울러 "시조를 사적으로 연구한 이, 이론으로 분석한 이, 비평에 기준을 세운 이"(정지용)라고 일컬어질 만큼 가람은 시조의 대표적 이론가이기도 했다. 시조라는 명칭이 처음에는 곡조의 이름이었고, 영·정조의 이세춘에 의해 최초로 명명되었다는 사실을 발견한 이가 곧 가람이라는 것은 이미 알려진 사실이다.

"영양가야 밥보다는 술"이라는 지론을 펼칠 만큼 가람은 술을 즐긴 애주가였다. 또한 평생 고서를 수집할 만큼 소문난 애서가이기도 했다. 평소 "고서도 없고 난도 없이 서화나 붙여 놓은 방은 아무리 화려하더라도 요릿집에 불과하다."고 경멸할 정도였으니, 선비다운 가람의 취향과 성품을 짐작할 수 있다. 그래서인지 선생의 방 안에는 늘 난초와 함께 책이 가득했다고 한다. 술과 난초 향과 장서가 동고동락하는 생애였다고나 할까.

한 그루 고매(古梅)를 자처하던 가람이었으나, 뇌일혈로 쓰러진 이후에는 의사소통마저 힘들 정도로 병세가 악화되었다. 그러나 마지막 날까지 가람은 새소리에 날이 밝고, 담담히 잔을 기울이며 하루해를 보내는 강호(江湖)의 생활을 버리지 않았다. 거동이 불편했는데도 사랑채와 툇마루 모정의 청소는 손수 했다고 하며, 숨을 거두는 마지막 순간까지도 술에서 손을 떼지 않았다고 한다.

1968년 11월 28일, 셋째 며느리 윤옥병 씨에 따르면 가람은 점심을 들고 집 뒤의 진수당으로 나갔다고 한다. 그 뒤 이상한 소리가 나서 급히 가 보니 술을 따라 놓은 채 쓰러져 있었다는 것이다. "파도처럼 밀려오는 송뢰(松籟)에 해가 저물듯" 그의 생애가 저무는 순간이었다. 세상을 떠나는 마지막 순간까지도 술을 멀리하지 않았던 가람, 향년 78세였다.

가람이 말년을 보낸 수우재는 집안 대대로 내려온 종갓집이다. 사랑채, 안채, 고방채, 모정 등은 여전히 옛 모습대로 남아 있으나, 행랑채만은 수년 전에 철거되었다 한다.

수우재의 뒷동산에 자리한 선생의 유택(幽宅)에 경배하

고, 발길을 시비와 동상이 있는 여산남초등학교로 돌렸다. 여산남초등학교는 1968년 선생의 장례식장이 되었던 곳으로, "바람이 서늘도 하여 뜰앞에 나섰더니 …… 잠자코 홀로 서서 별을 헤어 보노라."라는 시조「별」이 새겨진 시비가 있다. 안타깝게도 학교는 폐교가 되어 무성한 잡초 속에 방치되어 있고, 교사 뒤편의 동상과 시비 역시 사람의 손길이 닿지 않은 지 오랜 듯하다.

거기에서 2~3킬로미터 남짓 떨어진 곳에 있는 여산초등학교는 가람이 한성사범을 졸업한 뒤 1913년에 잠시 교사로 근무했던 곳이고, 1948년에는 학교의 교가를 지어 주었던 곳으로, 가람의 흉상이 세워져 있다. 주차장 끝에 달랑 세워진 실물 모양의 흉상은 선생의 소탈한 모습을 연상시키지만, 뒤편의 서구적 교사(校舍)와 주차된 차들과는 어울리지 않는 부조화의 형상이다. 남초등학교에 방치된 동상과 시비를 옮겼더라면 좋았을 것이라는 생각이 든다.

흉상을 뒤로 하고 학교를 빠져나오니, 다시금 생가 뒤편의 푸른 대숲이 시야에 들어온다. 비록 난세에 처했을지라도 학자의 본분이 무엇이며, 어떤 길을 밟아 나가는 것이 온당한가, 선비의 처신과 기품은 어떠해야 하는가. 진사동 마을을 빠져나올 때, 저 푸른 대숲 속에서 선생의 영혼이 질타하는 소리가 귓전에서 울려오는 듯했다.

가난 속에
피어난
풍자문학

임피 · 군산의
채만식

불우했고 짧았던 생애가 남긴 작품들이 시대를 증언하고 지난 삶을 알려주듯이, 정박한 배 모양의 문학관은 채만식의 삶의 여정과 작품을 충실하게 담고 있다.

1930년대 군산 중앙로

『탁류』 표지

채만식 집필가옥

『탁류』의 무대인 군산은 조선 고종 때인 1889년에 국제항으로 개항한 항구도시다. 국제항이라 하면, 『탁류』의 한 구절처럼, 하룻밤 뭍에 오른 마도로스(matroos, 배의 승무원)들의 거친 숨결과 국제 사투리, 그들을 맞는 타국 냄새 가득한 거리와 사람들, 음식과 술, 애틋한 로맨스 등을 떠올릴지도 모르지만, 이제 군산항에서 그런 국제항으로서의 정조를 맛보기는 힘들다. 외항으로 화물을 실어나르는 작은 배 몇 척만이 한가로이 떠 있을 뿐 곡물 수출항으로 번성했던 옛 모습은 가뭇하고 장꾼들의 흥청거리는 소리도 사라진 지 오래다.

> 저 준험한 소백산맥이 제주도를 건너보고 뜀을 뛸 듯이, 전라도의 뒷덜미를 급하게 달리다가 우뚝…… 또 한번 우뚝…… 높이 솟구친 갈재(蘆嶺)와 지리산 두 산의 산협 물을 받아 가지고 장수로 진안으로 무주로 이렇게 역류하는 게 금강의 남쪽 줄기다. 그놈이 영동 근처에서는 다시 추풍령과 속리산의 물까지 받으면서 서북으로 좌향을 돌려 충청좌우도의 접경을 흘러간다. (……) 이렇게 에두르고 휘돌아 멀리 흘러온 물이 마침내 황해바다에다가 깨어진 꿈이고 무엇이고 탁류 채 얼려 좌르르 쏟아져 버리면서 강은 다하고 강이 다하는 남쪽 언덕으로 대처 하나가 올라앉았다. 이것이 군산이라는 항구요, 이야기는 예서부터 실마리가 풀

린다.(『탁류』에서)

멀리 소백산맥으로부터 흘러 내려온 금강 물줄기가 대자연의 장관과 함께 군산 앞바다에 좌르르 쏟아지면서 채만식의 소설 『탁류』는 시작된다.

1938년 어느 여름날, 채만식은 「군산 여행기」를 써 달라는 잡지사의 청탁을 받고 군산에 내려온 적이 있었다. 그는 공원 밑에서 차를 내려 "칙칙한 솔과 약간의 잡목이 섞여 아담스럽게 우거진 야트막한 산처럼 강안에 우뚝 멈추어 선 듯한 공원" 안으로 걸어 들어갔다고 하는데, 80여 년 전에 그가 올랐던 그 길을 이제 내가 오르고 있다. 군산 앞바다가 훤히 내려다보이는 '월명(月明) 공원'. 그곳에 서서 금강을 내려다보던 생전의 채만식은, 몇십 년이 흐른 지금 바다를 배경 삼아 문학비가 되어 서 있다. 비석 전면에는 『탁류』의 첫 구절이 고스란히 옮겨져 있다.

채만식이 태어난 곳은 여기서 가까운 임피이다. 금강과 만경강 사이의 너른 평야 한가운데 아득하게 자리 잡은 임피는 군산과 익산의 중간쯤 위치하고 있다. 임피는 옛 이리, 즉 익산에서 승용차로 20분 남짓한 거리에 있다.

임피는 과거에 농수산물의 집산지였고 지방 행정의 중심지였다. 5일마다 향시가 서고 인파가 붐비는 상가 도시여서 제법 번성했던 곳이다. 지금도 길 양옆으로 늘어선 상가들이 그 때의 화려함을 상기시켜 주지만 예전의 정취와 흥성스러움은 자취를 감추고 이젠 퇴락한 농촌의 풍경만이 한적한 모습을 보여 준다.

그 임피 4거리에 채만식의 생가 표지석이 있다. 생가터는 텅 빈 부지로 방치되어 있고, 길가에는 '소설가 채만식 선생 생가디'라고 표지식만이 썰렁하게 서 있다. 표지석에는 "1902년 6월 17일 이곳에서 태어나시어 「탁류」「레디메이드 인생」「태평천하」 등 백여 편의 주옥같은 작품을 우리 문단에 남기셨읍니다."라는 문구와 함께 이 표지석을 '1986년 한국문인협회 군산지부와 옥구군'이 세웠음을 알려준다. 군산시는 채만식 생가 복원을 위해 예산까지 편성해 놓은 상태였지만, 지난 2019년 채만식의 친일행적이 논란이 되면서 계획이 잠정 보류되었고 아직까지도 결론을 못 내고 있다.

생가터 뒤편을 돌아 조금 올라가면 나오는 임피초등학교는 채만식의 모교이다. 교정 어디에도 채만식의 자취나 기념의 흔적을 찾아볼 수 없다. 하지만 아쉬움을 달래 줄 도서관이 채만식 이름을 달고 마을 가운데 자리 잡고 있어서 그나마 다행이라는 생각이 들었다. 생가터에서 조금 떨어진 계남리에 채만식이 성장기를 보내고 작품을 썼던 가옥이 있었는데, (이 집에서 채만식이 그의 등단작인 「세길로」을 집필한 것으로 알고 있다.) 이 또한 복원 계획을 갖고 있으나 생가와 마찬가지로 보류 상태로 방치되어 있다.

채만식이 태어난 해인 1902년은 조선 왕조의 운명이 막바지에 다다르고, 일본이 정치·군사적으로뿐만 아니라 경제적으로도 침략을 노골화했던 시기이다. 그가 태어난 고장은 일본 자본 침략뿐만 아니라 그 내부적인 봉건 모순이 첨예하게 교차되었던 곳이었다. 길가 표지석 자리인 옥구군 임피면 읍내리에서 채만식은 부친 규섭(奎燮)과 모친 조쌍섭(趙雙燮) 사이의 6남 3녀 중 다섯 째 아들로 태어났는데, 이때만 해도 부친 규섭은 상당한 부농이었다고 한다.

하지만 신분상으로 채만식 집안은 양반도 아니고 하층민도 아닌 어중간한 위치였던 것 같다. 훗날 그의 문학이 뚜렷한 계급적 관점을 가지고 있지 못하다는 평가를 받는 이면에는 이러한 출신 배경이 숨어 있다. 그가 자란 고장의 특성을 엿볼 수 있는 글이 있다.

> 귀염동이 막내아들 채만식은 대문 안에서는 양반스런 예의범절로 다스려지지만, 일단 대문을 나서면 아부하는 상인배의 교사스런 은근에 지치고, 같은 나이 또래의 이웃들은 굶주림과 헐벗음 속에서 말하느니 욕설이요 악담이요 때론

백안시였다. 하류 서민층의 아첨과 독설에 지친 그는 대대로 상종해 온 상류 자제로부터의 백안시·상민 대접에 완전히 넉아웃돼 버린다. 이런 상반된 분위기를 또 언어를 먹으면서 재사(才士)다운 어린이가 성장한다.

(고헌, 「채만식 문학의 배경에 대한 연구」에서 재인용)

6남 3녀의 다섯 째라고는 하나 일찍이 셋을 잃어 박내아들이나 다름없었던 채만식은 모친 조씨의 자별한 사랑을 받고 자랐다. 송하춘 교수는 그가 어머니로부터 받아왔던 '격리 보필'의 영향이 과도한 자존심을 형성케 했을 거라고 보는데, 뒷날 "남의 집에 가서 밥을 먹을 때도 숟가락을 닦아서 사용했다거나 얘기하는 도중에도 몇 번이고 엉덩이 밑을 쓰다듬어 먼지를 털고 몸매를 추스리는" 그의 유명한 청결벽도 그러한 성장 과정에서 형성된 것으로 본다.

다른 한편으로 그가 자란 고장은 양반적, 유교적 전통이 강한 곳이기도 했다. 그때만 해도 보통학교 입학조차도 반대하는 분위기였는데 채만식의 부친은 개화문물에 개방적이었던 듯 서당에 다니며 한문을 익히던 그를 1910년 현재의 임피초등학교 전신인 임피 보통학교에 입학시킨다. 뿐만 아니라 보통학교를 졸업한 후에는 서울의 중앙 고등보통학교로 유학까지 보냈으니 이웃 고을에까지 센세이션을 불러일으키기에 충분한 화젯거리였다. 이 시절의 추억담을 엿볼 수 있는 작품이 단편 「회(懷)」이다.

1922년에 13회 졸업생으로 중앙고보를 마친 그는 그해 봄에 도일하여 와세다 대학 부속 제일 와세다 고등학원 문과에 입학하였다. 그러나 관동대지진의 와중에서 중퇴하니 여기까지가 그의 학력의 전부이다.

학창시절에 있었던 큰 사건은 19세 된 은선 홍씨와의 결혼이었다. 중앙고보에 다니던 중 시골로 내려오라는 편지를 받고 내려갔다가, 그의 표현을 빌리면 "뭣도 모르고 장가를 들게" 된 것이다. 당시 유행하던 조혼의 습속이었는데 애정없는 강제결혼이었던 만큼 부부생활은 자연히 평탄하지 못했다. 중편소설 「과도기」에서 조혼을 한 봉우가 자신의 건조하고 멋없는 부인을 괄시하며 "신지식이 넉넉하고 활발스럽고도 온순한 미인"을 그리는 장면이 나오는데 봉우는 곧 작가의 자화상이나 다름없었던 셈이다. 결국 나중에 그는 첫 부인 은씨와 결별하고 숙명고녀를 졸업한 신여성과 재혼한다.

그가 학창시절에 어떤 식으로 문학 수련을 했는지는 잘 알려져 있지 않다. 연보를 보면 1923년인 22세에 첫 작품 「과도기」를 탈고한 것으로 되어 있는데, 이 소설에는 일본에서의 학창 생활 등 자전적인 얘기들이 담겨 있어 당시 생활을 어렴풋이 엿보게 해 준다. 학업을 중도 포기하고 귀국한 것이 1923년이었는데 그를 기다리고 있는 것은 예기치 못한 고난이었다. 당대 조선 농민이 걸었던 몰락의 길을 그의 부친도 피할 수 없었다. 수리 전답을 속아서 판 후에 기울어져 가는 재산을 일구려 나중엔 미두(米豆)에까지 손을 대지만 결국 완전히 파산하고 만다. 한때 부유한 환경에서 일본 유학까지 가능했던 그였으나 부친의 파산으로 집안 전체가 몰락해 버린 것이다. 같은 해 채만식은 《동아일보》 기자로 입사함으로써 새로운 생활을 시작하였지만, 부친의 파산 이후 시작된 가난은 그를 평생 빈궁의 멍에에서 벗어나지 못하게 했다.

『탁류』에서 '미두'로 망하는 얘기가 꼼꼼하게 그려진 것도 이러한 그의 개인적 고난과 연관이 있다. 『탁류』의 주인공들은 1930년대의 식민지 현실에 놓인 인간 군상들이다. 채만식은 식민치하 조선 사람이 어떻게 몰락해 갔는가를 군산의 미두상을 중심으로 탁월하게 형상화해 냈는데, '미두'란 논이나 밭 또는 집을 저당으로 잡히고 현물 없이 미곡을 거래하는 일종의 투기를 말한다. 일제가 토지를 수탈하는 사기 수법으로 이 미두를 이용했음은 익히 알려진 사실이다. 채만식은 이 미두 취인(取引) 문제를 중심으로 고향 일대 농민들의 몰락상과 도시 빈민의 문제를 그려냈는데, 이는 이기영이 '마름'을 통해서 농촌 현실을 파고들었던 것과 비견되는 점이다. 즉 채만식은 '미두 취인 문제'를 통해서 양곡 집결지 군산의 문제를 제시했고, 바로 이 점이 채만식의 남달랐던 현실 인식을 말해 주는 대목이다.

채만식이 문단에 처음 얼굴을 내민 것은 1924년 단편 「세길로」를 통해서다. 이전에 쓰여진 습작소설 「과도기」를 제외하면 우리에게 알려진 채만식의 첫 공식 소설이 이 「세길로」이다. 기차간에서 만난 한 여학생을 두고 두 젊은이가 벌이는 심리적 추이를 그린 소품이지만 "평범한 재료를 가지고 그만큼 재미있게, 그만큼 깊게 사람의 부끄러운 약점을 그려낸 것은 칭찬할 솜씨"라는 이광수의 평을 들었다. 그의 작가적 잠재 능력을 일찌감치 보여 준 작품인 셈이다.

그러나 작가로 입문한 이후 10년간은 작가라기보다는 기자라는 직업에 더 방점이 찍혀져 있었다. 작품 연표를 보면 「세길로」 이후, 1934년에 출세작 「레디메이드 인생」이 나오기까지 「불효자식」, 「생명의 유희」, 「산적」, 「농촌 스케치」(희곡) 등을 드문드문 발표했을 뿐이다. 그나마도 대부분 짤막짤막한 소품에 지나지 않았다. 그중에 주목할 만한 것은 1934년의 「인텔리와 빈대떡」, 「레디메이드 인생」 정도. 그는 이 기간 동안 《동아일보》, 《개벽》, 《별건곤》, 《조선일보》 등 신문사와 잡지사를 전전하며 인터뷰 기사를 잘 쓰는 기자로 더욱 알려져 있었다.

가난한 기자 생활을 전전하던 채만식이 일체의 공직생활에 종지부를 찍게 된 것은 1936년이다. 그의 작가 생애에 '마지노 라인'을 긋고, "성패 간에 한바탕 문학이란 자와 단판씨름을 하리라는 비장한 결심을 한 것"이다. 그 후 채만식은 곧바로 조선일보사를 사직한다. 말하자면 병자년 벽두는 채만식 문학의 2단계가 열리는 시점이고, 개인적으로는 숙명고녀를 졸업한 두 번째 부인 김시영을 만나면서 새로운 가계보를 형성하게 되는 시점인 것이다.

모든 공직생활을 포기하고 문학에만 전념하겠다는 것은 한편으로는 가난과 궁핍과의 전쟁에 돌입하는 것이었다. 실제로 그는 이사를 거듭하며 겹치는 가난과 병마에 포위되어 살아야 했고 죽을 때까지도 지독한 가난을 벗어나지 못한 채 허덕였다. 그러나 1936년 봄의 결단이 아니었다면 '채만식 문학' 또한 그쯤에서 희미하게 좌초되고 말았을 것이니 위대한 문학은 개인적 불행을 디딤돌로 하여 빚어지는 것인가.

조선일보사를 그만둔 뒤 금광업을 하는 형이 사는 개성집으로 거처를 옮긴 채만식은 형을 도우면서 창작에 전념한다. 장편 『탁류』를 《조선일보》에 연재하기 시작한 것이 그 이듬해. 『태평천하』, 『금의 정열』과 같은 장편 외에 수많은 단편과 희곡을 집필하면서 그는 1930년대 후반의 가장 문제적인 작가로 부상한다.

당시의 문단 상황은 1930년대 초반까지 문단을 주도했던 프로문학이 점차 지하로 숨어들고, 대신에 순수문학을 표방했던 이태준, 박태원, 이상 등의 '구인회' 부류와 김동리, 현덕, 최명익 등 이른바 '신세대 작가'들이 등장하여 본격적인 활동을 벌이던 시점이었다. 문단 분위기는 탈사회적인 순수문학 쪽으로 기울었고, 사실주의적 경향은 완화되는 상황이었다. 이런 현실에서 개인적 고통을 사회적 문제로 승화시킨 「레디메이드 인생」, 「치숙」, 『탁류』는 단연 이채를 띨 수밖에 없었다. 채만식은 지식인의 고뇌와 비애를 풍자적으로 그려냄으로써 개인과 신변 일상에 함몰되었던 당대 문단에 사회적 관심을 환기시키고 리얼리즘의 새로운 지평을 열었던 것이다. 김남천이 「'탁류'의 매력」에서 『탁류』를 새롭게 평가하면서 1930년대 소설사에서 중요한 성과라고 평했던 것은 그런 맥락에서 나온 것이다.

당시 채만식은 「자작 안내」(1939)라는 산문을 통해서 「레디메이드 인생」을 끝으로 절필하였다가 다시 창작에 몰입하는 과정을 회고하고 있는데, 흥미로운 것은 침묵 이후의 재기작, 「명일」을 보는 작가 자신의 소감이다.

그러나 누가 무슨 소리를 하든지 이 「명일」은 내가 위에서 말한 갑술년부터 의식적으로 문학을 중단하고서 침음하던 최종의 작품 「레디 메이드 인생」의 발전이요, 인해 나의 문학의 방향의 한 가닥이 거기에 근원을 둔 만큼 나에게는 중난(重難)스런 작품이 아닐 수 없다. (중략) 「명일」의 흐름이 오히려 건전하게 발전이 된 것이 「치숙」이요, 「명일」의 방향을 좀 더 넓고 세속적인 세계에서 발전시켜 보자는 것이 장편 「탁류」였다.

(「자작 안내」에서)

「명일」, 「레디메이드 인생」과 「인텔리와 빈대떡」은 모두 1930대의 가난한 지식인들을 다룬 작품이다. 채만식의 초기 관심이 가난한 지식인의 현실과 역사 비판에 있었음을 확인시켜 주는 대목이다.

「레디메이드 인생」에서 나오는 P는 작가 자신의 분신이자, 1930년대 지식인의 초상이기도 하다. 채만식의 소설에 나오는 지식인들은 자신들을 양산한 식민지 체제에 대해 불만과 비판의식을 갖고 있으나 "육체노동에 뛰어들 결심"은 하지 못하고 인텔리로서의 자기 존재에 대한 야유와 부정에 머문다. P가 열 살도 채 안 된 아들을 공원으로 취직시키려는 것은 그런 의식의 소산이다. 채만식이 당대 사회의 모순을 날카롭게 지적했다고는 하지만 그 자신이 모순의 근본적 제거를 위한 아무런 실천적 기반을 가지지 못한 무기력한 지식인이었기 때문에 '지식인의 부정'이라는 허무주의의 한계에서 더 나아가지는 못하는데 이 점은 채만식 문학의 한계이기도 하다.

지적으로 열등한 화자의 시각을 통해 실패한 지식인의 행적을 서술하고 있는 「치숙」 또한 그 연장선상에 있는 것으로, 채만식의 독특한 풍자 문체가 위력을 발휘한 작품이다. 반어와 역설의 표현, 구어체 리듬 그리고 희곡체 문장의 사용은 채만식 문체가 보여 주는 특징들로, 그는 이러한 문체를 자유자재로 변용하면서 독특한 풍자문학을 만들어 냈다.

속물근성의 지식인을 질타하는 내용의 『태평천하』는 판소리 사설체의 수법으로 풍자문학의 극점을 보여 준다. 『태평천하』의 윤두섭은 가난한 지식인도 역사적으로 의로운 인물도 아닌, '반민족적 이기주의자'요 속물근성을 가진 인물이다. 채만식은 자기 폭로, 비유, 희화와 과장 등의 방법을 사용하여 이 인물을 비하하고 조롱하며, 이를 통해서 1930년대 지주계급의 유한 가정을 통렬히 풍자한다. 특징적인 것은 시종일관 '~입니다.'의 경어체로 전개된다는 점. 이것은 독자로 하여금 작가와 가까운 거리에서 연극 속의 장면을 보듯이 소설에 나오는 인물들을 직접적으로 판단하고 평가하게 하는 효과를 불러일으킨다. 연극적 장면화를 통해서 현장감을 증대시키기도 했는데, 실제로 『태평천하』의 곳곳에서 연극적인 구절을 만날 수 있다.

채만식은 희곡에도 관심이 많아서 실제로 많은 희곡 작품을 썼다. 그가 쓴 희곡만 해도 1927년의 「가죽버선」을 시발로 하여 그 구성과 주제면에서 문제작으로 꼽히는 「심봉사」, 「제향날」, 「당랑의 전설」, 「흘러간 고향」 등을 포함하여 마지막 희곡인 「대낮의 밤주막」(1941)까지 수십 편이 넘는다. 소설을 통해 표현하기 힘든 것들을 다른 장르를 통해 표현코자 했던 것으로 보이는데, 특히 「제향날」, 「당랑의 전설」은 희곡사에서도 고평되는 작품이다.

채만식의 풍자는 해방 이후까지 지속되어 「맹순사」, 「논 이야기」, 「미스터방」 등의 단편으로 이어진다. 특히 「논 이야기」는 해방 이후를 대표하는 작품으로, 양반의 횡포에 빼앗기고 남은 땅을 일인에게 팔아넘긴 뒤 해방이 되자 제가 판 땅을 도로 찾겠다고 나서는 한생원을 작가는 조금도 동정하지 않는다. 그러면서 동시에 한생원을 통해서 해방 후의 현실을 날카롭게 꼬집는다. 해방이 되었으나 다시 모리배들이 판치고 그로 인해 민중은 해방의 의미를 전혀 느낄 수 없는 상황에서 한생원이 토해 내는 "독립됐다구 했을 제 만세 안 부르기 잘했지."라는 말은 거의 충격에 가깝다. 못났건 잘났건 적어도 독립이 된 이상 일제같이 해서야 되겠느냐는 것, 이것은 당대 민중 전체의 요구를 대변한 것이었다.

채만식의 이력에는 그 자신 가장 뼈아프게 생각하는 '흠'이 있다. 그것은 그가 일제 말기에 친일문인의 대열에 낀 것이다. 1938년 그에게는 불온독서회를 배후 조종했다는 혐의로 경찰서에 붙들려 갔다가 풀려난 일이 있었다. 그때 그를 구해 준 것은 '조선문인협회'라는 데서 날아온 엽서 한 장이었는데, 그것이 빌미가 되어 채만식은 몇 편의 친일적인 글을 쓰고 시찰단이나 위문단의 일원으로 만주에 다녀왔다. 일제라는 외적 변수가 지식인들의 생애를 어떻게 변질시켰는지에 대해서는 여러 작가들을 통해서 알 수 있거니와, 심훈같이 요절하여 그 시련을 피해 간 경우를 제외한다면 대부분의 지식인들이 생계 유지를 위한 친일과 지식인의 양심이라는 선택의 기로 앞에서 심한 갈등을 겪을 수밖에 없었던 시절이었다. 하지만 채만식과 같이 예민한 신경을 가진 사람이 '친일의 오점'을 남겼다는 것은 스스로 견디기 힘든 일이어서 1945년 그는 농사나 짓겠다는 결심으로 낙향하고 만다. 그는 나중에 「민족의 죄인」(1948)이라는 자전적 소설에서 이때의 일을 숨김 없이 고백한 바 있다. 그는 이 소설을 통해 민족 앞에 자신을 비판하고 반성코자 했다.

「민족의 죄인」에는 해방 전후 그가 겪은 생활과 사상의 갈등 등이 다루어져 있는데 소설 속에서 '나'는 해방 후 서울로 올라왔다가 친일 경력이 없는 '윤'이라는 사람을 만나 노골적인 비난을 받는다. 그의 비난을 받으면서도 유구무언이었던 '나'는 병든 사람처럼 꼬박 보름 동안 누워 있다가 다시 시골로 내려갈 생각을 하는데, 이것은 작가 연보에서 1946년 전북 익산으로 거처를 옮긴 사실과 일치한다.

채만식은 낙향을 전후로 부친이 사망하고, 장남이 병사하는 등 신산스러운 일을 겪었고 익산으로 이사한 후에도, 그 이듬해에 모친이 별세하는 등 환란이 끊이지 않았다. 그러나 창작을 게을리 하지는 않았다. 「논 이야기」, 「맹순사」, 「소년은 자란다」 등 그 짧은 몇 년간에도 수많은 작품을 써놓았다. 1949년 6월 병상에 누운 것은 무리한 창작으로 인한 과로가 큰 원인이었다.

채만식은 평생 제대로 된 집 한 칸을 지니지를 못했는데, 그것이 개인적으로 큰 한이 된 듯하다. 1948년에 『탁류』를 재판하여 수입이 좀 생기자 익산에 조그마한 기와집을 샀다가 병 치료를 위해 도로 판 일이 있었다. 그의 경제적인 불운은 '무자비'할 정도였던 것이다. "달구지를 보통 것보다 훨씬 크게 만들어, 그 위에다 지붕을 만들고 두 개의 침대와 책상 하나, 그리고 얌전한 암소로 하여금 달구지를 끌게 하여 글을 써가면서 팔도강산을 돌아다니"고 싶어 했던 그의 소망은 사실은 집 없는 그의 설움을 우회적으로 표현한 것이리라.

채만식 문학 또한 이육사, 김유정 같은 작가들과 마찬가지로 1970년대에 들어와서야 본격적인 조명을 받았다. 그의 문학을 종합적으로 연구한 최초의 결실로 꼽히는 이주형 교수의 『채만식 연구』가 나온 것이 1973년의 일. 그러나 채만식 생애에 대한 연구는 여전히 미흡해서 문학적 수련과정도 잘 알려져 있지 않고 성장과정도 일부만이 알려져 있을 뿐이다. 이는 채만식의 성격과도 무관하지 않은데, 채만식은 워낙 신경이 날카롭고 결벽스러운 데다가 비타협적이어서 생전에 깊이 사귄 친구가 적었고, 문단에서는 고작 이무영 정도가 유일한 친구였다고 한다.

잡지 《별건곤》에서 같이 일했던 안회남이 가까이서 지켜본 채만식은 그 스스로가 자신을 '신경질 제3기'라고 일컬을 정도로 우울증과 신경질 덩어리였다고 한다.

> "그가 그런 성격을 갖게 된 것이 혹시 당상과 슬하를 멀리 고향에 이별하고 십유여 년을 서울의 차디찬 하숙에서 혈혈고종한 탓이 아닐까. (……) 그의 백 퍼센트의 신경질은 모든 것의 자포자기적 심리에서 나오는 것이라 볼 수 있는 것이다."(안회남, 「채만식 논변」에서)

안회남은 채만식의 이상 심리가 '경제적 공황'과 '생활의 모순'에서 나온 것이 아닌가 추측하고 있다.

하지만 보다 근본적인 것은 가난이었던 것 같다. 그가 임종 직전에 차남 계열에게 남긴 다음의 말을 들어 보면 그 고통이 어떠했는지 미루어 짐작할 수 있다.

> 외투, 동복, 두 벌의 춘추복은 사후에나마 생색이 있도록 팔아서 장비와 생활의 기반을 만드는 비용으로 쓰도록 하라. 작년에 이것들을 팔아서 마이신을 맞고자 하는 생각을 했었지만 미련으로 결행치 못했던 것인데, 만일 그때 그것을 팔아서 마이신 한 2, 30병이라도 맞았더라면 병이 이렇도록 급히 악화되어 오늘의 이 지경에 이르지 아니하였을지도 몰랐다고 생각할 때 기가 막히는 몇 벌의 양복이다.

죽기 전 채만식의 마지막 소망은 원고지를 20권쯤 머리맡에 쌓아 두는 것이었다고 한다. 일평생을 두고 원고지를 풍부하게 가져 본 일이 없었던 까닭에 죽을 때나마 머리 옆에다 수북이 쌓아 놓고 싶었던 것이다. "닭을 20마리쯤 고아 먹고 싶다."고 했던 김유정이나 감옥에서 쓸쓸히 죽어 간 이육사와 윤동주, 모두가 가난한 조국의 품 안에서 유복하지 못한 생애를 마쳐야 했던 불운한 시인, 작가 들이었다. 6·25전쟁이 일어나기 두 주일 전인 6월 11일 채만식은 힘든 생을 마감한다. 그를 죽음으로 몰아넣은 병마는 폐결핵, 그리고 가난이었다.

> 내가 죽거들랑 보통 상여를 쓰지 말 것이며 화장을 하되 널 위에 누이고 그 위에 들꽃을 가득 덮은 후 활활 태워 주오.

이것이 채만식이 임종 때 남긴 마지막 유언이었다.

금강 변에 자리한 160평 규모의 문학관은 가난 속에서 치열하게 살다간 소설가에 대한 후대의 예우라 할 수 있다. 불우했고 짧았던 생애가 남긴 작품들이 시대를 증언하고 지난 삶을 알려주듯이, 정박한 배 모양의 문학관은 채만식의 삶의 여정과 작품을 충실하게 담고 있다. 1층 전시실에서 채만식의 삶의 여정을 파노라마식으로 볼 수 있고, 2층에서 채만식의 일대기를 영상으로 관람할 수 있다.

문학관을 옆에 두고 금강 하굿둑으로 나간다. 철새 도래지로 알려진 것처럼 철새들의 군무의 장관을 볼 수 있는 곳이지만 오늘은 모랫벌에 앉아 구구대는 평화로운 풍경만을 연출하고 있다.

사랑과
혁명의
시혼

부여의 신동엽

조용한 생가, 집 두 채가 소롯하다.
신동엽은 이 집에서 어린 시절부터
결혼 후까지 살았다.

생가전경

신동엽

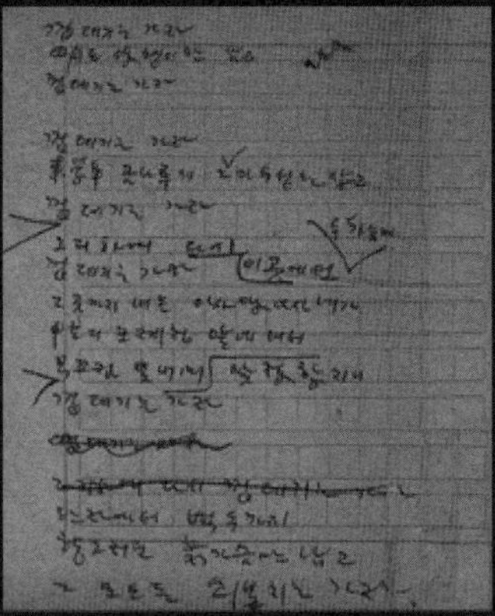

신동엽 육필

돌이켜 그해 봄, 4월은 잔인한 달이었다. 캠퍼스 안에 진달래는 만발했건만 꽃향기 대신 최루가스가 진동하기 일쑤였다. 푸른 이십 대의 첫 페이지를 여는 순간, 청춘 예찬의 서곡이 들리기는커녕 청춘의 뒷덜미를 후려치며 어두운 시대의 합창소리가 먼저 밀려 왔다. 가벼워야 할 젊음은 한없이 비장하고 무거웠다. 그 시절은 이른바 '시의 시대'였다. 김지하, 김준태, 이성부, 조태일, 신동엽……. 시는 늘 시를 뛰어넘는 울림으로 메아리쳤다. 4월이 오면 신동엽의 시는 표어처럼 도처에서 눈에 띄었다. 기성세대와 대립각을 세운 젊은 저항세대들에게 어떤 망설임도 회의도 없이 "껍데기는 가라./ 사월도 알맹이만 남고/ 껍데기는 가라."고 외치는 시인의 목소리는 얼마나 힘차고 당당했던가.

당시 나는 학교 앞 서점에서 『누가 하늘을 보았다 하는가』(1979)와 『신동엽 전집』(1980)을 처음 만났다. 당시 만난 신동엽의 시들은 모더니즘적 시들과는 다른, 매우 독창적이고 힘 있는 것이었다. 뒤에 알게 된 것은 대표시 「껍데기는 가라」가 현대시사에서도 기념비적 작품이라는 것. 이 시는 1967년에 『52인 시집』(신구문화사)에 함께 발표되었는데 무명의 신동엽은 이 시를 통해 본격적으로 문단의 조명을 받기 시작한다. 조동일이 황동규의 「태평가」와 김수영의 「어느 날 고궁을 나오면서」와 이 시를 나란히 조명하면서, 「껍데기는 가라」가 참여시의 최고 경지를 보여 주었다고 상찬한 것 또한 훨씬 뒤에 나온 평전을 통해 알게 된 사실이다.

당시의 시집들이 아직도 책장에 꽂혀 있다. 시집은 색깔이 바랜 나머지 거의 흙빛으로 변해 가고 신동엽의 시를 읊조리고 다니던 이십 대의 나는 이제 지천명을 지나 이순을 넘어섰다. 그러나 오래된 시집을 열면 시인은 없어도, 독자는 늙어가도, '그 시'는 여전히 '광화문서 목 터진' 함성을 생생하게 다시 쏟아낸다.

미치고 싶었다.
4월이 오면
산천은 껍질을 찢고
속잎은 돋아나는데,
4월이 오면
내 가슴에도 속잎은 돋아나고 있는데,
우리네 조국에도
어느 머언 심저(心底), 분명
새로운 속잎은 돋아오고 있는데,

미치고 싶었다.
4월이 오면
곰나루서 피 터진 동학의 함성,
광화문서 목 터진 4월의 승리여.
(「4월은 갈아엎는 달」에서)

『신동엽 전집』은 1975년에 나왔는데 두 달도 채 못 되어 그 내용이 긴급조치를 위반했다는 이유로 판매금지 처분을 받는다. 그래서인지 1979년, 시인의 10주기를 앞두고 나온 신동엽 시선집 『누가 하늘을 보았다 하는가』에는 시 「4월은 갈아엎는 달」 등 몇몇 시가 빠져 있고, 서사시 「금강」은 '서장'만 실려 있을 뿐이었다. 1980년판 『신동엽 전집』에서 비로소 온전히 신동엽의 시를 다 볼 수 있었다.

신동엽의 생애는 민족의 수난사와 일치한다. 일제치하에서 났고 빈곤의 유년시절을 거쳤으며 전쟁을 체험했다. 연보를 보면, 전쟁 기간에 인공치하의 부여에서 민청 선전부장 일을 했고, 이로 인해 국민방위군에 징집되어야 했다는 사실에 눈이 간다. 그때 수용소에서 빠져나와 낙향하다가 배고픔을 달래기 위해 민물고기를 먹었는데, 이때 간디스토마에 감염되었고, 그것이 결국 간암으로 악화되어 서른아홉의 젊은 나이에 사망에 이른 것이다.

또 하나의 의미심장한 이력이 보인다. 그는 전주사범을 그만둔 후(동맹휴학 건으로 제적), 단국대 사학과에 입학(1949)한다. 이후 전쟁이 나자 1년 동안 충남 일대의 백제 사적들과 갑오농민전쟁의 전적지를 샅샅이 답사했다. 부여 태생의 그는 백제 사적과 동학에 관심이 깊었던 것이다. 훗날 가냘픈 서정과 기교의 단시들이 주류를 이루었던 시단에 거친 호흡과 굽이치는 장강(長江) 같은 시를 내놓을 수 있었던 것은 이렇듯 역사에 대한 깊이 있는 소양이 문학적으로 체화되는 과정이 전제되어 있다.

훗날 문단의 주목을 한 몸에 받은 장편서사시 「금강」뿐만 아니라 문단 데뷔작인 「이야기하는 쟁기꾼의 대지」(1959년 《조선일보》 신춘문예 입선)는 긴 호흡을 가진 장시이다. 모더니즘이 문단을 휩쓸고 있었던 시절이지만 그는 그와는 다른 경향의 작품을 통해서 문단에 신선한 충격을 주었다. 그의 시에는 모더니즘 계열의 관념시나 복고 지향의 고답적 리리시즘 시들과는 근본적으로 구분되는 특징이 담겨 있었다. 당시 시 심사를 맡았던 양주동은 용어가 새롭고, 무엇보다도 그 연줄을 감았다 풀었다 하는 시법과 시나리오적 구성이 좋다고 칭찬한 바 있다. 이렇게 문단의 신예로 등장한 이후 겨우 10여 년의 창작 기간을 가진 후 병으로 세상을 떠난 것이다.

그러나 이렇듯 짧은 생애와 시력에도 불구하고 현대시사에서 민족시인으로서 신동엽의 위치는 반석처럼 확고하다. 시인의 태생지인 부여와 그의 시비가 있는 백마강 기슭은 문학인이라면 한번은 들러야 할 문학의 고향 같은 곳이 되었다.

공주휴게소를 막 지나왔는데 문득 '금강' 간판이 눈에 들어온다. 다시 보니 '금강 찌개식당', 다음은 '곰나루 잔디', 옛 백제의 땅이 가까워지고 있다는 것을 간판들이 알려주는 듯하다.

금강 천리 물길은 소백산맥에서 발원하여 동학군의 함성이 깃들어 있는 곰나루를 스쳐 공주에서 부여, 옛 백제 땅의 한복판을 흐르다가 전라도를 지나치고 군산을 거쳐 서해로 빠져나간다. 백강(白江)이라고도 하며, 부여군 근처에서는 백마강이라고도 부르는데, 부소산 건너편 상류 쪽 천장대 앞 범바위에서 남쪽 하류인 파진산에 이르는 이 강은 읍(邑)을 활처럼 에워싸고 있다. 백강과 부소산성, 천연요새지라 할 만한 이런 요소들로 인해 백제 성왕이 웅진, 즉 지금의 공주에서 이곳으로 도성을 옮겼을 것이다.

신동엽은 이 금강과 함께 성장했다. 마한, 백제의 세월을 거쳐 누 천년 흘러온 강은 그 자체로 살아 있는 역사이다. 강은 백제의 한이 맺힌 곳이기도 했다. 678년이나 이어져 온 백제가 나당연합군에 의해 무너지는 순간을 목격했으며 적에게 몸을 더럽히지 않으려고 삼천 궁녀가 꽃처럼 떨어져 내린 곳이 이 강이고, 갑오농민전쟁이 회오리친 곳이 또한 이 강이다. 강물 속에 민족의 갖은 풍상이 무늬져 흐르고 있기에 조명희에게서 「낙동강」이 나오고, 안수길로부터 『성천강』이 나왔으며, 신동엽의 「금강」이 생성되었을 것이다. 1967년에 시인이 여관을 전전하면서 완성한 4,800행의 장시 「금강」은 유년기 때 어른들로부터 들은 갑오농민전쟁에 관한 이야기에서 생성되기 시작한다.

> 우리들의 어렸을 적
> 황토 벗은 고갯마을
> 할머니 등에 업혀
> 누님과 난, 곧잘
> 파랑새 노랠 배웠다.
>
> 울타리마다 담쟁이넌출 익어가고
> 밭머리에 수수모감 보일 때면
> 어디서라 없이 새 보는 소리가 들린다.

우이여! 훠어이!

쇠방울소리 뿌리면서
순사의 자전거가 아득한 길을 사라지고
그럴 때면 우리들은 흙토방 아래
가슴 두근거리며
노래 배워주던 그 양품장수 할머닐 기다렸다.

새야 새야 파랑새야
녹두밭에 앉지 마라
녹두꽃 떨어지면
청포장수 울고 간다.

잘은 몰랐지만 그 무렵
그 노랜 침장이에게 잡혀가는
노래라 했다.

지금, 이름은 달라졌지만
정오가 되면 그 하늘 아래도 오포가 울리었다.
일 많이 한 사람 밥 많이 먹고
일하지 않은 사람 밥 먹지 마라,

오우우……하고.

질앗티
콩이삭 벼이삭 줍다 보면 하늘을
비행기 편대가 날아가고
그때마다 엄마는 그늘진 얼굴로
내 손 꼭 쥐며
밭두덕길 재촉했지.

내가 지금부터 이야기하려는
그 가슴 두근거리는 큰 역사를
몸으로 겪은 사람들이 그땐
그 오포 부는 하늘 아래 더러 살고 있었단다.
(「금강」의 서장에서)

「금강」은 서화(序話)와 26장의 본시, 그리고 후화(後話)로 구성된 총 4,800여 행의 장편서사시이다. 서화에서 갑오농민전쟁과 3·1운동과 4·19혁명을 연관지으면서 가락을 펼쳐내고, 1장에서 26장까지는 동학의 발생과 전개 과정을 그려낸다. 후화에서는 또한 갑오농민혁명—3.1운동—4.19혁명을 한 맥락으로 묶고, 그 맥락의 연장선상에서 미래의 희망을 제시한다.

「금강」이 발표되었을 때, 한편으로는 시인의 현실 인식을 문제 삼으며 "금강 유역의 한 풍습을 그린 전례적인 시대화일 수는 있어도 현실 참여의 서사시가 되기에는 미흡하다."(김주연)는 지적도 있었지만, 이 시가 당대 시단에서 중요한 시적 성취이며 "우리의 현실에 대해 질문하여 마지않는 뜨거운 관심으로 역사를 용해시키고 우리로 하여금 과거와 현재를 하나의 연속적인 역사적 현실로서 이해하게 한다."(김우창)는 호평을 받았다.

차창 너머로 '우금티 길'이라는 표지판이 스친다. "우금티, 무너미 황토고개엔 지금도 간간이 밭 매다 뼈마디 추려내는 일 있다."(『금강』, 21장) 차는 공주와 부여를 잇는 국도를 달리고 있다. 동학 년의 아우성이 공주 우금치 전투에서 결정적으로 꺾이면서 주검들 또한 그대로 묻혀 버린 그 우금치 길이었다. (현지에는 우금치가 아니라 우금티로 표기되어 있다.)

부여 군청 건너에서 부여 성당 맞은편에 신동엽 가옥과 기념관이 있다. 구청 로터리에서 시외버스터미널이 있는 북쪽으로 조금 올라가면 성모의원이 있는데 거기서부터 신동엽 가옥을 지나 삼진아파트까지의 거리가 '신동엽길'이다. '신동엽길'에 이르기 전에 로터리에서 마치 호령할 듯 말을 타고 손을 치켜든 장군 동상을 만날 수 있다. 계백장군 동상이다. 장군의 동상에는 백제의 멸망사와 관련된 사연이 있다. 660년(의자왕 20년) 소정방과 김유신의 나당연합군이 백제의 요충지인 탄현과 백강 곧, 지금의 백마강으로 쳐들어왔을 때, 계백은 백제를 구하고자 결사대 5,000명을 뽑아 거느리고 황산벌(부여 아래쪽 연산지방) 싸움에 나갔다. 대항전을 앞두고 장군이 직접 출정을 한 상징적인 장소인 셈이다. 군사를 이끌고 황산벌로 향한 장군은 장렬한 최후를 맞았고, 이 패전으로 백제는 마지막 희망마저 잃고 나당연합군에게 사비성이 함락되어 멸망하고 만 것이다. 그러나 나라를 위해 장렬한 죽음을 택한 계백의 생애는 후대인들에게 높이 칭송되었고 근처의 의열사에 사당이 있다고 한다.

동상을 바라보면서 신동엽길로 들어선다. 골목 안쪽으로 조금 걸어가다 보면 주변 인가와는 확연히 다른 파란색 기와집, 신동엽 가옥과 문학관을 만날 수 있다. 조용한 생가, 집 두 채가 소롯하다. 신동엽은 이 집에서 어린 시절부터 결혼 후까지 살았다. 원래는 초가집이었으나 1985년 유족과 문인들이 기와집으로 복원한 것이었다.

생가에서 나의 시선을 사로잡는 것은 시인의 아내가 썼고, 신영복이 글씨를 쓴 현판 하나이다.

생가

우리의 만남을
헛되이
흘려버리고 싶지 않다

있었던 일을
늘 있는 일로
하고 싶은 마음이
당신과 내가
처음 맺어진
이 자리를
새삼 꾸미는 뜻이라

우리는
살고 가는 것이 아니라
언제까지나
살며 있는 것이다

신동엽이 대하 졸업 후 서울에서 친구와 함께 헌책방을
운영하고 있을 때, 서점을 드나들던 여고 3학년 학생과의 만남. 좌파 경제학자로 동국대 교수를 지내다 월북한 인정식(1907~?)의 무남독녀 외딸과 가난한 문학도의 사랑, TV 드라마에서나 볼 수 있는 연애담이었다. 인병선은 서울대 문리대에 진학했지만 학업을 중단하고 시인과의 결혼을 선택했다. 부여에 최초의 옷방을 열어 가난한 무직의 남편을 뒷바라지했는데, 시인이 대표적 참여시인으로 자리매김된 데는 이러한 아내의 헌신적 내조가 배경으로 놓여 있었다. 남편을 일찍 보낸 인병선의 지순한 사랑이 현판의 사부곡에 담겨 있다.

좀 더 거슬러 올라가 보자. 신동엽이 전주사범에 다니던 시절의 얘기이다. 호밀이 필 무렵, 신동엽은 금강 줄기를 거슬러 올라가는 조그만 발동선 갑판 위에서 서서 배 옆을 지나가는 넓은 벌판과 먼 산들을 바라보며 '시'와 '사랑'과 '혁명'을 생각한 적이 있다.

> 내 일생을 시로 장식해 봤으면.
> 내 일생을 사랑으로 채워 봤으면.
> 내 일생을 혁명으로 불질러 봤으면.
> 세월은 흐른다. 그렇다고 서둘고 싶진 않다.
> (「서둘고 싶지 않다」에서)

서둘지 않고 천천히 세월과 함께 흐르고 싶었던 시인은 왜 그리 빨리 세상을 하직했는지. 그러나 그는 그 짧은 생애 동안 격렬한 사랑을 이뤄내고 혁명을 경험했으며, 시인으로서 일생을 마쳤다. 소년기의 소원을 다 이루고 간 것이 아닌가 싶다.

생가에서 20분 거리에 부소산성이 있다. 산성 입구에서 낙화암으로 길을 오르는데 곳곳에 오디오가 설치되어 있어 "백마강 고요한 달밤에 고란사 종소리가 들리어 오면……." 하는 노래가 흘러나온다.

"부소산 낙화암/ 이끼 묻은 바위서리 핀/ 진달래"에서 궁녀들의 사랑을 읽었고, 숨결을 들은 곳이다. 신동엽이 자주 찾았던 낙화암에 오르니, 절벽 밑으로 강은 깊고 강 건너편으로 흰 모래톱이 여기저기 쌓여 있다. 낙화암 꼭대기에 놓인 육각형의 '백화정'은 궁녀를 추모하기 위해 1929년에 만들어졌다.

낙화암에서 강가로 내려오면 조그만 암자처럼 놓인 작은 절 고란사가 있다. 신동엽의 산문, 「금강 잡기」에 나오는 강가의 "백제 패망 시의 애절한 전설을 간직하고 있는 조그만 고찰"이 바로 고란사이다. 고란사라는 절 이름은 절 뒤의 암벽에서 자라고 있는 고란초에서 따온 것이라 한다. 고란초는 양치류에 속하는 은화식물(꽃이 피지 않고 포자를 이용하여 번식하는 식물)인데 제주도에서는 불로초로도 불린다고 한다.

신동엽이 살아 있던 1960년대의 어느 날 새벽, 부여읍에 난데없이 뇌성벽력이 쳤다가 곧 가라앉았다. 시인은 영문을 알 수 없었던 차에 믿을 수 없는 얘기를 전해 듣는다. 고란사에 젊은 여승 셋이 찾아들어 조용히 묵다가 새벽에 바랑 주머니에 조약돌을 가득 담아 매고 일렬로 늘어서 강물 속으로 빠져들어 갔다는 것이다. 그걸 마을 사공이 발견하고 소리를 지르는 순간 청천벽력 같은 뇌성이 치고 소나기가 쏟아졌다가 곧 가라앉았다는 얘기. 얼핏 전설 같은 이 얘기는 신동엽이 직접 목격한 실화였다. 강에서 건져 올린 여승의 앳된 얼굴을 본 시인은 그곳을 빠져나와 강기슭을 한없이 걸었다고 한다. 여승들의 극적인 죽음과 불가사의한 자연현상……. 설명할 수 없는 것들에 대해 많은 상념이 떠올랐을 것이다. 말없이 흐르는 고요한 강물 속에 삼천 궁녀의 죽음뿐만 아니라 세상에 알려지지 않은, 저 여승들의 불가사의한 죽음을 포함한 온갖 사연들이 함께 묻혀 있다는 생각이 든다. 어쩌면 강이야말로 하나의 거대한 고분이 아닌지.

유행가와 몇몇 산보객들이 나누는 정담 외에는 천지가 고요한 곳이다. 선착장에는 백마강을 돌고 온 여객선이 멈추어 있다.

백마강을 내려다보자니, 비로소 숨겨진 부여가, 그리고

백제가 보이는 듯하다. 부여는 작고 조용한 고도(古都)였다. 옛 이름 사비, 땅 밑에 아직도 많은 유적들이 잠든 채로 있는 곳이다. "지금도 파면 백제 기왓장 나오는 부여 군수리"(「금강」 5장)라고 시인이 시에 썼던 대로, 땅을 파면 백제 기왓장 나오는 것이 흔한 일이라 했다. (실제로 신동엽 문학관 입구에는 '움집터'라는 안내문이 있다. 신동엽문학관 부지는 백제시대의 저장시설로 추정되는 수혈유구가 있던 곳이라 한다.) 백제를 호흡하며 자라온 시인에게 백제의 혼은 시인의 영과 육에 스며들어 시혼으로 피어올랐다.

흥미롭게도 요즘도 부여에는 일본인 관광객이 많이 눈에 띈다. 백제와 밀접한 관계를 맺었던 관계로 일본인들은 여전히 백제의 고도에 친근감을 느끼는 모양이다. 사실 나당연합군에 의해 무너져 가고 있던 백제를 돕기 위해 군함 1,000여 척을 출항시켜 '백강지구전투'라는 국제 해상전을 벌일 만큼 당시 일본과 백제는 긴밀한 관계였다. 백제의 마지막 왕 의자왕의 아들 부여풍이 일본에서 살았다는 사실, 큐슈의 미야자키현에서 백제 왕족의 고분이 발견되었다는 것 등은 일본과 백제와의 관계를 드러내는 수많은 사례들 중의 일부일 뿐이다.

(궁남지는 백제 사비시대에 조성된 인공호수로 목조저수조, 우물지와 도로유구, 수정 경작지, 토기 가마터, 굴립주건물지 등 다양한

유구가 확인되었다. 『일본서기』에는 궁남지의 조경 기술이 일본에 건너가 일본 조경의 시초가 되었다고 전한다.)

백제 멸망사와 관련하여 흥미 있는 대목은 최초의 의병 운동이라 할 수 있는 백제 부흥군을 기리는 '은산 별신제'가 1,400년 동안 이어져 내려오고 있다는 것이다. 아득한 옛날 부여 은산 지방에 전염병이 번졌는데 백약이 무효였다. 그런데 이 마을에 사는 노인의 꿈에 철갑옷을 입은 한 장군이 나타나 자신은 백제를 지키는 장군인데, 그곳이 나라 광복을 위해 죽음을 맹세하고 싸운 곳이라 했다. 많은 병사들의 원한 맺힌 시체가 어지럽게 묻혀 있으니 유골을 수습해 주고 제사를 올려 달라고 부탁했다는 것이다. 제사를 올리자 전염병은 사라졌고, 장군과의 약속은 오늘까지 지켜지고 있는데, 그것이 '은산 별신제'였다. 사비성이 나당연합군에 의해 함락된 후에도 백제 유민들은 의병을 일으켜 저항하다가 하나씩 쓰러져 간다. 나라는 사라졌으나 백제 유민들은 멸망을 인정하지 않고 무속신앙을 통해 그 마음을 이어가고 있었다. 그런데 백제 부흥군의 넋을 위로하는 제례가 일본의 한 지방에서도 똑같이 재현되고 있다고 했다.

능산리 고분군을 왼편에 두고 고분군 바로 못 미쳐 오른쪽으로 꺾어져 1킬로미터쯤 안쪽으로 들어가면 신동엽의 묘소가 있다. 양지바른 언덕, 아버지 신연순과 어머니 김영희 씨의 합장 묘 아랫자리에 시인의 묘가 자리 잡았다. 원래 경기도 파주 월롱산 기슭에 있던 묘를 1993년에 이곳으로 이장했다.

읍내에서 외곽으로 나가기 위해 백제대교를 밟기 직전 왼쪽으로 꺾어지면 호젓한 길이 나타난다. 그 길로 들어서서 40미터쯤 안쪽 반공순국지사 묘비가 있고, 그 옆에 '신동엽 시비'가 있다. 신동엽 1주기를 추모해서 문단과 동문과 동향의 친지들이 세운 것이다.

> 그리운 그의 얼굴 다시 찾을 수 없어도
> 화사한 그의 꽃
> 산에 언덕에 피어날지어이.
>
> 그리운 그의 노래 다시 들을 수 없어도
> 맑은 그 숨결
> 들에 숲속에 살아갈지어이.
>
> 쓸쓸한 마음으로 들길 더듬는 행인아.
>
> 눈길 비었거든 바람 담을지네

바람 비었거든 인정 담을지네.

그리운 그의 모습 다시 찾을 수 없어도
울고 간 그의 영혼
들에 언덕에 피어날지어이.

1963년에 쓴 시, 「산에 언덕에」가 새겨져 있다. 비문에 새겨진 시는 시인을 추억하게 만들며 애틋한 감회를 불러일으킨다. 시인은 마흔을 앞두고 병을 얻어 세상을 등졌다. 그가 살아 있으면 이 시대를 어떻게 노래했을 것인가. 시인은 없지만 그의 시는 살아서 저 흐르는 백마강과 함께 여전히 흐르고 있다. 또한 백제는 멸망했지만 그 유적들은 여전히 남아서 오래전 이곳에 존재했던 사비 시대를 증거하고 있다.

세기는 바뀌어 21세기의 4월. 1980년대의 젊은 세대들은 현재 기성세대가 되어 있고, 분단의 현실은 여전히 변화되지 않고 있다. 분단 현실을 극복하기 위해 시혼을 불살랐고 현대 문학사에 새로운 이정표로 우뚝 섰던 시인의 목소리는 여전히 유효하다.

40여 년 된 시집, 『누가 하늘을 보았다 하는가』 책 앞날개의 사진 속, 1930년생 시인은 여전히 젊은 모습이다.

누가 하늘을 보았다 하는가
누가 구름 한 송이 없이 맑은
하늘을 보았다 하는가.

네가 본 건, 먹구름
그걸 하늘로 알고
일생을 살아갔다.

네가 본건, 지붕 덮은
쇠 항아리,
그걸 하늘로 알고
일생을 살아갔다.

닦아라, 사람들아
네 마음속 구름
찢어라, 사람들아,
네 머리 덮은 쇠 항아리.
(「누가 하늘을 보았다 하는가」에서)

젊음의
열기와
『상록수』의 힘

당진과 흑석동의
심훈

안산선을 타고 가다 보면 반월역과 한대앞역 사이에서 '상록수역'을 만난다. 혹시 소설 『상록수』를 떠올린다면 그 생각이 맞다.

심훈

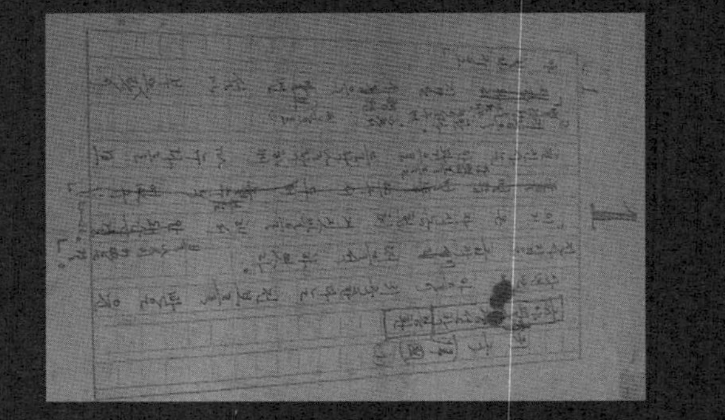

심훈 육필 원고

필경사 내부(심훈이 사용했던 유품)

안산선을 타고 가다 보면 반월역과 한대앞역 사이에서 '상록수역'을 만난다. 혹시 소설 『상록수』를 떠올린다면 그 생각이 맞다. 경춘선의 '김유정역'(구 신남역)이 소설가 김유정의 이름을 가져온 것이라면, '상록수'역은 말 그대로 심훈의 소설 『상록수』에서 유래된 것이다.

역에서 500미터 남짓한 거리에 최용신 기념관이 있다. 최용신은 소설 『상록수』의 여주인공 채영신의 실존 모델이다.

최용신은 1909년에 원산 인근인 함경남도 덕원군 두남리에서 태어났다. 최용신의 할아버지 최효준은 일찌감치 사립학교를 설립하여 민족교육을 일으키려 했던 개화론자이고, 아버지 최창희는 1920년대 원산 제2의 3·1 운동에 참여하고 신간회에서 활동한 사회운동가였다. 이렇듯 교육과 계몽 활동에 매우 적극적인 집안 분위기 속에서 근대교육을 받고, 민족의 발전을 위해 농촌계몽운동에 청년들이 주체가 되어야 한다는 사명감을 소유한 여성으로 성장했다. 원산 루씨 여고를 졸업할 당시 《조선일보》에 실린 「교문에서 농촌으로」라는 제목의 글에서 최용신이 선각자이자 지도자 의식을 가진 여성이었음을 확인할 수 있다.

> 오늘 교육받은 여성들이 농촌을 위하여 몸을 바치는 이가 드문 것은 사실인 동시에 크게 유감된 바이다. 여성도 농촌

의 발전을 위해 분투해야 한다. 농촌으로 하여금 어두움 속에서 걸어 나오게 못한다면, 이 사회는 어느 때까지든지 완전한 발전을 이루지 못할 것이다. 농촌 여성의 향상은 우리들의 책임임을 알아야 할 것이다. 중등교육을 받은 우리가 화려한 도시 생활만 동경하고 안일의 생활만 꿈꾸어야 옳을 것인가.

(《조선일보》, 1928. 4.1.)

원산과 서울에서 학교를 다닌 우등생인 최용신이 당시 오지에 가까운 샘골 마을로 찾아온 것은 그런 사명감에 의해서였다. 1931년 지금의 안산시 본오동에 샘골강습소를 세우고 일제의 감시 속에서도 우리말 조선어를 가르치고 문맹퇴치와 농업기술을 전파하는 교육활동을 활발히 했다. 만 25세의 나이에 과로와 영양실조로 죽음을 맞는 순간에도 샘골강습소가 잘 보이는 곳에 묻어 달라는 유언을 남겼다.

나이 어린 여성의 열정적이고 자기희생적인 활동은 동시대인들에게 매우 깊은 인상을 남겼다. 그녀가 체력을 뛰어넘는 헌신을 하다가 과로와 영양실조로 요절하자 그녀의 활동과 죽음을 알리는 기사가 신문의 첫 줄을 장식하였고, 장례 또한 당시로는 파격적인 사회장으로 치러졌다.

신문기자를 하다가 그만두고 당진 부곡리에 내려가 있던 심훈은 이 기사를 접하고 세 차례나 샘골을 방문하여 최용신의 사연을 취재하였다. 그녀의 일대기와 활동 내용, 즉 실화와 문학이 만나는 순간이었다. 당진 부곡리에서는 심훈의 장조카인 심재영(1912~1995)이 1932년부터 야학을 개설하여 농촌계몽운동을 하고 있었기에 심훈은 심재영과 최용신의 이야기를 연결해서 원고지 1,500장에 이르는 소설을 50여 일만에 쏟아내니, 이것이 장편 『상록수』(1935)의 탄생 과정이다.

한 여성의 헌신적인 삶과 정신을 영원히 기억하기 위한 여러 사람의 마음이 모여 2007년 샘골강습소 터에 최용신 기념관이 개관되었다. 기념관 바로 앞에는 강습소 근처에 묻어달라는 유언에 따라 공동묘지에 묻혔다가 이장해 온 최용신의 묘가 있다. 기념관 바로 앞에는 최용신의 삶과 업적을 소설로 구현한 심훈의 문학비가 세워져 있다.

심훈 문학을 대표하는 『상록수』는 흔히 계몽주의 소설로만 알려져 있다. 물론 계몽이 작품의 중심을 이루는 것은 맞지만 중요한 것은 일제의 방해와 탄압이 계몽을 가로막는 가장 큰 장애물로 등장한다는 점이다. 『무정』이나 『흙』이 무지한 농민들을 계몽하여 한글을 깨우치고 불결한 생활을 개선할 것을 요구하는 등 정치와 경제적 요소를 배제한 것이라면, 『상록수』에서는 그런 점들이 오히려 부차적인 것으로 처리되어 있다. 채영신에 의해서 한글운동과 생활개선운동이 강조되긴 하지만, 주인공 박동혁은 그와는 달리 경제운동의 중요성을 깨닫고 실천하는 인물이다. 농우회 회장으로 고리대금업자 강기천을 앉히고 고리대 탕감을 요구하는 장면이나, 진흥회 회장을 뽑는 자리에서 작인들의 소작권 유지와 소작료의 동결을 주장하는 대목 등은 이 작품이 이광수 류의 계몽소설과는 궤를 달리하고 있음을 보여 준다.

작품의 주된 갈등 구조가 이광수의 그것과 확연히 다르게 제시되는 것도 눈여겨볼 대목이다. 이광수의 경우 무지한 농민과 시혜적 지식인이 상호 갈등하고 계도하는 형국이라면, 『상록수』에서는 농민들이 채영신이나 박동혁과 같은 편이고, 그것을 가로막는 적대세력으로 일제가 제시된다. 채영신의 야학을 방해하는 것은 무지한 농민이 아니라 그것을 불온시하고 방해하는 일제이고, 또 박동혁이 사랑하는 채영신의 임종마저 지켜볼 수 없었던 것도 일제의 구금 때문이었으며, 동혁의 동생 동화가 만주로 도망간 것도 일제의 탄압 때문이었다. 이런 점에서 보자면 『상록수』의 세계는 『흙』의 그것과는 다르다는 것을 알 수 있다. 채영신이나 박동혁이 보여 주는 영웅주의적 모습이라든가 곳곳에서 목격되는 과도한 계몽적 언술에도 불구하고 『상록수』는 일제치하 농촌활동의 본질을 보여 주고 개인의 삶과 사회적 실천의 문제를 심도 있게 파헤친 문제작이다.

필경사를 20여 년 전 처음 찾았을 때는 거리상으로나 심리적으로 매우 멀게 느껴졌었다. 1995년의 초행길은 천안에서 아산으로, 거기서 당진 시내로, 다시 아산만 쪽으로 버스를 타고 한보철강(지금의 현대제철) 조금 못 미쳐 농로를 더듬어 가는 먼 길이었다.

지금은 서울에서 자동차를 타고 서해안고속도로를 이용하면 1시간 30분이면 닿을 수 있는 곳이 되었다. 평택항을 오른편에 끼고 웅장한 서해대교를 건너 송악 나들목을 빠져나와 현대제철 쪽으로 직진하다 '필경사'라는 이정표를 따라 좌회전, 이윽고 좁은 길을 구불구불한 타고 가면 널찍하게 자리잡은 필경사(筆耕舍)를 만날 수 있다.

필경사는 심훈이 1932년 서울에서 내려와 작품활동을 하던 중 1934년에 직접 설계해서 지은 집이다. 필경은 심훈이 1930년 7월에 쓴 시 「필경(筆耕)」에서 따온 것으로, 조선인들의 마음을 붓으로 일구자는 의지에서 당호(堂號)로 사용한 것으로 보인다.

필경사는 그동안 많은 변화를 보여서 1995년 처음 왔을 때는 '필경사' 현판의 초가집 한 채만이 덜렁 서 있었으나, 얼마 후에 와 보니 '상록수 기념관'이 건립되어 있었고, 2014년에는 기념관의 유품들을 옮기고 건물을 새로 지어 번듯한 형태의 '심훈기념관'이 세워져 있었다. 심훈기념관에는 전시실과 문예창작실, 수장고 등이 갖추어져 있는데, 전시실에는 『직녀성』 초판본을 비롯한 심훈의 가족사진 등 심훈 관련 유품이 200여 점 전시되어 있다.

심훈이 필경사에 내려온 것은 그의 말년인 1932년(32세)이다. 당시 소설가이자 영화감독이자 미남 배우로서뿐만 아니라, 극작가로도 인기가 높았던 그가 굳이 이곳에 내려온 까닭은 무엇인가. 낙향의 동기는 다음과 같은 구절에 피력되어 있다.

> 이기적인 고독한 생활을 영위하려는 것도 아니요, 또한 중세기적인 농촌에 아취가 생겨서 현실을 도피하려고 필경사 속에다가 청춘을 감금시킨 것도 아니다. 다만 (중략) 무슨 계획을 꾸미다가 잡혀가서 한 10년 독방 생활을 하는 셈만 치고, 도회의 유혹과 소위 문화지대를 벗어나 다시금 일개의 문학청년으로 돌아가려는 것이다.
>
> (「필경사 잡기」에서)

그러니까 심훈의 부곡리행은 그간의 다채로웠던 이력에 한 획을 긋고, 창작에만 전념코자 하는 결연한 각오에서 실행되었던 것이다. 장편 『영원의 미소』, 『직녀성』, 단편 「황공의 최후」가 이곳에서 쓰였으며, 『직녀성』의 고료를 받아 직접 설계하여 지은 집이 바로 이 '필경사'다. 이곳에서 『상록수』를 집필하였고, 그런 배경에서 필경사는 『상록수』의 산실로 널리 알려지게 되었다.

심훈의 연보를 보면 그가 태어난 곳은 경기도 시흥군 북면 흑석리 176(지금은 서울 동작구 흑석동 177번지)이고 1901년생이다. 심훈은 흑석동에서 태어났고, 인생의 상당 기간을 흑석동에서 살았다.

(심훈이 태어난 곳은 '효사정 문학공원'에서 10분 정도 거리에 있는 천주교 흑석동성당 자리이다. 흑석동성당에는 '심훈 생가터' 표지석이 있다. 효사정 문학공원 정상에 심훈 동상이 있고 중턱에는 문학비가 서 있다.)

심훈의 부친은 3000석 정도의 논밭을 갖고 당진에서 추수를 거두어 올리던 청송 심씨 상정(相珽). 심훈은 그의 삼남 일녀 중 막내아들이고 애명은 '삼보'였다. 일보 이보 삼보를 이루는 심씨 3형제는 서울 장안의 명물이었다고 한다. 이광수의

『무정』에 나오는 기자 신우선의 모델로 알려진 심우섭은 그의 큰형이고, 둘째 형인 설송 심명섭은 목사였다. 심훈의 본명은 대섭(大燮), 훈(薰)이라는 아호는 영화소설 『탈춤』을 쓰면서 따로 지은 것인데, "심(沈)은 본시 <잠길 침>이니 침착(沈着)을 의미하고, <훈>은 정열과 혁명을 상징하는 듯도 하여" 지었다는 것이다.

심훈은 17세 되던 1917년에 두 살 위인 왕족 이해승의 누이 전주 이씨와 결혼한다. 이른바 조혼이다. (후일 심훈은 그녀에게 '이해영'이라는 이름을 지어 주었고, 그녀를 모델로 『직녀성』을 썼다.)

심훈은 1915년 경성제일고보에 입학했다. 경성제일고보 시절의 그는 '반골 기질'을 강하게 드러내는 학생이었다. 일본인 교사에 불만을 품고 백지 시험지를 내는 등 고분고분 순응하고 선생님 말을 잘 따르는 모범생은 아니었다. 그런 성격에서 그는 3·1운동에 앞장서 참가하고, 그것을 계기로 인생의 전환점을 맞는다. 심훈은 1919년 3월 5일 밤 일경에 체포되었는데, 일체의 변명도 하지 않고 만세를 불렀다고 바로 시인함으로써 투옥되어 6개월 정도 서대문형무소에서 고초를 겪는다. 이 사건으로 경성고보에서 퇴학당한다. (경기고등학교는 지난 2005년 심훈에게 제적 86년 만에 명예졸업장을 수여하였다.) 중학교 국어 교과서에도 일부 실린 심훈의 편지 「어머님께 드리는 글월」은 바로 이때 쓰인 글이다. 18세 소년의 글치고는 상당한 솜씨임을 알 수 있다.

> 어머니!
>
> 오늘 아침에 고의적삼 차입해 주신 것을 받고서야 제가 이곳에 와 있는 것을 집에서두 아신 줄 알았습니다. 잠시도 엄마의 곁을 떠나지 않던 막내둥이의 생사를 한달 동안이나 아득히 아실 길 없으셨으니 그동안에 오죽이나 애를 태우셨습니까?
>
> 그러하오나 저는 이곳까지 굴러오는 동안에 꿈에도 생각지 못했던 고생을 겪었건만 그래도 몸 성히 배포 유하게 큰 집에 와서 지냅니다. 고랑을 차고 용수를 썼을망정 난생처음 자동차에다 보호순사를 앉히고 거들먹거리며 남산 밑에서 무학재 밑까지 내려 긁는 맛이란 바로 개선문으로 들어가는 듯하였습니다.
>
> (「어머님께 드리는 글월」에서)

심훈은 이때의 감옥 체험을 「찬미가에 싸인 영혼」(《신청년》 3호)이라는 작품을 통해 형상화한다. 「찬미가에 싸인 영혼」은 이 시기에 쓰인 습작 중 유일하게 전하는 작품으로, 원고지 13매 정도의 소품이지만 문제의식은 예사롭지 않았다. 서대문형무소에서 두 칸도 못 되는 방에서 목사, 시골 노인, 학생 등 19명과 함께 있으면서 늙은 천도교인의 죽음을 목도했고, 그 인물을 소재로 이 작품을 쓴 것인데, 이미 민족주의적 의식이 형성되어 있었음을 볼 수 있다. 또 심훈은 1920년 10월에는 《공제》 2호의 '현상 노동가 모집'에 심대섭이라는 이름으로 시 「노동의 노래」를 응모했고, 이것이 당선되어 실리기도 하였다.

당시에 쓰인 심훈의 일기를 보건대, 1919년에서 1920년 사이에 「생리사별」, 「폐가의 월야」, 「꽃의 설움」, 「여울의 낙일」, 「노량진의 겨울」을 포함한 여러 편의 산문과 소설과 시조를 발표해서 문학에 대한 관심을 본격화했음을 알 수 있다. 그는 1920년 내내 청년 작가로의 입신을 꿈꾸며 습작에 매진하고 있었다.

> "기미년 겨울 옥고를 치르고 난 나는 어색한 청복(淸服)으로 변장하고 봉천을 거쳐 북경으로 탈주하였다."
>
> (심훈, 「단재와 우당」에서)

1920년 말 심훈은 망명객의 처지를 자처하며 중국으로 건너갔다. 일제의 어두운 그늘 속에 자신을 묶어 두기에는 열혈청년이자 자유주의자인 그의 기백과 피는 너무나 뜨거웠던 것이다. 심훈이 원래 원했던 것은 서양 유학이었다. 그러나 사정이 여의치 않아 포기하면서 대신 중국행을 택한 것이다. 1920년 초겨울에 심훈은 봉천(지금의 심양)을 거쳐 북경으로 갔는데, 이때 변장하느라고 처음으로 둥근 테의 로이드 안경을 썼다고 한다. (뒤에 이 로이드 안경은 심훈의 트레이드 마크가 된다.) 상해와 남경을 거쳐 항주의 지강(之江) 대학에 입학했고, 이후 상해와 항주를 오가면서 문학을 공부하는 한편 연극에도 깊은 관심을 기울였다.

심훈의 중국 체험이 의미가 있는 것은 일제하의 한국 문인 대부분이 일본을 통해 근대를 접했고 그것을 성장의 자양으로 흡수한 데 반해 심훈은 중국에서 공부하며 항일운동, 사회주의운동을 동시에 체험했다는 데 있다. 북경에 도착한 심훈은 약관의 나이에 민족주의자 이동녕과 이시영, 무정부주의자 신채호, 공산주의자 여운형과 박헌영 등 항일 망명객들과 조우하였다. 이들과 교유하면서 심훈은 깊은 감화를 받았던 것으로 보인다.*

* 북경에서 상해로 건너가는 기차 안에서 쓴 「깊은 밤 황하를 건너다」라는 제목의 시에는 당시 심훈의 심경이 투사되어 있다. "이제 천년만년 굽이쳐 흐르는/ 물줄기는 싯누렇게 지쳐 늘어지고/ 이 물을 마시고 자라난 백성들은/ 아직도 고달픈 옛꿈에 잠이 깊은데/ 난데없는 우렁찬 철마의 울음소리!/ 무심한 나그네를 싣고 기차는 황하를 건넌다."(「심야과황하(深夜過黃河)」의 마지막 연)

심훈이 체험한 상해의 시공간은 소설 『동방의 애인』을 통해 간접적으로 드러난다. 심훈이 중국 시절에 사회주의에 깊이 감화된 것은 분명해 보이나 그가 상해의 조선인 사회운동 조직에 가담했다는 흔적은 발견되지 않는다. 육사의 항일운동 과정이 베일에 싸여 있듯이 심훈의 중국 체류 기간도 상당 부분 베일에 싸여 있다. 하지만 1923년 귀국할 때까지 3년여간 이동녕, 신채호, 여운형, 박헌영 등과도 교류하면서 민족의 현실과 진로에 대해서 고민하고 관심을 가졌던 것은 분명해 보인다. 이러한 교류는 심훈의 현실관을 형성하는 기반이 되었고, 1930년대 본격화된 장편 창작에 원체험으로 작용한 것으로 보인다.

귀국 후 심훈은 여운형과는 각별한 사이였던 인연으로, 여운형이 《조선중앙일보》 사장에 취임한 뒤 그 신문에 『영원의 미소』와 『직녀성』을 연재할 수 있었다. 훗날 심훈의 장례식에 여운형이 참가하여 심훈의 절필시 「오오, 조선의 남아여!」를 울면서 낭송했다고 한다. 「R씨의 초상」, 「박군의 얼굴」 등에서도 당시 심훈의 교우 관계를 짐작할 수 있는데, 이는 그가 중국의 지강(之江) 대학에 적을 두며 극문학을 공부했다는 사실과 함께 '심훈 연구'에 있어서 중요한 자료가 된다. 당시 심훈은 중도 좌파적 사상에 기울어 있었던 것으로 보인다. 이것은 귀국 후, 당시 신간회를 실질적으로 주도했던 진보적 민족주의자 벽초 홍명희와의 깊은 교분을 보아서도 짐작할 수 있다. 『영원의 미소』, 『상록수』, 『직녀성』의 서문을 모두 홍명희가 써 줬다는 사실 역시 간과할 수 없는 대목이다.

1923년 귀국한 뒤 심훈은 신극 연구단체인 '극문회'를 조직하고 염군사 연극부에 가담하는 등 연극에 깊은 관심을 기울였다. 그 연장선상에서 염군사와 파스큘라가 결합해서 '카프(KAPF)'를 만들 때에는 그 창립 멤버로 참가하였다. 1924년에 동아일보사에 입사하지만 이듬해 기자들의 임금 인상을 요구한 '철필구락부 사건'으로 해직되었다.

심훈은 영화에도 상당한 관심을 갖고 있었다. 그는 미남형으로 1925년에 일본 작가 오자키 고요(尾崎紅葉)의 『금색야차(金色夜叉)』를 조일제가 『장한몽』이라는 이름으로 영화화할 때 이수일의 대역을 맡은 경험이 있다. 그 이듬해 최초의 영화소설 『탈춤』을 《동아일보》에 연재하면서 본격적으로 영화계에 뛰어드는데, 『탈춤』은 그날그날의 소설 장면을 삽화 대신에 나운규, 신일선, 김정숙 같은 배우들을 사진으로 찍어서 실는 영상소설이었다. 영화 『먼동이 틀 때』(1927)는 그가 원작을 쓰고 각색·감독까지 맡은 작품이다. 그런데, 이 영화는 초창기 우리나라 영화계에서 「아리랑」 다음 가는 명작으로 평가받았다고 한다. 작품의 원래 제목은 「어둠에서 어둠으로」였는데, 그것이 겨레의 비운을 암시한다고 검열 당국이 트집을 잡자, 심훈은 심사가 뒤틀려 정반대의 제목으로 바꿨다는 후문이 있다. 그가 영화 공부를 하러 일본에 가 있을 때 일본 영화 「춘희」에 단역으로 출연하여 '일본 영화에 나간 최초의 한국인'이라는 기록을 갖고 있는 사실은 잘 알려지지 않은 일화 중의 하나다.

심훈은 『상록수』를 집필한 후에 그것을 영화로 만들 생각을 했던 것 같다. 강홍식, 심영, 윤봉춘 등의 배우로 출연진까지 짰지만 일제의 방해로 실현되지 못했다. 그가 이렇게까지 영화에 사로잡힌 이유는 뭘까. 아마도 영화의 매력에 대해 일찍 눈을 뜬 그는 영화의 힘을 빌려 당대의 현실을 표현하고자 하는 강한 욕망을 갖고 있었던 것 같다. 영화는 소설에 비해 효과가 훨씬 직접적이다. 읽고 생각하고 상상해야 하는 소설과는 달리 인물들의 말과 행동을 통해서 바로 메시지가 전달되고, 관객을 움직일 수 있다. 당시 카프의 소장 이론가로, 문학 평론가이자 시인이며 동시에 단역 배우로 주목받았던 임화 역시 영화에 남다른 관심이 있었던 사람이다. 영화에 대한 두 사람의 견해는 달랐지만, 모두 문학의 공리적 효용성에 관심이 있었다는 점에서 동일했던 것이다.

심훈이 평소 영화로 제작해 보리라 별렀던 소설은 최학송의 「홍염」이었다. 「홍염」은 간도에서 중국인 지주의 집에 불을 지르고 그 지주를 살해하는 내용의 이야기이다. 그가 「홍염」을 영화로 구상하던 당시 그의 문학은 계속 시련을 맞고 있었는데, 1928년 조선일보사에 입사한 후 소설 『동방의 애인』을 《조선일보》에 연재했으나 검열에 의해 중단되었고, 다시 『불사조』를 연재하기 시작했으나 이 역시 정지 처분을 받았기 때문이다. 『동방의 애인』은 심훈이 중국에 체류했을 때의 경험을 살려 쓴 소설이고, 『불사조』는 국내 무산계급의 투쟁을 다루었기 때문에 검열 당국이 곱게 보아 넘길 리가 없었다.

심훈의 「홍염」에 대한 집착에는 주목할 만한 요소가 있다. 당시 경제적 불안과 자기 세계를 어떻게 뚫을 것이냐를 고민했던 심훈에게 '부곡리 낙향'의 전제가 되었을, 농촌문제에 대한 인식의 단초를 엿볼 수 있기 때문이다. 즉, 도시적 인물이었던 심훈은 자신의 전망을 모색하는 과정에서 브나르도의 물결과 맞닥뜨린다. 당시 일제의 기만적 농촌진흥정책에 의해 조선 농민들의 삶은 더욱 피폐해져 있었는데, 이러한 현실을 배경으로 '브나르도' 바람이 불기 시작했던 것이다.

『영원의 미소』가 한글 보급운동과 기독교계 농촌운동이 급속도로 발전해 나가던 1933년에 씌어졌다는 사실은 이런 맥락에서 주목해야 할 대목이다. 자유분방한 생활을 해 오던 심훈이 농촌으로의 낙향을 결심한 것은 전연 뜻밖의 일이기 때문이다. 『상록수』의 서두에서 박동혁이 "높직이 앉아 민중을 관찰하거나 연구의 대상으로 삼으려 하는 태도를 버리고, 우리 조선 사람들이 제힘으로써 살아나기 위한 기초공사를 해야겠습니다."라고 부르짖는 장면은, 당시 심훈의 현실 인식을 상징적으로 보여 준다. 즉, 심훈은 브나르도 정신을 자신의 새로운 정신적 기반으로 삼으려 했고, 그러한 모색의 열매가 『영원의 미소』와 『상록수』로 나타났던 것이다. 그런데 이런 변화는 근원을 살피자면 전혀 근거 없는 행동은 아니었다. 자유주의적 기질의 심훈에게 식민치하의 현실은 엄청난 질곡이었고, 따라서 자유를 위해서는 과감히 그것에 저항하지 않을 수 없었던 것이다. 스스로 경험한 바 있는 조혼이라든가, 고리대금, 지주들의 가혹한 착취, 일제의 간섭 등은 인간의 자유로운 삶을 가로막는 가장 큰 장애 요인이었다. 그렇기 때문에 자유주의자가 계몽주의자로 변신한 것은 동전의 양면과도 같은 정신적 특질이라고 할 수 있다. 심훈이 부곡리에서 소설 집필에만 전념한 것은 그로서는 현실에 대한 과감한 저항이었던 것이다.

심훈이 '시인'이라는 사실은 그리 알려져 있지 않다. 그가 한용운, 이상화, 이육사, 유치환, 윤동주 등과 함께 일제치하에서 손꼽히는 저항시인 중의 하나라는 사실에 이르면 더더욱 그렇다. 이육사가 30여 편 남짓한 시를 남겼다면, 심훈은 수적으로 훨씬 많은 항일 시를 남겼는데, 다음의 글에 그의 시가 어떻게 쓰여졌는가에 대한 고백이 담겨 있다.

> 나는 쓰기 위해서 시를 써 본 적이 없습니다. 더구나 시인이 되려고 생각도 해 보지 않았습니다. 다만 닫다가 미칠 듯이 파도치는 정열에 마음이 부대끼면 죄수가 손톱 끝으로 감방의 벽을 긁어 낙서하듯 한 것이 그럭저럭 근 백여 수가 되기에 한곳에 묶어 보다가 이 보잘것없는 시가집이 이루어진 것입니다.
>
> (시집 『그날이 오면』의 머리말에서)

심훈의 유일한 시집 『그날이 오면』은 원래 1933년에 발간되려 했으나 수록된 시의 반 이상이 검열에 걸려 붉은 줄이 그어지는 바람에 출간이 좌절되었다가 심훈의 사후 13년이 되었을 때 세상의 빛을 보게 되었다. 시집에는 시가 66편, 수필이 5편 실려 있다. 시집 전체가 열렬하고 직정적 감정에 충만한 시로 구성되어 있다. 시집에 수록된 마지막 시편, 「오오, 조선의 남아여!」는 심훈이 급작스레 병을 얻어 세상을 뜨기 수 주 전에 쓰인 것이다. 손기정의 마라톤 세계 제패를 알리는 호외를 보고 그 뒷면에 갈겨 쓴 뒤 신문사 편집국으로 달려갔다고 한다. 1936년 8월 10일 새벽, 신문 호외의 이면에 갈겨 쓴 시에는 심훈의 뜨거운 열정이 깃들어 있다.

오오, 나는 외치고 싶다! 마이크를 쥐고/ 전 세계의 인류를 향해서 외치고 싶다!
「인제도 인제도 너희들은 우리를/ 약한 족속이라고 부를 터이냐!」

시집의 표제시이자 가장 널리 알려진 시는 조국 광복의 미래를 상상하면서 쓴 「그날이 오면」이다. 지금도 8월이 되면 가장 애송되는 시가 아닐까. 천안에 있는 독립기념관 어귀에는 독립을 위해 일생을 바친 수많은 우국지사, 독립운동가, 민족시인들의 어록비와 함께 이육사, 윤동주 등의 시비가 놓여 있는데, 「그날이 오면」이 새겨진 심훈의 시비가 그 첫머리에 놓여 있어 8월의 감회를 되새기게 한다.

그날이 오면 그날이 오며는
삼각산이 일어나 더덩실 춤이라도 추고
한강물이 뒤집혀 용솟음칠 그날이,

이 목숨이 끊치기 전에 와 주기만 하량이면,
나는 밤하늘에 나는 까마귀와 같이
종로의 인경을 머리로 들이받아 울리오리다
두개골은 깨어져 산산조각이 나도
기뻐서 죽사오매 오히려 무슨 한이 남으오리까.

그날이 와서 오오 그날이 와서
육조 앞 넓은 길을 울며 뛰며 뒹굴어도
그래도 넘치는 기쁨에 가슴이 미어질 듯하거든
드는 칼로 이몸의 가죽이라도 벗겨서
커다란 북〔鼓〕 만들어 들쳐 메고는
여러분의 행렬에 앞장을 서오리다
우렁찬 그 소리를 한번이라도 듣기만 하면
그 자리에 꺼꾸러져도 눈을 감겠소이다.
(「그날이 오면」)

일제 식민치하의 백성이라면 누구나 갈망했을 그날, 해방의 그날을 이렇듯 열렬히 갈망했음에도 불구하고 심훈은 그것을 보지 못했다. 1936년, 소설 『상록수』의 출판을 위해 서울에 와 있었는데 다른 거처를 마다하고 굳이 출판사 2층 마루방에서 기거하다가 장티프스에 걸려 고열로 사망에 이르렀을 때, 그의 나이는 겨우 36세였다.

심훈은 시에서도 탁월한 성과를 냈음에도 불구하고, 그 성가에 비해 실체가 제대로 알려지지 않았고 『상록수』를 지은 농촌 계몽작가 정도로, 1930년대 브나르도 운동과 결부 지어 이해되고 있는 게 전부인 듯하다.

심훈이 실체보다 과소평가된 이유로 일각에서는 카프계 작가들과의 불화를 거론하기도 한다. 심훈이 만든 영화 「먼동이 틀 때」에 대해 한설야가 비난하고 나선 것을 필두로, 임화 또한 심훈의 소설들에 대해 혹독한 비판을 가했고, 심훈 또한 KAPF에 대해 비판적이었다. 심훈이 당시 쓴 평론 「우리 민중은 어떠한 영화를 요구하는가」를 보면 "어느 시기까지는 한 가지 주의의 선전 도구로 이용할 공상을 버리고 온전히 대중의 위로품으로서 영화의 제작 가치를 삼자."는 구절이 나온다. 당시 문예작품보다도 몇 곱이나 지독한 검열제도 밑에서 마르크스주의에 입각한 영화를 제작하지 않는다고, 높이 앉아 꾸지람만 늘어놓는 것은 망상가의 잠꼬대에 불과하다는 게 심훈의 생각이었다.

당시 김팔봉이 작성한 문인 계보표에 심훈은 민족주의파, 소시민적 자유주의, 이상주의자로 분류되어 있다. 백철의 『신문학사조사』에도 심훈을 브나르도 운동과 결부지어 서술한 게 고작이어서, 이러한 과정을 거치면서 심훈은 단순히 『상록수』를 쓴 통속작가 정도로만 자리매김되고 말았던 것이다. 심훈의 사상적 편력이 실증적으로 밝혀지고, 『상록수』의 창작 배경이 보다 심층적으로 연구되면서 심훈을 가리고 있넌 통속의 베일이 하나씩 벗겨지기 시작한 것은 1990년대 이후부터다.

지금 대학가는 긴 여름방학에 들어가 있다. 학기 말에 만난 1학년 여학생은 여름방학 때는 한달 간의 일정으로 유럽 여행을 가고, 겨울방학 때는 스페인과 포르투갈을 가겠다는 계획을 세우고 있었다. 해방 이후 70여 년, 오늘의 대학생들에게 청춘은 시간이고 기회인 것이어서 '거침없이' 여행을 떠날 수 있고, 자기 중심의 다양한 선택을 할 수 있다. 젊은이들은 자유롭고 즐겁고 여유롭다.

"연애를 하는 데 소모되는 정력이나 결혼생활을 하느라고 또는 개인의 향락을 위해서 허비되는 시간을 온통 우리 사업(농촌계몽사업)에다 바치고 싶어요."

채영신이 청석골에서 계몽운동을 하다가 한곡리를 방문하여 박동혁에게 들려주는 이 말은 이제 전설의 대사가 아닐까? 신상옥 감독의 영화 「상록수」의 한 구절처럼 오래된 영화 속에나 들을 수 있는 대사인 셈이다.

보릿고개도 문맹도 사라진 나라에서는 이제 먹을 것과 입을 것이 넘쳐난다. 적어도 물질적 결핍은 정서적으로 느껴지지 않는다. 아마도 오늘의 젊은이들에게 결핍되어 있는 것은 일생을 바쳐 헌신할 그 무엇이 아닐까. 그 무엇의 부재로 인한 방황이 더 큰 것이 문제인 것이다.

아무튼, 이 사회가 궁극적으로 지향하는 것은 헌신적이고 열정적인 영혼을 가지고 삶을 이끄는 사람들이다. 자신이 꿈꾸는 것을 위해 일생을 바칠 각오를 보여주고 열정적으로 실천하는 사람, 사회를 궁극적으로 끌어가고 지탱하는 힘은 『상록수』의 순수한 영혼과 정신, 열정이 아닐까? 지금 심훈을 다시 읽고 새삼스럽게 느끼는 것은 그런 열정과 순수함에 대한 그리움이다.

혁명가와
선승과
시인의 삶

홍성 · 인제 · 성북동의 한용운

동북향으로 지어진 이 집은 애초에 남향으로 지으려던 것을 만해가 조선총독부 건물과 마주하기 싫다고 하여 일부러 북향을 택했다는 일화로 유명하다.

『님의 침묵』

한용운

만해가 쓴 생가의 현판 글씨

"님은 갔습니다. 아아, 사랑하는 나의 님은 갔습니다."로 시작되는 국민시, 「님의 침묵」을 쓴 한용운은 우리나라에서 가장 사랑받는 시인 중 한 명이다. 만해 시의 울림이 큰 것은 만해가 단순한 시인이 아니라 승려와 시인과 독립운동가의 총화인 까닭이다. 만해는 승려였으나 승려 이상의, 시인이었으나 시인으로만 한정할 수 없는, 독립운동가였으나 운동가로만 자리매김하기 힘든 인물이다. 조지훈의 말대로 만해는 혁명가와 선승과 시인의 일체화된 마치 '큰 산'과도 같은 존재이다.

> 한용운 선생의 진면목은 혁명가와 선승과 시인의 일체화에 있었다. 이 세 가지 성격은 마치 정삼각형과 같아서 어느 것이나 다 다른 양자를 저변으로 하는 한 정점을 이루어 각기 독립한 면에서도 후세의 전범이 되었지만, 이 세 가지 면을 아울러 보지 않고는 선생의 진면목은 체득되지 않는다.
>
> (조지훈, 「한용운 연구」에서)

이런 면모가 다방면에 걸쳐 있기 때문에 만해 시는 시 이상의 큰 울림을 갖는 것이다.

만해를 기념하는 유적지는 전국 각지에 산재해 있다. 서울 탑골공원과 천도교 중앙대교당과 선학원, 서대문형무소,

성북구 심우장, 홍성군 생가, 인제의 만해마을과 백담사, 고성군의 건봉사, 속초의 신흥사 등 만해의 흔적은 전국을 망라한다.

성북구의 심우장은 만해가 가족과 함께 말년을 보낸 곳으로, 1933년에 지어졌다. 1984년 7월 서울시 기념물로 '만해 한용운 심우장'으로 지정되었다가, 2019년 4월 대한민국의 사적 제550호로 승격되었다. 심우장에 있던 유품들은 남한산성으로 옮겨져 1998년에 개관한 만해기념관에 소장·전시되고 있다. 만해 기념관은 전시실, 교육관, 자료실로 구성되어 있는데, 전시실에는 만해가 평소 즐겨봤다는 『음빙실문집』, 『영환지략』, 『월남망국사』 등의 도서와 『님의 침묵』 초간본, 여러 외국어로 소개된 『님의 침묵』 번역본, 저서 『조선불교유신론』 등이 전시되어 있다. 백담사 입구 용대리의 만해마을에는 만해문학박물관이 있고, 만해가 득도하고 수계를 받은 백담사 경내에도 만해기념관이 있다.

먼저 발길을 홍성군의 생가로 옮긴다. 생가로 가는 초입의 남장리 언덕에서 '만해 선사상'을 만날 수 있다. 이 동상은 홍성 군민과 학생들이 푼푼이 성금을 거두고, 전국의 불교계와 각계 인사들이 뜻을 모아 1985년에 세운 것이라 한다. 남산을 병풍처럼 두르고 우뚝 선 선생의 두루마기 자락은 지금도 바람에 휘날릴 듯하고 전방을 꿰뚫고 있는 눈매는 형형하고도 매섭다. 생전에 연단에 서서 웅변하고 있는 모습을 그대로 옮겨 놓은 듯, 삼각 날개로 된 기념비 위에 우뚝 선 동상은 그 높이가 3미터를 조금 넘을 뿐이지만 근대사에서 형형한 존재로서 만해의 기상을 마주 대하는 듯한 위용을 보여 준다. 선생의 상을 옹립하고 있는 삼각 날개는 승려, 시인, 독립운동가라는 삼위일체의 삶을 살다 간 그의 일생을 상징하는 것이었다.

기념상 앞에 잠시 정차했던 차를 다시 몰아 생가가 위치한 결성면 성곡리(지금은 만해로), 인가 서너 채가 모여 있는 외진 그곳에 이르렀다. 생가는 야트막한 야산을 등진 양지 쪽에 자리 잡고 있고, 그 위편에 만해를 기리는 사당 만해사(卍海祠)가 있고, 생가 초입에 태극기를 게양한 만해문학 체험관이 자리 잡고 있다. 몇 년 전에 왔을 때 관공서 앞마당처럼 태극기가 생가 문 앞에 세워져 있어 묘한 느낌을 받았던 기억이 떠오른다.

만해는 1879년 이 생가에서 한응준의 둘째 아들로 태어났다. 생가는 그냥 휑뎅그렁하게 빈집인 줄 알고 무심히 문고리를 당겼는데 그게 아니었다. 깨끗하게 도배한 방 정면에는 선생의 영정사진이 정갈하게 걸려 있고 그 옆에는 친필 액자가 걸려 있다.

생가에는 사람들의 흔적이 곳곳에 남아 있다. 마루 한편에 방명록이 있어 이곳을 찾은 내방객들의 흔적을 보여 준다. "선생님의 머리 스타일은 아주 멋있어요." 어린 학생이 써 놓은 듯한 장난기 어린 낙서도 보이고, "나라를 생각하며, 선생님을 마음에 담습니다." "님을 만나 행복합니다."와 같은 소감도 눈에 띈다. 날짜를 헤아려 보니 견학자의 발길은 꾸준히 이어지고 있고 특히 방학 기간에 내방객의 숫자가 많았다.

"올해는 코로나로 오는 사람들이 거의 없어요. 생가가 복원된 이후 처음이에요."

관리인의 말이었다. 그는 코로나로 내방객이 끊긴 현실이 몹시 안타까운 듯했다. 사실 나도 여기저기를 다니면서 올해는 유독 운전과 사진 찍기가 수월했다는 것을 떠올렸다. 사진 한 장을 찍기 위해 한참을 기다리기도 했고, 인파에 밀려 후일을 기약한 적도 있었다. 그런데 올해는 사람이 거의 없어서 기다리지 않고 바로 사진을 찍을 수 있었다. 쓸쓸한 생가를 뒤로 하고 생가 뒤편에 조성된 "민족시비공원"을 오른다. 만해의 「복종」을 필두로 백석의 「모닥불」, 정한모의 「나비의 여행」, 이육사의 「절정」, 신동엽의 「껍데기는 가라」 등의 시를 새긴 시비들이 산등성을 타고 세워져 있다.

연보에 의하면 한용운은 1879년 이곳 결성면 성곡리에서 무과벼슬을 지낸 한응준의 둘째 아들로 태어났다. 원래 그의 집안은 '토호급'에 속할 만큼 부유했다고 한다. 그러나 나라가 망하였듯이, 집안의 가세도 점차 몰락하여 나중에는 빈가로 전락하고 말았다. 만해가 17세에 동학운동에 참가하고, 아버지와 백형 그리고 창의대장 민종식과 함께 의병을 일으킨 것도 이러한 사실과 무관하지 않으며 어쩌면 운명적인 것이라고도 할 수 있다. 그러나 그가 몸담았던 동학과 의병운동은 모두 실패로 끝났고, 그 후 만해는 고향을 떠나 블라디보스톡 등지를 방황하다가 다시 귀향, 불도에 입문한 것이다.

만해의 이력에서 주목해야 할 점은 그가 한참 예민하고 혈기 넘치는 시기에 동학과 의병운동을 체험했다는 사실이다. 이 점은 만해 사상의 뿌리를 이해하는 데 빼놓을 수 없는 대목이다. 그가 체험과 독서로 얻은 지식을 단순히 아는 데 그치지 않고 실제 생활에서 실천했다는 것은 두루 알려진 사실이다. 3.1 운동의 주동, 투옥, 신간회 주도 등 그가 밟아 온 치열한 삶의 이력이 그 단적인 증거이다. 의병운동이 실패로 끝난 뒤 속세와 인연을 끊고 불도에 귀의한 만해였으나 그에게 불타의 진리는 궁극적으로 "세상 밖이 아니라 세상 안"에서 구해지는 것이었다. 만해에게 종교는 구원과 안식의 자리가 아니라 "적극적인 정신적 격투의 공간"이었다.

이런 사실은 만해가 어릴 적부터 유가와 도가의 경서들을 광범위하게 섭렵한 전통적 선비로서 학문적 기본을 갖추었다는 사실과도 연결된다. 거기다 백담사로 출가한 이후 오세암에 있는 장경각에서 수많은 불서들을 접함으로써 유·불·선을 통섭하는 동양적 교양을 갖추게 된 것으로 볼 수 있다. 9세 때에 이미 『서상기』를 독파하고, 『통감』의 문의를 해득하였으며, 『서경』의 그 어렵다는 '기삼백주(朞三百註)'를 통달하였다고 한다. 이러한 일련의 유학적 소양은 입산하여 불교를 공부하는 데 든든한 기초가 된 것으로 보인다. '국가와 사회를 위해 일신을 바치는 의인이 되고자 했던' 어린 시절의 꿈은 이 유가적 전통에서 배태된 것이라 하겠다. 따라서 그에게 종교는 현실을 초월하기 위한 수단이 아니라 현실을 더 깊이 알고, 현실을 넘어서게 하는 정신적 무기였던 것이다.

승려로서의 만해는 불교의 근대화와 대중화에 앞장선 종교 혁명가의 모습을 보여 준다. 1910년 백담사에서 탈고한 『조선불교유신론』(1913)에서 만해는 불승이 민중과 통합적 관계를 유지하지 못했던 이유를 '유의유식(遊衣遊食)'한 결과라고 보고, 절의 위치를 시중(市中)으로 옮기고, 승려의 결혼을 허용하며 염불당을 폐지해야 한다는, 당시로서는 매우 혁신적인 주장을 내놓았다. 「선사의 설법」에서 그 단적인 예를 확인할 수 있다.

나는 선사의 설법을 들었습니다.

「너는 사랑의 쇠사슬에 묶여서 고통을 받지 말고 사랑의 줄을 끊어라 그러면 너의 마음이 즐거우리라」고 선사는 큰 소리로 말하았습니다.

그 선사는 어지간히 어리석습니다.

사랑의 줄에 묶이운 것이 아프기는 아프지만 사랑의 줄을 끊으면 죽는 것보다도 더 아픈 줄을 모르는 말입니다.

사랑의 속박은 단단히 얽어매는 것이 풀어주는 것입니다.

그러므로 대해탈은 속박에서 얻는 것입니다.

님이여 나를 얽은 님의 사랑의 줄이 약할까버서 나의 님을 사랑하는 줄을 곱드렸습니다.

(「선사의 설법」)

만해의 이런 선구적인 면모는 근대사에서 높이 평가되어야 할 것으로, 이점을 김학동도 지적한 바 있는데, 만해의 문학 및 불교의 혁신운동이 최남선이나 이광수의 서구 신사조에 입각한 근대화운동보다 과소평가 되어서는 안 되며, 같은 위치에서 보아야 한다는 것이다.

불교의 진보적 이해를 근간으로 하는 만해의 위상은 '가장 탁월한 민족운동의 실천가요 사상가'라는 데 있다. 만해는 특히 '실천'을 강조하는 실천의 사상가였는데, 강연을 할 때도 "좋은 이념을 가지고 있으면서도 실천을 하지 못한다면 그것은 좋은 씨앗이 있으면서도 심지 않고 봉지에 매달아 두는 것과도 같다."고 강조했다. 이런 생각을 바탕으로 만해는 실천적 삶의 전형을 보여 준다. 만해의 사상은 모두 그의 개인적 체험이 심화되고 굳어진 결정체였다.

필자가 보기에 만해와 불교의 만남은 우리의 초창기 시문학사에서 하나의 사건으로 기록될 만하다. 흔히 시문학사의 첫 페이지에 최남선과 주요한이 거론되고 서구 문예사조의 유입을 통해서 그것이 예술적으로 정련된 것으로 말해지지만, 역설적이게도 이 일련의 과정이 궁극적으로는 사상적인 빈곤을 초래했다는 점이다. 만해와 불교는 문학과 사상의 조화로운 결합을 보여 준 문학사의 이례적인 경우이다. 일찍이 김우창은 만해와 불교의 만남을 두고 "민족적으로 사회적으로 걷잡을 수 없는 자세라는 것을 알면서 정의를 외치지 않을 수 없었던 그의 상황에 최고의 형이상학을 제공"(『궁핍한 시대의 시인』)해 주었다고 말한 바 있다. 인도의 타고르에 비견되며, 신문학사에서 가장 높고 넓으며 깊은 인간성을 표현하고 있다는 칭송을 받는 한용운의 시는 이러한 '최고의 형이상학'을 수양하는 과정에서 그 깊이를 얻었던 것이다.

(사실 한용운과 타고르는 여러 가지로 비교되는 시인이다. 한용운의 「타고르의 시 gardenisto를 읽고」를 보면, 한용운의 문학관과 세계관이 단적으로 표현되어 있다. 영국의 식민지였던 인도와 일본 통치하에 있던 우리의 상황이 서로 비슷했고, 그런 상황에서 식민본국에 저항하는 타고르를 보면서 만해는 한편으로 존경과 찬양의 마음을 보낸다. 그렇지만 만해는 타고르와 달리 절망적 상황에 머물지 않고 희생과 투쟁을 통해 새로운 상황으로 한 걸음 더 나가야 한다는, 보다 적극적인 생각을 갖고 있었다.)

현대시의 고전으로 일컬어지는 『님의 침묵』이 나온 것은 1926년이다. 그러나 이미 만해는 1918년 그가 창간한 《유심》지에 신시 「심」을 발표한 바 있음으로 습작은 그 이전 시기로 거슬러 올라가야 한다. (신시 「심」은 주요한의 「불놀이」(1919)보다 1년 먼저 나왔다.) 이 점을 근거로 시문학사에서 최남선의 신체시를 근대시의 효시로 보고 주요한의 시를 현대시의 기점으로 보는 것은 오류이며, 한용운의 시를 육당과 주요한의 교량적 위치에 놓아야 한다는 주장이 제기되기도 했다. 오히려 평자에 따라서는 만해를 "한국 최초의 근대시인"(염무웅)으로 보기도 하고, "현대사에 있어 최초의 시민시인"(백낙청)으로 끌어올리기도 한다. "자유는 만유의 생명"이라고까지 말할 만큼 만해 사상의 대표적인 항목 중의 하나가 '자유'이다.

그의 일생은 이 자유를 얻기 위한 자유로운 사회, 자유로운 민족을 위해 전소한 것이나 다름없다. 이 점에서 본다면 그는 진정한 의미의 '시민 시인'임이 분명하다.

만해는 시뿐만 아니라 「죽음」, 「흑풍」, 「후회」, 「연명」, 「철혈 미인」 등의 소설도 썼으며 「심우장 만필」 등 수많은 수필, 기행, 산문 들을 남겼는데, 『조선불교유신론』과 같은 저작에서 보이는 그의 탁월한 문장력은 그가 당대의 뛰어난 문장가요, 문학인임을 증명한다. 그러나 문학인으로서의 만해는 그의 다른 측면에 가려져 제대로 부각되지 못했다. 만해가 문학사 속에서 제대로 조명을 받지 못한 이유로 그가 당대의 특정 문예사조에 얽매이지 않고 어떤 문학 동인에도 속하지 않았다는 사실을 들 수 있다. 육당 등이 지면을 통해 활발하게 작품활동을 한 반면 만해는 산사에서 수양에 주력했기 때문에 그의 진면목이 세상에 알려질 기회가 그만큼 희박했던 것이다. 만해는 오히려 승려와 독립운동가로서의 이미지가 더 강렬했다고 볼 수 있다.

만해는 시를 쓰는 스스로에 대해서 어떻게 생각하고 있었을까? 그는 자신이 "서정시인이 되기에는 소질이 없다."며 시인으로서 독자 앞에 나서는 것을 부끄러워했다. 『님의 침묵』 말미에 붙인 「독자에게」라는 시를 보면 그의 겸손한 마음이 드러난다.

> 독자여 나는 시인으로 여러분의 앞에 보이는 것을 부끄러워 합니다.
>
> 여러분이 나의 시를 읽을 때에 나를 슬퍼하고 스스로 슬퍼할 줄을 압니다.
>
> 나는 나의 시를 독자의 자손에게까지 읽히고 싶은 마음은 없습니다.
>
> 그때에는 나의 시를 읽는 것이 늦인 봄의 꽃수풀에 앉아서 마른 국화를 비벼서 코에 대이는 것과 같을는지 모르겠습니다.
>
> (「독자에게」에서)

그러나 만해의 이런 겸양에도 불구하고 그의 시편들은 시문학사에서 "가장 높고 넓은" 경지를 보이는 명작 중의 하나로 평가된다. 일찍이 송욱은 만해의 시에 대해 "현재 이 나라에서 시로 표방되는 것보다 훨씬 더 높고 절실한 '시'를 싱싱하게 담고 있다."며 그의 시를 격찬한 바 있고, 조지훈도 "그 세대, 그 연령의 시인으로 후세에 남을 작품을 가진 이는 오직 선생이 있을 뿐"이라고 말한 바 있다.

『님의 침묵』은 '님'의 사상으로 일관되어 있다. 만해에게 '님'이란 무엇인가, 이 '님'을 이해하는 것이 만해 문학을 이해하는 요체이기에 여러 평자들은 이 '님'의 본질을 규명해 내려고 애써 왔다. 조연현은 중요한 것은 그 '임'이 애인이냐, 친구냐, 민족이냐에 있는 것이 아니라고 본다. 문제는 한 시인이 그의 생명과 정열의 전부를 바칠 대상을 가지고 있느냐에 있는 것인데 만해의 님은 '생명과 정열의 집중적 표상의 대상'으로 봐야 한다는 것이다.

'님'의 정체는 조국, 민족, 중생, 불타, 애인, 각도에 따라 그 대상이 각각 달라질지 모르나 결국은 하나의 요소로 귀착된다. 만해가 전생애를 두고 믿고 의지한 '님'은 문학 이전의 생명적인 요소, 곧 생명의 원천이었다.

> 님은 갔습니다. 아아, 사랑하는 나의 님은 갔습니다.
>
> 푸른 산빛을 깨치고 단풍나무 숲을 향하야 난 적은 길을 걸어서 참어 떨치고 갔습니다.
>
> (중략)
>
> 우리는 만날 때에 떠날 것을 염려하는 것과 같이, 떠날 때에 다시 만날 것을 믿습니다.
>
> 아아, 님은 갔지마는 나는 님을 보내지 아니하얐습니다.
>
> 제 곡조를 못 이기는 사랑의 노래는 님의 침묵을 휩싸고

돕니다.

(「님의 침묵」에서)

님은 갔다. 그러나 시인의 마음을 통해 여전히 님은 존재한다. 님을 보내지 않으려는 마음이 강할수록 님의 존재는 더욱 뚜렷해지는 것이니, 역설이다. 현실적으로 님(민족)은 부재하나, 본체의 님은 이별 뒤에 다시 나타난다. 이를 통해서 시인은 초월적인 '공(空)'의 경지에 이른다. '無'와 '不'의 부정적인 존재를 긍정한 '님'의 본체와 시인은 일치되어 있다. 존재와 부재의 변증법인 것이다. 만해의 시는 이렇듯 심오한 불교의 사상적 원리가 그 동력으로 작용하고 있다.

그렇다면 '님의 부재'는 어떤 연유로 발생했는가? 다른 뛰어난 시, 「당신을 보았습니다」를 보면 그것이 주권 침탈의 상태를 의미한다는 것을 알 수 있다.

나는 갈고 심을 땅이 없으므로 추수가 없습니다.

저녁거리가 없어서 조나 감자를 꾸러 이웃집에 갔더니 주인은 「거지는 인격이 없다 인격이 없는 사람은 생명이 없다 너를 도와주는 것은 죄악이다」라고 말하았습니다.

그 말을 듣고 돌아 나올 때에 쏟아지는 눈물 속에서 당신을 보았습니다.

나는 집도 없고 다른 까닭을 겸하여 민적이 없습니다.

「민적 없는 자는 인권이 없다 인권이 없는 너에게 무슨 정조냐」 하고 능욕하랴는 장군이 있었습니다.

그를 항거한 뒤에 남에게 대한 격분이 스스로의 슬픔으로 화하는 찰나에 당신을 보았습니다.

아아 왼갖 윤리, 도덕, 법률은 칼과 황금을 제사지내는 연기인 줄을 알었습니다.

영원의 사랑을 받을까 인간 역사의 첫 페지에 잉크칠을 할까 술을 마실까 망설일 때에 당신을 보았습니다.

(「당신을 보았습니다」에서)

이 시에도 부정의 변증법이 작용하고 있다. 주권 상실과 그 속에서 주권을 찾으려는 항거마저 실패한 뒤에 오는 자포자기의 절망과 허무 속에서 일체를 체념하려는 찰나에 시인은 '당신' 곧 '님'을 발견한 것이다. 여기서 '당신'은 허무와 절망의 반대 명제이며 초월적인 것이 아닌 사랑, 거짓이 아닌 역사, 절대선의 원리로서의 당신이다. 시인의 종교적·윤리적 정서가 끌어 올린 형이상학적 존재로서의 '님'인 것이다. 이렇게 철학적인 주제를 담고 있으면서도 유려하고 뛰어난 시어를 구사하고 있는 것은 놀라운 경지라고 할 수 있다.

이별의 미는 아침의 바탕〔質〕 없는 황금과 밤의 올〔絲〕 없는 검은 비단과 죽음 없는 영원의 생명과 시들지 않는 하늘의 푸른 꽃에도 없습니다.

(「이별은 미의 창조」에서)

죽음이 한 방울의 찬 이슬이라면 이별은 일천 줄기의 꽃비다.

죽음이 밝은 별이라면 이별은 거룩한 태양이다.

(「이별」에서)

만해는 기교에서도 오늘날의 시인보다 '훨씬 더 높고 절실한 표현'을 한 경우가 많다. 만해의 이런 심오한 정신세계와 상징적인 시어 구사력은 분명 동시대의 어떤 문인보다도 탁월하다. "사랑의 시이면서 동시에 민족적인 지조와 애모를 노래한 시로서 조금도 부자연스럽지 않은" 이유에 대해 박두진은 "그가 지니고 있는 높은 시정신과 깊은 상징의 수법, 그리고 종교의 경지에 도달한 투철한 신앙적인 수련의 결과"를 들고 있다.

만해의 일생은 무수한 일화로 얽혀 있다.

만주에 갔을 때 팔에 총상을 입고 수술을 받는데 마취를 안 하고 견뎠다는 전설과 같은 얘기도 있다. 실제로 만해는 성품이 강인할 뿐만 아니라 '차력'을 한다는 얘기가 전해질 정도로 기운이 세서 젊은 사람도 당하지 못했다고 한다.

1919년에 불교계를 대표하여 33인의 한 사람으로 참여했을 당시 감방에서 다른 대표들이 극형에 처할 것이라는 소문을 듣고 대성통곡을 하며 나약한 모습을 보이자 "나라 잃고 죽는 것이 무어 슬프냐?"며 오물을 뿌리고 호통을 쳤다는 얘기는 널리 알려진 일화다. 만해는 죽는 날까지 철두철미 비타협적이고 투철한 저항 자세로 일관했고 조그마한 잘못이나 불의도 용납하지 않았다. 그의 대쪽같은 성품 앞에서 수많은 친일 또는 변절 인사들이 봉변을 당하기도 했다. 그는 술을 먹고 흥분된 어조로 다음과 같은 말을 곧잘 했다고 한다.

"만일 내가 단두대에 나감으로 해서 나라가 독립된다면 추호도 주저하지 않겠다."

만해는 또한 뛰어난 웅변가였다. 유창하고 논리정연하면서도, 맑은 목소리로 갖가지 비유를 동원하여 강연을 할 때면 감시차 나온 일본 형사들까지 박수를 칠 정도였다고 한다. 좀 더 개화한 시대였다면 그의 명연설을 녹음해 놓은 육성 테이프가 전해졌겠지만, 그렇지 못한 것이 아쉬울 뿐이다.

만해의 유일한 혈육으로 유씨 부인과의 사이에서 난 외딸 영숙 씨가 있다. 만해는 평생 호적 없이 지냈는데 그것은 일제가 통치하는 호적에 자신의 이름을 올릴 수 없다는 이유에서였다. 그리하여 외딸인 영숙은 학교를 다닐 수가 없었고, 대신 만해가 왜놈의 학교에는 절대 보내지 않겠다며 손수 공부를 가르쳤다고 한다.

만해는 늘 냉방에서 지냈다. "조선 땅덩어리가 하나의 감옥이다. 어찌 불 땐 방에서 편히 살 수 있단 말인가?"라는 생각에서였는데 냉 온돌 위에서도 그 자세가 꼿꼿하여 한점 흐트러짐이 없었다고 한다. 그래서 얻은 별명이 '저울추'였다는 것. 선생은 만년에 이르도록 집 한칸이 없을 정도로 빈한했다. 이를 보다 못해 주위에서 성북동 언덕바지 땅을 마련해 주었다. 이렇게 해서 지어진 집이 '심우장(尋牛壯)'이다.

김광섭의 「성북동 비둘기」로도 유명한 성북 2동 주택가. 푯말을 따라 산비탈을 50여 미터쯤 올라가다 보면 비교적 깨끗한 양옥집 대문이 눈에 들어오고 그 대문 앞에 걸린 '심우장(尋牛莊)' 간판을 만날 수 있다.

동북향으로 지어진 이 집은 애초에 남향으로 지으려던 것을 만해가 조선총독부 건물과 마주하기 싫다고 하여 일부러 북향을 택했다는 일화로 유명하다. 심우장이라는 택호는

'소를 찾는다'(尋牛)는 뜻으로, 소는 마음을 뜻하며 무상대도(無常大道)를 깨우치기 위해 공부하는 집이라는 뜻을 갖고 있다. 1944년 67세의 나이로 입적하기까지 만해는 군불도 때지 않은 이곳 냉방에서 여생을 보냈으며 거기서 장편 『흑풍』 등을 집필했다.

'심우장'은 현재 서울시 기념물 7호로 지정되어 있고 만해의 육필과 초상화 등 유품이 보존되어 있다. 여기 있던 유적의 일부가 남한산성의 만해기념관으로 이전·전시되고 있다.

백담사 입구 인제군 용대리 '만해문학박물관'을 찾았다. 이곳은 원래 만해사상실천선양회에서 만해를 기리기 위해 건립한 수련장었는데, 그것을 2013년 동국대학교에 기증하였고, 동국대는 이를 '전 국민의 교육도량'으로 만들겠다는 취지에서 수련원과 함께 '만해문학박물관'을 만들었다. 만해문학박물관에는 만해 유적이 전시되어 있고, 그와는 별도로 문인집필실을 만들어 작가들이 입주해서 글을 쓸 수 있도록 하였다. 만해마을에서는 매년 만해축전을 열어 학술대회, 만해백일장, 시인학교, 서예대전 등을 개최하는 등 지역과 종교, 문화를 뛰어넘어 시대정신을 구현하는 화합과 소통의 장을 펼치고 있다. 그렇지만 2022년 올해는 코로나로 모든 행사가 중단되고, 뜰에는 작년에 사용했던 현수막만이 쓸쓸하게 나부끼고 있다.

만해마을에서 버스를 타고 백담사로 올라간다. 수려한 백담계곡을 거슬러 오르면서 만해의 행적을 떠올려 본다. 1905년 만해는 이곳 백담사에서 머리를 깎고 입산수도하여 깨달음을 얻었다. 이 수려한 풍광 속에서 만해는 불교계의 유신과 개혁, 일제에 대한 저항과 독립을 꿈꾸지 않았을까? 백담사 경내에 있는 만해기념관은 1997년에 설립되었다. 한용운이 불교 개혁의 기치를 내걸고 저술한 『조선불교유신론』과 『불교대전』 원본을 비롯해서, 『세계지리』, 『영환지략』, 『음빙실문집』 등의 책과 한용운의 유묵과 시집 『님의 침묵』 초간본, 만해가 받은 훈장 등이 전시되어 있다. 기념관 밖에는 만해의 시 「나룻배와 행인」이 조각된 만해 시비와 만해 두상 조각이 있고, 백담사 내에는 만해당, 만해적선당, 만해교육관 등 만해 관련 건물이 들어서 있다.

최근 3년은 코로나로 만해 관련 행사들이 거의 열리지 못했다. 매년 열렸던 '만해시인학교'와 뮤지컬 공연 등 여러 행사 또한 멈추었다. 백담사 가는 길도 한때 막혔다가 최근에야 복구되어 출입이 가능해졌다. 환경적 재앙이 사라지고 다시 이전의 평화로운 일상이 돌아오기를 합장, 기원해 본다.

향토적 서정과
도회적 감수성

옥천의 정지용

목숨은 덧없지만 문학은 불멸이다.
그 모든 역사를 뒤로 하고
오늘도 옥천의 실개천은 흐르고 있다.

죽향초등학교

『정지용 시집』(1935년)

『원본 정지용 시집』

생가 내부(질화로와 호롱불이 보인다)

정지용의 고향인 옥천은 대전에서 40분쯤 떨어진 곳에 있다. 서울에서 대전까지 두 시간 거리이니, 시인의 생가가 있는 옥천 구읍에 당도하려면 서울에서 넉넉히 3시간은 잡아야 한다. 기름지고 맑은 물이 흐른다는 뜻을 지닌 옥천(沃川)은 한때 포도의 명산지였다고 하는데 현재는 평범한 지방 소도시의 모습을 하고 있다. 옥천 문화원, 여성회관, 도서관, 관성회관 등이 있는 곳이 옥천 신읍이고, 시인이 태어난 구읍(舊邑)은 거기서 동쪽으로 2킬로미터 정도 더 내려가야 한다. 가다 보면 진입로에 '지용로'라는 바윗돌이 놓여 있어 생가 어귀에 이르렀음을 알 수 있다.

'지용로' 바윗돌을 마주 보았을 때, 저만치 뒤편에 놓인 흰색 건물이 시선을 가로막는다. 정사각형의 운동장과 그 끄트머리에 놓인 일자형의 산뜻한 3층 건물이 '죽향(竹香) 초등학교'이다. 지용이 다녔던 '옥천 공립보통학교'의 현재 모습인 셈이다. 지용은 이 학교 4회 졸업생으로, 그때 졸업한 학생은 약 16명 정도였다고 한다. 운동장 가장자리에 놓인 고색의 목조 건물은 유서 깊은 건물로 문화재청에 등록된(등록문화재 57호) 문화재이다. 1909년에 건립된 옥천 지역을 대표하는 최초의 공립학교 건물, 건물 앞에는 초록색 바탕의 작은 표지석이 서 있다.

시인 정지용(鄭芝溶 1902~?)이 1910년 이 학교에 입학하여 1914년 졸업하였다.

간단한 한 줄의 문장에는 다른 설명이 일체 생략된 채 '시인 정지용'이라는 석 자에 모든 함의를 담아 놓은 듯하다. (담 밑의 화단 한구석에 '육영수 여사 휘호탑'이 세워져 있다. 죽향 초등학교는 육영수 여사의 모교이기도 했다. 정지용 생가에서 10분 정도 떨어진 곳에 육영수 생가가 자리하고 있다.)

죽향 초등학교에서 담장 사이로 난 샛길을 걸어 들어가면 정지용이 유년시절을 보냈던 구읍으로 갈 수 있다. 신읍에 비해 구읍은 아직은 전통적인 농촌의 모습을 간직하고 있다. 덕유산 무주 구천동에서 흘러내려 대청댐을 이루는 금강의 자그만 물줄기가 마을 한가운데를 가로지르는 실개천을 이루고 있다. "옛이야기 지즐대는 실개천이 휘돌아 나가고"의 그 실개천이다. 물론 지금의 개천에서 1920년대의 시적 분위기를 느낄 수는 없다. 개천 양쪽으로 줄지어 늘어선 가옥들과 그다지 넓어 보이지 않은 들판, 마을을 둘러싼 산자락이 시에서 떠올릴 수 있는 심상과는 상이하게 느껴지는 탓이다.

한국인에게 집단 무의식으로 자리 잡고 있는 '고향의 원형'이 있다면 어떤 모습일까? 사립문을 나서면 눈앞에 탁 트인 넓은 벌이 보이고, 그 한쪽에는 실개천이 흐른다. 음메~ 하는 황소의 게으른 울음소리와 소똥 냄새, 그리고 흐릿한 호롱불 아래 가족들이 한방에 모여 도란거리는 정경……. 방구들 한켠에는 늙으신 아버지가 베개를 돋아 고이시는 장면, 우리의 무의식에 내재한 고향의 아득한 추억은 이렇듯 낡은 흑백 사진일지도 모른다. 적어도 농촌을 고향으로 둔 사람들에게는.

넓은 벌 동쪽 끝으로
옛이야기 지즐대는 실개천이 회돌아 나가고
얼룩백이 황소가
해설피 금빛 게으른 울음을 우는 곳,
—그곳이 참하 꿈엔들 잊힐리야.

질화로에 재가 식어지면
뷔인 밭에 밤바람 소리 말을 달리고,
엷은 조름에 겨운 늙으신 아버지가
짚벼개를 돋아 고이시는 곳,
—그곳이 참하 꿈엔들 잊힐리야.
(「향수」에서)

정지용 생가의 뒤편으로 새로 들어선 문학기념관 전시실로 들어가면, 이동원과 박인수의 목소리로 익숙한 노래 「향수」가 연이어 흘러나온다. 이상한 것은 전시관을 도는 내내 귓전에서 맴돌았던 이 노래가 들어도 들어도 질리지 않았다는 것이다. 고향은 상처투성이의 영혼을 품어 주는 어머니의 품 같은 곳이지, 질리게 만드는 대상은 아니기 때문일까? 또 하나는 향수의 시어들이 매우 아름답고 감칠맛이 나서 고전음악의 선율처럼 맴돈다는 점이다.

이어령은 「향수」의 "빈 밭에 밤바람 소리 말을 달리고"라는 구절을 두고 "칠흑같은 밤에 빈 들판을 지나가는 겨울바람을 아무도 보지 못했으나 정지용 시인이 그것을 최초로 보여주었다."고 평가한 바 있다. 지용은 황소의 울음소리를 금빛으로 칠하여 보여 준다. 황홀한 운율의 동영상과 소리에 색을 입히는 뛰어난 시각적 언어 기법, 그리고 자음과 모음의 조화는 시를 소리내 읽었을 때 귀에 바람소리가 스치는 듯한 효과를 일으키기도 한다. 실개천, 얼룩백이 황소, 질화로, 석근(성근) 별, 서리 까마귀 등 토속적 어휘가 빚어 내는 이미지는 고향이라는 원초적 공간을 형상화하고 있다. 이 시의 창작연대(「향수」는 21살 때 첫 시로 알려진 「풍랑몽」에 이어 22살에 발표된 두 번째 시)와 구사된 표현 기법을 보더라도 지용의 언어적 재능을 체감할 수 있다. "우리말의 비밀을 알고 말을 휘잡아 조종하는데 놀라운 천재를 가진 시인"(이양하)이라는 치하를 수긍하게 되는 것이다.

청석교에서 본 지금의 풍경과는 달리, 1900년대 초의 사진을 보면 오늘과는 또 다른 느낌이 든다. 더구나 어린이의 눈으로 보자면, 넓은 들과 높은 산이었을 것이지만, 지금은 상상으로 향수의 공간을 재구성해 볼 수밖에 없다. "흙에서 자란" 소년은(지용은 열네 살까지 이곳에서 성장했다.) 마을을 둘러싼 산수를 통해서 심미성과 꿈을 기르고 유년기의 정서적 체험 속에서 문학적 영감을 품었을 것이다. 또 다리 너머로 마을을 둘러싼 산자락을 보면서 "산너머 저쪽에는 누가 사나/ 뻐국이 영우에서/ 한나잘 울음 운다"(동시 「산 너머 저쪽에는」) 이렇게 호기심을 드러냈고, 실개천 주변 피천거리와 나뭇전거리를 이리저리 뛰어다니며 들었던 소리들을 동시로 빚어냈다. 지용은 어려서 옥천에서 듣고 부른 민요를 바탕으로 「삼월 삼진날」 등을 비롯한 여러 편의 동시를 썼다.

사립문이 두 개나 달린 생가는 '시골 외갓집'처럼 방문객에게 어서 들어오라는 듯 활짝 문을 열어 놓았다. 「향수」 시처럼 방 안을 꾸며 놓은 듯, '질화로'와 '등잔'이 놓인 방의 풍경, 시인의 아버지가 한약방을 한 까닭에 한약방에나 볼 수 있는 고가구도 구석에 놓여 있다. 방마다 벽에는 「할아버지」, 「호수」, 「별똥」, 「인동차」 등의 시가 적힌 액자가 걸려 있다.

지용은 1902년 이 집에서 한약상을 하던 아버지 정태국과 어머니 정미하 사이에서 외아들로 태어났다. 양력으로 6월 20일 음력으로 5월 15일. (지용제는 이 음력 생일에 치러지는 모양이다.) 지용이 태어날 때 그의 어머니는 연못에서 용이 하늘로 날아오르는 태몽을 꾸었다고 한다. 그래서 아명이 '지룡(池龍)'이었다.

정지용의 부친 정태국은 젊은 시절에 중국과 만주를 방랑했는데 그 와중에 한의술을 배워 고향에 돌아와 하계리 개천가에 한약방을 열었다. 재산도 크게 모았는데 어느 해 밀어닥친 홍수로 개천가에 있는 집과 모아놓은 재산(은행이 없어서 돈을 궤짝에 모아 두었는데 큰비에 다 떠내려 갔다고 한다.)을 다 잃은 후 사람이 변해 갔다고 한다. 지용이 아기였을 때 일어난 일로, 그를 낳은 어머니 또한 가정불화 끝에 집을 나갔고, 지용은 가난 속에 성장하였다. 이런 탓에 보통학교를 마치고도 상급학교로 진학을 못하고 있다가, 워낙 재기가 승했던 까닭에 친지들의 권유로 서울 휘문고보에 진학했다는 것이다. 당시 농촌에서는 웬만큼 부유한 가정이 아니고서는 자녀를 유학시키기가 힘들었으니, 결국 아명 '지룡'대로 옥천 실개천은 용 한 마리를 낳아 세상에 내보낸 셈이 되었다.

지용의 천재성이 세상에 모습을 드러내기 시작한 것은 휘문고보 시절부터이다. 이미 민요와 동요풍의 시에 대한 소양을 상당히 가지고 있던 그는 1학년 때부터 문예활동을 시작하여 동인지《요람》을 주도하면서 습작 활동을 했다. 훗날『정지용 시집』(1935) 3부에 수록된 동시의 절반 이상을《요람》에 발표하였다. 당시 정지용은 성적이 뛰어나고 문학적 재능이 탁월해서 주변의 선망의 대상이었다.

> 《요람》지를 선후배들이랑 하구 그랬잖아요. 그 뭐 요람지가 전부 학생들한테만 돌아다니는 게 아니고 선생님한테도 다 가구 그러거든요. 그 교지를 보구 다들 이게 도저히 믿을 수가 없는 아이다 그 칭찬이 뭐 대단한 거죠. 그렇게 학교에서 이름이 알려져 있었는데 그래 인제 5년제 졸업을 딱 하고 교주한테 인사를 하러 가니까 "넌 그래 졸업을 했으니 어떡할 거냐?" 그래서 공부를 더 하고 싶으나 가정 형편이 도저히 용서를 안 하고, "어디 취직을 해서 돈벌이를 하는 수밖에 없죠. 그래서 아버지를 도와주는 수밖에 없죠." 하니깐 교주가 일단 하는 말이 "너 내 말대로 하면 너 유학을 보내주마." 귀가 번쩍 뜨일 거 아닙니까 유학꺼정 보내준다는데. 그 조건이 뭐냐고 물으니까 "니가 이 유학을 보내서 대학을 보내줄 테니께 그 졸업을 하고 와서는 우리 핵교 와서 봉사를 해야 한다, 교사로서 봉사를 해야 한다, 그래두 좋겠느냐?" 하니깐 그때 그 형편에서야 뭐 참 하늘에 감사할 일이죠. 그래

서 휘문중학교 교비생으로 일본 동지사 대학에 입학하는 거예요. 그래 가지고 동지사 대학을 졸업하고 와서는 그런 까닭에 해방이 되던 해까지 휘문에서 평교사로 계속 근무를 했다고 해요.

(「노한나의 입말로 풀어쓰는 이야기 정지용」에서)

취직을 해서 아버지를 도와 줄 생각을 하던 젊은이는 이렇듯 뜻하지 않은 유학길에 오른다. 22살에서 28살까지 정지용은 현해탄을 건너 일본과 한국을 오고 갔다. 정지용의 바다 시편들은 이 과정에서 겪은 바다 체험과 무관하지 않을 것이다. 바다, 그 '시각적으로 강렬한 인상으로 달려드는 동영상' 체험이 천재 시인의 감성에 어떤 인상으로 각인되었는지 한 조각 맛을 본다.

미억닢새 향기한 바위틈에
진달래 꽃빛 조개가 해ㅅ살 쪼이고,
청제비 제날개에 미끄러저 도—네
유리판 같은 하늘에.
바다는 ——속속 드리 보이오.
청대ㅅ닢 처럼 푸른
바다

봄
(「바다 6」에서)

바다에 육체의 맛을 입히는 탁월한 이미지즘의 구사, 그 전대에는 볼 수 없었던 묘사력이다. 일상적이고 통념적인 바다를 구상적 명명을 통해 특수한 조형물로 만들어 낸다. '바다'가 '청대ㅅ닢'이 되기도 하고 '도마뱀떼'가 되기도 하는 것처럼, 현상계로서의 단순한 바다가 아니라 시인에 의하여 입체적으로 인식·굴절된 조형물로서 나타나는 것이다. 정지용 시에 나타난 바다는 시인에 의하여 투명하게 조형된 하나의 해도(海圖)로 변해 있다. 이런 탁월한 감각 탓에 지용의 '바다'에 매료되어 지용 시를 번역하고 후에 펜(PEN)번역 문학상까지 받은 키스터(Kister, Daniel Albert) 신부(전 서강대 교수)는 지용이 20세기 문학을 대표하는 예이츠, 엘리어트, 프루스트, 파운드, 릴케, 발레리 못지 않은 뛰어난 시인이라고 평가했던 것이다.

아무튼 동경 유학 체험을 통해 향토성에 바탕을 둔 동요나 민요풍의 시를 주로 창작하던 그의 시적 공간은 외적으로 확대되는 계기를 맞는다. 유년기와 객지 체험에서 동시와 향수의 세계가 빚어졌다면 바다와 이국 체험을 통해 모더니스트로 완성되어 간 것이다.

한국 현대시사에서 정지용이 문단에 처음 이름을 알렸던 1920년대 시단은 3·1운동이 실패한 뒤의 상실감과 절망감, 한편으론 감상적 분위기가 팽배해 있던 상태였다. 그런 상황에서 1926년 《학조(學潮)》 창간호에 발표된 「카페 프란스」, 「슬픈 인상화」 등과 같은 시편들은 당시의 시단에서는 매우 낯설고 경이로운 것이었다.

> 옮겨다 심은 종려나무 밑에
> 빗두루 슨 장명등
> 카페 프란스에 가자.
>
> 이놈은 루바쉬카
> 또 한놈은 보헤미안 넥타이
> 뻿적 마른 놈이 압장을 섰다.
>
> (중략)
>
> 나는 자작의 아들도 아모것도 아니란다.
> 남달리 손이 히여서 슬프구나!

나는 나라도 집도 없단다
대리석 테이블에 닷는 내 뺌이 슬프구나!

오오, 이국종 강아지야
내발을 빨어다오.
내발을 빨어다오.
(「카페 프란스」에서)

「카페 프란스」의 우울한 풍경에는 1920년대를 살아가는 정지용의 시적 자아가 담겨 있다. 자기 정체성이 없고 불완전하고 병적인, 망국과 실향 의식을 직설적으로 표현하고 있는 것이다. 이러한 시대적·개인적 현실의 언어적 표출은 당대 문단에서는 보기 힘든 수준이었다. 이 시에서 울분을 머금고 드러나는 지용의 현실 인식은 이후 사물의 감각적 세부에 더 탐닉하는 기교주의의 세계로 나간다.

1935년에 그의 첫 시집이 나왔을 때의 반향은 컸다. "우리도 마침내 시인을 가졌노라라고 부르짖을 수 있을 만한 시인을 갖게 되었다."는 등의 찬사가 쏟아졌던 것이다.

1929년 일본에서 동지사 대학을 마치고 돌아온 지용은 '시문학 동인'으로 본격적인 시작을 시작하는데, 《시문학》지

외에도 이태준, 박태원, 이상 등과 함께 '구인회(九人會)'의 멤버로 활동하면서 1930년대 순수문단을 이끄는 중요한 역할을 수행한다.

문학기념관에서 고색창연한 지용의 옛 시집들을 모두 볼 수 있다. (비록 유리관 너머이긴 하지만) 어쩌면 고향까지 내려온 보람은 지난 시대의 유물을 맛볼 수 있는 이런 점에 있을 것이다.

『정지용 시집』에는 초기시와 동시를 비롯해 89편의 시가 수록되어 있고, 『백록담』에는 33편이 수록되어 있다. 지용 시는 크게 「향수」나 「백록담」처럼 향토적 서정과 자연의 세계를 담은 동양시 계열의 작품과 「바다」와 같이 모더니즘이나 도회적 감각을 살린 작품들로 나누어진다. 또 다른 시편들은 신앙시들이다. 독실한 가톨릭 신자였던 지용은 많은 종교시편을 남겼다. 한용운이 불교적 신앙을 바탕으로 시를 썼다면 가톨릭 신앙을 가지고 시를 쓴 사람은 지용이 처음일 것이다. 「불사조」, 「나무」 등은 이 계열을 대표하는 시들이다. 이 시를 통해서 지용은 비애나 고통에 싸인 인간의 회한과 성신(聖神)에의 귀의를 노래한다. 이후 지용은 「장수산 1, 2」, 「백록담」 등 '산'을 제재로 한 많은 시들을 썼는데, 나중에 고백하기로는 "일본놈이 무서워서 산으로 바다로 회피하며 시를 썼다."는 것이다.

이 대목에서 기교파로 비판받던 지용이 과연 시에서 현실을 제거해 버린 창백한 모더니스트이기만 했을까 하는 생각이 든다. 지용은 생전에 늘 검정 두루마기를 입고 다녔다고 한다. 기념관 앞에 생전의 모습을 본떠 만든 밀랍인형은 검정 두루마기를 곱게 입은 수줍은 선비의 모습이다. 군복을 입고 각반을 차야 했던 일제 말기에, 그가 굳이 한복을 고집했다는 것은 단순한 취향 이상의 의미를 내포한다. 일제가 강요한 복장을 거부하고 우리의 전통 복장을 고수했다는 것은 학생들에게 은연중에 민족의식을 심어 주려는 의도가 아니었을까. 그의 내면 깊은 곳에는 일제에 대한 저항의식이 숨어 있었고, 그것이 검정 두루마기로 표현된 것이었다.

장남인 정구관 씨가 전하는 말에 의하면 정지용은 "첫째는 성당, 둘째는 학교 가서 선생님 노릇 하는 것 하고, 세 번째는 시 쓰는 거 하고 그 외에는 아무것도" 몰랐다고 한다. 머릿속에 글만 들어 있는 분이었다는 것이다. 늘 머릿속으로 시를 굴리고 있다가 원고 청탁을 위해 찾아온 기자들 앞에서 바로 시를 써 주어 기자들을 놀라게 했다는 일화는 유명하다.

"조선시를 쓴다는 것만으로도 신변의 위협을 당하"던 일제 말기에 그는 거의 시를 쓰지 못했다. 그는《문장》지 폐간(1941. 4.) 이후 사실상 절필에 이른다.

해방 후에도 거의 시를 쓰지 못했다. 5년 동안 시 「곡마단」과 기념시 2편과 시조 5수 외에는 작품이 없다. 극심한 좌우익의 대립과 사회적 혼란, 민족의 진로와 장래가 불투명한 상황에서 시인은 방황했다. 1950년 행방불명이 되기 몇 달 전에 쓴 다음 시는 당시 그의 정신적 상황을 짐작케 한다.

방한모 밑 외투 안에서
나는 사십년 전 처량한 아이가 되어

내 열 살보담
어른인
열여섯 살 난 딸 옆에 섰다
열길 솟대가 기집아이 발바닥 우에 돈다
솟대 꼭두에 사내 어린아이가 가꾸로 섰다
가꾸로 선 아이 발 우에 접시가 돈다
솟대가 주춤한다
접시가 뛴다 아슬 아슬

클라리오넬이 울고
북이 울고

가죽 잠바 입은 단장이
이욧! 이욧! 격려한다

방한모 밑 외투 안에서
위태 천만 나의 마흔아홉 해가
접시 따러 돈다 나는 박수한다.
(「곡마단」에서)

"동족상잔의 진흙밭에서 뒹굴기엔 너무 고고하고 도도한 시인"이었으나 세상은 결국 시인을 밖으로 끌어내 희생양으로 삼았다. 6·25전쟁의 발발과 함께 시인은 비극의 소용돌이에 휘말려 든다.

"1950년 7월, 낯익은 청년들이 와서 세상이 뒤바뀌는데 얼굴을 안 내밀면 봉변을 당한다고 말하자 아버님은 집에서 입던 모시적삼차림 그대로 '문안에 잠깐 다녀오마' 하고 나선 것이 마지막 이별이 되어 버렸다."는 게 장남이 전하는 정지용의 마지막 모습이다. 그 뒤에 남겨진 유족들의 고통과 한은 정구관 씨가 아버지 시집 서문에 쓴 "혹여나 아버님이 돌아오실까 하여 그 숱한 세월을 가슴 조이다 가신 어머님의 눈시울에는 눈물이 마를 날이 없었"다는 구절에서 짐작될 수 있고, 여기에 그치지 않고 월북자라는 오명까지 씌워졌으니 가족들이 당했던 고통은 이루 헤아릴 수 없었을 것이다.

'최초로 시의 품위를 갖춘' 시들로 평가되어 국어 교과서에까지 실리는 등 일찌감치 '고전'으로 평가를 받은 시들 또한 '월북작가'라는 누명을 쓴 채 한동안 교과서에서 사라져야 했다. '현대시의 아버지'로 꼽히던 시인은 남에서도 북에서도 지워진 채 익명의 세월을 보내야 했다.

정지용은 죽향 초등학교를 졸업도 하기 전인 12살의 어린 나이에 동갑인 송재숙과 결혼하였고, 열네 살부터 집을 떠나 있어야 했다. 집안 사정은 복잡하고 마음은 안정되지 못한 채 늘 고달팠다. 오랫동안 객지를 떠돌았으니, 그 외로움과 향수 속에서 시심이 길러졌을 것이다.

시인이 고향을 떠나던 시기는 일제의 억압으로 농촌 붕괴가 시작된 시점과 일치하는 것으로, 1918년 일제에 의한 토지조사사업이 완료되면서 농민들은 농토를 빼앗기고 도시와 만주 등지로 떠나던 시기였다. 즉, 그의 「향수」는 정지용만의 정서가 아니라 고향을 잃어버린 당대 민중들의 보편적 정서이기도 했다.

집 떠나가 배운 노래를
집 찾아오는 밤

논둑길에서 불렀노라.

나가서도 고달프고
돌아와서도 고달펐노라
열네 살부터 나가서 고달펐노라.

나가서 얻어온 이야기를
닭이 울도록,
아버지께 이르노니——

기름불은 깜박이며 듣고,
어머니는 눈에 눈물을 고이신 대로 듣고
이치대던 어린 누이 안긴 대로 잠들며 듣고
웃방 문설주에는 그 사람이 서서 듣고,

큰 독 안에 실린 슬픈 물같이
속살대는 이 시골 밤은
찾아온 동네 사람들처럼 돌아서서 듣고,

——그러나 이것이 모두 다
그 예전부터 있던 시원찮은 사람들이

끓이지 못하고 그대로 간 이야기어니

이 집 문고리나, 지붕이나,
늙으신 아버지의 착하디 착한 수염이나,
활처럼 휘어다 붙인 밤하늘이나,

이것이 모두 다
그 예전부터 전하는 이야기 구절일러라.
(「옛이야기 구절」)

전근대와 근대의 시간, 친일과 저항 또는 좌익과 우익의 대립이라는 극단의 소용돌이 한복판에서 천재 시인은 그렇듯 사라졌으나 고향의 실개천은 그가 읊조린 옛이야기 구절들처럼 시인의 생애와 숨겨진 일화들을 노래와 함께 들려준다.

시 「유리창」의 창작 동기가 된 첫째 딸의 죽음 이야기, 아내 송재숙과 사이에서 십 남매를 낳았으나 병으로 잃고 남은 것은 사 남매뿐이었다는 것. (지용은 그런 아픔이 있었던 까닭인지 아이들을 키우면서 「발열」, 「유리창」 같은 시를 썼으며, 동심에 대한 애착이 커서 어린이를 위한 잡지를 만들기도 하였다.) 그 사남매 또한 전쟁의 와중에서 남과 북으로 흩어져 살다가 이산가족

찾기를 통해 그 가족이 극적으로 상봉하였다는 것.* 이처럼 기구한 가족사가 있을까 싶은 얘기들이 고향의 풍경 안에는 생략되어 있다.

희생된 시인을 무덤 속에서 다시 살려낸 것은 그의 문학이다. 목숨은 덧없지만 문학은 불멸이다. 그 모든 역사를 뒤로 하고 오늘도 옥천의 실개천은 흐르고 있다. 이따금 시인을 찾아온 사람들에게 전설과 같은 고향 이야기들과 슬픈 시인의 생을 노래와 함께 들려주면서…….

* 2001년 2월 26일, 남북이산가족 상봉단의 일원으로 남쪽을 찾은 정지용의 3남 구인 씨가 서울에서 형 구관 씨와 여동생 구원 씨와 만났다. 17살 때 아버지를 찾아 북으로 떠났던 셋째 구인 씨는 환갑이 넘어서야 잠깐 돌아왔다가 다시 먼 길을 떠났다.

민족주의자의
행로와
『임꺽정』

괴산의 홍명희

제월리에서 강줄기를 따라 동쪽으로 올라간다.
남한강의 지류, 바로 괴강이다. 벽초가 마을 앞 괴강에서
낚시를 할 때면 곧은 낚시를 사용해도 고기가 끊이지 않고
물렸다던 그 전설의 강이다.

임꺽정 1회분(삽화 안석주)

고석정(철원)

제월리 고택

『임꺽정』 표지

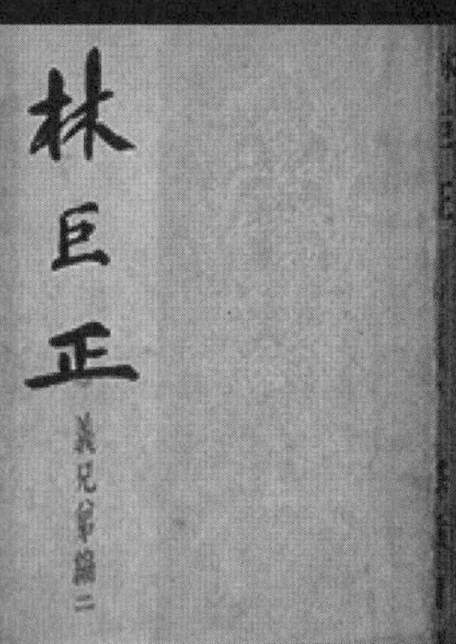

벽초 홍명희

괴산은 북쪽의 충주시로부터 동쪽으로는 문경과 상주가 있고, 서쪽으로는 진천과 청주, 남쪽은 보은과 이어져 있다. 괴산(槐山)은 수백 년 묵은 느티나무가 도처에 숲을 이루고 있다 해서 생겨난 지명이다. 예로부터 경관 수려하고 인물 많기로 유명한 괴산은 산수가 빼어나서 우암 송시열이 만년에 은거했다는 화양동이 있고, 『임꺽정』의 저자 홍명희 외에도 진주성 싸움으로 유명한 김시민 장군의 고향이며, 기미독립선언 33인 중의 한 사람인 권동진 선생이 태어난 곳이기도 하다.

괴산군 한복판의 보훈공원은 이 고장의 특성을 보여 주는 곳이다. 보훈공원에는 충렬탑과 충혼탑, 무공수훈자 공적비, 베트남 참전비, 6·25전쟁 참전 공적비가 나란히 서 있다. 괴산 출신으로 항일독립운동을 하다 목숨을 바친 65위의 넋을 기리는 충렬탑은 호국보훈의 정신을 상징한다. 이 호국 보훈의 전통을 이어받아 괴산은 대한민국 최대의 장교 양성기관인 육군학생군사학교(문무대)를 보유하고 있다. 2011년 성남시에 있던 문무대를 현 괴산으로 이전하여 호국 간성의 요람으로 새롭게 웅지를 튼 것이다.

홍명희의 생가는 보훈공원 바로 옆에 자리 잡고 있다. 그런데 홍명희라는 이름은 찾을 수 없고 대신 그 부친인 홍범식 고택으로 안내되어 있다. 충북 괴산군 괴산읍 동부리 450-1번지. 홍범식(1871~1910)은 1910년 8월 29일 경술국치에 격분해

스스로 목숨을 끊은 순국열사로 홍명희의 부친이다.

고택은 정남향의 집으로, 18세기에 지어진 것으로 추정되고 있다. 안채의 'ㄷ'자형 집에다 '一'자형 광채를 맞물리게 한 'ㅁ'자형의 한옥으로, 좌우대칭의 평면구조를 갖는 중부지방 살림집의 전형적인 모습이다. 벽초는 이 집에서 1888년 5월에 태어났다. 그래서 이 집은 '홍명희 생가'로 알려져 있었다. 부친 홍범식보다 더 유명하고, 분단 현대사의 한복판을 가로지른 인물이기에 벽초의 이름을 딴 것이다. 1990년대 중반 옛 고가 앞에다 주민들이 '소설 임꺽정 작가 벽초 홍명희 생가'란 간판을 세웠으나, 보훈단체의 반발에 부딪혀 간판이 철거되고 대신 '의사 홍범식 생가'로 이름이 바뀌어 현재에 이르고 있다. 홍명희는 대하역사소설 『임꺽정』의 작가이자 괴산 만세운동과 좌우 연합 단체인 신간회의 창립을 주도한 독립운동가였지만, 해방 후 월북하여 북한의 내각 부수상을 지낸 전력 때문에 고향에서는 그의 이름과 함께 생가마저 잃어버린 인물이 된 것이다.

홍명희 생가는 원래 제월리로 알려져 있었다. 홍명희가 독립만세운동을 주도한 일로 1년 6개월간 옥살이를 한 뒤, 옥에서 나와 동부리 집에서 3.8킬로미터 떨어진 제월리로 이사를 해서 산 곳이 바로 제월리 365번지 고택이다. 안채와 별채는 세월의 풍상 속에서 흔적도 없이 사라졌고 현재는 사랑채만이 달랑 남아 있다. 지금은 사람이 살지 않고 방치되어, 그 옆에 놓인 '우리문화기림회'의 표지석만이 이곳이 벽초의 고택이라는 것을 알려줄 뿐이다.

"작가 홍명희(1888-1968)의 고향 —— 이곳은 민족의 선각자로서 겨레의 수난기에 연전교수와 시대일보 사장 등을 역임하고 대하소설 「임꺽정」을 쓴 벽초께서 태어나 자란 옛집이다."*

1993년에 세워진 이 비석을 통해서 이곳이 벽초가 한때 살았던 곳이라는 사실을 알 수 있다.

제월리에서 강줄기를 따라 동쪽으로 올라간다. 남한강의 지류, 바로 괴강(槐江)이다. 벽초가 마을 앞 괴강에서 낚시를 할 때면 곧은〔直〕 낚시를 사용해도 고기가 끊이지 않고 물렸다던 그 전설의 강이다.

일제 말기 벽초가 은둔생활을 할 때 낚싯대를 드리우곤

* 벽초가 살았던 이 고택은 동네사람들이 묘막이라고 불렀다고 한다. 홍범식 일가의 묘를 지키던 곳이라는 것. 이 집은 역사적·문화적 가치가 있는 곳이라 해서 문화재청에서 문화재 지정을 추진했으나 보훈단체들의 반대로 무산되었다고 한다.

했다는 제월대(霽月臺)를 먼저 들르기로 했다. 제월대는 벽초가 자란 마을에서 동북쪽에 자리 잡고 있으며, 충주 탄금대, 속리산의 학소대와 더불어 충북의 삼대 중의 하나로 일컫는 곳이다. 제월대란 이름은 괴산 팔경의 하나인 고산구경(孤山九景)의 속칭인데, 여기서 고산구경이란 서경 유근이 고산정 주변에 구경을 정하여 제1경을 만송정, 제2경을 황이판 식으로 이름을 지어, 관어대, 은병, 제월대, 창벽, 영객령, 영화담, 고산정사 등 아홉 군데를 통틀어 칭하는 것이었다.

비스듬한 숲길 언덕바지를 돌아 올라가니, 층층이 꾸며 놓은 계단이 나타나고 그 계단 끝머리에 괴강을 앞에 둔 절벽 위에 다소곳이 앉은 정자의 모습이 그 자태를 드러낸다. 고산정(孤山亭)이다. 이조 선조 때 서경 유근이 충청 관찰사로 있을 때 창건하여 만송정이라 불리다가, 광해군 때에 고산정으로 개칭했다는 곳이다. 고산정을 가운데 두고 괴강의 맑은 물이 양안으로 굽이돌아 태극형을 이루니, 그 산수풍광이 명미하기 이를 데 없어 이를 구경하기 위한 옛 시인 묵객의 발길이 끊이지 않았다고 한다.

제월대, 관어대, 영화담은 봄을 맞으면 그 모습이 한 폭의 동양화를 펴놓은 듯 장관을 이루었다 하니, 녹음 우거진 한여름에 이곳을 찾아 그 장관을 놓친 것이 못내 안타까울 뿐이다.

이러한 절경을 벽초는 아침저녁으로 보고 자랐을 것이니, 그의 기개, 문사로서의 타고난 기질, 민족주의자적인 심성의 한 발원지를 보는 듯했다.

벽초의 집안은 풍산 홍씨 추만공파 주원계의 명문 사대부가로 19세기 중반에 당상관 이상의 고위직 관리를 가장 많이 배출한 10대 성관 중의 하나였다. 홍명희의 증조부는 이주판서, 조부는 참판이었다. 더 거슬러 올라가면 숙종 때 재상을 지낸 홍국영이 있다. 직계 조상들은 관직을 수행하기 위해 주로 서울 북촌에 거주했으나, 19세기 중엽 충청도 괴산에 선산과 함께 가족들을 위한 근거지를 마련하여, 200년 이상 이곳에 터를 닦아 온 것으로 알려져 있다. 홍명희 일가 또한 1920년 이후 서울에 살았다고 하지만, 계모 조씨 등 일부 가족이 계속 이곳에 남아 있었고, 홍명희 자신도 서울 생활에 지칠 때면 수시로 내려와서 이 고택에 머물렀다고 한다.

벽초의 부친인 홍범식은 1910년 당시 금산군수였는데 한일합방을 당하자 비분 끝에 자결한 애국지사로 유명한 인물이다. 홍명희는 이러한 아버지 홍범식과 어머니 은진 송씨 사이에서 조선 사회가 대내외적으로 위기에 처해 있었던 구한말 장남으로 태어났던(1888년) 것이니, 한국 근대 작가들 중 벽초

만큼 화려한 가문을 가진 사람도 드물 것이다.

그는 종손인데다가 “어려서 클 때 어떻게 셈이 바르고 영악했는지 모른다.”고 할 만큼 영특함을 보여 집안 어른들의 총애를 한 몸에 받았다고 한다. 5살 때부터 한학을 수학했는데 8세에 한시를 지었고 난삽하기 짝이 없는 『서경』 ‘우공(禹貢)’ 편을 술술 암송할 정도로 비상한 기억력과 문재를 일찌감치 드러내어 주위를 놀라게 했다는 것이다. 이렇게 전통적인 사대부가의 분위기 속에서 한시를 지으며 한학을 익혀 가던 그가 신학문을 처음 접한 것은 1902년 사립학교 중교(中橋)의숙에 입학하면서부터였다. 이후 1906년 일본에 건너가 대성중학을 다녔는데 일본 신문에 우등생으로 보도가 될 정도로 학업성적이 뛰어났다고 한다. 벽초와 함께 조선의 삼재(三才)로 꼽혔던 육당 최남선, 춘원 이광수와도 이 동경 유학시절에 교우했다.

벽초의 「자서전」에 의하면, 그는 이 시기에 “특별한 사고가 없는 한, 책 한 권을 하루나 이틀에 끝내는” 광범한 독서에 빠져들었는데, 그의 그러한 광적인 독서열은 백화 양건식이 “조선문단 제일의 다독가는 홍명희”라고 꼽을 정도로 타의 추종을 불허하는 것이었다. 1926년 단행본으로 간행된 수필집 『학창산화(學窓散話)』에서 문학, 역사, 철학, 사회과학 등 다방면에 걸쳐 동서고금의 지식을 소개할 수 있었던 것은 이러한 폭넓은 독서에 기인한 것이다. 전통적인 대가족제도 속에서 생활하며 한학 수업과 초보적인 신교육을 받았을 뿐인 벽초에게 5년 간의 일본 유학 경험은 생활과 의식을 바꿔 놓는 충격적인 체험이었던 것으로 보인다.

을사조약 이후 조국의 운명이 풍전등화와 같던 1910년 봄에 벽초는 나라의 장래를 근심하며 중도에 귀국한다. 그리고 8월에 경술국치를 맞게 되고, 곧이어 아버지의 충격적인 '순국'을 목도한다. "죽을지언정 친일을 하지 말고, 먼 훗날에라도 나를 욕되게 말라."는 아버지 홍범식의 유서는 그 이후 벽초의 일생을 지배하는 좌우명이 되었다. 그가 후대의 평가처럼 '민족주의자', '봉건 선비의 미덕과 진보적 의식을 두루 갖춘 애국지사'의 길을 걸어갈 수 있었던 이면에는 늘 이러한 아버지의 충절이 바탕에 깔려 있었기 때문으로 보인다. 염무웅의 말대로 일제 식민지 시대를 산 사람을 판단하는 기준을 그가 민족해방을 이룩하는 편에 서 있었느냐, 식민지 체제에 타협해 민족을 배신하는 편에 서 있었느냐 하는 데 둔다면 동경유학을 같이 했던 '조선의 3才'가 그 이후 어떤 길을 걸어갔는가를 대비해 볼 필요가 있다. 친일과 훼절의 개인사를 가졌던 일부 작가들과 벽초는 이 지점에서 뚜렷이 구별되는 것이다.

아버지의 3년상을 마친 벽초는 한동안 충격을 이기지 못한 듯하다. 5년여의 방랑 생활이 시작되었다. 출국하여 만주 북경 상해 등지를 유랑하던 그는 신채호, 정인보, 안재홍 등과 교분을 텄다. 이때 만난 신채호와는 평생지기의 우정을 쌓은 것으로 알려져 있다.

1918년 귀국하였으나, 1년 후 3.1운동 당시 괴산 만세운동을 주동하여 옥고를 치렀다. 이때 그의 나이가 31세. 그의 본격적인 사회활동도 이때부터 시작되었다. 1923년에는 '화요회'의 전신인 '신사상연구회'(홍명희, 홍증식, 구연흠, 김찬 등의 발기로 연구단체를 표방하면서 조직되었다가, 1924년 11월 마르크스의 생일인 화요일을 본떠 화요회로 개칭되었다. 화요회는 코민테른의 국제노선을 추종하고 비타협적 민족주의 세력과 제휴를 적극적으로 꾀한 것으로 평가된다.)를 발족하여 주요 멤버로 활약하다가 1925년《시대일보》논설위원을 시발로 언론기관에 발을 들여놓는다. 1927년에는 민세 안세홍과 함께 민족운동의 대표적 단체인 신간회 결성을 주도하였다. 이렇게 두드러진 사회활동을 펼쳐 나갔기에 그는 작가이기보다 언론인, 사회운동가로서 당대에 더 많이 알려졌다. 그렇지만 이런 다양한 체험을 바탕으로 벽초는 대하소설『임꺽정』을 쓸 수 있었고, 그것이 계기가 되어 문학인으로도 높은 평가를 받게 된다.

홍명희 생애의 단 하나의 소설인 『임꺽정』은 1928년부터 1940년에 걸쳐 《조선일보》와 《조광》에 연재된 역사소설이다.

발표 당시의 반향은 대단했다. 연재되는 동안 하루라도 거르는 날이면 신문사에 문의 전화가 빗발쳤다고 하며, 벽초가 1929년 신간회 사건에 연루되어 검거된 뒤에도 유치장에서 집필이 허용될 만큼 인기와 화제가 만발한 소설이었다. 또 당시 문단이 좌와 우로 갈려 있었는데도 『임꺽정』에 대해서만은 모두 극찬을 아끼지 않았다. '조선 문단 초유의 대작', '구상의 광대함과 어휘의 풍부함, 문학의 유려함이 전무한 대작, 조선문학의 보고'라는 칭송은 모두 이렇게 해서 나온 평가들이다. 좌익 문학을 주도했던 한설야는 "천권의 어학서를 읽는 것보다 『임꺽정』을 읽는 것이 오히려 나을 것이니, 문필을 업하는 사람이고 아니하는 사람을 막론하고 이것은 꼭 읽어야 하리라."라고까지 상찬했다.

당시 벽초는 어떤 동기로 이런 불후의 대작을 구상하였던가? 『임꺽정』을 설명하는 자리에서 벽초는 다음과 같은 말을 남긴 적이 있다.

> 내가 임꺽정이라는 인물에 대하야 흥미를 느껴온 지는 이미 오래였습니다. 임꺽정이란 옛날 봉건사회에서 가장 학대

받던 백정계급의 한 인물이 아니었습니까. 백정들의 단합을 꾀한 뒤 자기가 앞장서서 통쾌하게 의적 모양으로 활약한 것이 임꺽정이었습니다. 그러니 이러한 인물은 현대에 재현시켜도 용납할 사람이 아니었으리까.

(「'임꺽정'에 대하여」에서)

16세기 중반 극도로 부패한 조선 사회를 배경으로 출현하게 되는 양주의 백정 출신인 임꺽정. 그는 고리백정, 장돌뱅이, 서자, 소금장수, 산적, 쇠락한 양반 등 몰락한 농민과 천인들을 모아 지배층의 폭정과 불의에 항거한 의적이었다. 구월산을 근거지로 삼아 관아를 습격하고 서울로 가는 봉물을 빼앗아 백성들에게 나눠 주었다. 지역적으로는 경기도에서 황해도와 평안도, 강원도까지 그 세력이 확대될 정도였고, 1562년 임꺽정이 체포되어 포살될 때까지 '임꺽정란'은 3년간 왕조의 지배체제를 뒤흔든 대란으로 역사책에 기록되어 있는데, 벽초는 이 전설의 의적을 소설에 끌어들인 것이다.

기존의 역사소설들이 봉건 지배층을 중심으로 역사를 파악하는 왕조사 중심의 서술 시각을 보였다면, 벽초는 최하층 민초들을 역사의 주체로 내세웠다는 점에서 특기할 만하다. 벽초는 역사를 움직이는 것은 민중이며, 그들의 강인한 생명력과 활기가 왜곡된 현실을 바로잡는 동력이라는 점, 민중을 계몽하기에는 소설을 통하는 것이 가장 효과적이라는, 그렇지만 그것은 어디까지나 그들의 생활을 통해서 자연스럽게 이루어져야 한다는 견해를 갖고 있었다.

『임꺽정』에는 궁중에서 천민생활에 이르기까지 모든 계층의 삶이 살아 움직이듯이 포착된다. 풍속사를 연상하게 하는 세밀한 생활과 생동하는 인물 묘사는 조선 명종조 시절의 기록화를 보는 듯한 실감을 제공한다. 임꺽정의 호방하고 관괄한 성격이나, 서림의 간교한 모습, 곽오주의 불같은 격정, 그리고 운총의 티 없는 눈동자는 책을 덮고도 오랫동안 기억된다. 이런 사실적인 서술을 통해서 작가는 사회가 혼란에 빠지고 도둑이 횡행하게 된 근본 원인을 추적한다.

이장곤을 통한 갑자사화에 대한 언술이나 중종반정, 인종의 의문사, 윤원형 일파의 전횡, 중 보우로 대변되는 불교계의 타락 등은 모두 당대의 부조리한 현실을 드러내기 위한 장치들이다. 또 임꺽정이 갖바치와 전국을 유람하는 도중에 만나는 덕망 있는 선비들의 몰락상, 예컨대 서화담, 이황, 이지함, 이이 등 쟁쟁한 유학자들이 능력을 인정받지 못한 채 산림에 묻혀 소일하는 모습은 기존의 지배체제가 더 이상 현실을 제어할 수 없다는 것을 보여 준다. 이 혼탁한 시대를 배경으로, 작가는 반항적이고 격정적인 성격의 임꺽정을 빚어내고 사회 발전의 가능성을 모색하는데, 특히 양반을 미워하고 저주하는 임꺽정을 통해서 반봉건의 이념을 내세운다.

> 나는 함흥 고리백정의 손자구 양주 쇠백정의 아들일세 사십 평생에 멸시두 많이 받구 천대두 많이 받었네, 세상 사람이 인금이 다 나버덤 잘났다면 나를 멸시 천대하드래두 당연한 일루 여기구 받겠네, 그렇지만 내가 사십 평생에 인금으로 쳐다 보이는 사람은 몇을 못봤네. 내 속을 털어놓구 말하면 세상 사람이 모두 내 눈에 깔보이는데 깔보이는 사람들에게 천대를 받으니 어찌 분하지 않겠나. 내가 도둑눔이 되구 싶어 된 것은 아니지만 도둑눔 된 것을 조금두 뉘치지 않네. 세상 사람에게 만 분의 일이라두 분풀이를 할 수 있구 또 세상 사람들이 범접 못할 내 세상이 따루 있네. 도둑눔이라니 말이지만 참말 도둑눔들은 나라에서 녹을 먹여 길르네. 사모 쓴 도둑눔이 시골 가면 골골이 다 있구 서울 오면 조정에 득실득실 많이 있네.
>
> (『임꺽정』 8권에서)

임꺽정 주변에 모여 있는 인물들은 한결같이 남다른 힘과 생명력으로 충만해 있다. 이봉학은 활쏘기에, 박유복은 창던지기, 임꺽정은 검술과 힘, 황천왕동은 걸음걸이, 배돌석은 돌팔매질에서 남보다 월등한 것으로 제시된다. 이들은 모두 길들

여지지 않고 재단되지도 않은 고집스럽고 야성적인 성격의 낙천가들이다. 아울러 의형제를 맺는 과정에서 확인되듯이, 이들이 중시하는 것은 의리이며 이를 위해서는 목숨마저도 내던지는 기개를 보여 준다.

작가는 이들의 건강하고 호방한 생명력을 통해서 억압적 신분구조에 대항하고 사회 변화의 가능성을 모색한다. 이런 점에서 이 작품은 전통적인 한(恨)과 인고(忍苦)의 인간상이 아닌 불의에 저항하고 적극적으로 맞서는 호방한 인간상을 빚어내는 문학적 성과를 이룩한다.

『임꺽정』의 또 다른 성과는 이순신이라는 '담대한 아희'를 통해서 일제에 대한 저항의식을 표출했다는 데 있다. 일제치하의 혹독한 검열 속에서 이순신에 주목했다는 자체가 벽초의 남다른 민족의식을 보여 주는 것이지만, 이순신은 '범안으로 보기에도 장래 큰 그릇'이 될 인물로 묘사되고, '평지돌출(平地突出)로 병수사 할 인물'로 제시되어, 임꺽정의 성질을 그대로 이어받은 그 아들 백손과 호응된다. 『임꺽정』이 비록 임진왜란까지를 대상으로 하지는 않았지만, 작가는 이처럼 임꺽정의 기질과 기개를 백손과 이순신에게 이어주는 탁월한 역사 재구력을 통해서 식민 현실을 우회적으로 문제 삼는다. 그리하여 기개 있고 '담대한' 성격으로 위축되어 가는 민족의 정신과 혼을 불러일으켜 일제에 맞서려는 의도를 드러낸 것이다.

임형택을 비롯한 많은 연구자들이 『임꺽정』을 두고 '일제 식민지 억압 하에 우리 민족문학이 이룬 최대의 성과'라는 극찬을 아끼지 않았던 것은 이렇듯 작가의 민족의식이 작품 전체에 투사되어 있기 때문이다.

『임꺽정』에는 또한 전편에 걸쳐 '조선어의 보고'라 불릴 만큼 풍부한 토속어와 민간 풍속, 전래 설화, 고유의 인명과 지명, 속담 등이 산재하여 읽는 사람을 탄복시킨다. 양반 사대부가의 전통 예법, 천민들의 질박한 생활상, 혼례 풍습, 무당의 굿하는 모습 등이 다채롭게 묘사되며, 특히 청석골 배두령이 혼례를 치른 뒤 다음 날 자리보는 남침(覽寢) 장면, 최영 장군 사당에서 무당들이 부정풀이로 시작하여 신을 청하는 가망청배거리, 산마누라거리 등 큰굿을 벌이는 장면 등은 민족 고유의 생활과 정조를 채록한 보고서와 다름없다. "한 시대 생활의 세밀한 기록이요 민속적 재료의 집대성이요 조선 어휘의 일대 어해(魚海)"라는 이효석의 평가는 결코 과장이 아닌 셈이다.

그런데, 이 작품은 1948년 이후 40여 년 동안이나 지하에 묻혀 있어야 했다. 전설처럼 풍문으로만 회자되다가 다시 빛을 보게 된 것은 1985년 사계절 출판사에서 『임꺽정』(9권)이 전격적으로 출간되면서부터다. 1987년 월북작가들의 작품이 해금되기 이전이었으니, 『임꺽정』은 불온서적이었고, 그런 관계로 출판사 대표가 구속되는 등의 곡절이 있었다. 하지만 "한국 근대문학사에서 진정한 민족문학은 『임꺽정』으로부터 시작되었다."고 거론될 만큼 근대문학의 최대 성과작을 분단의 그늘 아래 마냥 묶어 둘 수는 없는 일이었다. 이제는 누구나 볼 수 있는 책이 되었지만 옛 명성과 지위를 되찾기에는 적지 않은 고초가 따랐던 셈이다.

1996년에는 모 방송국에서 '임꺽정'을 대하드라마로 제작하여 방영했는데, 당시 검고 윤기 나는 구레나룻과 호탕한 웃음의 임꺽정이 TV 속에서 활보하는 것을 본 기억이 생생하다.

남한에서 금서이던 『임꺽정』은 북한에서 영화로 제작되기도 했고, 1941년 《조광》 10월호를 끝으로 미완이던 것을 손자 홍석중이 그 대미를 완성하기도 했다. 홍석중은 홍명희의 장남인 홍기문(국어학자)의 아들로 『높새바람』, 『황진이』를 쓴 북한의 소설가이다.

홍명희 문학비는 제월대 광장 가장자리에 위치해 있다.

벽초 문학비는 1998년 홍명희 30주기, 『임꺽정』 연재 70주기를 기념한 제3회 홍명희문학제 때 건립되었다. 비를 세울 때는 도지사와 군수도 참석하고 제월리 마을 사람들이 국밥 500인분을 끓이고 그릇을 내오는 등 지역민의 성원 속에서 이루어졌다고 한다. 홍명희 집안은 홍 판서댁이라 불렸을 정도로 마을 인심을 얻었는데 특히 벽초가 북으로 가면서 농지 17만 평을 소작인들에게 무상으로 분배하고 떠났기 때문이다. 그렇지만 보훈단체 회원들은 현충일 다음 날 태극기와 망치를 들고 와서 문학비에 표기한 문구를 문제 삼았다. '평생 민족을 위해'라는 구절에서 '평생'이라는 말과 '선생'이라는 말을 빼라는 것, 그리고 '전범(戰犯)'이라는 말을 넣으라는 것. 결국 '전범'을 삽입하라는 것 말고는 모두 수용해서 현재의 비문이 되었다.

이렇듯 벽초는 분단 현실에서 자유롭지 못하다. 태어나고 3.1운동을 준비했던 생가도 지금은 부친 이름의 '홍범식 고택'으로 되어 있고, 문학비 역시 몇몇 구절을 수정해서 세워야 했다. 남북 분단이 청산되고 이념의 덫이 사라져 벽초가 온전히 평가되고 대우받기를 기대해 본다.

괴산에는 임꺽정과 홍명희에 대한 전설이 아직도 이어져 내려오고 있다. 괴산에서 40여리 떨어진 초평리의 용동 마을에는 임꺽정이 살았다는 '임꺽정 굴'이 있다고 한다. 연대를 알 수 없는 이 굴에서 임꺽정이 태어나 살았다는 전설이 마을 사람들을 통해 내려오고 있다는 것이다. '임꺽정 굴'을 직접 보지는 못했으나, 임꺽정이 한때 자연동굴에 은거하며 활동했다던 철원의 고석정을 들러 볼 수 있었다. 철원의 고석정과 괴산의 고산정은 여러 모로 흡사하다. 임꺽정의 주된 활동무대가 황해도와 경기도 일대였고, 바위 굴이 많은 한탄강 상류 고석정 주변은 그가 은거하기에 적합한 장소였던 모양이다. 우연의 일치인지 고산정과 고석정은 굽어 도는 강을 끼고 우뚝 솟은 바위라든지, 그 위에 정자를 세워 놓은 모습, 아직도 임꺽정의 전설이 떠도는 신비로운 분위기 등을 비슷하게 갖고 있었다.

말년에 벽초는 자식들을 앞에 놓고 "나는 '임꺽정'을 쓴 작가도 학자도 아니며 홍범식의 아들, 애국자다. 일생 동안 애국자라는 그 명예를 잃을까 봐 그 명예에 티끌조차 묻을까 봐 마음을 쓰며 살아왔다."라고 말하곤 했다고 한다. 그는 후세에 『임꺽정』의 작가보다는 '애국자'로 기억되기를 더 원했던 모양이다. 생전에 벽초를 가까이서 지켜본 작가 현승걸에 의하면 그는 평소에 부친이 남긴 유서를 액자에 정하게 넣어 놓고 아침저녁으로 올려다보며 자신의 언행을 추스리곤 했다는 것이다. '북으로 간 인물'이라는 이데올로기의 장막을 거둬내고 본다면 홍명희는 실상 이런 인물이었던 셈이다. 염무웅 교수도, 벽초를 일컬어 공산주의자라기보다는 공산주의자와도 손을 잡을 수 있는 민족주의자, 애국지사라고 말한 바 있거니와, 분단의 역사가 벽초의 운명을 그렇게 왜곡했던 것이다.

북한으로 간 홍명희는 내각부수상 등의 요직을 지내고 1968년 사망하였다. 현재 '혁명열사릉'에 묘소가 있다고 한다.

선운사의
동백과
언어 교감력

고창의 서정주

문학적 재능 이면에 도사린 가난한 삶과
인간적 허약함은 그에게 원죄와도 같은 상처로
존재하고 있기에 그의 문학을 음미하는 일은
그 재능과 상처를 동시에 응시하는 쓸쓸한 일이다.

서정주 유품

질마재 이야기(서정주 친필)

서정주 생가

"선운사에 가신 적이 있나요/ 바람불어 설운날에 말이에요~" 송창식이 부른 노래가 떠오른다. 서정주의 「선운사 동구」에 대한 헌사로 지어졌다는 노래. 이 노래가 나오기 훨씬 전에 미당은 이렇게 노래했었다.

> 선운사 고랑으로/ 선운사 동백꽃을 보러 갔더니/ 동백꽃은 아직 일러 피지 않았고/ 막걸릿집 여자의 육자배기 가락에/ 작년 것만 상기도 남았습디다./ 그것도 목이 쉬어 남았습디다. (「선운사 동구」)

육자배기 가락을 안주 삼아 함께 막걸리를 마셨던 주모가 전쟁통에 빨치산에 희생되었다는 얘기를 듣고 지었다는 「선운사 동구」, 이 선운사 근처에 미당이 나고 자란 향리가 있다. 통영 바다에서 유치환의 「깃발」이 나왔듯이, 선운사와 동백꽃은 시구로 만날 수밖에 없는 운명이었다고 할까?

선운사의 동백꽃을 보러 가려면 시기상으로 4월 무렵이 제격이라 했다. 추운 겨울에 꽃을 피운다 하여 동백(冬柏)이지만 선운사의 동백꽃은 4월이 되어야 붉게 상기된 얼굴을 내밀기 때문이다. 만약 4월에 길을 떠나면 산천을 파스텔 톤으로 물들여 가고 있는 봄빛을 관람할 수 있으니 금상첨화다.

차창 너머로 진달래가 무더기무더기 피어 있다. 그 위로 쏟아지는 봄 햇볕이 눈부시다. 진달래와 봄볕에 겹쳐 문득 며칠 전에 읽은 시 한 편이 아지랑이처럼 피어오른다.

진달래 갈매기 소리로
갈매기 진달래 소리로
분홍 불 켜며
소금도 치며
단단한 어금니로
돌山 어금니로
「이 머스마 왜 이럽나!」
깔깔거리고 내려오는
칙꽃 같은 눈물 가진
처녀 들어 있나니…….
(「강릉의 봄 햇볕」)

「강릉의 봄 햇볕」은 미당이 1968년에 낸 시집 『동천(冬天)』에 들어 있는 시이다. 하필 왜 이 시가 떠오른 것일까. 아무래도 4월의 봄볕과 진달래 탓인 양 싶지만 이 시에 얽힌 사연이 나로선 퍽 흥미로웠기 때문이기도 하다.

미당은 1960년대에 동국대학교 교수로 재직하면서 춘천에 있는 성심여자대학에 강의를 몇 년 나간 적이 있다. 1963년부터 1968년까지의 다섯 해 동안 서울 춘천 간 왕복 다섯 시간의 기차 속에서 차창을 통해 산천과의 교감 연습을 했다고 그는 또 다른 시에서 고백한 바 있다. (「춘천행 시절」에서) 그때의 "많은 구상 연습과 시의 말씀짜기 연습"들을 통해 "시의 생애에 인삼 녹용만 못하지 않은 약효를" 얻었다는 것이다. 그런데 그때 미당이 차창 밖 낭떠러지에서 핀 진달래 무더기를 강물과 함께 바라보면서 느낀 것이 "꽃이 갈매기떼처럼 우지짖고 있는 것만 같"다는 것이었다. 똑같은 꽃을 보면서 단순한 감상에 그치고 마는 나의 평이한 감성과 진달래꽃 속에서 갈매기떼 우지짖는 소리를 듣고, 봄볕 속에 "칙꽃 같은 눈을 가진 처녀"가 들어 있다고 본 시인의 감성이 보여 주는 너무나 현격한 대조라니!

차는 고창군으로 들어서서 선운사 IC로 빠져나와 인촌로를 따라 달리면 미당 생가에 다다른다. 생가로 가는 길에 미당 생가보다 앞서서 눈에 띄는 표지가 있으니 인촌 김성수 생가이다. 고창은 보성전문학교와《동아일보》설립자인 인촌 김성수의 고향이기도 하다. 김성수 생가에서 10분 남짓한 거리에 미당의 생가가 있다는 것은 두 사람의 남다른 인연을 생각해 보게 한다. 미당은 몇 편의 시를 통해서 인촌과의 관계를 피력한 바 있다.

인촌과 미당의 인연은 윗대로 거슬러 올라간다. 미당의 부친 서광한은 한때 인촌의 부친인 동복 영감(김기중)의 서생 겸 농감을 지낸 적이 있다. 어린 날의 미당은 늘 그것이 부끄러웠다. 김기중의 소실 아들 김재수가 열 살이나 연상인 부친에게 하대하는 것을 견디기 어려웠던 것이다. 결국 부친을 졸라 농감 일을 그만두게 한다. 미당의 첫 번째 시집 『화사집』의 첫 장에 실리어 있는 「자화상」의 첫 구절, "애비는 종이었다. 밤이 깊어도 오지 않았다."라는 시구는 이러한 전기적 사실과 무관치 않다.

또 하나의 일화. 1931년 당시 17세 소년이었던 미당은 고향 어른 격인 인촌에게 문안을 간 적이 있다. 그때 인촌이 "자네 몇 시 차로 왔나?" 하고 묻는 것이어서 엉겁결에 "넉 시 차로요."라고 대답을 했는데, "네 시면, 네 시고, 넉 점이면 넉 점이겠지. 넉 시라고 쓰는 말도 조선말에 있나?" 하고 말을 해서 무안했다. (「인촌 어른과 동아일보와 나」에서) 이후 "우리말 다루기에 무진 애를 써" 1936년 《동아일보》 신춘문예에 「벽」이라는 시로 당선을 했는데, 해방 후에 《동아일보》의 사회부장으로 재직 시에 인촌과 점심을 같이 할 때 이번에는 그가 "자네가 우리말을 썩 잘 다루는 좋은 시인이 되었다면서?" 칭찬하더라는 것이다.

인촌의 생가가 있는 봉암리를 지나면 바로 이웃에 있는 마을이 미당의 고향 선운리이다.

선운리 삼거리에 이르러 뒤로는 소요산 자락을 병풍처럼 두르고 선 예사롭지 않은 건물 몇 동이 눈에 띄는데 바로 '미당 시문학관'이다. 폐교된 초등학교를 개조해 두 개의 전시동과 세미나실, 휴게실, 옥외 광장까지 갖추어 놓은 문학관은 주위에 펼쳐진 논밭 풍경 속에서 마치 설치 미술 작품처럼 이채롭게 자리하고 있다.

내부로 들어서면 다른 문학관에서 보기 힘든 풍경을 대하게 된다. 미당의 시화, 도자기, 『화사집』 원본, 시집 초판본, 육필 원고, 사진 일대기, 생활용품, 서예 작품, 신었던 고무신, 가야금, 노년에 외운 세계의 산 이름 목록 등 쓰던 사람의 온기가 남아 있는 듯한 생생한 유품들이 옮겨져 있었다. 시인의 서울 남현동 자택에서 옮겨 놓은 유품들이 보여 주는 '구체성'과 '생생함'은 마치 시인의 살결을 대하는 느낌을 불러일으킨다.

옥상 전망대 위에 올라서면 선운리 마을을 360도 전방위로 볼 수 있다. 이곳에도 비밀이 숨어 있었으니 바람 부는 난간, 잘 보이지 않는 귀퉁이에 다음과 같은 시구가 숨어 있는 것이 아닌가. 원문은 긴 시로 기억되는데 그중 딱 세 구절을 옥상 난간에 새겨 놓은 까닭은 무엇이었을까?

소녀여, 비가 개인 날은 하늘이 왜 이리도 푸른가.

어데서 쉬는 숨소리기에 이리도 똑똑히 들리이는가.

무슨 꽃으로 문지르는 가슴이기에 나는 이리도 살고 싶은가.

시인의 숨소리가 난데없이 똑똑히 들려오기 시작한다. 생가 근처에 와서 들여다보는 미당은 시인이기 이전에 가난과 파란의 역사를 등짐으로 지고 허덕이며 건너왔던 섬약한 인간, 공부 잘하는 아들을 자랑스러워했던 평범한 아비, 늙은 아내를 애처로이 여긴 순한 지아비였을 뿐이다. '살고 싶다'는 시인의 목소리는 그래서인지 동백꽃보다도 애절한 울림을 지니고 있었다.

생가는 시문학관에서 오른편으로 100여 미터 정도 가면 있다. 선운리 578번지. 원래의 집은 부친 서광한이 별세한 후 한동안 방치되어 있다가 헐리고, 지난 2001년 8월에 민속촌에서 흔히 볼 수 있는 형태의 작은 초가 두 채의 모습으로 복원되었다. 생가 뒷자락에서 고즈넉한 소울음소리가 들려오는 것이 "세상일 고단해서 지칠 때마다/ 댓잎으로 말아 부는 피리 소리로/ 앳되고도 싱싱히는 나를 부르는/ 질마재, 질마재, 고향 질마재."(「질마재의 노래」에서)의 소리처럼 여전히 따뜻하고 아늑하다.

이곳에서 미당은 1915년 부친 서광한과 모친 김정현의 사이에서 장남으로 태어났다. 열 살 때 부안군 줄포로 이사를 가기 전까지 줄곧 이곳에서 살았다. 선운리 마을은 소요산에서 흥덕 방향으로 넘어가는 고개 이름을 따서 '질마재'라고도 불린다 한다. 유년의 기억이 묻어 있는 이 마을은 훗날 미당의 여섯 번째 시집인 『질마재 신화』(1975)로 되살아난다.

『질마재 신화』와 더불어 여러 시집들을 보건대 미당의 시적 감수성은 이 질마재에 뿌리를 두고 닦여져 나온 것이 틀림없다. 다섯 살 때 이미 고독한 자의 맛을 알았다고 고백하는 시편(「다섯 살 때」)이나 어머니가 급병이 나신 날 삼십 리 밖에 계시는 아버지께 달려와 함께 걸어오던 밤, 맑고 밝은 달빛에 서리가 오는 그 밤에 들었던 기러기 떼 소리와 길 밑의 차오르는 강물을 보면서 좋은 구성이라는 느낌을 갖게 되고 그것이 뒷날에도 사는 데 중요한 표준으로 작용했음을 고백하는 시편(「서리 오는 달밤길」에서) 등은 미당의 남다른 시재(詩才)를 엿보게 해 주는 대목들이다.

시로 쓴 자서전이라 할 수 있는 『안 잊히는 일들』, 『팔 할이 바람』과 같은 시집을 통해 미당의 소년기와 청년기 등을 들여다볼 수 있는데, 특히 10대에 미당은 요즘 20대 청년들이 겪었을 일들을 두루 겪었다고 생각될 만큼 다채로운 이력을 보여 준다.

미당은 고향에서 한학을 배우다가 줄포에서 보통학교를 졸업하고 서울 중앙고보로 진학하였다. 그리고 1930년대에 당시 풍미하던 사회주의 열병에 빠져들기 시작했다. 마르크스의 『자본론』과 레닌의 『러시아 혁명의 거울 레오 톨스토이』와 같은 책자를 탐독하면서 톨스토이적 빈민 체험을 하기 위해 아버지가 사 주신 가죽 구두를 벗어던지고 지까다비(작업화)를 사 신는가 하면 자기 방 책상 위에 레닌의 사진을 걸어 두고 "모든 것이 이 세상은 비위에 거슬린다."는 눈초리로 걸어 다니곤 했다.

마침내 계동의 좋은 하숙방을 버리고 아현동 빈민촌에 옮겨 살다가 염병이라고 불리는 장티푸스에 걸려 죽음 직전까지 가게 된다. 고향에 내려갔지만 거기서도 쫓겨나 마을 밖 공동묘지 옆에 있는 격리 병사에 수용된다. 아버지가 살아날 가망이 없다고 생각하여 관까지 준비해 놓을 정도로 절망적인 상태였다. 그러나 석 달만에 기적적으로 회생한다. "염병을 앓고 나면 성질이 화딱 달라진다던가/ 염병 서너 달에 '가뭄에 씨앗 나듯'한 머리털을 가지고 서울 가을의 중앙고보에 돌아온" 그는 학생들의 비밀 모임에 적극 가담, 1930년 광주학생사건 제2차년도 운동을 주동하는 일원이 된다. 이로 인해 감옥도 갔다 오고 학교에서 퇴학을 당한 후에 고향으로 내려와 고창고보에 편입학을 했는데 여기서도 '백지동맹' 등의 투쟁을 벌이는 바람에 자퇴를 하게 된다.

부모 대할 면목이 없어진 그는 "일금 삼백 원을 아버지 궤에서 훔쳐내서 중국 상해로 도망가서 독립당의 혁명가나 돼버릴" 꿈을 꾸었다. 그러나 상해로 가서 혁명가가 되는 대신 서울에 주저앉았다. 이때가 1931년 17세 때의 일이다. 이후 '예술연구회'에서 하던 고골리의 「검찰관」의 단역을 연습하는 등 배우를 꿈꾸기도 하다가 도서관에 가서 투르게네프의 소설을 읽는 등 방랑의 시간을 보낸다. 사회주의에 경도해 있던 그는 투르게네프의 소설을 읽고 비로소 사회주의에 회의를 느끼기 시작한다.

그러나 이후에도 사회주의에 대한 관심은 좀 더 지속되었다. 1933년 미당은 "톨스토이 비슷한 노릇이 한번 해보고 싶은" 생각에 마포 도화동 빈민촌의 움막집 사람들의 넝마주이 집단의 일원이 되었다. 이 노릇도 영국 영사관 뒤 풀밭에서 영국 소녀와 마주치는 순간 느낀 부끄러움으로 인해 이틀만에 걷어치운다. 그런데 어린 소년이 넝마주이 노릇을 한다는 소식을 전해 듣고, 만나고 싶어한 스님이 있었다. 훗날 미당의 생애에 큰 전기를 마련해 준 이 스님이 바로 박한영 또는 석전 스님이다. 석전 스님은 당시 개운사의 종정이자 조선불교 대표인 교종과 중앙불교전문학교 교장을 겸하고 있었다. 석전 스님과의 만남이 인연이 되어 그 문하생이 됨으로써 미당은 또 다른 삶의 갈림길에 들어서는 것이다. 그리고 석전 스님의 권고로 중앙 불교전문학교에 입학하는데, 이러한 인연으로 인해 훗날 중앙 불교전문학교의 후신인 동국대학교에 재직하게 되었을 것이다.

1936년 일반 투고용으로 보낸 시 「벽」이 우연찮게 신춘문예 투고용으로 분류되어 《동아일보》 신춘 현상에 당선되는 바람에 미당은 시인으로 등단한다. 그해 11월에 창간된 《시인부락》의 편집인 겸 발행인이 되어 "피리건 나팔이건 징이건 장구건 다 좋다. 먼저 시의 한 오케스트라의 마을을 만들어 보자."는 취지의 창간사를 쓰기도 했다. 그러면서 한편으로는 "어린애들의 기쁜 노래 소리까지가 저승으로 가는 서러운 이별의 소리로만 들리는 묘한 청각장애에 시달리고"(「시인부락 일과 사이에서」에서) 있었다. 1937년 늦봄에 도망치듯 쫓기듯

제주도까지 갔다 와서 마치 피곤한 청춘의 자화상처럼 쏟아낸 시가 바로 유명한 「자화상」이다.

애비는 종이었다. 밤이 기퍼도 오지 않았다.

파뿌리같이 늙은 할머니와 대추꽃이 한주 서 있을 뿐이었다.

어매는 달을 두고 풋살구가 꼭 하나만 먹고 싶다 하였으나 …… 흙으로 바람벽한 호롱불 밑에

손톱이 까만 에미의 아들.

갑오년이라든가 바다에 나가서는 돌아오지 않는다 하는 외할아버지의 숱 많은 머리털과

그 크다란눈이 나는 닮았다 한다.

스믈세햇동안 나를 키운 건 팔할이 바람이다.

세상은 가도가도 부끄럽기만 하드라

어떤 이는 내 눈에서 죄인을 읽고 가고

어떤 이는 내 입에서 천치를 읽고 가나

나는 아무것도 뉘우치진 않을란다.

찬란히 티워오는 어느 아침에도

이마 우에 언친 詩의 이슬에는

몇 방울의 피가 언제나 섞여 있어

별이거나 그늘이거나 혓바닥 느러트린
병든 수캐만양 헐덕거리며 나는 왔다.
(「자화상」)

나이 스물셋에 '나를 키운 건 팔할이 바람'이라고 토로하는 조로한 청년의 육성 「자화상」에는 '유년에서 사춘기, 그리고 청년기를 넘어가는 길목에 선 한 영혼의 울부짖음과 발가벗은 마음'이 그대로 담겨 있다.

「자화상」이 들어 있는 첫 번째 시집 『화사집(花蛇集)』(1941)은 미당의 초기 시 세계를 보여 주는 시집이다. 당시 보들레르에 심취해 있었으므로 미당의 초기 작풍 또한 악마적이며 원초적인 생명력의 시풍을 보여 주는 것이었다.

사향 박하의 뒤안길이다.
아름다운 배암…….
을마나 크다란 슬픔으로 태어났기에, 저리도 징그라운 몸둥아리냐

꽃다님 같다.
너의 할아버지가 이브를 꼬여내던 달변의 혓바닥이
소리잃은 채 낼룽거리는 붉은 아가리로

푸른 하늘이다. …… 물어뜯어라. 원통히 물어뜯어.

달아나거라. 저놈의 대가리!

(「회사」에서)

이런 초기 시 세계는 근대 문명의 속물성을 이겨내려는 노력의 일환이기도 한 것이다. "거짓 이성이 지배하는 위선적인 근대 문명으로부터 자유로운 육체의 본능을 찬미하고 육체의 결합 속에서 오염되지 않는 타자와의 소통을 갈구"하는 몸짓으로 해석될 수 있는 것이다.

그러나 이후 「수대동시」를 기점으로 미당은 보들레르의 세계를 떠나게 된다. 그의 정신은 "내 넋의 시속에 별 생겨나듯 돌아오는 사투리"처럼 먼 길을 돌아 원형의 정서로 귀향을 시작하고 있었다.

흰 무명옷 가라입고 난 마음
싸늘한 돌담에 기대어 서면
사뭇 숫스러워지는 생각, 고구려에 사는 듯
아스럼 눈감었든 내넋의 시골
별 생겨나듯 도라오는 사투리.

> 등잔불 벌써 키어 지는데……
>
> 오랫동안 나는 잘못 사렀구나.
>
> 샤알·보오드레-르처럼 설ㅅ고 괴로운 서울여자를
>
> 아조아조 인제는 잊어버려.
>
> (「수대동시」에서)

서울의 여대생에게 실연당하고 보들레르와 니체에 심취했던 시인이 이제 '흰옷을 갈아입고 난' 듯한 마음이 되어 오랫동안 잘못 살아온 것 같다고 회한을 보여 주는 시 「수대동시」에서 수대동은 미당의 고향인 선운리의 옆마을이다. 근대 이전의 자취를 보여 주는 상징적인 공간이라고 할 수 있는 셈이다. 그러니까 이 작품은 시인의 관심이 보들레르로 상징되는 근대적 세계로부터 비서구적 삶의 세계로 넘어가는 순간의 내면 풍경을 보여 주는 시라고 할 수 있다.

이후 미당은 동양적인 사상의 세례를 받아들여 영겁의 생명을 추구하는 방향으로 걸어가게 된다. 불교 사상에 기초를 둔 영원 회귀의 이념과 선의 정서를 파고드는 등 끊임없는 모색과 변모를 꾀하면서 시적 성취를 이루어 나가는 것이다.

그런데 『화사집』(1941)과 『귀촉도』(1948) 사이의 거리, 거기에 놓인 세계관의 변화에 대해 그것이 시대적 현실의 반영이라는 시각이 있다. 미당이 보들레르로 대표되는 서구의 영향권에서 벗어나 동양의 세계에 눈을 뜨기 시작한 것은 이 시기에 강화된 대동아공영론과 연관되어 있다는 것이다. 서양으로부터의 탈출과 동양의 발견이 이미 준비되어 있었던 미당으로서는 동양의 자각과 대동아공영론을 구분하지 못했으며 이로부터 친일 파시즘 문학의 길로 들어설 수밖에 없었다는 논리이다. "동양의 자각에 기초하여 전근대 시기의 옛것들에게서 새로운 의미를 읽어내는 시적 작업을 해 나가던 미당이 또 한편으로는 대동아공영권을 전쟁 동원을 촉구하는 시를 쓴 데는 이러한 내적 연관 속에서 나온 것"(김재용)이라는 주장이다. 그러니까 외적인 강요에 의해 단발적으로 친일을 한 경우가 아니라 내적 논리를 갖추고 자발적인 친일을 한 경우를 구분했을 때 미당을 후자 쪽에 놓는 주장 중의 하나라고 할 수 있다.

미당문학관 제2 전시동에는 그런 사실들이 숨김없이 전시되어 있다. 기념관에서는 보기 힘든 풍경이라 잠시 당혹스러운 심경이 든다. 벽면을 가득 메운 친일 시편들과 수필과 소설 일부 등이 전시되어 시인의 치부를 고스란히 보여 주기 때문이다. 친일 행적이나 친군부 행보는 미당을 평하는 데 있어 가장 큰 장애 요소이다.

27세의 청년 서정주는 다쓰시로 시즈오(達城靜雄)로 창씨개명을 했고 태평양전쟁을 찬양했다. '일본을 위한 전쟁에 나가서 싸우다 죽는 것은 일본 천왕이 반도인에게 부여한 크나큰 영광'이라면서 징병과 학병의 참여를 독려하는 시와 평론을 발표하였다. 1944년에는 '마쓰이 오장(印在雄)'으로 창씨개명하고 조선에서 최초로 가미가제 특공대에 끌려간 조선청년 인재용을 찬양하는 내용의 「송정오장 송가」를 기고했다. 전시동 벽에는 「송정오장 송가」 못지 않은 내용의 '반도학도 특별지원병 제군에게'라는 부제가 붙은 「헌시」가 걸려 있다.

너를 쏘자, 너를 쏘자 벗아
조상의 넋이 담긴 하늘가에
붉게 물든 너를 쏘자 벗아!
우리들의 마지막이요 처음인 너
그러나 기어코 발사해야 할 백금탄환인 너!

교복과 교모를 이냥 벗어버리고
모든 낡은 보람 이냥 벗어버리고

주어진 총칼을 손에 잡으라!
적의 과녁 위에 옥탄을 던져라!
(「헌시-반도학도 특별지원병 제군에게」에서)

나는 이런 시들을 읽기 전에 당시 시인의 내면 풍경을 들여다볼 기회가 있었다. 1942년 "식량 독은 바닥이 나고/ 아내는 아이를 업고 고향으로 양식을 구하러 가고" 미당 자신은 지독한 학질을 앓고 난 후의 어느 날이었다.

미당은 전차를 타고 가다가 차창 너머로 보이는 어떤 풍경에 홀린 듯 차를 내렸다. 그것은 어느 골동품점의 쇼윈도 안에 진열되어 있는 이조백자 항아리들의 빛과 모양이었다. 그는 거기서 "하늘빛에 가까웁지만 그보단도 더 바래였고, 또 모든 어둠도 바랠 대로 바래어서/ 제 살 자리를 얻은 듯한/ 그러면서도 의젓하게 고웁기만 한/ 이 이조백자 항아리의 빛과 모양에서/ 이게 이 나라 사람들의 평준화된 마음이었음"을 발견하였다고 고백하고 있다. (「이조백자의 재발견」에서)

이조백자처럼 다소곳이 견디면서 식구들 데리고 살아갈 수밖에 없겠다는 그 깨달음과 그 이후에 전개된 삶의 행적에 대해 그것의 옳고 그름을 논리적으로 규명하는 것은 쉬운 일이 아니다. 문학적 재능의 이면에 도사린 가난한 삶과 인간적 허약함은 그에게 원죄와도 같은 상처로 존재하고 있기에 그의 문학을 음미하는 일은 그 재능과 상처를 동시에 응시하는 쓸쓸한 일이다.

해방, 그리고 전쟁으로 이어지는 가파른 역사의 구비구비를 겪으며 미당은 여러 번 삶과 죽음을 넘나드는 고비를 넘기기도 하지만, 시력의 측면에서 보자면 삶과 죽음 양쪽에 다 적응하는 수련을 닦아나간 시기였다. 그리하여 『화사집』에서 『늙은 떠돌이의 시』에 이르기까지 14권의 시집을 통해 보여준 시력 65년의 생애를 통해 한국 시사에서 '전통적인 서정 세계에 대한 관심에 바탕을 두고 토착적인 언어의 시적 세련을 달성'한 시인으로 평가받기에 이른다. 그러나 '가장 눈부신 모국어의 빛살로 시의 산맥을 이룬 한국 최대의 시인'이라는 상찬의 그늘 한편에는 늘 '역사의식 없이 권력에 안주한 시인'이라는 비판이 그림자처럼 따라다닌다. 미당은 행복하면서도 불행한 시인이었다.

미당이 대여섯 살 때 할머니 등에 업힌 채 시오리 산길을 걸어 닿곤 했던 선운사로 향한다. 선운사로 가는 길목은 벚꽃나무가 온통 환하다.

선운사는 백제 위덕왕 때 세워진 절이다. 특히 선운사 뒷자락에 꽃 병풍을 이루고 있는 동백나무 숲은 천연기념물로 지정되어 있을 만큼 명물이다. 한 잎 두 잎 떨어지는 것이 꽃의 생이거늘 동백꽃은 꽃술과 함께 마치 진홍색 피를 토하고 부러지듯 송두리째 떨어지는 꽃이다. 동백은 어쩐지 애절한 꽃이다.

동백나무 숲 앞으로 사람들이 몰려든다. 저마다 기념 촬영을 하기에 바쁘다. 그 모습을 지켜보자니 문득 미당의 시 중에서 「동백꽃 제사」라는 시가 떠오른다.

선운산에 새빨간 동백꽃들이
송이송이 떨어져 내리는 날은
선운산 사람들은 그 꽃 줏으며
그 꽃의 넋에다가 소원을 빌어
하늘 깊이 하느님께 올려보내요
(「동백꽃 제사」에서)

그런 풍습이 실제 존재하는지는 모르겠으나, 꽃으로 제사를 지낸다는 것은 참으로 시적인 발상이다. 미당의 시가 아름다운 것은 미당이 구사하는 시어들이 민화(民話)에서 나온 것이기 때문일 것이다. 민화란 생활에 시달리며 살아가는 사람들의 말이다. 유려하고 구수한 말솜씨는 그가 자라나며 들어온 고향 마을의 이야기들이나 떠돌면서 알게 된 이야기들과 모두 관련되어 있다. "가지고 가게 달빛을 가득 담은 나무" 이것도 전라도 어느 지역에서 한 시골 노인이 내뱉은 말에서 가져왔다고 한다. 미당의 시들은 이렇게 살아 있는 어법에 바탕을 두고 있기에 아름다울 수 있었다.

서정주에 대한 평은 극에서 극으로 뻗어 있다. "시 쓰는 일에 있어서 백년에 하나 나올까 말까 한 인물", "부족 방언의 요술사이자 이 나라 시인 부족의 족장", "언어의 연금술사", "시성(詩聖)", "시선(詩仙)" 등 이루 헤아릴 수 없다. 하지만 그 한편에는 "서정주 시의 발전은 한국 현대시 50년의 실패를 가장 전형적으로 드라마화한다.", "서정주는 전근대 시인이다.", "오점 투성이의 친일시인" 등이 그것이다. 하지만 그런 부정평가에도 불구하고 공통적으로 서정주를 우리나라 최고의 시인으로 평하는 데는 주저함이 없다.

선운사의 동백꽃이 더 유명해진 것도 귀와 귀 사이로 흘러 다니는 노래들과 시 때문이 아닐까. 봄에는 동백꽃과 가을에는 단풍, 그리고 아름다운 기암괴석들로 이루어진 선운산과 눈물처럼 후르륵 지는 전설의 동백꽃과 함께한 영욕 많은 시인이 있었으니, 시인은 갔어도 노래는 살아 있으니.

남도의
자연이
빚어낸 시인

강진의 김영랑

봄날은 얼마나 짧고 허무하고 속절없는가.
그러나 아직 모란이 피지 않았으니
시인의 봄도 아직 오지 않았다.

영랑 생가

생가의 사랑채와 독립선언문을 인쇄했다는 대숲

《시문학》 창간호

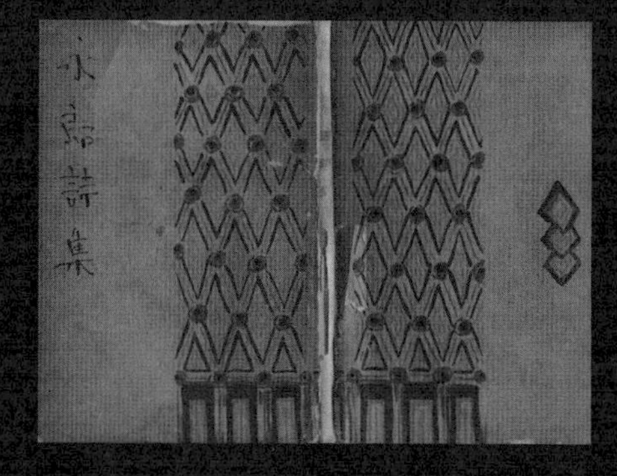

『영랑시집』

강진은 전남 서남부에 위치한 전형적인 농어촌 지역이다. 서쪽으로는 해남, 북쪽으로는 영암, 동쪽으로는 장흥과 접하고, 남쪽으로는 강진만을 건너 완도군과 접한다. 국토의 끝자락이라 서울에서는 큰맘 먹지 않고는 가기 힘든 곳, 강진 가는 길은 멀고도 멀었다. 지금은 고속열차를 타고 나주까지 가서 버스로 바꿔 타고 3시간 반이면 강진에 이른다. 조금 돌아서 목포까지 고속열차를 타고 내려가서 강진으로 들어가면 4시간 정도면 충분하다. 하지만 버스를 이용했던 시절에는 5시간은 족히 걸렸으니 결코 가까운 거리가 아니었다.

예전 버스를 타고 나주평야를 가로질러 하염없이 이어지는 길을 달리다가 문득 걷거나 우마차로 몇 날 며칠을 간다면 어떨까 하는 생각을 한 적이 있었다. 그런 생각을 하면서 문득 소리도 길을 닮는다는 생각을 했었다. 소리 한 꼭지를 몇 장단에 걸쳐 끌고 가다가 어떤 마디에 이르러 소리를 만들고 다시 끝을 맺는 서편제가 바로 이 해남 강진 지역에서 빚어진 판소리라는 것을 생각해 냈다.

김영랑이 창(唱)을 좋아해서 명창들을 불러다가 자신의 집 사랑채에서 소리판을 벌이곤 했다는 사실, 특히 '육자배기' 소리는 혼자서 즐길 정도로 좋아했다고 한다. 한때 성악을 공부하려고 했던 만큼 일찌감치 소리에 관심이 많았던 모양이다.

「육자배기」는 전라도 소리의 특징을 고루 지니고 있고 또 가락이 아름답고 가사가 정교하다. 듣다 보면 오장육부에 깊숙이 숨은 비애의 덩어리들이 쑤욱 밀려 올라오면서 눈물이 맺힐 듯하지만, 누군가 나의 슬픔을 대신 울어 주는 시원함이 있다. 요즘 가수들에게서 듣기 힘든 이런 창법은 매우 오랜 세월을 통해 가다듬어져 온 것이다.

언젠가 영랑은 미당과 다음과 같은 말을 나눈 적이 있다.

> 남창으론 임방울의 소리를 좋다 하고 여창으론 이화중선과 그 아우 이중선의 소리를 좋다고 소개하면서, 특히 이중선의 소리엔 '촉기'가 있어 더 좋다고 했다. '촉기'란 무엇인가 물으니, 그것은 같은 슬픔을 노래 부르면서도 그 슬픔을 딱한 데 떨어뜨리지 않는 싱그러운 음색이 기름지고 생생한 기운을 말하는 것이라 했다.
>
> (서정주, 「영랑의 일」에서)

'촉기'란 이를테면 '육자배기' 등의 남도 소리 속에 흐르고 있는 정조를 말하는데, 영랑 나름의 해석을 붙여 촉기(觸氣)란 개념을 만들어 낸 것이다.

"오메, 저거시 뭐여잉?"

"긍께 미나리 심었스까잉"

낯선 객의 상념을 깨우는 사투리 섞인 정담. 여기저기서 들려오는 '잉~이, 응~오'가 섞인 남도 말소리는 전라도 한복판에 와 있다는 사실을 실감케 한다. 창밖으로는 이름 없는 낮은 산들이 이어지고, 문득 산과 들 사이에서 선연한 빛깔을 내쏘며 시선을 사로잡는 붉은 흙의 강렬함이 공존한다. 황토와 전라도, 전라도적인 것, 남도 사투리, 남도소리……. 이런 지형 속에서 빚어지는 시는 어떤 모양새, 어떤 빛깔이 될 것인지?

위로는 영암이 있고 동서로 해남과 장흥을 끼고 있으며 남쪽으로 다도해 연안이 닿아 있는 고을. 해양성 기후라서 사철 온난하고 봄날이면 앞바다에는 크고 작은 섬들이 마치 물오리 떼처럼 은빛으로 남실거리고, 열대성 식물이 자라며 대숲과 동백이 우거진 곳. 글 속에 묘사된 강진은 이렇다. 이것만으로도 매우 서정적인 공간으로 다가온다. 물론 작가들에 의해 그려지는 대상은 실제보다 좀 더 과장되거나 미화되는 경향이 있는데, 그것은 대숲, 섬, 동백 같은 시어를 연상시키는 단어들이 불러일으키는 심상의 효과와 무관하지 않을 것이다.

영랑의 문우였던 정지용은 강진을 일컬어 다음과 같이 말한 바 있다.

영랑 시를 논의할 때 그의 주위인 남방 다도해변의 자연과 기후에 감사치 않을 수 없으니 물이면 거세지 않고 산이 면 험하지 않고 해가 밝고 하늘이 맑고 땅이 기름져 겨울에도 장미가 피고 양지쪽으로 옮겨 심은 배추가 통이 앉고 젊은 사람은 솜바지가 훗훗하여 입기를 싫어 하는가 하면 해양 기후 관계로 여름에 바람이 시원하여 덥지 않은 이상적 남국 풍토에, 첫 정월에도 붉은 동백꽃 같은 일대의 서정 시인 영랑이 하나 남직한 것도 자못 자연한 일이로다.

(정지용, 「영랑과 그의 시」에서)

김현은 바다, 섬, 비, 대, 동백이 강진의 시적 공간을 이룬다고 했거니와, 이런 환경에서 서정 시인이 한 둘쯤 안 나오면 그것이 도리어 이상할 듯하다.

'강진시파'를 이루는 시인이 있으니 김영랑, 김현구, 강진 태생은 아니지만 지리적으로 가깝고 영랑과 교분이 깊었던 박용철 3인을 꼽는다. 용아(龍兒) 박용철은 1930년에 김영랑·정지용과 함께 시동인지 《시문학》을 창간했고, 현구(炫鳩) 김현구는 잘 알려져 있지 않지만 영랑과는 동향이고, 또 《시문학》에서 함께 활동한 시인이다. 《시문학》 활동 외에는 별로 작품을 발표하지 않았고, 사후에 발간된 『현구시집』(1970)마저 비매품으로 배포되었던 까닭에 독자들이 거의 접할 수 없었으나, 1981년 지식산업사 간행의 『한국현대시문학대계』(7권)에 김영랑, 박용철과 함께 수록되어 소개된 바 있다. 이 세 시인은 모두 전라도 체험과 한일합병으로 인한 절망적 시대의식을 보여 준다는 점에서 공통점을 갖고 있고, 그것을 근거로 김현은 '강진시파'라고 명명하였다.

강진군 강진읍 남성리 211번지. 본명 윤식(允植), 아호 영랑(永郎)으로 더 잘 알려진 시인이 1903년에서 태어나 생애의 대부분을 보낸 곳, 대나무 숲으로 둘러싸인 북산을 등에 두고 읍내와 바다를 바라볼 수 있는 위치에 놓인 생가는 대문이 활짝 열려 있다. 머슴방과 3개의 곳간이 함께 붙은 문간채와 사랑채, 안채, 공원처럼 꾸며진 넓은 정원은 500석 지기의 대를 이어온 지줏집의 규모를 짐작케 하는데, 그는 선친 김종호로부터 물려받은 유복한 환경 때문인지 말년에 공보처 출판국장을 잠깐 지낸 것을 제외하고는 별다른 직업 없이 평생을 보냈다. 김현이 영랑의 전라도 사투리를 일컬어, 그것이 "가난과 고통의 전라도 말"이 아니라 "부유한 사람의 여유 있는 양반 사투리"라고 꼬집었던 것도 이러한 배경에서 나온 것이다.

영랑의 이력을 보면 특기할 만한 몇 가지 사실들이 있다. 그는 1916년 나이 14세 되던 해에 2년 연상의 김해 김씨와 결혼했으나, 그 이듬해에 바로 사별하고 말았다. 「모란이 피기까지는」의 창작 배경이 이 이른 상처였음은 알려진 사실이다. 또 1919년, 영랑은 서울로 유학을 가서 휘문의숙에 다녔는데 함께 다닌 친구의 회고에 의하면, 영랑은 감상적인 성격과 더불어 민족의식이 강해서 공부보다는 독립에 대한 이야기를 더 많이 했다고 한다. 휘문의숙은 5년제였는데, 그는 3학년 때 학업을 중단하였다. 17세의 나이로 과감히 민족운동에 뛰어들었던 것이다. 구두 속에 독립선언서를 감추고 고향에 내려와 강진의 학생운동을 주도했고, 그로 인해 6개월의 옥고를 치렀다. 집 뒤에 있는 대숲은 그가 몰래 숨어서 독립선언문을 등사한 곳이다.

형무소에서 풀려난 이후 한때는 중국 상해로 가겠다는 의사를 밝힌 적도 있으나, 생각을 바꾸어 1920년에 일본으로 유학을 갔다. 이때 후일 혁명가로 명성을 떨친 박열(1902~1974)과 친밀하게 지냈고, 박용철과도 청산학원의 동창으로 처음 만나서 서로 시작(詩作)을 권유하는 사이로 발전했다. 일본 유학은 관동대지진으로 인해 귀국하면서 중단된다. 서울에서 잠깐 생활을 할 때, 후일 무희로 이름을 떨친 최승희와 열애에 빠졌으나 집안의 반대로 결혼에는 이르지 못하였다. 그는 두 번째 결혼과 함께 낙향하여 해방이 될 때까지 고향에서 지낸다.

일제 말기에는 신사참배와 창씨개명을 강요받았으나 끝끝내 거부했다. 늘 버선에 짚신을 신었고 양복 대신 두루마기를 입고 지냈다. 부친의 비석에 조선인이라는 글자, 상석에 태극 문양을 새기는 등 민족정신을 지키려고 노력했다. 또 백범 김구 선생의 임시정부 광복군에 군자금을 대는 등 독립운동을 뒷바라지하기도 했다. 이런 공로를 인정받아 영랑은 2018년, 3·1운동 참여한 지 99년 만에 독립유공자로 선정되었다. 강진군은 10년 전부터 영랑의 독립유공자 추서를 추진했고, 2018년에 손녀인 김혜경(전 한국문화예술회관연합회장)이 신청서를 내서 3.1운동에 앞장서고 독립자금을 지원한 공로 등으로 건국포장을 받았다.

이러한 이력에 비추면, 영랑은 지사적 기질을 갖고 낭만적이며 열정적인 성격의 소유자였다는 것을 알 수 있다. 그러나 그의 시세계는 사회 현실과는 거리가 있는, 즉 순수 서정시의 세계로 향했다. 영랑 시에 대한 엇갈린 평가는 이런 사실과 관계되는 게 아닌가 판단된다. 즉, 영랑 시에서 1930년대 식민 현실에서 목격되는 인간적 상실과 좌절을 읽어내면서도 거기서 발현된 서정이 시대와 유리된 것이 아닌가 의심하는 경우이다. 영랑을 대표로 하는 '시문학파'의 특징이 시 형식 및 언어의 세련과 심미적 탐구에 있고, 그것이 우리 시의 현대적 성숙에 크게 기여했다고 하지만, 다른 한편으로 그것은 시에서 역사성을 배제한 결과일 뿐이라는 주장이다. 반면에 박용철과 미당, 정한모 등은 그의 시가 순수 서정시의 극치를 보여 준다고 평가한다. 절정에 달한 순간의 특이한 체험을 언어로 표현하는 것에 시의 본질이 있다면, 시에서 다루어지는 경험 혹은 감각이 현실적 삶과의 관련성이 적더라도 그 자체로 가치 있다고 보는 것이다.

생가의 모습은 올 때마다 변해 있다. 1990년대 후반에 처음 왔을 때는 안방에 영랑의 생전 모습을 본떠 만든 밀랍인형이 있었는데, 지금은 그 인형을 치우고 대형 초상화를 세워놓았다. 안채 앞마당에서 시선을 끄는 것은 가족이 사용하던 우물이다. 한동안 훼손되어 있던 우물은 1993년에 옛 모습대로 복원했다고 한다. 장독대도 복원해서 옛 모습을 보여 주며, 그 뒤로 시비를 세워 영랑 시를 음미할 수 있도록 했다. 장독대에는 「누이의 마음아 나를 보아라」 시 전문이 새겨진 시비가 있다. 어느 날 누이가 장독을 열 때 단풍 진 감나무 잎이 떨어져 내리는 것을 보고 '오매 단풍 들것네'라고 속삭이는 것을 보고 쓴 시, 「오—매 단풍 들것네」에는 전라도 방언의 투박한 맛과 정취가 풍겨 난다.

「오—매 단풍 들것네」
장광*에 골불은** 감닙 날러오아

* 장광 : 장(醬)을 놓는 광
** '골불은'은 '붉다'를 강조한 전라 방언으로 '짓붉은'의 뜻이라고도 하고,

누이는 놀란 듯이 치어다보며
「오—매 단풍 들것네」

추석이 내일모레 기둘니리
바람이 자지어서 걱정이리
누이의 마음아 나를 보아라
「오—매 단풍 들것네」
(「누이의 마음아 나를 보아라」)

그러고 보니 생가 안팎, 너른 마당 곳곳에 시비가 많아졌다. 생가 문앞의 「모란이 피기까지는」에서부터 동백 뜰 앞의 「동백닙에 빗나는 마음」, 뒷담 앞에는 「내마음 고요히 고흔 봄 길 우에」가 있고, 사랑채 옆에는 「사개 틀린 고풍의 툇마루에」가 있다. 평일과 주말에 각지에서 관광객이 오는데 영랑시를 안 읽어 본 사람이라도 생가를 돌면서 몇 편의 시를 음미할 수 있게 해 놓은 것 같다.

'골붉은'으로 '고루 붉은'의 뜻이라고도 하고, '과일이나 고추가 반쯤 익어 간 상태를 나타내는 전라도 방언'이라고도 하고, '조금 붉은' 아니면 '반만 붉은' 정도의 뜻으로 보든지, 아니면 '살짝 붉은'이라고도 해석하고 있다.

마당의 모란은 아직 피지 않았다. 모란은 3월, 4월도 아니고 5월 무렵, 봄과 초여름의 경계에서 피는 꽃이다. 봄날은 얼마나 짧고 허무하고 속절없는가. 그러나 아직 모란이 피지 않았으니 시인의 봄도 아직 오지 않았다. 애끓는 설움과 기다림의 정서, 아직 초록 잎 속에 웅크린 꽃봉오리들이 만개하면 황홀한 모란의 경연장이 될 것이다. 만개한 모란은 선홍빛 꽃빛이 지나치게 붉고 정갈하여 슬픔을 느끼게 한다. 꽃은 그리 오래가지 못하고, 다른 한쪽에서 화려하게 개화하는 동안 피었을 때의 크고 화려함 못지않게 처절한 모양으로 낙화해 버리고 말아 보는 사람을 큰 허무와 낙담으로 이끈다. 원래 생가에는 모란이 서너 그루뿐인 것을 찾아오는 사람들마다 모란이 적다고 해서 자꾸 더 심겼다. 그런 아쉬움을 달래 주려는 듯 영랑 생가 옆에는 세계모란공원이 조성되어 세계 각국의 모란과 한국 모란을 사철 볼 수 있게 해 놓았다.

툇마루에 걸터앉아 이곳에서 살았던 한 시인의 생애를 반추해 본다. 지사적 기질을 갖고 있으나 현실과의 대결에서 좌절한 무기력한 식민지 지식인, 소지주 출신의 낭만주의자가 선택할 수 있는 삶은 무엇이었을까? 70여 편의 시에서 외부의 상황과 사회 현상을 직시하거나 투시한 모습은 거의 찾아볼 수 없고, 해방이 될 때까지 고향을 떠나지 않고 문학 외에는 어떤 외부 활동도 하지 않았다는 사실에서 그가 외부와는 거의 문을 닫고 살았다는 것을 짐작할 수 있다. 그런 상황에서 영랑이 선택한 세계는 '내 마음'의 세계였다. 그의 시에서 '마음'이라는 단어가 52회나 나오는 것에 대해 여러 평자가 언급한 바 있다. 이 강한 내부 지향성은 현실의 삶이 어둡고 허망하다는 사실에서 발생한 것으로 볼 수 있다.

나중에 「끝없는 강물이 흐르네」로 개제된 데뷔작 「동백닢에 빛나는 마음」도 '마음'을 보여 준다.

> 내 마음의 어딘 듯 한편에 끝없는
> 강물이 흐르네
> 돋쳐오르는 아츰 날빛이 빤질한
> 은결을 돋우네
> 가슴엔 듯 눈엔 듯 또 핏줄엔 듯
> 마음이 도른도른 숨어 있는 곳
> 내 마음의 어딘 듯 한편에 끝없는
> 강물이 흐르네
> (「끝없는 강물이 흐르네」)

여기서 '마음'은 사회 현실과는 거리를 둔 내적인 세계이며, 내면에 촉촉이 흐르는 강물은 '촉기'로 얘기되는 정한, 비애의 정조를 뜻한다. 강물이 흐르듯, 흘러감, 꽃이 떨어지는 낙화,

그 속에서의 기다림과 설움 같은 정서들이 영랑의 시편에는 가득하다. 이러한 정서가 순우리말의 구사와 율격, 정돈된 시형 속에 담기면서 독특한 영랑 시의 특질로 피어난 것이다.

김영랑이 자신의 내적 순결성의 표상을 찾다가 만난 또 다른 대상은 '자연'이었다. 자연이란 '현실을 부정하는 자아가 설정한 유토피아적 공간'이며, 다른 한편으로는 '현실을 응시하는 근대적 내면의 감각적 대체물'(정지용)이라 할 수 있다. 자연의 아름다움은 현실적인 인간사와는 달리 순결성을 간직하고 있다. 모란꽃의 황홀함, 아침 햇살처럼 빛나는 은빛의 강물, 맑고 깨끗하고 고요한 자연의 정경을 통해 자신이 추구하는 순결한 마음의 세계를 표현할 수 있기에 시인은 자연에 몰입하고, 그 극치의 아름다움에 황홀감을 느끼는 것이다. 김영랑의 서정시는 이 순결성에서 출발한 것으로 보인다. 낭만적이고 열정적인 성격이 고향의 아름다운 자연과 남도 특유의 정서와 어우러지면서 지극히 맑은 결로 순화를 거듭한 것이 아닐까? 만일 시에 토질이라는 것이 있다면 영랑 시에서는 남도의 빛깔, 남도의 정서, 그 청자빛, 순연한 슬픔과 정조가 그만의 토질인 셈이다.

영랑 생가는 해방 후 영랑이 서울로 솔가하면서 주인이 바뀌었다. 생가는 당시 양모 씨에게 전매되었다가 1985년에 군에서 사들여 관리되기 시작했고, 복원을 거듭하여 오늘과 같은 형태에 이르러 현재 '국가 중요 민속자료'로 지정되어 있다. 영랑은 일찍 죽었으나 고향의 햇볕 바른 언덕에 자리 잡고 앉아 영생하고 있고, 고향 강진은 영랑으로 인해 사철 모란꽃을 피우며 빛나고 있는 셈이다.

영랑 생가 앞에 세워진 '시문학파 기념관', 한국의 서정시를 이끈 시문학파 시인들의 문학을 기리기 위해 2012년에 건립되었다. 전시실과 함께 도서관과 세미나실을 갖추어 《시문학》지에 시를 발표한 9인을 기리고 있다. (9인은 시문학파기념관 입구에 부조된 김영랑, 박용철, 정지용, 정인보, 이하윤, 변영로, 김현구, 신석정, 허보)

《시문학》의 창간은 당시 문단에서는 무명시인이었던 김영랑과 박용철의 교신 속에서 이루어졌다. 서울에서도 멀리 떨어진 남단의 강진과 그곳에서 멀지 않은 송정리에 사는 박용철이 편지를 주고받고, 그것이 부족하면 서로 집을 내왕하는 과정에서 의기가 투합했고, 거기에 정지용이 가세함으로써 영랑, 용아, 지용 3인이 중심이 된 《시문학》지의 탄생이 이루어진 것이다.

《시문학》의 탄생은 근대시사에서 기념비적인 일이었다. 당시에는 모두 무명시인이었으나 나중에는 거구로 성장하는 세 사람의 시적 위상도 위상이려니와, 그 창간 취지 또한 자못 독특했다.

> 우리는 시를 살로 새기고 피로 쓰듯 쓰고야 만다. 우리의 시는 우리 살과 피의 맺힘이다. 그러므로 우리의 시는 지나는 걸음에 슬쩍 읽어 치워지기를 바라지 못하고 우리는 열 번 스무 번 되씹어 읽고 외어지기를 바랄 뿐, 가슴에 느낌이 있을 때 절로 읊어 나오고 읊으면 느낌이 일어나야 한다. (……) 한 민족의 언어가 발달의 어느 정도에 이르면 국어로서의 존재에 만족하지 아니하고 문학의 형태를 요구한다. 그리고 그 문학의 성립은 그 민족의 언어를 완성시키는 길이다.
>
> (《시문학》 창간호의 후기에서)

시문학 동인들은 자신들의 시가 '피'와 '살'로 이루어진 데서 나아가 '민족어의 완성'이라는 거창한 과제까지 세워 놓고 있다. 3호로 종간되고 말았지만, 순수시지(誌)가 그만한 내용과 체제를 가지고 나왔던 것은 근대 시사에서 보기 드문 일이었다. 《시문학》이 근대 시사에서 '해외문학파', '시문학파', '구인회'로 이어지는 순수문학의 계보를 확립하는 데 중요하게 기여했음은 부인 못 할 사실이다.

영랑의 시들이 세상에 처음 나온 것은 《시문학》 창간호를 통해서였다. 물론 그 습작 연대는 1920년대부터였을 것으로 짐작되나 완성된 결실을 보여 준 것은 이 시기부터이니《시문학》은 영랑 시의 출발이자 시인으로서의 입지를 다져 준 운명의 잡지였던 셈이다.《시문학》1호를 보면「동백잎에 빛나는 마음」(후에「끝없는 강물이 흐르네」로 개제),「언덕에 바로 누워」,「누이의 마음아 나를 보아라」(「오매 단풍 들것네」로 개제) 등 12편의 시가 수록되어 있다.

영랑 시에서 흔히 얘기되는 것은 전라도 사투리의 활용이다.「오매 단풍 들것네」,「언덕에 바로 누워」 같은 시에서 볼 수 있듯 그의 시에는 전라도 사투리가 그대로 스며들어 있다. '들것네'라든가, '없드라냐'는 물론, '골불은', '질기운 맘' 등 남도 사투리가 너무나도 자연스럽게 시화되어 있다. 이헌구의 말대로 "지방어를 영랑 이상으로 정화, 시화해 쓴 시인"이 그 때까지는 없었다. 전라도 말은 영랑을 만나 한국시의 영토 속에 본격적으로 수용된 것이다. 정지용은 "전라도 사투리가 이렇게 곡선적이요, 감각적이요, 정서적인 것을 영랑의 시로써 깨닫게 되었다."고 말한 바 있다. "찬란한 비애와 황홀한 적막의 면류관을 으리으리 쓰고 시도(詩道)에 입실했다."고까지 찬사를 보냈던 시「모란이 피기까지는」은 우리에게 가장 잘 알려진 영랑의 대표작이다. 여기서 우리는 이 시를 현대 맞춤법에 맞추지 않고 발표된 원문 그대로 읽어 볼 필요가 있다.

모란이 피기까지는

나는 아즉 나의 봄을 기둘리고 잇슬테요

모란이 뚝뚝 떠러져버린 날

나는 비로소 봄을 여윈 서름에 잠길테요

5월 어느날 그 하로 무덥든 날

떠러져 누운 꼿닢마저 시드러버리고는

천지에 모란은 자최도 없어지고

뻐처 오르던 내 보람 서운케 문허졌느니

모란이 지고 말면 그뿐 내 한해는 다 가고 말아

삼백예순날 하냥 섭섭해 우옵내다

모란이 피기까지는

나는 아즉 기둘리고 잇슬테요 찬란한 슬픔의 봄을

(「모란이 피기까지는」)

현대 맞춤법을 맞추어 쓴 시보다 원시에 구사된 시어가 입에 찰지게 달라붙고 감칠맛이 난다. 시인의 밑바닥 속에 강물처럼 흐르는 아련한 감정이 이렇듯 아름답게 자연과 조화를 이룬 서정시는 흔하지 않다. 기술적인 측면으로 따져도 조선말의 수사 운용이 참으로 완벽하고 절묘하게 맞아 떨어진 작품이다. 「5월」, 「5월 한」, 「5월 아츰」 등 영랑 시는 '5월'을 소재로 한 것이 많은데, 5월이 모란이 피었다 지는 때라는 것을 상기한다면 그의 시심은 모란의 이미지로 상징되는 계절에 이르러 한층 고조되고 증폭된 것으로 이해된다.

물론 초기시의 다분히 애상적인 분위기는 나중에 시적 변모 과정을 거치면서 다른 분위기로 바뀌어 나간다. 「청명」 같은 시에 오면 자연에의 몰입과 동화를 보여 주며 새로운 감각 기법을 선보이고 있다.

호르 호르르 호르르르 가을 아침
취여진 청명을 마시며 거닐면
수풀이 호르르 벌레가 호르르르
청명은 내 머리속 가슴속을 젖어들어
발끝 손끝으로 새여나가나니
(「청명」에서)

아침의 푸르고 서늘한 기운이 읽는 사람의 손끝에 스미는 듯한 시다. 청각과 시각, 나아가 오관을 자극하여 시적 법열로 이끌고 있다.

《시문학》,《문학》 등에 발표된 영랑 시들은 그가 33세 되던 해에 『영랑시집』으로 묶여 나왔다. 이를 계기로 영랑은 '북의 소월'과 비견되어 남도 사투리의 맑고 순수한 서정시를 빚어낸 시인이라는 평가를 받는다.

생가에서 20분 거리에 다산 정약용의 초당이 있다. 강진과 해남 땅은 한때 영화와는 거리가 먼 반도의 오지이고 귀양지였다. 서편제 같은 강진 길을 하염없이 밟았던 사람 중에는 남도 강진에서 18년간이나 유배생활을 해야 했던 정약용도 있었던 것이다.

강진만을 따라 만덕리에 도착해서도 한참 산길을 올라야 초당을 만날 수 있다. 초당은 다산이 제자들을 가르치고 책을 썼던 곳으로, 원래는 윤단(1744~1821)의 산정(山亭)이었으나 다산에게 거처로 제공된 곳이었다. 말이 초당이지 실제는 팔각 와가로 지붕을 이은 단출한 한옥집이다. 다산 유적 보존회에서 허물어진 초가를 다시 지으면서 기와집으로 바꾼 것이다. 다산(茶山)이라는 호는 초당이 있는 귤동 뒷산 이름에서 따온 것이다. 초당 안에는 안경을 쓴 선생의 영정이 단정하게 세워져 있고, 초당 오른편에는 다산이 만들었다는 작은 연못이 있다.

다산은 18년간의 유배 생활 중 10여 년간을 이곳 초당에 머물면서 『경세유표』, 『목민심서』, 『흠흠신서』를 비롯한 500여 권의 저서를 완성하였다. 다산이 긴 유배 생활을 학문연구와 왕성한 저술 활동을 통해 견디었다면, 영랑은 암울한 식민지 시대를 문학으로 견디었다고 보면 지나친 대비일까?

일제 치하에서 마치 유배 생활을 하듯 외부 세계를 차단하고 오랫동안 마음과 자연의 세계에서 칩거하던 영랑은 해방이 되자 강진에서의 은둔생활을 끝내고 서울로 올라온다. 비록 낙선은 했으나 민의원 선거에도 출마하고 공보처에 취직하는 등 사회활동에 의욕을 보였다.

그러나 전쟁의 비극이 그를 덮쳤다. 6.25전쟁이 나자 그는 미처 피란을 못 가고 서울에 은신해 있었는데, 서울 수복을 앞둔 시점에 포탄 파편을 맞고 부상을 입은 것이 끝내 치명적인 상처가 되어 절명하고 만 것이다. 만약 고향 강진을 떠나지 않았더라면 비명에 가는 일만은 피할 수 있었을지도 모른다. 사람 명운은 알다가도 모를 일이다. 망우리 공원묘지에 묻혔던 영랑은 현재 용인 천주교 공원묘원으로 옮겨져 영면하고 있다. 비록 고향을 떠나 있지만 영랑의 영롱한 서정시는 살아남아 그의 이름을 지켜주고 있다.

내적 정결성과
부끄러움의
미학

중국 연길과 용정의
윤동주

연길 도착 후 내가 가장 먼저 향한 곳은
옛 명동촌에 자리한 윤동주의 생가였다.

윤동주 용정 생가

윤동주 하숙집터 표지

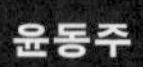

윤동주

윤동주 문학관

연길행 비행기에 오른 것은 2023년 코로나 격리 해제가 선언된 후 한 달이 지난 시점이었다. 직항 노선이 생기면서 이제 인천국제공항에서 연길까지는 비행기로 두 시간 남짓한 거리로 좁혀졌다. 두어 시간의 하늘길 위에서 나는 오래전에 쓴 첫 연길 방문기를 읽었다. "옛 간도땅, 오늘의 중국, 연변 자치주를 찾아가는 길은 나로선 잃어버린, 그리고 잊힌 우리 역사의 한 대목과 해후하는 과정이기도 했다." 이런 서두로 시작되는 글이었다.

지금의 연길 공항에서 오래전에 느꼈던 시골 분위기는 전혀 찾아볼 수 없다. 과거에서 미래로 훌쩍 건너뛴 기분으로 연길 공항을 나서자 시원하게 뚫린 대로 너머로 현대적 건축 양식으로 세워진 큰 건물과 아파트와 상가들이 어우러진 신도시가 눈앞에 나타난다. 상전벽해라는 말이 더할 나위 없이 들어맞는 풍경이었다.

연길 거리에서 영어 간판은 발견할 수 없다. 영어식 간판과 표현이 가득한 서울 거리와 대조되는 풍경이다. 간판의 특징은 한자와 한글이 함께 표기되어 있다는 점. '延吉 연길', '依美仕洗衣 의미사세탁', '中國工商銀行 중국공상은행', '距全汽配 거전부품' 식으로 병렬 또는 상하로 표기되어 있다. 이전에 봤던 납작납작한 건물들 전면에 빨간 고딕과 특유의 흘림체로 쓰인 북한식 우리말 일색이 아니었다. 활자체와 색도 파란색 하늘색 붉은색 등으로 색을 달리하고 간판이나 활자의 조화를 신경 쓴 것이 느껴졌다. 오래전 이곳에 처음 왔을 때도 생소했던 것은 외래어 표현을 대신한 북한식 표현법이었다. 이를테면 '버스 터미널' 대신 '시내 중심 버스역'이고, '카센타'는 '자동차 수리부', '여관'은 '려관' 이런 식이다.

그런데 이런 표기법은 최근 들어 큰 변화를 겪고 있다고 한다. 얼마 전까지도 연변에서는 신분증을 비롯하여 상점의 간판 어문 표기는 반드시 한글을 쓰고 한자를 그 밑에 표기하게 되어 있었다. 모든 간판에 한글이 큰 글씨로 위에, 한자가 그 밑에 씌어 있었는데, 시진핑(習近平)이 집권하고 중화민족 공동체정책*이 강화되면서 조선어언문자 표기 세칙이 변경된 것. 핵심은 한글 표기 우위에서 한문 표기 우위로의 변경이다. 가로쓰기에서는 한문을 먼저, 한글을 뒤에 두거나, 한문을 상단, 한글을 하단에 배치하도록 했고, 세로쓰기에서는 오른쪽

* 중화민족공동체론은 통일적 다민족국가론에 따라 중국이 개념화한 소위 중화민족이 근대 이후에 만들어진 것이 아니라 고래부터 형성된 역사, 문화, 운명공동체라는 주장이다. 통일적 다민족국가론은 현재 중국 영토 안의 모든 왕조의 역사는 중국 역사라는 관점에서 시작된 동북공정의 뿌리이다. 조선족이 중화민족의 일원이니 김치나 한복도 중국 것이고, 용정 출신의 윤동주도 조선족이라는 주장이다.

에 한문, 왼쪽에 한글을 쓰도록 하였다. 적용 대상은 각 기관, 사회단체, 자영업자의 직인, 현판, 상장, 표어, 광고, 도로표지 등 거의 모든 문자 표기이다.

2023년에 만난 연길 사람 황춘봉 씨는 앞으로는 저런 이중 표기마저 사라지고 오로지 중국어로만 표기될 예정이며, 한국어 수업과 역사 수업 또한 사라질 것이라고 하였다. 황춘봉 씨는 중국과 북한 중심으로 역사교육을 받고 집에서는 북한 방송을 들으면서 성장한 세대였다. 그는 자신의 아들 세대에 이르면 조선족이 서서히 소멸되고 한족화될 것이라고 우려했다.

연변은 지리적으로는 중국 길림성 내의 동부에 위치하며 대략 동경 127 131°, 북위 42 44°사이에 걸쳐 있다. 동쪽으로는 소련의 연해주와 인접하고, 남쪽으로는 두만강을 사이에 두고 북한과 마주보고 있으며 북쪽은 흑룡강성과 닿아 있다. 시간을 거슬러 오르면 이곳은 우리 선조들이 말을 달리고 활을 쏘며 삶의 터전을 일구고 살았던 민족의 고토였다.

간도를 두만강과 송화강 사이의 지역이라고 하는 사람도 있는데 송우혜에 의하면, 간도는 당시 선조들이 은밀히 사용했던 일종의 암호 같은 것이었다고 했다. 처음엔 두만강 위쪽 땅을 그냥 '간도'라고 지칭하다가 나중에 압록강 이북을 서간도로 구분하면서 두만강 이북땅을 북간도로 칭하게 되었다는 것, 1881년 연변에 대한 봉금령(封禁令)이 해제되면서 조선의 이주민들이 이곳에 들어와 크고 작은 마을을 이루며 살기 시작했다.

"어머님, 그리고 당신은 멀리 북간도에 계십니다"

윤동주는 시 「별헤는 밤」에서 북간도에 있는 어머니를 떠올리며 그리워한다.

오래전에 나는 북간도라는 지명을 대할 때마다 가 보지 않은 어떤 전설의 섬을 대하는 듯한 낯섦을 느낀 적이 있다. 그때 북간도는 기호에 가까웠다. 『토지』에서 조준구에게 재산을 빼앗긴 서희가 재기의 발판으로 삼았던 그 용정땅과 안수길의 『북간도』에서 일제하에서 짓밟힌 농토를 뒤로하고 가난한 농민들이 남부여대 향했던 전설의 땅은 머릿속에서 긴밀히 연결되지 않았다. 간도는 과연 어디에 어떤 모습으로 실재하고 있는지 궁금했고 직접 두 눈으로 보고 싶었다. 그러나 그곳은 갈 수 없는 곳, 중공(中共) 땅이었기 때문이다.

그러던 중 1992년 한중수교가 이루어진다. 1995년 11월 중국의 국가 주석 장쩌민(江澤民)이 우리나라를 처음으로 방문하는 역사적 장면이 펼쳐진다. 그 이듬해에 중국행을 계획했고 1996년에 마침내 북간도 기행이라는 오랜 꿈을 실행하였다.

북간도가 윤동주의 고향이 된 것은 윤동주 가문이 초창기에 북간도로 이민을 왔기 때문이다. 증조부 윤재옥이 고향 함북 종성에서 북간도로 이주한 것은 1886년의 일이다. 그는 거의 비어 있는 북간도 자동땅에서 혼자 농토를 일구어 부농으로 성장했다. 윤재옥 씨가 함경도 땅을 떠나온 지 몇 년 후, 두만강변의 도시인 회령, 종성 등에 거주하던 학자들이 네 가문의 식솔 141명을 거느리고 일제히 고향을 떠나 두만강을 건너니 이때가 1899년 2월. 이들 네 학자는 문익환 목사의 고조부가 되는 문병규와 남도천, 김하규, 김약연으로 고향에서 각자 서재를 갖고 있던 훈장들이었다. 이민단이 명동 마을을 이룬 다음 해에 윤동주의 증조부 윤씨가 자동땅에서 명동 마을로 이주해 왔다.

당시 조선 이민단은 청국인 대지주의 땅이었던 명동촌 일대를 돈을 주고 산 후 마을을 이루었다. 명동촌의 '명동(明東)'은 동쪽에 있는 '조선을 밝게 하자'는 의미로서 10개의 마을을 합친 총칭이었다. 이들의 이민 목표는 척박하고 비싼 조선땅을 팔아 기름진 땅을 많이 사서 잘살아 보자는 것, 또 집단으로 들어가 삶으로써 간도를 우리 땅으로 만들겠다는 것,

그리고 기울어 가는 나라의 운명을 바로 세울 인재를 기른다는 것이었다. 그러니까 그들은 상당히 선각자적인 의식을 가지고 이민을 결행했던 것이다. 그들이 높은 교육열을 가지고 수많은 인재들을 양성해 냈던 것은 모두 이 같은 선각자 의식이 있었기 때문이다. 이곳의 명동학교는 초반기 간도 교육의 중심지이자 독립운동가의 산실이었다.

명동 마을은 사방이 산으로 둘러싸인 아늑한 큰 마을이었다. 동, 북, 서쪽으로 완만한 호선(弧線)형 구릉이 병풍인 양 마을을 두르고 그 서북 쪽에는 선바위라는 3형제 바위가 우뚝 솟아 절경을 이루면서도 서북풍을 막아 주는 그런 곳이었다. 이 바위들은 명동 사람들의 공원이기도 했다. 봄이 오면 마을 야산에는 진달래, 개살구꽃, 산앵두꽃, 함박꽃, 나리꽃, 방울꽃이 피고 버들방천에는 버들강아지가 만발하여 마을은 꽃과 향기 속에 파묻힌 무릉도원으로 변하는 곳이었다. 이런 자연환경 속에서 자라며 시적 감수성을 키운 소년 중에 윤동주와 송몽규가 있었다.

연길 도착 후 내가 가장 먼저 향한 곳은 옛 명동촌에 자리한 윤동주의 생가였다. '함경북도 회령으로부터 두만강을 건너와 중국 용정시의 삼합진을 지나 용정으로 가는 길목'에 윤동주의 생가가 있다. 중국 길림성 용정시 지신향 명동촌. (출생

당시에는 만주국 간도성 회룡현 명동촌이었다.)

윤동주의 생가는 현재 잘 복원되어 있다. 마을 입구에 윤동주 생가 표지석이 세워져 있어 누구라도 금방 찾아갈 수 있게 되어 있다.

윤동주 생가는 1900년경에 그의 조부 윤하현 선생이 명동촌에 지은 것으로 방 10간과 곳간이 달린 조선족 전통구조로 된 기와집이다. 윤동주는 1917년 12월 30일에 이 집에서 태어났다. 1932년 4월에 윤동주가 은진중학교로 진학하게 되자 그의 조부는 솔가하여 용정으로 이사하고 이 집은 매도되어 다른 사람이 살다가 1981년에 허물어졌다. 1993년 용정시 인민정부는 역사적 의의와 유래를 고려하여 이를 관광지로 지정하고 1994년 8월에 복원하였다.

윤동주의 부친 윤영석은 명동 마을로 이주한 10년이 되던 해에 김약연의 누이동생 김룡과 결혼하고 8년 만인 1917년 12월 30일에 건강한 사내아이를 낳았다. 아이의 아명은 해환이었다. 이 아이가 윤동주이다.

윤동주의 소학교 동창이 쓴 글에 의하면 가랑나무가 우거진 야산 기슭에 교회당이 있었다. (교회당 자리는 현재 기념관이 되어 있다.) 그 교회당 옆으로 두 채의 집이 있는데 윤동주의 집은 그중 큰 기와집이었다. 당시에 벼농사를 하는 집은 몇 호 되지 않았는데 동주의 집은 벼농사를 하는 집이었다. 이는 잘

사는 집이었다는 의미였다. 예전에는 집 뒤에 그리 크지 않은 과수원이 있었고 뒷문으로 나가면 깊은 우물이 있었다.

이 마을에서 태어나고 자란 윤동주는 어떤 성품이었는가. 소학교 4학년 담임선생님(한명준 목사)의 회상에 의하면 "누가 조금이라도 꾸짖으면 금방 눈에 눈물이 핑 도는" 아이였다. 마음이 여린 소년의 모습이 선명하게 그려진다. 명동 소학교 시절 동주는 서울에서 소년, 소녀들을 위한 월간잡지를 구독했다. 서울의 월간잡지를 구독한다는 것은 벽촌에서 큰일이 아닐 수 없었다. 그것이 마을에 큰 영향을 주어 나중에《삼천리》같은 월간잡지도 마을 청년들 사이에 보급되었다고 한다.

윤동주의 고종사촌으로 동갑인 송몽규가 있다. 송몽규도 문학소년이었다. 5학년이 되었을 때 두 사람은 원고를 모아 월간잡지를 발간한다. 원고를 모아 편집을 끝내고 등사하여 발간한 잡지명은《새 명동》이었다.《새 명동》이라는 이름으로 월간지가 몇 호 발간되었고 두 사람의 반은 문학소년반으로 알려졌다. 졸업할 때는 학교에서 김동환의 시집『국경의 밤』을 졸업기념으로 선물했다고 한다.

윤동주는 1931년 3월 15일에 명동소학교를 졸업했다. 졸업식 사진을 보면 한복 두루마기 차림에 교모를 쓴 앳된 윤동주의 모습을 볼 수 있다. 윤동주와 명동소학교, 은진중학교, 평양숭실학교 등을 같이 다녔던 그의 오랜 친구 문익환이 그 앞줄에 앉은 모습도 눈에 띈다.

1932년에 윤동주는 명동에서 북쪽으로 30여 리 떨어진 용정시에 가서 미션계의 은진중학교에 입학했다. 그것을 계기로 윤동주 가족은 농토와 집을 소작인에게 맡기고 용정으로 함께 이사하게 된다.

용정은 일제 말기 가장 번성했던 조선족 도시였다. 당시 북간도에서 두 개의 구심을 이루었던 곳은 연길과 용정인데 한인들은 주로 용정에 몰려 살았다. 박경리 『토지』의 배경이 되었던 곳도 용정이다. 서희는 이곳에서 대상인으로 성공해서 재기의 기틀을 마련한다. 원래 이곳은 인적없는 허허벌판이었고, 그 한가운데 물을 대기 위해 파놓은 용두레 우물이 있었다. 이 우물에서 '용두레 마을', 즉 '용정(龍井)'이라는 지명이 생겨나게 된다. 선조들은 우물을 중심으로 집을 짓고 밭을 일구고 논을 풀고 하면서 이 땅을 개척하였다. 회령 지방의 상인들이 간도 방면의 곡식을 무역하기 위해 용정을 그 근거지로 삼으면서 차차 농촌을 겸한 상업지로 변모했고 간도는 당시 가장 번성한 도시가 되었다. 안수길의 소설 『북간도』에서 창윤이 처음 와 보고 "모든 것이 밝고 홍그럽고 아늑하기만"하다고 느꼈던 그 용정이다.

용정의 용문교 밑으로는 해란강이 흐르고 있다. 해란은 느릅나무를 뜻하는 만주어이다. 강 주변에 느릅나무가 많이 심어져 있어 그런 이름이 붙은 것이다. 연길시를 흐르는 브르하통강도 버드나무를 뜻하는 브르하통에서 유래한 것이었다. 강 주변에 버드나무가 많았던 것이다. 만주족이 일으킨 청나라의 땅이었던 탓에 이곳의 지명에는 만주어의 흔적이 고스란히 배어 있었다.

간도 작가로 불리는 안수길은 "해란강 변에서 유·소·청년 시절을 보냈거나 잠깐 다녀간 사람이거나 그들의 정신과 감정에 알지 못할 감회와 꿈을 심어 주는 위대한 힘"을 해란강은 지니고 있다고 회고한 적이 있다. 해란강 변을 거닐면서 문학 동인회 '북향(北鄕)'을 만들 것을 구상했던 안수길, 친구와 함께 강물을 바라보면서 인생과 문학과 시를 논했던 윤동주, 그리고 수많은 애국지사, 교육자, 학자, 정치가, 이 강을 스쳐 갔던 수많은 선구자들. 그들은 진정 어느 곳에 그 거친 꿈을 묻어 두고 있는지. 불멸의 가곡 「선구자」의 애절하고 비통한 노랫말과 함께 오늘도 해란강은 천년 두고 흐르며 향수를 자아낸다.

> 일송정 푸른솔은 늙어늙어 갔어도/ 한줄기 해란강은 천년두고 흐른다

지난날 강가에서 말달리던 선구자/ 지금은 어느 곳에 거친 꿈이 깊었나

용두레 우물가에 밤새 소리 들릴 때/ 뜻깊은 용문교에 달빛 고이 비친다

해란강의 경개는 일송정에 올랐을 때야 온전히 눈에 들어온다. 360도 온통 너른 평원 가운데 봉우리가 하나가 신기하게 솟았는데, 그 꼭대기 큰 바위를 반석 삼아 우뚝하게 솟아 있는 것이 일송정이다. "일송정 푸른 솔은 홀로 늙어 갔어도…"의 그 우뚝 선 푸른 솔은 보이지 않고 대신 그 자리에는 낡은 정자 하나가 선구자의 전설을 품고 홀로 서 있다.

치욕적인 한일합방 이후 용정은 독립투쟁의 근거지가 되었다. 3.1 운동 직후인 1919년 3월 13일 이곳에서는 2만 명이 넘는 군중들이 모여 대대적인 항일 시위를 벌이다 30여 명의 희생자를 냈으며, 이를 계기로 간도 전역에 만세운동의 불길이 퍼져나갔다. 그때 사망한 13인의 유해가 윤동주의 고향 명동촌 근처에 '3.13 반일 의사릉'에 묻혀 있고 그 언덕 위에는 일제에 의한 또 다른 희생자인 윤동주의 묘가 있다.

용정의 시원지인 '용두레 우물터'와 더불어 상징적인 장소로 '용정 중학교'가 있다. 현재의 용정중학교는 옛 대성중학

교 건물이다. 1948년에 은진, 대성 등 용정 내에 있던 사립학교 6개를 '용정중학교'라는 명칭으로 통합하여 오늘까지 그 맥을 이어 오고 있는데, 그중 옛 건물을 기념관으로 개조하여 관광객들에게 개방하다가 최근 코로나로 폐쇄되어 외지인의 방문을 금하고 있다.*

용정중학교의 전신인 은진중학교에 다니던 시절 윤동주의 취미는 다양했다. 윤동주 시인의 친동생 윤일주의 회고에 의하면 그는 축구선수로 뛰기도 하고 밤에는 늦게까지 교내잡지를 꾸리느라고 등사 글씨를 쓰기도 했다. 또한 모친의 뛰어난 바느질 솜씨를 물려받아 기성복을 맵시 있게 고쳐서 허리를 잘록하게 한다든가 나팔바지를 만드는 것을 어머니의 손을 빌리지 않고 혼자 재봉기에 앉아서 했다는 등의 일화는 윤동주의 인물됨과 관련해서 중요한 정보를 제공해 준다.

* 나는 1996년에 용정중학교를 방문했다. 그때 옛 대성중학교 건물은 기념관으로 바뀌어 있었다. 원래 나무로 지어졌던 건물인데 너무 낡아 무너질 지경이 되었을 때 모 독지가가 성금을 내어 1994년에 개축한 붉은색 벽돌 건물이었다. 기념관 2층에 학교와 관련된 각종 자료가 전시되어 있고 학교가 배출한 가장 상징적인 인물이라 할 수 있는 윤동주의 초상화도 그 가운데 큼지막하게 걸려 있었다. 복도 안쪽에 '윤동주 사상과 문학 연구회'라는 현판이 붙은 조그만 사무실이 눈에 띄어 들어가 보니, 창고만한 방인데 학생들이 발간하는 문예지 『별』과 윤동주 관련 자료가 한쪽 벽에 전시되어 있었다.

윤동주의 시력 중 맨 앞에 놓인 세 편의 시 「삶과 죽음」, 「초 한 대」, 「내일은 없다」가 용정 은진중학 시절에 나왔다. 세 편 모두 1934년 12월 24일로 날짜가 기록되어 있는데 이 시들을 출발점으로 윤동주는 시를 지을 때마다 완성된 날자를 기록하여 정리하고 보관하는 일을 시작했다. 그중 「초 한 대」는 뛰어난 완성도를 보여 준다.

초 한 대
내 방에 풍긴 향내를 맡는다.

광명의 제단이 무너지기 전
나는 깨끗한 제물을 보았다.

염소의 갈비뼈같은 그의 몸
그의 생명인 심지까지
백옥 같은 눈물과 피를 흘려
불살라버린다.

그리고도 책상머리 아롱거리며
선녀처럼 촛불은 춤을 춘다.

매를 본 꿩이 도망하듯이
암흑이 창구멍으로 도망한
나의 방에 풍긴
제물의 위대한 향내를 맛보노라.

지금 시점에서 중학생 시기에 쓴 이 초기 시를 보면 장차 자신의 일생을 암시하는 듯한 무서움마저 느껴진다.

부친은 아들이 의대에 진학하기를 원했지만 문학을 사랑한 소년이 의학에 적성이 맞을 리 없다. 그는 부친의 반대를 무릅쓰고 연희전문 문과에 들어간다.

윤동주의 27년 생애에서 4년간의 연희전문학교 시절은 가장 풍요롭고 자유로웠던 시기였다. 윤동주가 연희전문 시절에 처음으로 쓴 시가 「새로운 길」(1938.5)이다.

내를 건너서 숲으로
고개를 넘어서 마을로

어제도 가고 오늘도 갈
나의 길 새로운 길

문들레가 피고 까치가 날고

아가씨가 지나고 바람이 일고

나의 길은 언제나 새로운 길
오늘도 … 내일도 …

내를 건너서 숲으로
고개를 넘어서 마을로

1938년 한 해 동안에 윤동주는 이 시를 비롯한 8편의 시와 「산울림」을 비롯한 5편의 동시 그리고 「달을 쏘다」라는 산문 한 편을 썼다.

윤동주가 서울에서 가족이 있는 용정까지 오자면 먼저 경원선 열차를 타고 원산에 와서 다시 함경선 열차를 타고 두만강 변의 국경 마을인 삼봉역에 닿은 후 다시 기차를 갈아타고 두만강을 건너 용정에 도착해야 했다. 2240여 리 길이다. 윤동주는 연희전문학교에 입학한 이래 여름방학이거나 겨울방학이면 이 노선으로 서울과 용정을 오갔다.

1938년에 9월 15일에 쓴 시 「아우의 인상화」는 연전에 입학한 해 여름에 집에 다녀갔을 때 실제로 있었던 일을 바탕으로 쓰여진 시였다.

붉은 이마에 싸늘한 달이 서리여
아우의 얼골은 슬픈 그림이다.

발걸음을 멈추어
살그머니 앳된 손을 잡으며
"너는 자라 무엇이 되려니"
"사람이 되지"
아우의 설은 진정코 설은 대답이다.

슬며시 잡았던 손을 놓고
아우의 얼굴을 다시 들여다본다.

싸늘한 달이 붉은 이마에 젖어
아우의 얼골은 슬픈 그림이다.

이 시는 윤동주가 2학년이 되었을 때《조선일보》학생란에 발표되었다.

졸업을 앞두고 그는 그동안에 쓴 시를 묶어서 한 권의 시집을 내려고 했다. 그가 1941년에 쓴 작품은 시 16편, 산문 1편이다.「무서운 시간」,「간판 없는 거리」,「또 태초의 아침」,「십자가」,「별 헤는 밤」등이다. 그는 이 시를 쓴 후 써놓은 시에서

18편을 뽑았다. 그리고 시집 첫머리에 놓을 '서시'를 완성한 것이 1941년 11월 20일이다. 그것은 지금까지의 삶을 되돌아보고 앞으로 살아갈 삶의 방향과 태도를 담은 내용의 시였다.

죽는 날까지 하늘을 우러러
한점 부끄럼이 없기를,
잎새에 이는 바람에도
나는 괴로워했다.
별을 노래하는 마음으로
모든 죽어가는 것을 사랑해야지
그리고 나에게 주어진 길을
걸어가야겠다.

오늘밤에도 별이 바람에 스치운다.

이 시는 한국 시단이 얻은 불멸의 시구로 꼽히며 나중에 국민으로부터 가장 사랑받는 시가 된다. 그때까지 우리는 잎새에 이는 바람에도 괴로워한 시인을 가져 본 적이 없고, 이토록 자신의 전 존재와 전 중량을 건 정직함을 본 적이 없다.

이 시의 제목인 '서시'는 사람들이 나중에 붙인 것으로 시인은 처음 이 시를 쓸 때 어떤 제목도 붙이지 않았다. 처음 자선 시집 출판을 위해 손수 18수의 작품을 골라내고 나서 맨 나중에 쓴 시이다. 어쩌면 이 시의 제목은 '무제'라고 해야 정확할 것이다. 정음사 초판본에서 처음으로 '서시'라는 제목이 괄호 안에 넣어져 붙여지고 그 아래에 '하늘과 바람과 별과 시'라고 씌어져 시집의 첫머리에 실리게 된 후 계속 '서시'라는 제목으로 권두에 실리게 된다. '서시(序詩)'란 시집이나 장시의 머리 부분에 실려서 후속 시들의 성격을 예시해 주는 기능을 가진다. 그렇다면 이 시는 시인의 지적 고뇌와 서정이 단적으로 드러난 대표작으로 시인의 시정신이 고스란히 집약되어 있어 '서시'로서의 의미를 지니기에 충분한 것이다.

이 시에 담긴 시인의 정서로 미루어보건대, 이러한 순결함과 정직함이 일본 유학을 위해 불가피하게 자기 이름을 바꾸어야 했던, 창씨개명을 견딜 수 있었을까 싶다.*

"어느 왕조의 유물이기에/ 이다지도 욕될까 (…) 그때 그 젊은 나이에/ 왜 그런 부끄런 고백을 했던가" 하고 그는 「참회록」을 통해 창씨개명의 참담함을 고백하며 몹시도 부끄럽고 괴로워하는 모습을 보여준다.

시로 볼 때 육사가 강철같은 남성상이라면 동주는 얌전하고 여리며 고뇌하는 지식인상이다. 육사는 시인이라기보다는

* 윤동주는 히라누마 도쥬(平沼東柱)라고 이름은 그대로 두고 성만 바꿨다.

투사적 이미지가 더 강하다. 그는 독립운동 전선에 깊이 관여한 혁명가였으며 시는 그의 전의를 다지기 위한 정신적 무기였다. 윤동주의 경우는 어떤가. 우리는 그를 통해서 아름답게 빚어진 부끄럼의 미학, 그 빛나는 정수를 보게 된다. 윤동주 이전에 "이토록 자기의 전 존재를 던져서 사람의 삶이 업보처럼 지니기 마련인 근원적 부끄럼과 마주 선" 아름다운 존재는 없었다.

윤동주의 시는 「제2의 고향」같이 비교적 난해하다고 꼽히는 시 외에는 비교적 쉽게 쓰여져 있다. 그런데 문익환 목사가 생전에 남긴 증언에 의하면 윤동주는 대단한 독서가로 특히 키에르케고르에 관한 이해가 신학생이었던 그보다 훨씬 더 깊었다고 한다.

"그렇게 쉬지 않고 공부하고 넓게 읽는 그의 시가 어찌 그렇게 쉬웠느냐 하는 것을 그때는 미처 몰랐다."는 것이 그의 말이고 보면 윤동주의 시가 깊은 고뇌와 사유를 거쳐 나온 가볍지 않은 시들이라는 것을 짐작할 수 있다.

윤동주가 「서시」 외에 자기의 첫 시집에 실으려던 시로는 「자화상」, 「소년」, 「눈 오는 지도」, 「병원」, 「무서운 시간」, 「바람이 불어」, 「슬픈 족속」, 「또 다른 고향」, 「길」 등이 있다. 그는 이 시집의 제목을 『하늘과 바람과 별과 시』라고 정하고 원고지에다 3부의 똑같은 필사본을 만들었다. 그중 1부는 자기가 갖고 1부는 스승 이양하 교수에게 드리고 다른 한 부는 같이 있는 후배 정병욱에게 주었다. 그는 그렇게 자선 시집을 만들어 졸업기념으로 출판할 계획이었지만, 그 시집은 여러 사정으로 출판되지 못하고 만다.

윤동주는 연희전문 졸업 이듬해인 1942년 4월에 도쿄의 릿교대학 문학부 영문과에 입학하여 7월까지 한 학기를 다니고는 교토의 동지사대학에 편입하여 1942년 10월부터 1943년 7월까지 두 학기를 다녔다. 1943년 여름방학을 맞아 귀향하려고 간도에 있는 집에 전보를 치고는 7월 14일 사상 불온, 독립운동이라는 죄목으로 일본 경찰에 체포되었다. 1945년 2월 16일, 그토록 바라던 광복을 6개월 앞두고 후쿠오카 형무소에서 옥사하고 말았다.

동주가 릿교 대학 재학 중에 원고지로 쓴 시가 「흰 그림자」, 「흐르는 거리」, 「사랑스런 추억」, 「쉽게 씌여진 시」, 「봄」 등이다. 이 시들은 기적적으로 보존되었다. 동주는 서울에 있는 친구인 강처중에게 편지로 시를 적어서 보냈는데, 그 친구가 그 시들을 보관하고 있었다.

윤동주가 체포 구금되었을 때 면회를 갔던 사람은 당시 도쿄에 있던 당숙 윤영춘과 윤동주의 소학교 동창이자 외사촌인 김정우이다. 윤영춘이 취조실에 들어가 보니 형사는 자기의 책상 앞에 동주를 앉히고 동주가 쓴 조선말 시와 산문을 일어로 번역을 시키고 있었다. 동주는 그때 "아저씨, 염려 마시고 집에 돌아가서 할아버지와 아버지, 어머니에게 곧 석방되어 나간다고 일러주세요." 하고 말했다. 윤영춘은 그때 기껏해야 1년 동안 옥고를 치르고 나올 것이라고 생각했지만 그것이 그를 만난 최후의 순간이었다.

윤동주 생가 근처 기념관에는 윤동주가 감금당해서 박해를 받던 후쿠오카 형무소에서의 장면이 재현되어 있다.

12수의 시로 묶인 윤동주의 시집은 1946년 그의 동생 윤일주와 연희전문 후배 정병욱에 의해 처음으로 햇빛을 보았고 1948년 1월 31일에 19수의 시를 합친 31수로 정지용의 발문과 함께 다시 출판되었다. 그렇게 한 시인의 생애와 아름다운 시들이 세상에 알려지게 되었다.

윤동주와 일생을 같이했고 같은 감옥에서 옥사한 그의 고종사촌 송몽규의 조카 송우혜가 윤동주에 대한 상세한 전기적 자료를 담은 『윤동주 평전』을 낸 것은 1988년의 일이다. 윤동주의 시비가 1995년 2월 16일 그가 다닌 도시샤 대학에 건립된 것은 그가 후쿠오카 형무소에서 옥사한 지 50년이 되는 날이었다. 이 시비에는 윤동주의 「서시」가 확대된 그의 친필과 번역문으로 각인되어 있다. 같은 해 일본 NHK에서는 윤동주 특집을 방송하여 시인을 소개했다.

(1995년 NHK와 KBS가 공동 제작한 「하늘과 별과 바람과 시, 윤동주·일본 통치하의 청춘과 죽음」이 방영되었다. 이 방송을 계기로 일본 각지에서 윤동주 추모 모임이 시작되었다.)

그 뒤로 윤동주 문학 세계를 연구하는 학술논문이 수백 편이 나오고 시인의 체취와 흔적을 찾는 발길이 옛 북간도, 지금의 연변 용정 땅에 끊임없이 이어지기 시작했다.

처음 연길에 왔을 때 중국 개방 15년, 한중수교 5년째인 시점이었다. 초행길의 나를 안내해 준 사람은 조선족 최씨였다.

그의 차를 타고 백두산을 가는 길은 다섯 시간이 걸리는 거리였다. 거의 평지에 가까운 산길을 몇 시간을 달렸는데 사실은 완만한 경사지를 4시간 이상 거슬러 올라가고 있었다. 백두산까지 5시간은 이제 옛이야기가 되었다. 2020년 12월 연길 백두산 간 고속도로가 개통되었기 때문이다.

내가 예전에 오른 장백폭포를 끼고 오르는 백두산 코스는 폐쇄되어 사라졌고, 대신 서파(西坡, 서쪽 백두산)와 북파(北坡, 북쪽 백두산) 코스가 이용되고 있다. 서파 산문에서 출발하여 야생화 군락지를 지나 환승 센터에서 버스를 갈아타고 산중턱에 이르러 1,440개의 계단을 오르는 길이 있고, 봉고차로 달려 정상까지 오르는 북파 코스가 있다. 코로나가 끝난 뒤 집에만 묶여 있던 사람들이 개미군단처럼 몰려오고 있었다.

천지, 전체 길이가 13.1 킬로미터, 가장 깊은 곳의 수심은 373미터, 천지는 송화강의 기원이고 장백폭포(비룡폭포)가 되어 흘러내린다. 천지는 마르는 법이 없다. 사람들이 천지를 바라보며 저마다 감탄어를 내뱉고 사진을 열심히 찍고 있지만 천지는 부동하고 고요하기만 했다. 천지는 그대로였으나 사람이 변했고 규율이 변했다. 처음 왔을 때 나는 천지로 내려가서 손으로 물을 떠 마실 수 있었다. 지금은 천지 호수로의 접근이 막혀 있다. 접경지대에서 태극기나 깃발을 흔들거나 단체 사진을 찍는 것도 금지되었다. 최근 한중 관계, 남북 관계가 악화된 사정을 반영한 것이기도 하다.

중국과 북한의 경계비 너머는 북한이다. 세상이 변하고 또 하늘길이 열려서 나는 다시 연길에 왔지만 달라지지 않은 것이 있음을 저 경계비가 깨우쳐 주고 있었다.

북방의 삶과
간도의 서사

북간도와 흥남의
안수길

간도는 한민족의 역사에서 분리될 수 없는 공간이고, 미래의 통일 이후에도 여전히 문제를 제기할 공간이다.

북중국경 표시(금지과월)

장백폭포 (천지에서 흘러내린)

『북간도』

안수길

'간도(間島)'란 무엇인가? 간도는 좁은 의미로는 백두산정계비와 관련된 두만강 이북, 토문강 이동 지역인 동간도 혹은 북간도를 의미하며, 넓은 의미로는 압록강 이북 지역인 서간도를 포함한 남만주를 가리킨다. 만주로 인식되는 압록강, 두만강 이북의 땅은 우리 민족의 발원지이며 고조선과 고구려·발해의 영토였다. 이 땅은 막연히 먼 옛적의 땅만은 아니었다. 구한말까지도 청나라와 영유권 분쟁을 벌였으며 간도라는 명칭으로 불렸던 우리의 영토였다.

이곳은 만주족에 의해 청나라가 세워진 후 한동안 비워져 있던 땅이었다. 시조 발상지라 하여 신성불가침의 구역으로 선포되었고 만주족 이외의 타민족은 들어갈 수 없게 했기 때문이다. 〔이를 봉금령(封禁令)이라 한다. 우리나라에서도 월경죄(越境罪)를 만들어 출입을 엄격히 금했다.〕 그러나 언제부터인가 사람들은 목숨을 걸고, 수백 년 동안 비워 두어 비옥해진 이 땅에 숨어들기 시작했다. "강만 건너가면 땅이 어찌나 비옥한지 농사가 절로 되었다."(안수길, 『북간도』)고 했다. 초목이 우거진 땅을 갈아 밭을 만든 후 씨를 뿌려 두었다가 나중에 추수해 오는 일종의 도둑 농사 같은 것이었는데, 그때 그들은 두만강 속에 있는 '사이섬', 즉 '간도(間島)'에 간다는 핑계를 대어 강을 건너갔다. (그 농사를 '사이섬 농사'라고 안수길은 적고 있다.) 안수길의 문학은 시작부터 종결까지 모두 이 간도의 공간과 시간을 향하고 있다.

간도는 한민족의 역사에서 분리될 수 없는 공간이고, 미래의 통일 이후에도 여전히 문제를 제기할 공간이다. 안수길 문학에 대한 고찰은 남방한계선 이하로 한정되었던 문학적 시야를 저 광활한 대륙의 공간으로 확대하는 일이고, 한 작가가 평생에 걸쳐 탐구한 민족이라는 주제를 역사 속에서 새롭게 음미하는 일이 될 것이다.

안수길은 함흥 태생이지만 간도는 그의 문학적 고향이다. 첫 창작집 『북원』을 비롯한 『북향보』, 대표작 『북간도』와 장편 『을지문덕』은 모두 간도와 만주를 배경으로 하고 있고, 자전적 기록이나 다름없는 『통로』와 『성천강』도 간도로 이주하기까지의 과정을 다루고 있다. 리얼리즘의 정신이 극도로 위축되었던 1950년대 후반과 1960년대라는 상황에서 발표된 『북간도』(1959~1967)는 안수길 문학의 정점을 보여 준다. 안수길이 문학사에서 평가되기 시작한 것은 『북간도』를 발표한 1960년대 이후였다. 간도를 떠난 지 15년이 지난 시점에서 쓰인 『북간도』에 이르러 안수길은 과거의 체험을 대상화하고 역사적인 의미를 재구하게 된 것이다.

안수길이 간도를 역사적 맥락에서 인식한 데는 여러 계기들이 작용하지만, 무엇보다 안수길이 오랫동안 만주에서 생활했다는 것을 생각해 볼 수 있다. 안수길이 간도로 들어간 것은 1924년 15세 되던 해에 아버지를 따라서였다. 1926년에 간도 중앙학교를 졸업했고, 이후 학업을 위해 조선과 일본을 전전한 뒤 1934년에 다시 간도로 돌아와서 해방될 때까지 기자생활을 하면서 작가로 활동하였다. 1935년《조선문단》에 단편「적십자병원장」과 콩트「붉은 목도리」가 당선된 후, 해방되던 해 6월 건강 악화로 귀국할 때까지 안수길의 삶은 간도를 중심으로 이루어졌다.

다음으로는 해방 후 자신에 대한 심각한 반성에서 원인을 찾을 수 있다.「제3 인간형」을 통해서 이런 사실이 드러나는데, 여기서 안수길은 이전의 무기력과 안이한 작품 활동을 되돌아본다. 속물이 된 소설가 '조운'이나 전쟁으로 파산한, 그래서 생활인으로 전신하지 않을 수 없는 '미아'는 모두 전쟁이 만들어 낸 새로운 유형의 인간들이다. 이 두 인물을 목격하면서 주인공은 그러면 과연 자기는 어떤 유형의 인간인가를 고민하는데, 여기서 우리는 변화된 현실에 적응하지 못하고 무력감에 빠져 있던 작가 안수길의 실존적 고뇌를 엿볼 수 있다. 이러한 고민은 작가의 평소 지론대로 '어떻게 살 것인가'의 문제와 결부되고, 결국 '어떻게 쓸 것인가'의 문제로 이어진다. 이 고민 끝에 안수길이 도달한 지점이 바로 '북간도', 다시 간도로 회귀한 것이다. 하지만 이때의 간도란 이전의 체험적 공간으로서의 그것이 아니었다. '역사적으로는 우리의 땅임'에도 불구하고, '복잡다단했던 세기말에서부터 금세기 초기에 걸친 열강들의 각축장이 된 곳'으로서의 간도였다.

소설이 과거의 삶을 기록한다고 했을 때 그것은 과거사의 단순한 기술을 뜻하는 것은 아니다. 역사적 사실을 소재로 한 작품이 문학적 성과를 획득하려면 무엇보다 역사적 대상과 현실에 대한 냉철한 인식이 필요하다. 현실은 어떤 시각을 통해서 보느냐에 따라 각기 다른 모습으로 드러난다. 그런 점에서 첫 장편 『북향보』는 여러 가지로 의미 있는 작품이다.

『북향보』는 안수길의 식민지 시대 문학을 대표하는 작품으로, 《만선일보》에 1944년 12월 1일부터 1945년 4월 7일까지 139회에 걸쳐 연재되었다. "일제 강점기 모국어로 쓰여진 마지막 소설 작품"으로 꼽히는 것처럼 간도라는 특수한 공간에서 쓰여질 수 있었던 작품이다. 작품 전반에서 드러나는 사실주의적 시선은 당대인들의 삶을 핍진하게 구성해 내는데 조금의 부족함이 없다. 하지만 모든 문학 행위가 불가능했던 암흑기라는 특수한 상황에서, 그것도 일제의 괴뢰국 기관지 《만선일보》에 발표된 것이라는 데서 작품의 한계 역시 분명해 보인다. 『북향보』를 통해 만주 이주민들의 고통스러운 삶의 이력을 실감나게 접할 수 있지만, 작가가 만주국의 정책을 여과

없이 수용한 까닭에 인물들의 행적은 미화되고, 작품 전반은 작가의 계몽적 언술로 채워지는 것이다.

『북간도』는 작가의 이러한 문제점이 극복되면서 작가의 주관적 체험을 민족사에 대한 증언으로 승화시킨 작품이다. 『북향보』와 비교해 볼 때, 『북간도』에는 작가의 체험이 한층 객관화되어 드러난다. 간도가 지닌 역사적 의미에 주목한 점이나 이한복 일가 4대에 걸친 파란 많은 삶을 서사의 기본축으로 설정한 점 등은 모두 과거에 대한 거리 감각을 전제로 한 것이다.

『북간도』에서 두드러지는 것은 작가의 민족주의적 시각이다. 작품에서 서사를 조종하고 인물의 성격을 결정하는 것은 1차적으로 작가의 민족주의적 의식이다. 간도를 열강들의 각축장으로 파악하고 그러한 현실과 맞서는 인물들을 중심에 놓은 것은 그런 의도에서 비롯되고, 그것을 안수길은 실제로 고백한 바도 있다. 아울러 간도라는 공간 자체가 민족주의적 분위기를 환기한다는 사실 역시 빼놓을 수 없다. 간도를 우리 땅이라 믿는 조선족과 정부의 힘을 바탕으로 실제적인 권리를 행사하는 만주족과의 갈등은 외견상 명분론 대 현실론의 형국을 띠지만 사실은 생존 자체와 결부된 사활적 문제이고, 따라서 양자의 갈등은 필연적으로 민족 간의 극한 대립으로 나타난다. 작품의 주된 갈등이 이주 한인 대 만주족으로 설정된 것이나, 백두산정계비의 해석 문제가 중요하게 거론되는 것은 모두 이러한 상황적 특수성에 기인한다.

안수길이 『북간도』에서 간도를 우리 땅이라고 주장하는 근거는 다음 두 가지로, 모두 역사적 사실에 근거를 두고 있다. 이한복을 통해서 표현되듯이, 만주는 고구려·발해 등으로 이어지는 천년 전까지만 하더라도 우리 민족의 활동 근거지였다는 점, 또한 백두산정계비에 나타난 경계선인 '토문강'은 '송화강'이라는 점이다. 이 둘을 근거로 작가는 간도가 우리 땅이라는 것을 주장하는데, 이는 실제 역사적 사실에 바탕을 둔 것이다. 사실 만주 일대는 부여에서 발해에 이르는 시기 동안 한민족의 영토였고, 고구려 유리왕 때에는 압록강변 국내에 도읍을 정하기도 하였다. 고구려가 망한 후에는 그 유민이었던 대조영이 지금의 길림성 돈화 부근에 나라를 세워 국호를 진이라 하고, 그 뒤 발해라 칭하면서 만주 일대를 지배하였다. 발해가 거란에 망하자 만주 일대는 거란·금·원 등의 지배를 받다가 청조가 들어선 이후 청의 지배로 넘어간 것이다. 청의 강희제는 조선 숙종 때 관리 목극등(穆克登)을 파견하여 1712년 백두산정계비를 세웠고, 이로써 간도는 조약상 중국의 공식적인 영토가 되었다. 하지만, 경계비의 애매한 문구를 어떻게 볼 것인가 하는 점과 구한말 이래 조선인들의 집단 이주가 본격화되어 많은 조선인들이 만주 일대에 살고 있었던 현실 등을 고려하자면 국경을 획정(劃定)하는 일이 쉬울 수만은 없는 것이었다.

『북간도』에서 안수길이 만주를 배경으로 작품을 전개하면서 국경선의 문제를 언급하지 않을 수 없었던 것은 만주 문제를 다루는 과정에서 이러한 현실을 피해 갈 수 없었기 때문으로 보인다. 백두산경계비의 애매한 문구를 송화강으로 해석하는 이한복의 태도나, 그것을 근거로 조정에서 월강(越江) 금지령을 해제한 것은 모두 그러한 사실과 관계된다. 안수길은 국제적 역학관계보다는 당시의 실제 현실 상황을 근거로 간도를 우리 땅으로 보고 있다.

> 이한복 영감을 중심으로 한 편과 최칠성 영감을 중심으로 한 편이었다.
>
> 한두 사람의 대표를 뽑아 변발 흑복을 시키는 건 무방하다. 그리고 우리들의 토지를 통틀어 그 사람의 명의로 집조를 받은 뒤 마음 놓고 농사를 짓는 것을 마다고는 하지 않는다. 그러나 그렇게 되면 이 지역이 청국 영토라는 걸 스스로 인정하고 들어가는 일이 되고 만다. 우리 땅인 걸 알면서 어떻게 그럴 수 있을 것인가? 이것이 이한복 영감을 중심한 사람들의 주장이었다.
>
> 그건 그렇기도 하다. 그렇다면 무슨 구체적인 방법을 보

여다구. 그것은 이상론에 지나지 않는다. 실제 문제로 우리 정부가 뒷받침을 해주지 못하고 있는 이 마당에서 어떡해야 한단 말이냐? 최칠성 영감의 의견은 어디까지나 현실주의였다.

퍽 건실하고 실질적인 의견 같기도 하다. 그러나 문제는 국토가 우리 것임을 일치단결해 주장하느냐? 남의 것임을 시인하고 들어가느냐의 중요한 고비에 처하고 있는 것이다. 이 지역은 분명히 우리 땅이다. 정부야 힘이 없건, 썩어 빠졌건, 어쨌건 우리 땅인 이 고장, 피땀으로 개척한 이 농토를 남의 나라 땅으로 바치고 그들에게서 토지 문권까지 받는다는 건, 지금은 방편상 편리하다고 할 수 있겠으나 후손에게 청국 사람의 종살이를 마련해 주는 유력한 근거밖에 되지 않는다. (『북간도』에서)

역사적으로 우리 땅이었기에 어떤 희생을 각오하고라도 그것을 지켜야 한다는 이한복의 주장이나, 정부의 뒷받침이 없는 상황에서 그러한 주장은 한갓 이상론에 지나지 않는다는 최칠성의 주장은 간도를 바라보는 대표적인 두 입장이다. 이 두 입장이 팽팽히 맞서면서 작품의 서사가 전개되지만, 작가는 인용문에서처럼 시종일관 이한복을 옹호한다. 최칠성의 현실론은 궁극적으로 "후손에게 청국 사람의 종살이를 마련해 주는 유력한 근거밖에 되지 않는다."는 것이다. 작가의 이 같은 편들기로 인해 이한복은 강직하고 민족주의적인 인물로 성격화되는 것이다.

이한복은 "아득한 옛날, 만주는 우리 민족의 발상지였고 천여 년 전의 고구려와 그 뒤를 잇는 발해 때에는 우리 판도의 중심지"였다는 할아버지의 말을 행동의 좌우명으로 삼고 있는 인물이다. 조정의 월강 금지령을 무시하고 과감히 두만강을 건너서 농사를 지었던 것은 이 같은 믿음이 있었기 때문이다. 더구나 그는 10년 전 우연히 백두산정계비를 직접 목격한 경험까지 갖고 있다. 그래서 사잇섬 농사가 발각되고, 종성부사 이정래로부터 문초를 당하는 자리에서도 당당한 태도를 보일 수 있었던 것이다.

이한복의 강직하고 민족주의적인 성격은 이후 자식들에게 대물림된다. 아들 이장손은 청인의 앞잡이 노릇을 하는 최삼봉과 노덕심의 본질을 꿰뚫고 과감하게 비판하며, 손자 창윤은 청인과의 갈등 속에서 민족의 주체성을 지켜나가려는 노력을 게을리하지 않는다. 창윤이 청인의 송덕비에 불을 지르고 용정으로 피신하여 사포대에 가담하고, 다시 비봉촌으로 돌아와 사포대를 조직하는 모습은, 자신을 지키기 위해서는 힘을 길러야 한다는 이한복의 강직한 성격을 그대로 실천한 형상이다.

한편 이한복 가계에서 민족주의적 성격을 가장 강하게 보여 주는 정수는 이들보다도 한층 더 대담하고 적극적인 인물이다. 정수는 항일투쟁에 가담해서 독립군의 용정은행 15만 원 사건과 봉오동 전투, 청산리 전투 등의 현장에서 적극적으로 활동하다가 두 번에 걸쳐 수감되는 고초를 겪는다. 이런 점에서 『북간도』는 역사의식의 투철함을 바탕으로 "한국의 농민들이 지니고 있는 땅에 대한 애착과 그 저류에 흐르고 있는 민족의식을 대하적인 구성을 통해 구체적으로 형상화"한 작품으로 평가받게 되는 것이다.

안수길이 작품 활동 초기부터 간도에 대해 깊은 관심을 표명했던 것은, 거기서 성장하고 생활한 체험적 사실과 함께 『을지문덕』(75)에서 볼 수 있듯이, 간도와 만주 일대를 우리 민족의 터전으로 봐야 한다는 고구려 중심의 역사관을 갖고 있었기 때문이다. 그것이 초기부터 분명한 형태를 갖추었다고 할 수는 없지만, 『을지문덕』을 발표할 시점에는 어느 정도 형체를 갖추었던 것으로 추정된다. 고구려를 배경으로 을지문덕이라는 영웅적 인물을 내세워 고구려의 자주적 외교 정책을 서술해 냈다는 것은, 그와 대비되는 신라와 백제의 "간교한" 외교 정책을 비판하고 한국사의 중심을 고구려로 세우려는 의도가 투영된 것으로 볼 수 있는 까닭이다.

을지문덕을 중심으로 전개되는 고구려의 외교 정책은 범박하게 자주 외교로 정리할 수 있다. 을지문덕이 활동할 당시의 주변 정세는 수나라가 진나라를 정복하여 막 중원을 평정한 때이고, 국내적으로는 백제가 다스렸던 한강 유역을 신라가 빼앗자 백제가 그것을 다시 찾으려고 벼르던 시점이었다. 이런 국내외의 복잡한 정세 속에서 고구려는 광활한 영토와 왕권을 보존하기 위해 "북방의 부족들을 더욱 어루만지고 아국에 결속해 떨어지지 않도록"하는 정책을 펴고 있었다. 그래서 을지문덕을 비롯한 고구려 지배층은 수나라의 정통성을 인정하지 않았다. 수나라는 북방 오랑캐가 강성해져서 중원을 통일한 나라이고, 그들에게 신하의 도리를 갖춘다는 것은 오랑캐에게 굽히는 일이고, 궁극적으로 민족적 자존심을 손상케 하는 일이라는 것, 을지문덕이 수나라 사신을 환대하지 않고 연금하는 등의 강경책을 썼던 것은 그런 배경에서 나온 행동이었다. 하지만 이 일이 계기가 되어 두 나라의 관계는 급속히 악화되고, 급기야 전쟁의 소용돌이에 휘말리게 된다.

을지문덕의 비범함이 드러나는 것은 이 지점부터인데, 을지문덕은 침략을 예견하면서 '외유내강 정책'을 펴며 국방을 게을리하지 않는 예지와 자긍심을 갖고 있었다. 겉으로는 수

나라에 우호적인 태도를 취하면서도 실제로는 수나라에 패망한 진나라 노수(弩手)들을 은밀히 불러들여 쇠뇌〔弩〕를 양산하고, 성곽을 보수·확장하는 등 침략에 대한 대비를 게을리하지 않았고, 대외적으로는 말갈족을 회유하여 유대 관계를 더욱 강화하였다. 이러한 용의주도함이 있었기에 고구려는 광활한 영토를 보전하고 신라와 백제를 견제할 수 있었던 것이다.

고구려에 대한 이 같은 서술에서 우리는 안수길 특유의 민족적 자부심을 읽을 수 있는데, 수나라를 오랑캐 출신이라고 폄하하는 것이나, 주변 세력을 이용하여 영토를 보전하려는 이이제이(以夷制夷) 정책은 그러한 심리를 단적으로 보여 준다. 실제로 고구려는 수도인 국내성을 사방의 중심지로 생각하였고, 주변국을 고구려에 신속(臣屬)되거나 신속되어야 할 대상으로 간주하였다. 고구려왕은 천제의 아들이자 하백의 외손자인 추모왕(주몽)의 후예로서 천하 만물을 주관하는 존재였다는 자부심에 차 있었고, 수나라를 단지 힘에서만 인정하였다. 이런 사실을 고려할 때, 안수길의 시각은 역사적 사실에 근거를 두고 있고 실상에 부합하는 것임을 알 수 있다.

고구려 중심의 역사관은 신라 중심의 역사 해석과 달리 우리 영토에 대한 넓은 시각과 새로운 해석을 가능케 하는 이점을 갖고 있다. 신라를 중심으로 한국사를 볼 경우, 『을지문덕』에서 구체적으로 비판되듯이, 우리 역사는 민족 내부의 끊임없는 갈등과 쟁탈의 과정으로 정리된다. 신라 중심의 역사 인식이란 사실은 민족 내부의 투쟁과 상호 간의 힘겨루기 과정이며, 얼마나 외세를 슬기롭게 이용했는가에 초점이 모아질 수밖에 없다. 고구려가 수나라와 맞서고 있을 당시 신라가 수나라에 사신을 보내서 고구려를 칠 것을 요청했던 것이나, 백제 역시 신라를 견제하면서 뒤로는 수나라에 사신을 보낸 것과 같은 식이다.

하지만 당시 고구려는 북쪽의 말갈족을 이용하여 수나라를 견제했고, 총력을 기울여 광활한 만주를 방어했다. 고구려를 중심으로 역사를 이해한다는 것은 결국 만주를 포함한 광대한 대륙을 민족의 활동 근거지로 설정하고, 반도적 시야에서 벗어나 대륙적 시야를 확보하는 일이다.

『북간도』 초반의 간도 이주 조선족의 모습은 궁극적으로 구한말의 역사 속에서 파악되어야 할 사건이다. 이주 조선족의 문제는 구한말의 역사와 대응되고, 따라서 작품에서는 물밀듯이 몰아치는 제국주의 침략 앞에 왜 조선이 그토록 무력하게 대응할 수밖에 없었는가를 진지하게 다루어야 한다. 간도 이주 조선족의 고투사는 결국 외세에 무력할 수밖에 없었던 조선조의 무력한 역사를 대변하는 까닭이다.

안수길은 분단이라는 왜곡된 현실에서 간도를 민족사의

공간으로 설정하고 민족적 자존심을 지키는 고투의 과정을 서술함으로써 우리의 닫힌 시야를 일거에 확장시켜 주었다. 체험적 사실에 바탕을 둔 간결하고 속도감 있는 묘사는 1950년대 문학의 불구의식과 실존적 파탄을 무력화시켰고, 대상에 대한 거리감의 확보는 1960년대 이후 리얼리즘 문학을 부활시키는 데 중요하게 기여하였다.

2000년대 들어 중국은 '고구려를 중국 고대 소수민족 지방정권'으로 왜곡 기술하는 이른바 '동북공정(東北工程)' 정책을 펴고 있다. 이 프로젝트는 2007년에 공식적으로 끝났지만 지금도 중국은 동북방의 모든 역사를 중국의 역사로 규정하려는 시도를 계속하고 있다.

하지만 그런 정책에도 불구하고 만주에서의 우리 민족의 역사는 오늘도 유장하게 계속되고 있다. 고조선 시대부터 우리 민족의 활동무대였던 것처럼, 동북 3성에는 170만 명 이상의 동포들이 살고 있고, 우리 주변에는 70만 명 이상의 동포들이 중국을 오가며 생활하고 있다. 정치적인 분단에도 불구하고 우리는 하나의 민족으로 생활을 같이 하고 있는 것이다.

전쟁의
상처와
유년의
향수

서울과 개풍군의
박완서

작가에게 박적골은 '잃어버린 낙원' 같고
'서울의 빈궁과 누추를 견디게 하는 힘의 원천'으로
기억되는 곳이다.

박완서

황해도 개풍군(강화 평화전망대)

박완서 장편소설『목마른 계절』

"어떤 사람의 이름 속에는 그 개인의 역사뿐만이 아니라 그가 속한 집단의 보편적 삶이 담겨 있는 경우가 있는데 박완서라는 이름이 바로 그런 경우에 속한다."

소설가 김영현이 문단의 대선배인 박완서를 평한 말이다. 덧붙여 '대한민국 박완서'라는 표현도 썼는데(김영현, 「그이와 함께 걸어온 짧지만 긴 길」에서), 마치 '국민가수'를 칭하듯 다양한 연령층 다양한 직업군의 사람들이 작가 박완서를 '지지'하는 데서 나온 비유였을 것이다. 사실, 40여 년 작가 생활 내내 좋은 작품을 발표하며 지속적인 사랑을 받은 작가를 찾기가 힘든데, 박완서는 그 드문 축복을 누린 경우이다. 2011년 지병으로 세상을 떠날 때까지 박완서는 생기와 문재(文才)에서 젊은 작가를 능가하는 에너지를 보여 주었다.*

박완서는 오랜 필력만큼이나 다양한 경향의 작품을 창작

* 나는 '박완서 문학기행'을 위해 서대문구 현저동과 성북구 보문동, 구리시 아치울마을 등을 방문했고, 그곳에서 『나목』, 「엄마의 말뚝」, 『목마른 계절』, 『그 남자네 집』 등의 현장을 어렴풋이나마 느껴보았다. 2023년에는 강화 평화전망대와 파주 오두산통일전망대를 찾아 개풍군 들판에서 무리 지어 농사를 짓는 북한 주민들을 멀리서 보고 『그 많던 싱아는 누가 다 먹었을까』, 『그 산이 정말 거기 있었을까』, 「엄마의 말뚝」 등의 공간을 상상해 보았다. 이 글에서는 그런 체험을 담지 못했다. 다만 글 속에 박완서 문학의 현장들이 두루 언급되어 여기에 수록한다.

해 왔다. 초기의 전쟁과 가족사에 바탕을 둔 분단 비극의 형상화에서부터 여성들의 삶과 가부장제의 허위의식을 문제 삼은 페미니즘 계열에 이르기까지 창작의 영역이 넓고도 깊다. 그런데 치밀한 심리묘사와 능청스러운 익살, 삶에 대한 애착, 핏줄에 대한 애정과 일상에 대한 안정된 감각에 바탕을 둔 박완서 소설의 가치를 먼저 발견하고 인정해 준 사람들은 1차적으로는 독자들이었다. 이는 남성 중심의 서사와는 차별화되는 여성의 서사를 섬세하게 보여 준 박완서 문학이, 그동안 이름을 얻지 못했던 다중의 심리와 의식을 반영하고 있었고, 그것을 전문가들보다 앞서 일반 독자들이 경험적으로 간파했다고 봐도 무방한 것이다. 1970~1980년대에 박완서 소설에 지지를 보낸 이 독자들은 작가와 함께 나이가 들면서 광범한 연령층으로 확대되어 나갔다. 이른바 대하가 흐르듯 국민적 지지군단을 자연스럽게 형성해 나간 것이다.

박완서 문학은 이제 한국문학의 고전으로 꼽히는 자리에 이르렀지만 그럼에도 박완서 문학의 진수는 여전히 해석의 지평에서 정확한 언어로 표현될 수 없는 미지의 영역에 놓여 있다고 말하기도 한다. 사실 해석이란 어떤 영역 앞에서는 늘 무능하거나 무력한 존재이기 마련이다. 아마도 그 미지의 영역, 즉 해석을 뛰어넘는 곳에 박완서의 작품들이 왜 그토록 오래 사랑을 받아 왔는가, 왜 감동을 주는가에 대한 비밀이 숨어 있을 터이다.

《여성동아》의 여류 장편소설 공모에 『나목(裸木)』이 당선되어 문단에 나왔을 때, 박완시는 나이 40세로, 23살에 결혼하여 4녀 1남을 키우면서 한세월을 보낸 뒤의 '늦깎이 등단'이어서 세간의 화제를 모았었다. 40세에 어떻게 글을 쓸 마음을 먹었느냐, 습작은 얼마나 했느냐, 호기심 삼아 쏟아지는 질문들에 대해 작가는 대답이 궁색하곤 했다는 심경을 수필에서 고백한 적이 있다.

"사사도 한 바 없고 습작기도 없었다고 솔직히 말하자면 으스대는 것 같아 망설여진다. 정말 나는 스승도 없이 습작도 안 하고 곧바로 소설가가 된 것일까? 자신을 다시 한번 되돌이켜 보게도 된다. 그렇다고 어느 평론가가 지적한 것처럼 만들어진 소설가가 아니라 태어난 소설가라는 말에 전적으로 동의하는 것도 아니다."(박완서, 「나에게 소설은 무엇인가」에서)

문학이란 무엇인가? 소설이란 무엇인가? 작가들이 무슨 비의처럼 저마다 하나씩 가슴 속에 품고 있을 법한 화두를 박완서는 소설을 쓰기 시작한 이후 한참 뒤에야 갖게 된 것이다.

이러한 작가의 어린 시절에 뛰어난 이야기꾼으로서 어머니가 존재했음을 발견할 수 있다. 박완서의 어머니 홍기숙은 나이 열아홉에 시집을 갔는데 처녀 시절에 삼국지나 수호지를 읽고 그 내용을 외웠으며, 옥루몽·홍루몽·춘향전·심청전 같은 소설들은 손수 베껴 책으로 엮어 놓아 시집올 때 필사본 이야기책을 한 짐이나 가져온 분이었다고 한다. 이른바 대단한 문학 애호가였던 것. 이러한 어머니의 피가 박완서에게 흐르고 있음을 부인할 수 없을 것이다.

이 어머니는 벽촌에서 제대로 약도 못 쓰고 남편이 죽자 삼년상을 마치고 난 후 바로 아들을 데리고 서울로 이주했고 나중에 딸을 데리고 왔는데, 당시에는 '혁명'에 가까운 행동이었다. 서울에 상경한 세 식구는 서울 변두리 빈촌에 정착하였는데, 남다른 교육열을 지닌 어머니는 박완서를 상대적으로 부유한 성내의 매동 학교에 입학시킨다. 이 시절 박완서의 유일한 낙은 옛날얘기를 듣는 것이었다고 한다. 「엄마의 말뚝」 연작이나 『그 많던 싱아는 누가 다 먹었을까』에서 사실적으로 묘사되고 있듯, 밤늦도록 바느질품을 파는 어머니 옆에서 나이 어린 박완서는 이야기를 졸라 댔고 그때마다 어머니는 무궁무진한 이야기를 풀어 놓으셨다. 그 이야기들은 "심심해할 때뿐 아니라, 주전부리를 하고 싶어 할 때도, 남과 같이 고운 옷을 입고 싶어 할 때도, 약아 빠진 서울 아이들한테 놀림 받아 자존심이 다쳤을 때도, 고향 친구가 그리워 외로움을 탈 때도, 시험점수를 못 받아 기가 죽었을 때" 등 이런저런 마음의 상처가 많았던 작가에게 만병통치약 같은 힘이 되어 주었던 것이다. 훗날 '소설은 이야기다', '뛰어난 이야기꾼이 되고 싶다'는 작가적 확신을 만들어 낸 바탕에는 그 이야기들이 존재했음을 간과할 수 없다.

현저동에서 매동초등학교를 다녔고, 14살 때 숙명여고에 입학하였다. 이후 서울대 문리과에 입학했지만 대학을 다닌 것은 고작 며칠에 지나지 않았다. 대학에 입학한 해가 1950년이었는데, 스무 살 청춘은 그것을 미처 음미해 볼 기회도 갖지 못한 채 전쟁과 함께 산산조각이 나 버린 것이다. 전쟁을 겪으면서 숙부와 오빠를 잃었다. 특히 전쟁 중에 목격한 '오빠의 죽음'은 작가에게 불치의 상처를 남겨 놓았다.

어려서 아버지를 여의고 홀어머니 밑에서 자란 작가에게 오빠는 아버지를 대신하는 인물이었고, 우상과 같은 존재였다. 중학교 이후 오빠의 모든 언행이 박완서의 가치 기준이 되었다. 그런데 오빠는 그 당시의 젊은이들이 흔히 그랬듯이, 한때 사회주의 사상에 심취했다가 전향한 경력을 갖고 있었다. 박완서의 술회에 의하면, 오빠가 사회주의 사상에 빠져든 것은 "20대에 공산주의자가 아니면 하트가 없고 30대에서 공산주의자라면 브레인이 없다."(『박완서 문학앨범』에서)던 회고에서 짐작할 수 있듯, 젊은 정의감에서 비롯된 일시적 행동이었던 것으로 보인다. 젊었기에 남과 북으로 나누어 다투던 해방 후의 현실에 울분을 터뜨리지 않을 수 없었고 잠시 사회주의에 경도되었으나, 좌익의 실상을 목격한 뒤에는 바로 전향하였다. 그런데 그것이 결국 오빠를 죽음으로 몰고 간다. 좌익에 가담했다가 전향한 경력으로 인해 "한쪽에선 오빠를 반동으로 몰아 갖은 악랄한 수단으로 어르고 공갈치고 협박함으로써 나약한 지식인에 지나지 않았던 그를 마침내 폐인을 만들어 놓았고, 다른 한쪽에선 폐인을 데려다 빨갱이라고 족치기가 맥이 빠졌는지 슬슬 가지고 놀고 장난치다 당장 죽지 않을 만큼의 총상을 입혀서 내팽개"쳤다. 이 과정에서 오빠는 서서히 폐인이 되어 갔다. 살아남은 자는 애도의 절차를 거쳐 죽은 자로부터 자유로워져야 하지만, 오빠의 죽음은 '애도'되지 않고 삼켜졌다. 그리하여 아무리 시간이 흘러도 작가의 몸속에서 산 채로 꿈틀거리고 있었다. 그리고 "내부의 한가운데 가로 걸려 체증처럼 신경통처럼" 일상을 훼방 놓았다.

"나의 초기의 작품, 그중에서도 특히 6·25를 다룬 일련의 작품들은 오빠의 망령으로부터 벗어나 보려는 몸부림 같은 작품들이었다."는 작가의 고백은 그 상처가 얼마나 강렬하고 치명적이었는가를 말해 준다. 즉, "못이 녹슬고 썩고 삭아서 흙이 되고도 남을 세월이 지났건만 못자국의 통증은 자주 도진다."는 고백에서 느껴지듯 박완서에게 있어서 6·25 전쟁은 "기억의 원점"에 해당되는 자리인 것이다.

전쟁 직후 생계를 꾸리기 위해서 미군부대 초상화부에서

근무하며 참혹한 현실과 직면해 나갔던 박완서는 1953년 남편이 될 사람을 만나서 결혼했는데, 이후 40세에 이르러 등단하기까지 작가가 글쓰기에 이를 수밖에 없었던 내면의 상태가 어떠했는가를 다음 글은 보여 준다.

너도 결혼을 해야지. 처자식만 알 착실한 남자하고.

어느 날 어머니가 그랬다. 나는 어머니의 그 말에 대번 동의했다. 처자식만 아는 착실한 남자라는 말이 내 마음에 쏙 들었다. (중략) 나는 그런 남자와 결혼했다. 그리고 애를 낳고 또 낳았다. 아이에 대한 내 욕심은 채워질 줄 몰랐다. (중략) 처자식만 아는 남편, 많은 아이들, 그래도 나는 행복하지 않았다. 사는 게 매가리가 없고 시들시들하고 구질구질하고 답답하고 넌더리가 났다. 사는 즐거움을 받아들이는 감수성이 마치 망가진 용수철처럼 매가리가 없이 풀려 있었다. 싱싱한 건 아무것도 없었다. 무섬증조차도 처녀 적 같은 싱싱함을 이미 상실하고 있었다. 나는 이제 망령이 어두운 골목길에 피투성이의 유령이 되어 나타날까 봐 무서워하는 대신 유령도 못되고 어느 구석에 처박혀 있을 망령을 지지리도 못난 것으로 얕잡아보아 오기까지 했다.

그런데 문제는 바로 그 망령이 처박혀 있는 곳이었다. 나는 그들이 있는 곳을 명치 근처에서 체증을 의식하듯 내 내부 한가운데서 늘 의식해야만 했다. 그 느낌은 아주 고약했다. 어머니와 함께 두 죽음을 꿀꺽 삼켰을 당시의 그 뭉클하기도 하고, 뭔가가 와르르 무너져 내리는 것 같기도 하고, 속이 뒤틀리게 매슥거리기도 했던 그 고약한 느낌은 아무리 날이 지나도 희미해지지 않았다.

(「부처님 근처」에서)

등단작 『나목』(1970)을 비롯해서 『목마른 계절』, 『그해 겨울은 따뜻했네』, 「엄마의 말뚝」 연작, 『그 산이 정말 거기 있었을까』 등은 모두 그 시기의 체험을 소재로 하고 있다. 『나목』은 전쟁 직후의 참담한 현실을 감내했던 경험을 담고 있고, 『그 산이 정말 거기 있었을까』는 스무 살 무렵에 겪었던 전쟁기의 체험을 사실적으로 묘사해 놓았다. 또 「엄마의 말뚝」 연작 역시 개성에서의 상경과 전시 하의 참혹한 생활을 담고 있으며, 『그해 겨울은 따뜻했네』는 전쟁이 일어난 지 20년 후를 배경으로 중산층 소시민에게 형성된 분단의 상처와 허위의식을 고발하고 있다.

「부처님 근처」에서 술회되었듯이 작가의 내부 한 가운데 체증처럼 걸려 있던, 즉 "이야기를 하고 싶어 미칠 것 같았"던 그 말들은 정신분석의 관점을 빌리자면 과거에는 무의식화된 채 원령처럼 작가를 옥죄어 왔던 것들로서 글쓰기를 통해 작가는 조금씩 가벼워질 수 있었던 듯하다. 이런 사실은 '언어화'를 통해 무의식을 의식으로 끌어올리는 전통적인 정신치료방법과도 유사한 대목이다.

박완서 소설의 주인공들은 상당수가 남북 분단의 아픈 체험을 개인사로 간직하고 있거나, 6·25 전쟁의 비극적인 상처를 안고 있다. 작가는 전쟁의 참상을 고발하고 그것의 현재적 의미를 지속적으로 추적하는 모습을 보이는데, 이는 일종의 트라우마적 원체험에 대한 끊임없는 재해석의 노력이자, 개인적으로는 눈물겨운 상처의 극복과정이기도 하다.

이는 초기에 발표된 작품들과 나중에 발표된 작품과의 대비에서도 드러나는 사실이다. 초기작 중 『목마른 계절』은 작가의 체험이 서사의 근간을 형성한다는 점에서, 전쟁기에 우연히 만난 박수근 화백을 소재로 한 『나목』에 비해서 자전적 성격이 한층 강화된 작품이다. 대학에 갓 입학한 새내기로서 겪었던 1950년 6월에서 다음 해 5월까지의 1년간, 인민군과 국군이 번갈아 지배했던 서울에서의 체험을 소재로 한 이 작품은, 박완서가 '오빠'를 이해하고 궁극적으로 개인사의 상처를 털고 민족사의 한복판으로 나가는 계기가 되는 작품이다.

작품의 전반부에서는 좌익에 관여했던 자신의 행동과 오

빠의 죽음에 관한 얘기가 기록된다. 좌익에 대한 주인공의 태도는 처음에는 매우 호의적이었으나 전쟁을 구체적으로 체험하면서부터 서서히 변해간다. 작품의 상당 부분은 공산주의자들의 만행과 그들에 대한 민중들의 배반감을 묘사하는 데 할애되어 있다. 이런 점에서 공산주의의 실상을 고발하고 거기에 동조한 자신의 행위를 반성하는 작품으로 이해될 수 있다.

그런데 이러한 시선과 태도는 동일한 체험을 소재로 한 『그 많던 싱아는 누가 다 먹었을까』와 『그 산이 정말 거기 있었을까』에 오면 사뭇 다른 모습으로 나타난다. 이들 작품은 우선, 박완서가 자전적 소설임을 밝히고 쓴 작품들이다. 과거 소설에서 단편적인 삽화의 형태로 제시되었던 개인사가 종합적으로 집약되어 있고, 그것을 바라보는 작가의 시선 또한 한층 성숙하고 냉정하다. 『목마른 계절』에서는 화자가 자발적으로 좌익에 관여했다가 점차 멀어지는 것으로 그려졌으나, 『그 산이 정말 거기 있었을까』에서는 좌익에 관여한 것이 다분히 상황적 필요에 의해 불가피했던 것으로 서술된다. 또한 그동안 다른 작품에서 한 번도 언급한 적이 없었던 내용, 즉 가족을 버리고 홀로 피난길에 올랐던 자신의 이기적 행동을 서슴없이 고백하고 뉘우치는 모습을 보여 준다. 관통상을 입고 괴로워하는 오빠를 뒤로한 채 향토방위대를 따라 홀로 피난길에 올랐지만, 피난 도중에 그런 자신을 뉘우치는 모습을 보여 준다. 수레를 구해서 오빠와 가족을 싣고 함께 피난을 떠났어야 했던 게 아닐까 하고 후회하며, 특히 피난을 다녀온 뒤에는 오빠가 죽자 하루 만에 매장한 것으로 인해 심한 죄의식에 시달린다.

이런 식으로 작가는 화자의 입을 빌려 그동안 가슴 깊이 숨겨 두었던 죄의식을 고백한다. 마음속 깊이 각인되어 있던 죄의식은 그동안 작가를 구속하는 심리적 억압요인이었는데, 이러한 '고해'의 과정을 통해서 작가의 무의식은 의식화된다. 오빠의 죽음이 『목마른 계절』에서와는 달리 한층 사실적으로 그려진 것도 화자의 이러한 태도와 관계될 것이다. 화자는 사뭇 담담한 태도로 오빠의 죽음이 남·북한 양 체제의 압력에 의한 것이었음을 고백한다. 그런 까닭에 작품에는 오빠의 죽음에 따른 절통한 심정이라든가 현실에 대한 적개심은 드러나지 않는다.

화자의 태도와 인물의 형상을 중심으로 본다면, 박완서 소설은 1990년대를 전후로 사뭇 다른 모습을 보여준다. 1990년이라고 한 것은 박완서가 그 시점부터 내면의 상처로부터 자유로워졌을 뿐만 아니라 반공주의라는 시대적 제약으로부터도 홀가분해졌음을 의미한다. 사실 1980년대까지도 박완서는 당대를 규율한 반공주의와 그에 따른 자기검열에서 자유롭지 못하였다. 하지만 1980년대 후반의 민주화운동과 동구

사회주의권의 몰락을 지켜보면서 작가 내면을 억압하고 있던 피해의식과 강박에서 벗어나 한층 공평한 시각으로 과거사를 고백하는 것이다. 그런 점에서 '소설로 그린 자화상'이라는 부제가 붙은 『그 많던 싱아는 누가 다 먹었을까』와 『그 산이 정말 거기 있었을까』는 박완서 소설의 완결 지점에 해당한다고 볼 수 있을 것이다.

"농바위 고개만 넘으면 송도라고 했다. 그러니까 농바위 고개는 박적골에서 송도까지 사이에 있는 네 개의 고개 중 마지막 고개였다. 마지막 고개답게 가팔랐다. 이십 리를 걸어온 여덟 살 먹은 계집 애의 눈에 고개는 마치 직립해 있는 것처럼 몰인정해 보였다."(「엄마의 말뚝 1」에서)

개성에서 10킬로미터 떨어진 개풍군 청교면 박적골이라는 벽촌에서 1931년 태어난 박완서는 실제로 8살 무렵 어머니의 손에 이끌려 뒤늦게 서울로 따라갈 때까지 조부모·숙부모 밑에서 어린 시절을 보냈다. 「엄마의 말뚝」 첫 장면에 묘사되는 "박적골에서 이십 리를 걸어온 여덟 살 먹은 계집애"는 곧 작가의 자화상인 셈이다. 「엄마의 말뚝」 연작은 뒤에 발표된 『그 많던 싱아는 누가 다 먹었을까』와 『그 산이 정말 거기 있었을까』와 함께 자전적 소설로 꼽히는 작품이다. 오래된 고향 마을의 세계, 박적골을 떠나 송도(개성), 서울 현저동로 이동해

가면서 대처에서 존재의 근거를 찾아보려 했던 엄마의 고된 여정은 실패로 끝난다. 엄마로 상징되는 한 개인의 여정은 곧 식민지 근대, 전쟁, 분단체제로 넘어오는 한국의 근대사를 상징화해 보여 주는 것이기도 하다.

「엄마의 말뚝」이 엄마의 연대기라면, 『그 많던 싱아는 누가 다 먹었을까』는 태어난 고향에서의 어린 시절부터 스무 살 때까지의 시간을 담고 있는 작가의 성장소설이다. 이 작품에서 흥미로운 것은 '박적골'로 표상되는 유년기라는 공간일 것이다.

박적골에 대한 언급은 박완서의 소설과 수필에서 자주 목격되는 대목이다. 서울에서 궁핍한 셋방에서 초등학교를 다니면서도 유일한 낙은 방학해서 시골 내려가는 것이었다고 술회할 만큼, 작가에게 박적골은 '잃어버린 낙원' 같고 '서울의 빈궁과 누추를 견디게 하는 힘의 원천'으로 기억되는 곳이다. 그런데 그곳이 잃어버린 낙원이 된 것은 분단의 현실과도 무관치 않다. 분단과 더불어 고향은 자유롭게 출입할 수 없는 곳이 되었기 때문이다. 스무 살 청춘을 부숴 버린 전쟁, 그 전쟁 속에서 경험한 참척의 고통에 대해 말하고픈 욕망이 박완서 문학을 탄생시킨 1차적인 동력이라면, 고통스럽고 남루한 현실의 대척 지점에 놓인 공간으로서의 유년기와 고향에 대한 동경과 향수는 박완서 문학의 또 다른 정서적 자리를 마련해 준 중요한 항목이 될 것이다.

고향에 더 이상 갈 수 없게 됨으로써 박절골에서 경험한 '유년기의 완벽한 평화'의 기억은 훼손되지 않은 상태로 밀봉된다. 작가는 "나처럼 오랫동안 변치 않은 고향의 모습을 간직하고 있는 이는 아마 없을 것"(「옛날」)이라고 말한다. 유년기에 대처로 떠나오면서 고향을 잃은 작가가 노년에 이르러 마음 붙일 곳, 고향 같은 곳을 무의식적으로 소망하고 있다는 것은 여러 수필에서 완연히 느껴진다. "우리 엄마는 옛날이란 소리를 하루에도 스무 번은 더 하시는 것 같아요."라고 딸에게 소리를 들을 정도(「마을 붙일 곳」)로 자신도 모르게 옛날 타령을 하고 "옛날식으로 무친 가지나물과 호박나물, 흰죽과 육젓, 고약처럼 까만 알이 잔뜩 든 민물게장, 이런 것들에 대한 그리움은 식욕의 차원이 아닌 정신적인 갈망 같은 거였다."(「옛날」)고 고백한다.

박완서가 여덟 살 때 고향을 떠난 후 60년이나 지속되었던 서울 생활을 접고 가래울로 이사를 하게 된 결정적인 이유도 서울과 맞붙은 그 동네가 1930년대의 고향마을과 환상적으로 닮았기 때문이었다. 그럼에도 정작 꿈에도 그리던 고향을 방문할 수 있는 기회가 오자 박완서는 그 기회를 뿌리친다. 만약 고향을 방문할 수 있게 된다면 "마음속에 있는 내 고향, 이상화된 농경사회의 평화와 조화를 상실하는 날이 될 게 뻔"

하다고 생각한 때문이다.

1997년에 발표된 「그 여자네 집」에서 고향의 순수함과 순박한 시골의 정취를 담아 낸 김용택의 시 「그 여자네 집」에 작가가 끌렸던 것은 그 시가 지금은 잃어버린 고향에 대한 향수를 자극했기 때문일 것이다. 시 「그 여자네 집」에서 시의 화자가 초점을 맞추고 있는 대상은 '그 여자네 집'이다. 화자가 그리워하는 것은 고향의 은행나무와 살구꽃과 저녁 햇살과 붉게 익은 감, 참새 떼, 눈송이들이 김칫독 안으로 하얗게 내리는 등 고향의 사계절마다 볼 수 있는 풍경 속에서 그 풍경의 일부를 이루는 대상으로서의 '그 여자'이다. 이런 점에서 시 제목이 '그 여자'가 아니라 '그 여자네 집'이다. 궁극적으로 작가가 회고하는 대상은 그 여자를 향한 그리움과 설렘이 함께 녹아 있는 고향 마을이라는 훼손되지 않는 순수한 공간과 과거의 시간이다. 그리하여 그 그리움은 "지금은 아, 지금은 이 세상에 없는 그 집/ 내 마음속에 지어진 집"으로 형상화된다. 소설 「그 여자네 집」에 묘사된 그 이상화된 공간에는 작가의 박적골에 대한 향수가 그대로 투사되어 있는 것이다.

가을이면 은행나무 은행잎이 노랗게 물드는 집
해가 저무는 날 먼데서도 내 눈에 가장 먼저 뜨이는 집
생각하면 그리웁고

바라보면 정다웠던 집
어디 갔다가 늦게 집에 가는 밤이면
불빛이, 따뜻한 불빛이 검은 산속에 깜박깜박 살아 있는 집
그 불빛 아래 앉아 수를 놓으며 앉아 있을
그 여자의 까만 머릿결과 어깨를 생각만 해도
손길이 따뜻해져 오는 집

살구꽃이 피는 집
봄이면 살구꽃이 하얗게 피었다가
꽃잎이 하얗게 담 너머까지 날리는 집
살구꽃 떨어지는 살구나무 아래로
물을 길어오는 그 여자 물동이 속에
꽃잎이 떨어지면 꽃잎이 일으킨 물결처럼 가닿고
싶은 집
(김용택, 「그 여자네 집」 1, 2 연)

물론 박적골의 공간에도 모순과 고통이 없지 않을 것이다. 그러나 작가의 회상 속에 각인된 그 유년기의 공간은 단순히 박적골이라는 삶의 공간을 지시하는 것이 아니라 "우리가 언제 어디서든지 지향해야 할 가치와 아름다움의 뿌리를 보여주는"(이남호) 상징적인 공간이다. 그 가치와 아름다움이

『그 많던 싱아는 누가 다 먹었을까』에서 '그 많던 싱아'로 표상된 것이다.

물론 박완서는 과거사를 단순히 회고하는 데 그치기보다는 그것을 현재의 문제와 연결해서 제시하는 작가이다.

「그 여자네 집」은 작가의 역사적 통찰력을 보여 주는 수작이다. 「그 여자네 집」에서 소환되는 과거는 단순한 회상이 아니라 분단 현실에 대한 통한이고, 한편으로는 정신대를 비롯한 식민치하의 고통과 연결된 상처의 원형이다. 작가가 식민통치와 분단의 문제를 동시에 언급한 것은 그 둘이 결코 분리된 것이 아니라는 생각에 바탕을 둔 것이다. 한 개인의 사랑을 파괴했다는 점에서 일제 식민통치와 분단은 동질의 것이고, 아직도 해결되지 않은 민족사의 상처라고 할 수 있다. 「그 여자네 집」을 통해서 이러한 내용을 쉽고도 평이하게 보여 주었다는 점에서 능숙한 작가적 수완을 엿볼 수 있다.

1988년 박완서는 남편과 외아들을 연이어 사별하는 참척의 고통을 다시 한번 경험했다. 스무 살 때 오빠를 잃은 고통에 이어 한 개인으로서는 감당하기 힘든 비극이 되풀이된 것이다. 다시는 소설을 쓰지 못할 것 같다며 절망의 바닥까지 다다른 듯했지만 운명과 고통을 이겨내는 강인하고 인상적인 모습으로 재기했다. 『한 말씀만 하소서』, 『미망』, 『그 많던 싱아는 누가 다 먹었을까』, 『나의 가장 나종 지닌 것』 등 오히려 눈부시고 왕성하게 집필활동에 전념한다. 그동안 작가의 고통을 가장 가까이서 지켜본 딸 호원숙에 의하면 '그간에는 거리 조절이 안 되어 객관적으로 작품이 읽히지 않았는데, 운명을 받아들이고 겸허와 존엄에 찬 어머니의 작품을 다시 대했을 때 마음 깊이 감동하고 작가로서 존경하게 되었다.'는 것이다. (「모녀의 시간」에서)

1970년 소설가로 입문한 이후 박완서는 전쟁과 분단의 경험을 성찰한 작품들뿐 아니라 인간의 양면성, 현실의 이중성을 날카롭게 간파한 작품들, 사회적 구조의 모순과 역사를 통찰한 작품들을 쉬지 않고 발표했다. 항상 긴장과 정신의 탄력을 유지하며, 소설을 한 꼭지 쓰고 나면 몸에서 진액이 다 빠져나가 곧 바스라질 것 같이 무력해지면서도 붓을 놓지 않았던 작가에게 나이는 의미를 갖지 못했다. 문학적 도전과 모험의 행로를 멈추지 않은 '젊은 작가'의 모습을 죽을 때까지 유지한 것이다.

일제식민지 경험과 전쟁과 혈육을 차례로 잃는 고통을 견디면서 쉬지 않고 창작의 열정을 불태워 온 한 작가의 일생을 반추하며서 단지 박완서 개인이 아니라 한국 현대사의 '어머니'의 모습이 떠오르는 것은 필자만의 생각일까. 아마 독자들 또한 박완서의 글쓰기에서 "기쁨과 고통을 모두 통과해 마침내 삶의 정상에 이른 인간의 진정한 아름다움과 위엄이 배어 있는 문학"을 느꼈던 것은 아닐까. "박완서의 작품들이 왜 그토록 사랑을 받아 왔는가, 감동을 주는가"에 대한 궁금증에 대한 답도 이 속에 조금은 담겨 있지 않을까.

한국문학의 거목 박완서는 2011년 2월 22일 토요일 새벽에 세상을 떠났다. 80세를 맞은 박완서는 79세 가을에 담낭암 진단을 받았다. 수술 후 회복되는 듯 보였으나, 끝내 눈을 감았다.

분단문학의
큰 산이 된 작가

원산의 이호철

고향 원산에서 단신 월남해서 남한 사회에 정착한
이호철에게 분단과 전쟁, 그리고 이산의 체험은
그의 문학을 지배한 일관된 화두였다.

통일전망대에서 본 북고성

이호철(1972 북한적십자대표들이
서울로 내려올 때 독립문 구치소 앞에서)

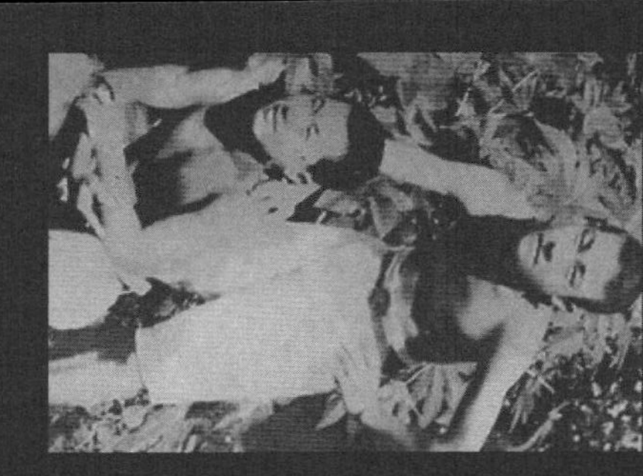

이호철 소년 시절 고향에서 찍은 사진

고성군 현내면 저진리 통일전망대.

DMZ와 남방한계선이 만나는 해발 70미터 고지의 통일전망대 앞에 섰다. 금강산의 구선봉과 해금강이 지척에 있고 맑은 날에는 신선대, 옥녀봉 등 금강산의 절경이 눈 앞에 펼쳐지는 곳. 눈앞을 가로막은 휴전선 철책을 사이에 두고 대치하는 남·북의 초소는 분단의 현실을 알려주듯 서로를 응시할 뿐 말이 없다. 그런데 그 옆으로는 동해북부선 철길과 2004년 개통되어 한동안 활발했던 금강산 육로관광의 남북연결도로가 다시 주인을 기다리듯 북으로 뻗어 있다. 국지봉과 구선봉(일명 낙타봉) 뒤편의 풍광이 눈에 들어오지는 않지만, 이호철의 회고에 의하면, 낙타봉 뒤편에는 사과밭이 있었다고 한다.

> 요즘도 고성의 통일전망대에 가면 나는 남달리 감회에 젖곤 하지만, 거기서 빤히 정면으로 건너다보이는 낙타봉과 함께 바다 쪽으로 길게 뻗은 육지가 그때의 그 방죽이었던 것이다. 그 너머 사과밭은 보일 리가 없다. 아니, 「지금도 그대로 사과밭으로 있을까?」 방죽이 끝나는 바다에는 미리 민간 고깃배 몇 척이 차출되어 있었다. 그날따라 바람이 세서 뿌옇게 흐린 바다는 황토색으로 요동을 쳤다. 우리는 기우뚱거리는 배에 올라탔다. 그리고 어부들이 제각기 노를 저어 어선 네 다섯 척은 삼 사 십 분쯤 지나서 장전에 이르렀

다. 바로 금강산 초입 외금강으로 들어가자면 으레 거치는 곳이다. 여기서 다시 육지에 올라 북상해 가다가 흡곡에서 국군 수복 뒤에 현지 청년회 일을 보던 자형 최우진을 만나 그이가 현지 주둔 헌병에게 부탁하여 나는 그 포로 행렬에서 쉽게 빠져나왔다.

(「촌당 당한 삶의 현장」에서)

국군 포로로 잡혀 북으로 끌려가던 시절, 이곳 통일전망대 부근을 지나 흡곡에서 천행으로 자형을 만나 포로에서 풀려났던 경험을 회고한 글이다. 지금은 상상으로밖에 볼 수 없는 고성에서 원산에 이르는 지형을 어렴풋이 떠오르게 한다.

이호철은 1932년 3월, 원산시 현동리에서 태어났다. 서울에서 180킬로미터, 평양에서 150킬로미터, 금강산에서 85킬로미터 정도 떨어져 있는 원산은 속초에서는 2시간이면 닫을 수 있는 곳이다. 원산은 갈마반도, 호도반도의 지형과 신도, 대도, 여도 등 20여 개의 크고 작은 섬과 송도원 해수욕장, 명사십리 등 천혜의 자연환경을 갖추어 예로부터 명승지로 이름난 곳이다. 이호철은 이 원산에서 고등학교 3학년까지 다니다가 6·25전쟁 발발과 함께 인민군에 차출되어 동해안 방위 여단에 편입되어 전장에 투입되었다. 인민군으로 전장에 투입되었지만 총 한번 제대로 잡아 보지 못한 채 양양 인근에서 국군 포로가 되었고, 천행으로 국군인 자형을 만나서 풀려날 수 있었다.

이후 단신 월남하여 부산에서 도착하였고, 갖은 고초를 겪으면서 남한 사회에 정착하였다. 제면소 도제, 동래 온천장 미군 기관인 JACK 부대의 경비원, 서울 효창동 미군 부대 경비원, 한편으로는 국어 교사를 알선해 주겠다는 친구로부터 사기를 당하기도 했고, 출판사 직원, 정부 공보실의 간행물 교정원 등을 두루 경험하였다. 이후 이호철은 작가로 등단하여 문인의 길을 걸으면서 다양한 사회운동에 참가하여 1974년에는 소위 '문인간첩단 사건'에 연루되는 고초를 겪었고, 1980년에는 '김대중 내란음모사건'에 연루되어 3년 6개월의 형을 선고받았다. 1986년에는 유신정권의 압제에 저항한 문인단체 '자유실천문인협의회' 대표를 맡았으며, 1987년에는 '헌법쟁취 국민운동본부'의 공동대표를 역임하였다. 그리고 1992년에는 예술원 회원으로 피선되었고, 2000년에는 평양의 남북 이산가족 상봉장에서 50년 만에 누이동생과 해후하는 기쁨을 누렸다.

이호철 문학의 리얼리티는 바로 이 일련의 과정에서 획득된 체험적 진실에서 비롯된다. 이호철의 거의 모든 작품에는 북한에서의 유소년기와 월남 후의 체험들이 배경처럼 깔려 있다. 등단작 「탈향(脫鄕)」은 월남 직후 부산에서의 실제 체험을 소재로 하며, 「나상」, 「만조」, 「빈 골짜기」는 인민군에 복무할 당시의 체험을 근간으로 하고 있다. 대표작 『소시민』은 부산 제면소에서 일할 당시의 경험을 근간으로 했고, 『남녘사람 북녘사람』은 가슴 깊이 묻어 두었던 인민군 복무 체험을 소환해서 재현해 놓았다. 혼란스러운 현실에서 균형과 안정을 찾기 위해서는 마음의 근원이 되는 '큰 산'과도 같은 존재가 필요하다는 내용의 단편 「큰산」은 고향 현동에서의 기억을 불러와 만들었다. 이호철은 이렇듯 자신이 살아온 과정을 즐겨 소재로 활용하였지만, 작품이 단순한 체험의 기록에 그치는 것은 아니다. 개인사를 통해 민족사의 비극을 환기하고 궁극적으로 사회와 인간의 삶을 성찰하는 게 이호철의 소설이다.

이호철 소설의 독특함은 곡절 많은 삶의 내력을 진솔하게 작품으로 옮겨 놓은 데 있다. 그것이 가능했던 것은 무엇보다 주어진 삶을 겸허하게 받아들이고 감내하는 특유의 성격 때문이다. 스스로 고백한 바 '둔감과 교지'로 요약되는 작가의 기질은 인생의 험로를 헤치는 중요한 힘이었다. '자서전적 연보'에 의하면, 이호철이 그런 기질을 확인한 것은 초등학교 2학년 때였다. 홍수 직후 마을 앞 강에서 동갑내기 6촌과 멱을 감다가 급류 속으로 휘말려 들어갔는데, 그때 이호철은 물속에서 힘껏 몸을 뒤채어 목을 내밀어 숨을 쉬고는 다시 깊은 물 속으로 들어가는 짓을 되풀이하다가 혼자 힘으로 뭍으로 나왔는데, 콧구멍에만 물이 조금 들어갔을 뿐 아무 탈이 없었다고 한다. 유년기의 이 어렴풋한 기억을 떠올리며 이호철은 그 뒤 어떤 난국도 겪고 나서 뒤에 생각해 보면 늘 이런 식으로 감당해 왔다고 하며, 그런 자신을 "천성적인 둔감과 교지가 묘하게 배합된 성격"(「자서전적 연보」)으로 설명한다. 이호철이 남한 사회라는 급류 속을 거슬러 오면서 갖은 풍상을 견딜 수 있었던 힘은 얕은꾀를 쓰지 않고 그 속에 뛰어들어 우직하게 감당해 온 이러한 성격과 관계된다고 하겠다.

게다가 이호철은 세상을 보는 해박한 지식과 깊은 통찰력을 갖고 있었다. 「자서전적 연보」나 「촌당(寸斷) 당한 삶의 현장」에서 볼 수 있듯이, 그는 청소년기에 이미 김소월, 임화, 나츠메 소세키를 비롯한 톨스토이, 고리끼 등을 광범위하게 섭렵했고, 특히 고리끼를 위시한 19세기 러시아 민중문학에 깊이 매료되었었다. 또 공산치하에서 북한의 토지개혁과정과 지방의 당 조직 결성 과정을 목격하면서 이데올로기와 '사람 살이의 참뜻'을 깊게 자각하였다. 그래서 피난지 부산에 도착하기 전에 이미 세계관이나 역사관의 틀이 웬만큼 잡혀 있었고, 임헌영의 회고대로 전후 작가 중에서 누구보다도 해박한 사회과학적 지식을 갖고 있었던 것이다. 이 사회과학적 지식과 신념을 바탕으로 이호철은 사회 비판적이고 실천적인 자세를 견지해 왔고, 실제로 『소시민』이나 시사 칼럼집 『희망의 거처』에는 사회 현실에 대한 깊은 안목이 투사되어 있는 것을 볼 수 있다.

이호철 소설은 크게 두 부류로 나누어 볼 수 있다. 하나는 소시민의 일상을 소재로 한 작품들이고, 다른 하나는 분단 현실의 문제를 다룬 작품들이다. 『소시민』, 『심천도』, 『서울은 만원이다』 등이 전자를 대표한다면, 「판문점」, 『남녘사람 북녁사람』, 『문』 등은 후자를 대표한다.

『소시민』은 1964년 7월부터 다음 해 8월까지 『세대』지에 발표된 장편소설로 이호철을 전후 대표작가의 반열에 올려놓은 출세작이다. 『소시민』은 1960년대 들어서면서 본격화된 근대화의 열풍 속에서 사회 전반에 만연된 천민자본주의적 파토스와 소시민 의식의 연원을 6·25전쟁으로 거슬러 올라가 천착하고, 그것을 통해 궁극적으로 한국 사회의 성격을 문제 삼은 작품이다. 작품의 배경은 6·25전쟁이지만, 사실은 전투가 벌어지는 전장이 아니라 여러 종류의 사람들이 뒤엉켜 발버둥대는 '부산'으로 상징되는 전후의 현실이고, 구체적으로는 근대화의 물결이 넘실대는 1960년대의 한복판이다.

『소시민』은 전후 현대사의 시원(始原)을 부산 완월동 제면소를 근거지로 살아가는 10여 명의 인물을 통해서 그려낸다. 김씨는 과거 한때 적색노조에도 관여했던 활동가였으나 지금은 그런 과거를 훌훌 털어 버리고 '돈'을 위해서 자신의 모든 것을 바친 인물이다. 현실은 '돈 많은 놈이 우위'에 설 수밖에 없다는 신념에서 "별의별 쌍놈의 짓 다 해서 돈만 벌면 그날부터 양반도 될 수 있는기라."고 생각한다. 그래서 과거의 이념이나 주장은 무력하고 시대착오적인 구호일 뿐이라고 배척하고, 미군의 물품을 빼돌리는 등 돈을 벌기 위해 수단과 방법을 가리지 않는다. 이 김씨와 잠시 동거하기도 했던 천안 색시 역시 김씨 못지않은 수완가이다. 그녀는 원래 충청도 촌여자의 투박함과 인정을 지니고 있었으나 급속히 "도회지의 못된 버릇"을 익혀 갔고, 15년 후에는 부호가 되어 나이가 훨씬 아래인 남자와 결혼해 살고 있다. 그리고 화자의 고향 사람 역시 남다른 수완의 소유자여서, 그는 모든 '인습적인 것, 농촌적인 것'을 부정하면서 자신이 가장 진취적인 사람이라고 자처했고, 마침내 '장사'밖에는 살길이 없다는 신조를 갖게 되었다. 풀빵 장수에서 상점 주인으로 변신을 거듭하면서, 이승만 정권의 관제 데모에 앞장을 서는 등의 정치적 변신마저 서슴지 않는다. 그런데, 이들이 도달하는 최종적인 귀착지는 기껏 추악한 속물들의 세계거나 아니면 반성 없는 소시민의 세계에 불과하다. 과거의 양심과 윤리는 사라지고 대신 물신주의가 그 자리를 차지했고 결국은 반성 없는 소시민으로 전락한 것이다.

> "봐라, 이제부터 어떤 세상이 시작되는지 아나? 이걸 똑바로 알아야 하능 기라. (……) 지조라는 게 뭐고, 제까짓 게 알량하게 지킬 게 뭐 있노? 원래가 발바닥밖에 없었지만 새로 발바닥에서부터 단련을 해야 하능기라. 발바닥에서부터 시굴 바닥이 아니라 도회지 발바닥으로. 세상 살아가는 일 이것저것 피하다가 보면 남아나는 일이 뭐 있겠노? (……)"
>
> 김씨는 바로 앞에서 히죽히죽 웃고 있는 낯선 청년에게까지 이렇게 동의를 구하는 것이었다. 나는 이런 김씨는 또 처음이었다.
>
> 전차 속의 남자 손님들은 희죽히죽 웃고 있고 여자 손님들은 슬금슬금 피해 가고 있었다.
>
> "이런 소리 지껄이는 걸 쌍놈이라고 생각할 사람이 있겠지만, 쌍놈이 안 되면 대관절 어짜겠다는 거고? 어짤기여? 내 원참, 대관절 어찌 됐다는 거고? 별의별 쌍놈의 짓 다 해서 돈만 벌면 그날부터 양반도 될 수 있능기라. 그래서, 그래서 그게 어찌됐다는 거고?"
>
> (『소시민』에서)

지조라든가 윤리란 이제 더 이상 의미가 없다는 것, "별의별 쌍놈의 짓 다 해서 돈만 벌면 그날부터 양반"이 된다는 게 이들이 갖게 된 새로운 가치관이다. 이들이 분방하고 퇴폐적인 생활을 일삼고 허무주의적 경향을 드러내는 것은 그런 상황에서 야기되는 당연한 결과이다. 수시로 남자를 바꾸면서 성을 탐닉하는 주인집 여자의 무절제한 편력이나, 아버지의 시신을 매장하기도 전에 성희에 빠져드는 매리의 패륜적 행각, 천안 색시와 본마누라 사이를 오가면서 이중생활을 즐기는 김씨 등은 모두 당대의 윤리적 진공 상태를 보여 주는 사례들이다. 이들에게 성이란 사랑과는 거리가 먼 무력감을 달래기 위한 도구이거나 일시적인 쾌락의 수단일 뿐이다. 이런 점에서 『소시민』은 전쟁의 폐허 위에서 어떠한 전망도 갖지 못한 채 방황하는 당대 젊은이들의 무기력과 환멸감을 날카롭게 포착해 내는 성과를 획득한다.

또 하나 작품에서 주목할 점은 인물들의 허무주의적 행태가 곧바로 이승만 정권을 비호하는 정치 세력으로 전환되는 현실을 포착한 데 있다. 『소시민』이 보여 준 중요한 성과 중 하나는 전후 사회의 혼돈과 소시민 의식이 어떻게 이승만 정권의 전횡과 결탁했는가를 예리하게 포착한 것인데, 그것은 김씨와 고향 아저씨를 통해서 그려진다. 언급한 대로 이들의 삶을 견인하는 것은 '돈'이고, 동시에 그것을 통한 수직적 신분 상승이다. 김씨 등이 이승만 독재 권력과 결탁하는 것은 바로 '돈' 때문이다. 이들은 이승만 정권이 계속 유지되어야 돈을 벌 수 있다고 믿었고, 이승만 역시 이들의 지지를 얻어야 다시 권력을 장악할 수 있는 편리한 공생관계에 놓인 것이다. 작품에서 암시되듯이 당시 이승만은 전쟁 중이었음에도 불구하고 권력 유지에 혈안이 되어 있었다. 백골단과 땃벌떼 등 정체불명의 친위 어용단체들이 난무했고, 그런 현실을 빗대서 영국의 《런던 타임스》는 "한국에서 민주주의를 바라는 것은 쓰레기통에서 장미꽃이 피기를 바라는 것과 같다."는 경멸적인 논평을 내놓기도 했었다. 물론 작중의 김씨나 고향 사람이 데모에 앞장선 것은 그런 정치적 상황을 이해하고 한 것은 아니다. 화자의 진술대로 관제 데모는 살벌한 분위기를 빚어내고 있었으나, 실상은 산만한 분위기가 감돌았고 길가의 군중 역시 그저 조용히 가라앉아 건너다보고만 있을 뿐이었다.

그렇지만 사회적으로 상승할 기회를 거머쥐었기 때문에 김씨와 고향 사람은 내각제를 골자로 하는 정치 구조의 재편을 결코 환영할 수 없었다. 급작스러운 사회 변화는 그들이 힘들게 획득한 기득권을 박탈할 가능성이 농후하다. 자유시장에 점포 하나를 갖게 되자 점차 "대한민국의 충성스러운 국민의 한 사람이 되어 갔다."는 고향 사람의 진술처럼, 비판적 이성이나 윤리가 마비되고 물신주의와 이기심이 모든 것을 지배하는 현실이 된 것이다. 그런 현실에서 이승만의 독재나 전횡은 하등 문제될 게 없고 오히려 그것이 유지되어야만 신분 상승이 가능하다고 믿는다. 그래서 이들은 이승만에 대한 확고부동한 평가를 내리고, "농촌 구석의 한 사람이었던 자기에게 별안간 이런 길을 열어 준 것이 이승만 씨의 그 민주주의의 덕"이라고 환영한다. 작중의 김씨 등이 보인 정치적 선택은 바로 이러한 개인적 욕망과 이승만 정권의 정치적 의도가 결합되면서 이루어진 것이다.

『소시민』은 이렇듯 상승하는 인물들을 통해 전후 소시민들의 정치적 거취를 실감나게 포착해서 보여 준다.

『소시민』에서 주목할 또 다른 성과는 이승만 정권 반대투쟁에서 4·19로 이어지는 건전한 시민의식에 관한 것이다. 전쟁을 겪으면서 한국 사회에는 물신주의와 속물주의가 만연했지만, 다른 한편에서는 4·19에서 한일회담 반대로 이어지는 건전한 시민의식이 배양되고 있었는데, 작가는 그 희미한 줄기를 '정씨' 등을 통해서 보여 준다.

한때 적색노조에 관여하기도 했던 정씨는 현재 어려운 생활을 하지만, 그럼에도 불구하고 막연하게나마 미래에 대한 믿음을 간직하고 있다. "돈 많은 놈이 우위에 서게 되"는 현실에서 "겉늙은이"로 전락하기는 했지만, 정씨는 김씨의 상관으로 남로당 계열의 하부 조직에 관여했던 인물이고, 과거의 신념을 송두리째 내팽개친 김씨와는 달리 그것을 내면화하고 "일관된" 삶을 살려는 윤리적 정결성의 소유자이다. 정씨는 언젠가는 다시 '앙양기(昂揚期)'가 도래하리라는 믿음을 갖고 있고, 그런 신념에서 속된 현실과 타협하지 않는 꿋꿋함과 양심을 견지하고 있다. 말하자면 정씨는 현실과의 교섭 자체를 거부하는 강영감과는 달리 현실의 대세를 인정하면서도 자신의 믿음을 결코 포기하지 않는 인물이다. 이런 정씨에 대해 작가가 깊은 애정을 보이는 것은, 그의 믿음이 '환상'에 불과하더라도, 그것이 있어야만 사회 발전이 가능하다고 보기 때문이다. 그래서 화자는 정씨를 두고 "물들지 않는, 전염되지 않는 정신"을 소유한 "대단한 사람"이라고 평가한다.

작가의 이러한 의도가 한층 구체적으로 표현된 인물이 '정씨의 아들'이다. '정씨의 아들'은 "정씨의 얼굴을 단단하게 압축시킨 듯한 강기(剛氣)"를 지녔고, 이전 세대에서는 찾아볼 수 없는 "확신에 차" 있는 청년이다. 어린 시절부터 그에게는 "소년답지 않은 적의"가 번득였고, 그 눈에서 화자는 "칠칠한 바람"을 느낀 적이 있었다. 15년 후에 다시 만난 그는 한일회담의 주체는 "20대가 되어야 하"고, "구체적 상황의 구체적 인식"만이 정념의 단계를 넘어 문제의 본질을 직시할 수 있다는 생각을 내보이는 한층 성숙한 모습을 보이는데, 이는 허무주의와 추악한 이기주의와 결별하는 새로운 세대의 가능성으로 이해될 수 있다. 비록 간단하게 처리되기는 했지만, 정씨 아들이 "외세 배격과 주체성 회복이라는 명제를 내걸고 데모를 일으킨 그 학생 데모의 주동자"로 성장했다는 진술은 이 같은 가능성을 구체화한 것이다. 그런 점에서 『소시민』은 사멸하는 것에 대한 동정을 보인 작품이라기보다는 오히려 건전한 시민의식을 통해 현실 타개의 전망을 찾고자 하는 작가적 모색으로 이해할 수 있다.

6·25전쟁이 한국 사회에 남긴 것은 국토의 황폐화나 인명의 살상과 같은 물량적인 것보다는 오히려 건전한 비판정신과 미래에 대한 꿈을 앗아갔다는 점, 일견 평범한 듯한 이 주제를 집요하게 천착한 작품이 바로 『소시민』이다. 그래서 이 작품은 "한 시대가 가고 새 시대가 오는 전환기적 변동상을 담아내고 있다."(정호웅)는 평가와 함께 "소시민적 일상과 그 한계를 점검하고 그것을 넘어선 삶의 가능성을 조심스럽게 모색한 작품"(백낙청)이라는 평가를 받게 된 것이다.

이호철 소설의 또 다른 축을 형성하는 것은 분단 현실에 대한 천착이다. 분단이란 작가에게는 반복강박(repetition compulsion)과도 같은 상처로 내면화된 경험이라는 점에서 지속적인 탐구의 대상이자, 동시에 작가의 고통을 민족사의 그것으로 승화시키는 매개물이었다. 작중의 주인공이 대부분 실향민이고 내용 역시 그들이 겪는 심리적 고통이 주를 이루는 것은 그런 사실과 관계가 있다. 여러 작품에서 드러나는 특유의 답답하고 우수 어린 분위기, 즉 무드(mood)는 실향자로서 작가의 복잡한 심리를 보여 주면서 동시에 독자들에게 분단의 아픔을 전해 주는 매개 역할을 한다.

「판문점」을 비롯한 『남녘사람 북녘사람』 그리고 『별들 너머 저쪽과 이쪽』(2009) 등은 앞 부류 작품들과 달리 분단 현실에 대한 비판과 그것을 넘어서고자 하는 열망이 상대적으로 두드러진 작품들이다. 분단된 현실을 망각하고 소시민적 삶에 젖어 분단을 '이역시(異域視)'하는 세태를 꼬집은 「판문점」이나 분단 현실과 전쟁을 돌아보면서 남북한 두 체제의 문제점을 고발한 『남녘사람 북녘사람』, 이승과 저승을 넘나들고 남과 북의 인사들을 망라해서 통일 문제에 대한 '총괄적인 접근'을 보여 준 『별들 너머 저쪽과 이쪽』 등이 그런 경우들이다. 이들 작품을 통해서 작가는 분단 현실을 고민하고 극복의 실마리를 찾는 집요함을 보이는데, 그 원류가 되는 작품이 바로 「판문점」이다. 여기서 작가는 남한과 북한이 점차 이질화되는 현실을 망각하고 속물화되어 가는 소시민의 일상에 주목하면서, 분단 극복은 정치나 이데올로기와 같은 고차원적인 문제가 아니라 청춘 남녀가 밀담을 나누듯이 서로 소통하고 마음을 여는 등의 소박한 과정을 통해서 가능하다는 메시지를 전해 준다.

작가가 고백한 것처럼, 「판문점」(1961)은 1960년 가을 공보실 보도과 담당 직원의 야료(惹鬧)로 유령 기자 자격증을 얻어서 판문점 회담을 참관한 뒤, 즉 월남한 이후 처음으로 북쪽 사람들을 만났던 실제 체험을 소재로 하고 있다. 이 체험을 통해 작가는 분단된 지 10년도 안 된 시점에서 이질화가 심화되는 현실을 문제 삼고 해결의 실마리를 찾고자 한다.

작품에서, 분단 현실에 대한 소시민들의 시각을 상징적으로 보여주는 인물은 '형 부부'이다. 이들은 분단 현실에 대해 별다른 관심을 보이지 않는다. 자신들의 삶을 향락하고 편안한 일상을 방해받고 싶어 하지 않는 소시민적 이기심에 사로잡혀 있어 적당히 '야한 냄새'를 풍기면서 둘만의 오붓한 시간을 갖고자 한다. 용무가 있어서 동생이 방에 들어왔지만 형 부부는 특유의 야한 분위기를 숨기지 않으며 심지어 동생이 어서 빨리 방에서 나가 주기를 바란다. 하지만 그럼에도 불구하고 '어머니'를 대할 때는 그와는 정반대의 태도를 보여 준다. 어머니가 먹고 싶어 하는 음식을 챙기고 살피는 등의 '작위적 진지성'을 드러내는 것이다. 이런 이중성을 목격하면서 화자는 형의 이기적인 속성을 간파하고, 한편으로는 한 집안을 사로잡고 있는 이 묘한 분위기에서 '이역감(異域感)'을 느낀다. 여기서 '이역감'이란 분단 현실을 살면서도 그와는 무관하게 생활하는 소시민들에게서 느껴지는 화자의 거리감이다.

그것은 한편으로 외국인들이 '판문점'에서 느끼는 감정과 하등 다를 바 없는 것으로 서술된다. 기자들을 태우고 '판문점'으로 가는 한 시간 남짓한 버스 속에서 외국인 기자들이 보여주는 반응이란 단순한 호기심 이상이 아니었다. 그들이 주고받는 이야기의 내용은 기껏 자식의 대학 생활이라든지 여행, 돈 문제 등 신변잡사일 뿐이고, 눈 앞에 펼쳐진 남북한의 대치나 적대감 등 분단 현실에 대한 것은 전혀 아니었다. 이들에게 '판문점'이란 대립과 증오의 현장이기보다는 그저 신기한 볼거리에 지나지 않았던 것이다. 작가는 화자의 눈을 빌려 집안에서 느껴지는 이역감이 바로 이들 외국인이 판문점에서 느끼는 그것과 하등 다를 바 없다는 사실을 간파하고, 그런 사실의 환기를 통해서 속물화되어 가는 당대 현실을 비판한다. 실제로 4·19와 5·16을 겪으면서 한국 사회는 새로운 '건설'의 열기에 사로잡혔고, 소시민들의 관심사는 경제 문제로 집중되어 분단이라는 민족사의 현안에 대해서는 무관심해지는 모습을 보였는데, 형 부부가 보여주는 향락적인 행태는 그러한 현실의 단적인 표현이다.

그런데, 작가는 그러한 현실을 그대로 수긍하지 않고 '판문점'이라는 특수한 공간의 환기를 통해서 분단 극복의 의지와 가능성을 시사한다. 화자가 판문점에서 북한의 여기자를 만나 처음의 어색하고 경직된 분위기에서 벗어나 말문을 트게 되는 것은 그런 사실과 관계가 있다. 남북회담을 구경하는 도중에 '화자'는 북한 여기자를 만나서 자연스럽게 대화를 주고받는다. 이들의 대화가 처음부터 인간적으로 교감했던 것은 아니다. 서로 다른 체제와 이념 속에서 살아온 까닭에 두 사람 사이에는 완고한 벽이 존재했다. 화자의 분방한 생각과 북한 여기자의 경직된 태도가 맞서면서 서로 접점을 찾지 못하다가 이데올로기와 정치적 입장을 벗어버림으로써 마침내 '소통'이 시작되는 것이다. 화자가 분위기를 주도하고 북한의 여기자가 완강하게 거부하는 태도를 보이지만, 대화가 진행되면서 어긋나기만 했던 두 사람 사이에 점차 교감의 분위기가 만들어지고, 특히 소나기를 피하기 위해 차 안으로 들어감으로써 그 분위기는 한층 고조된다. 쏟아지는 소나기로 인해 두 사람은 찝차로 몸을 피했고, 거기서 화자는 청춘 남녀가 밀담을 나누듯이 대담하게 감정 섞인 대화를 쏟아 놓는다. 북한 여기자는 처음에 당황해서 어쩔 줄 모르지만 이내 처녀 본연의 감정을 드러내고 마는 것이다.

화자가 북한 기자의 젖은 머리에서 "신 살구알 냄새"를 느꼈다는 것은 정치와 이념을 벗어던지고 나면 결국 남는 것은 인간 본연의 모습이라는 것. 작가는 이런 내용을 서술하면서 남과 북이 대치하는 현실이란 실상은 허망하고 우스꽝스러운 '익살'임을 새삼스레 환기한다. 남과 북을 갈라놓은 휴전선이란 "가슴패기에 난 부스럼"과도 같은 "해괴망측한" 존재일 수밖에 없다는 것. 화자가 작품 후반에서 중얼거리는 독백은 이 해괴망측한 현실에 대한 통탄이다. "인간의 성실성이라는 것이, 이렇게도 어이없는 데 소모될 수도 있다."는 사실, "이 얼마나 어이없는 일이었고 민족의 에너지를 쓸데없이 좀먹는 일이었던가, 통탄, 통탄이다."라는 진술은 그런 참담한 심경의 표현이다.

> 200년쯤 뒤 판문점이란 고어로 '板門店'이 될 것이다. (……) 그때 백과사전에는 이렇게 쓰일 것이다. 1953년에 생겼다가 19××년에 없어졌다. 지금의 개성시의 남단 문화회관이 바로 그 자리다. (……) 회담 장소였다. (……) 그 회담 기록이 적힌 거창한 문건이 지금 인류 역사의 기념비적인 익살로서 개성 박물관에 안치되어 있는 것은 이미 다 아는 사실이다. (「판문점」에서)

작품은 이렇듯 두 인물의 짧은 만남을 통해서 남북의 타성화된 현실과 이념 대립의 허구성을 지적해 내고, 궁극적으로는 그러한 현실이 얼마나 우스꽝스러운 것인가를 폭로한다. 비록 그것이 환상과도 같은 200년 이후의 시점을 빌려 우회적으로 표현되지만, 거기에는 현실에 대한 냉정한 인식이 전제된 관계로 백일몽과 같은 허망함으로 다가오지는 않는다.

북으로 퇴각하는 인민군의 대열에 끼어 있던 주인공 '나'가 양양에서 포로로 붙잡힌 뒤 고성읍에서 배를 타고 남쪽으로 이송되기 직전까지 겪었던 일을 회상한 『남녘사람 북녘사람』 역시 같은 맥락에서 이해될 수 있다. 이 작품은 양양에서 포로로 붙잡힌 화자가 38선 이북인 양양, 간성, 고성 등지로 끌려다니면서 겪은 에피소드를 희화적인 필치로 보여 줌으로써 전쟁 당시 인민군 포로들이 겪었던 생활상을 실감나게 그려낸 것으로 평가된다. 여기서 특히 주목되는 대목은 화자가 접한 지역 주민들이 이념이나 사상 때문이 아니라 어쩔 수 없는 상황으로 인해 남과 북의 옷을 바꿔 입게 되었다는 지적이다. 국군의 지배를 받았을 때는 국군 편이 되지만, 인민군의 세상이 되면 돌연 인민군 편이 되는데, 그것은 주민들이 간사해서가 아니라 삶에 대한 강렬한 욕망 때문이다. 살기 위해서는 어느 한쪽을 편 들 수밖에 없었던 현실. 이런 사실을 통해서 작가는 삶에 대한 욕망이 이념이나 체제를 초월한 인간 본연의 속성이라는 것을 보여 주고, 그것을 통해서 분단 극복의 가능성을 환기한다. 이호철이 간파한 대로 통일이란 체제와 이념의 이면에 놓인 인간 본연의 삶을 회복함으로써 가능해지는 것이 아닐까 생각해 본다.

통일전망대에서 돌아오는 길에 화진포 해수욕장에 들렀다. 화진포 해수욕장은 동해안 최북단에 있는 해변으로 백사장 길이가 2킬로미터가 넘고, 수심이 1~2미터로 얕아서 많은 관광객이 찾는 곳이다. 주변에는 소나무숲과 기암괴석, 철새와 해당화가 장관을 이룬 화진포가 있고, 김일성 별장과 이승만 별장이 있다. 김일성 별장은 일제강점기에 외국인들이 이용한 휴양소였는데 해방 후 1948년부터 1950년까지 김일성 일가가 다녀간 뒤 '김일성 별장'으로 불리게 되었다. 지상 2층, 지하 1층의 석조건물인 별장은 당시로는 매우 화려한 형태였다고 하는데, 현재의 모습은 6.25전쟁 당시 훼손되어 방치된 것을 2005년 3월에 복원한 것이다.

고향 원산에서 단신 월남해서 남한 사회에 정착한 이호철에게 분단과 전쟁, 그리고 이산의 체험은 그의 문학을 지배한 일관된 화두였다. 월남 직후의 체험을 소재로 한 「탈향」에서 『이산타령 친족타령』에 이르기까지 이호철은 그러한 화두와 씨름해 왔고, 2001년에는 그것을 결산하면서 7권으로 된 '고희 기념 선집'을 묶어 내기도 하였다.

말년에 이호철은 작품을 외국어로 번역해서 세계에 알리는 일에 열의를 보였다. 중국, 일본을 비롯해서 독일, 프랑스, 폴란드, 헝가리, 러시아 등 유럽과 영미권 여러 나라에서 작품이 번역·출간되어 분단의 고통과 통일의 필요성을 세계 사람들에게 알려주었다.

2016년 뇌종양을 앓던 이호철은 85세를 일기로 영면한다. 「판문점」에서 통일의 해로 예견한 '19××년'은 이제 새로운 세기로 바뀌어 20여 년의 시간이 더 흘러갔다. 작가의 탄식처럼 이 얼마나 어이없는 일인가?

'판문점'이 '고고학적 박물관'으로 새롭게 단장할 날을 꿈꾸며 발길을 서울로 돌린다.

참고 문헌

김유정 『원본 김유정전집』(전신재편, 한림대학출판부, 1987), 『김유정』(이선영, 벽호, 1993), 「들병이 사상과 알몸의 시학」(김윤식,『김유정문학의 전통성과 근대성』, 한림대 아시아문화연구소, 1997), 「여보, 도련님 날 데려가오」(박록주, 《뿌리깊은 나무》, 1976.6), 『김유정 어휘사전』(임무출, 박이정, 2001), 『김유정 문학의 재조명』(김유정문학촌, 소명출판, 2008), 『김유정과 향연』(김유정학회, 소명출판, 2015), 『정전 김유정 전집』(유인순 엮음, 소명출판사, 2021), 『김유정 문학과 문화충돌』(김유정학회, 소명출판, 2021), 「김유정과 문학사」(이만영, 『현대소설연구』, 한국현대소설학회, 2022.3)

이태준 『이태준전집』(깊은샘, 1988), 『이태준문학연구』(상허문학회편, 깊은샘, 1993), 『이태준소설의 이해』(민충환, 백산출판사, 1992), 『조국』(상,하)(김응교, 풀빛, 1993), 『소설의 운명』(서영채, 문학동네, 1995), 『이태준 소설 연구』(장영우, 태학사, 1996), 『이태준』(작가론총서5)(이기인편, 새미, 1996), 『이태준과 한국 근대소설의 성격』(박헌호, 소명출판, 1999), 「한국 근대문학과 미문, 이태준의 미문의식」(박진숙, 《한국현대문학연구》, 한국현대문학회, 2008.4), 『이태준 전집』(7권)(상허학회, 소명출판, 2015), 「검열과 개작과 정본-이태준 소설의 검열과 개작」(강진호, 《인문과학연구》, 성신여대 인문과학연구소, 2021.8)

이효석 『효석전집』(춘조사, 1960), 『노령근해』(이효석, 동지사, 1931), 「이효석과 나」(유진오, 《조광》, 1942.7), 『이효석』(한국대표명작총서6)(유종호편, 벽호, 1993), 『이효석— 문학과 생애』(이상옥, 민음사, 1992), 『이효석 문학연구』

(권정호, 월인, 2003), 『(비평판 한국문학) 분녀 외』(강진호편, 범우사, 2007), 『이효석 문학의 재인식』(문학과사상연구회, 소명출판, 2015), 『이효석 전집』(이효석문학재단, 서울대출판문화원, 2016), 「이효석 단편소설의 신화적 상상력 연구」(박수연, 《어문연구》, 어문연구학회, 2017.1), 『이효석의 서정미학』(이익성, 충북대출판부, 2011)

이상화 『이상화 연구』(정한모, 새문사, 1981), 『이상화전집』(이기철편, 문장, 1982), 『빼앗긴 들에도 봄은 오는가』(한국대표시인100인선)(미래사, 1991), 『이상화』(정진규 편, 문학세계사, 1993), 『이상화』(김재홍, 건국대 출판부, 1996), 『한국현대시인연구』(김재홍, 일지사, 1994), 『문학과 역사적 인간』(김흥규, 창비사, 1980), 『이상화』(김학동 편, 서강대학교출판부, 1996) 『이상화 시 연구』(김계화, 한국문화사, 2015), 『이상화문학전집』(이상규 엮음, 경진출판, 2015), 『이상화 시 연구』(김계화, 한국문화사, 2021)

이육사 『이육사전집』(김학동편, 새문사, 1986), 『이육사·윤동주』(김종철편, 한국현대시문학대계8, 지식산업사, 1980), 「육사의 시와 세계인식」(김흥규, 『문학과 역사적 인간』, 창작과비평사, 1980), 『이육사』(김용직편, 서강대출판부, 1995), 「조선혁명간부학교와 육사 이활」(강만길, 《민족문학사연구》8호), 창작과비평사, 1995), 『이육사;투사의 길과 초극의 인간상』(조창환, 건국대출판부, 1998), 『새로 쓰는 이육사평전』(김희곤, 지영사, 2000), 『이육사 평전』(김학동, 새문사, 2012), 『이육사; 안동이 낳은 민족시인』(이위발, 민속원, 2017)

조지훈 『조지훈 전집』(홍일식외, 나남출판사, 1996), 『조지훈 시 연구』(서익환, 우리문학사, 1991), 『한국현대 시인연구』(김재홍, 일지사, 1986), 『조지훈(전인적 삶의 시화)』(윤석정, 건대출판부, 1997), 『조지훈 시에 나타난 생명의식 연구』(김문주, 한국문학도서관, 1997), 『조지훈(작가론총서)』(최승호, 새미, 2003), 『조지훈 시와 현대 불교시』(최동호, 고대출판문화원, 2022), 『전통과 창조(조지훈탄생100주년기념 논문집)』(오형엽·김종훈편, 고대출판문화원, 2022), 『승무의 긴 여운 지조의 큰 울림(— 아버지 조지훈)』(조광렬, 나남, 2007)

김정한 『인간단지』(김정한, 한얼문고, 1971), 『낙동강의 파숫군』(김정한, 한길사, 1978). 『요산문학과 인간』(요산고희기념사업회편, 오늘의 문학사, 1978), 『김정한 소설선집』(김정한, 창작과비평사, 1983), 『김정한(작가론 총서)』(강진호편, 새미, 2002), 「김정한 소설연구」(조갑상, 동아대 박사, 1991), 「요산 김정한선생 방문기」(최원식, 《민족문학사연구》3호, 창작과비평사, 1993), 「인간 김정한론」(김중하, 《창작과 비평》, 1997, 봄), 『사하촌(김정한 단편선)』(한국문학전집)(강진호편, 문학과지성사, 2004), 『김정한 전집』(5권)(김정한, 작가마을, 2008)

유치환 『생명의 서』(미래사, 1991), 「명상과 진술」(김종길, 앞의 시집 해설), 『한국현대시의 의식현상학적 연구』(최동호, 고대 민족문화연구소, 1989), 『유치환』(오세영, 건대출판부, 1996), 『유치환』(박철희, 서강대출판부, 1999), 『청마 유치환 평전』(문덕수, 시문학사, 2004), 『유치환 문학과 아나키즘』(박진희, 지식과 교양, 2012), 「유치환 시의 숭고미 연구」(이연승, 《어문연구》, 어문연구학회, 2013.1),

「유치환 시에 나타난 절망과 고통」(김종태, 《한국문예비평연구》, 한국현대문예비평학회, 2020.1), 「유치환의 연시 연구」(박진희, 《열린정신 인문학연구》, 원광대 인문학연구소, 2022.5)

박경리 『박경리의 『토지』 읽기』(최유찬, 세창미디어, 2018), 『박경리 이야기』(김형국, 나남출판사, 2022), 『박경리의 토지와 윤리적 주체』(서현주, 역락, 2014), 『박경리 『토지』의 문화정치학』(권성진, 동인, 2019), 『박경리 문학 연구』(김은경, 소명출판, 2014), 『박경리』(작가론 총서)(최유찬, 새미, 1998), 『한국 근대문화와 박경리의 '토지'』(최유찬, 소명출판, 2008), 『박경리와 이청준』(김치수, 문학과지성사, 2016), 『박경리와 전쟁』(토지학회, 마로니에북스, 2018), 『토지』(20권)(박경리, 마로니에 북스, 2012), 『박경리 토지와 탈식민적 페미니즘』(이미화, 푸른사상, 2012), 『박경리 문학의 가족 서사학』(이금란, 인터북스, 2014)

이병기 『가람시조집』(문장사, 1939), 『가람문선』(신구문화사, 1966), 『가람일기』(I,II)(이병기, 신구문화사, 1976), 『국문학전사』(이병기·백철, 신구문화사, 1991년 중판), 『이병기 이은상 외』(한국현대시문학대계5)(김인환편, 지식산업사, 1984), 「가람의 시세계」(신석정, 『시조문학』(18), 시조문학사, 1968), 「이병기론」(김윤식, 《현대시학》, 현대시학사, 1970, 4-6월), 「이병기」(안병희, 《주시경학보》(4). 1989.12), 「가람 이병기론 서설」(최승범, 『전북대논문집』, 전북대, 1973), 『이병기』(김제현, 건국대출판부, 1995), 『가람 이병기 전집』(15권)(일기, 시조, 수필, 번역시·소설·번역소설)(전북대 출판문화원, 2017-2023)

채만식 『채만식 전집』(10권)(창작과비평사, 1989), 『채만식』(송하춘, 건국대 출판부, 1994), 『채만식』(염무웅 편, 벽호, 1993), 「반성의 윤리성과 탈식민성; 해방직후 채만식 문학의 한 특성」(류보선, 《민족문학사연구》45, 민족문학사학회, 2011), 「<민족의 죄인>과 고백의 전략 — 해방기 채만식 소설세계와 관련하여」(박상준, 《한국현대문학연구》27, 2009), 『채만식 연구』(이주형 편, 태학사, 2010), 『채만식 문학과 풍자의 정신』(정홍섭, 역락, 2004.), 『한국 현대 소설 연구』(조남현, 민음사, 1987), 『문학의 모험— 채만식의 항일투쟁과 문학적 실험』(최유찬, 역락, 2006), 「일제말기 친일문학의 내적논리와 회고의 전략」(박수빈, 고려대 박사논문, 2019)

신동엽 『신동엽』(김준오, 건대출판부, 1997), 『신동엽전집』(창작과비평사, 1980), 『누가 하늘을 보았다 하는가』(창비사, 1979), 『52인 시집』(신구문화사, 1957), 『사랑과 혁명의 시인 신동엽』(김응교, 글누림, 2011), 『신동엽의 시와 삶』(김완하, 푸른사상, 2013), 『좋은 언어로-신동엽 평전』(김응교 편, 소명출판, 2019) 『신동엽과 한국문학』(신동엽학회, 역락, 2011), 『신동엽 시전집』(강형철, 김윤태 엮음, 창비, 2013), 『신동엽 산문전집』(강형철, 김윤태 엮음, 창비, 2019), 「신동엽 시에 나타난 사랑의 의미 연구」(박은미, 《비평문학》, 한국비평문학회, 2021.6)

심훈 『심훈문학전집』(탐구당, 1966), 『상록수/휴화산』(한국소설문학대계21)(동아출판사, 1995), 『상록수와 최용신의 생애』(인주승 엮음, 홍익재, 1992), 「심훈연구서설」(최원식, 『한국근대문학사의 쟁점』, 창작과비평사, 1990), 『상록수』

(심훈, 문학과지성사, 2005), 『심훈 전집』(총9권)(김종욱·박정희 엮음, 글누림, 2016), 『심훈 문학 세계』(심훈문학연구소, 아시아, 2016), 『심훈 문학의 발견』(심훈문학연구소, 아시아, 2018), 「심훈의 상해시절과 '동방의 애인'」(하상일, 《국학연구》36, 한국국학진흥원, 2018), 「농촌계몽가 혹은 농민지도자-이광수의 『흙』과 심훈의 『상록수』의 영웅주의」(정은경, 《인문학연구》, 원광대 인문학연구소, 2021.5)

한용운 『한용운』(한국현대시인연구8)(신동욱편, 문학세계사, 1993), 『만해 한용운』(임중빈, 명지사, 1993), 『한용운』(안병직편, 한길사, 1994년판), 『한용운』(한국현대시문학대계2)(염무웅편, 지식산업사, 1981), 『궁핍한 시대의 시인』(김우창, 민음사, 1978), 『(사랑과 혁명의 아우라)한용운』(최동호, 건대출판부, 2001), 『한용운 평전』(고은, 향연, 2004), 『한용운과 그의 시대』(고재석, 역락, 2010), 『만해 한용운 평전』(김삼웅, 시대의창, 2019), 『만해, 그날들(한용운 평전)』(박재현, 푸른역사, 2015), 『근대문화지형과 만해 한용운(한용운 다시읽기)』(이선이, 소명출판, 2020), 「한용운의 불교사상과 한시에 나타난 불이론」(윤재웅, 《동악어문학》84, 동악어문학회, 2021.6)

정지용 『정지용 전집』(김학동편, 민음사, 1990), 『정지용 문학연구』(김학동, 민음사, 1987), 『정지용』(민병기, 건국대출판부, 1995), 『정지용』(이숭원, 문학세계사, 1996), 『정지용』(작가론총서6)(김은자편, 새미, 1996), 『정지용 사전』(최동호, 고려대 출판부, 2003), 「노한나의 입말로 풀어쓰는 이야기 정지용」(노한나, 《옥천신문》, 2002, 3.2), 『정지용의 문학세계 연구』(김신정, 깊은샘, 2007), 『현대

시의 감각과 기억(정지용, 백석시 연구)』(류경동, 우물이있는집, 2018), 「정지용과 윤동주 시의 장소비교」(심재휘, 《우리문학연구》, 우리문학회, 2021.10)

홍명희 『임꺽정』(홍명희, 사계절, 1985년 및 1991년판), 『<林巨正>의 재조명』(임형택·강영주편, 사계절, 1988), 『한국역사소설의 재인식』(강영주, 창작과비평사, 1991), 「벽초의 <林巨正> 연구」(이남호, 『문학의 위족』, 민음사, 1990), 『한국근대소설사론』(최원식, 창작과비평사, 1986), 『홍명희』(홍기삼, 건대출판부, 1996), 『홍명희』(채진홍편, 새미, 1997), 『벽초 홍명희 연구』(강영주, 창작과비평사, 1999), 『홍명희-그들의 문학과 생애』(강영주, 한길사, 2008), 『임꺽정 연구』(강영주, 사계절, 2015)

서정주 『미당시 전집』(3권)(민음사, 2001), 『서정주 문학앨범』(웅진, 1993), 『미당 서정주에 대하여』(김화영, 민음사, 1984), 『문학의 위족』(이남호, 민음사, 1990), 『미당 연구』(김우창 외, 민음사, 1994), 「서정주의 친일과 지식인의 길」(김재용, 《실천문학》 2002 여름), 「미당 특집」(《시안》, 2001 봄호), 『서정주 연구』(김학동 외, 새문사, 2005), 「서정주 시에 나타난 동양적 시간의식 연구」(방정민, 2013, 부경대 박사논문), 『미당 서정주 평전』(이경철, 은행나무, 2015), 『미당 서정주와 한국 근대시』(동국대 한국문학연구소, 2017)

김영랑 『김영랑 박용철 외』(한국시문학대계7)(지식산업사, 1981), 「찬란한 슬픔의 봄」(김현, 앞의 시집 해설), 『모란이 피기까지는』(미래사, 1991), 「순결성의 미학」(이숭원, 앞의 시집 해설), 『김영랑』(김학동편, 문학세계사, 1993), 『김영랑』(박노균, 건대출판부, 2003), 『원본 김영랑 시집』(허윤회편, 깊은샘, 2007), 「마음의 미의식과 허무의지;김영랑론」(홍용희, 《국어국문학》, 국어국문학회, 2008.12), 「김영랑 시의 우의적 표현법」(이창민, 《한국학연구》, 한국학연구소, 2020.12), 『김영랑을 읽다』(전국국어교사모임, 휴머니스트, 2020)

윤동주 『윤동주 평전』(송우혜, 열음사, 1988), 『이육사 윤동주』(한국현대시문학대계8)(김종철편, 지식산업사, 1980), 「시대와 내면적 인간」(김우창, 『궁핍한 시대의 시인』, 민음사, 1977), 『한국현대 시인연구』(김재홍, 일지사, 1986), 『윤동주』(이건청, 문학세계사, 1992), 『윤동주 전집(정본)』(홍장학 엮음, 문학과지성사, 2004), 『고향으로부터 윤동주를 찾아서』(박용일 편, 흑룡강 조선민족출판사, 2007), 『나무가 있다 — 윤동주 산문의 숲에서』(김응교, 아르테, 2019)

안수길 『안수길 연구』(김윤식, 정음사, 1986.), 『추상적 민족주의와 간도문학』(강진호, 《작가연구》 2호, 새미, 1993), 『안수길 소설의 공간모티프 연구('통로' '성천강'을 중심으로)』(김창해, 단대 석사, 1995), 『안수길의 장편소설 연구』(백진영, 숭실대 석사, 1998), 『일제강점기 만주 조선인 문학연구』(오양호, 문예출판사, 1996), 『안수길 장편소설 연구』(조수진, 고려대 석사, 2003), 『안수길 연구』(최경호, 형설출판사, 1994), 『안수길』(허경진 편역, 보고사, 2006), 『안수길 전집』(16권)(안수길, 글누림, 2011), 『안수길 소설의 근대성 연구』(김영희, 국학자료원, 2009)

박완서 『박완서 문학앨범』(박완서 외, 웅진출판, 1992), 『우리시대의 소설가 박완서를 찾아서』(박완서 외, 웅진닷컴, 2002), 『박완서의 목마른 계절에 나타난 청년들의 전향과 신념의 문제』(정하늬, 《한국문학과 예술》, 숭실대한국문학과예술연구소, 2018.6), 『박완서 문학에 나타난 서울에서의 한국전쟁 체험의 의미』(김영미, 《한국현대문학연구》, 한국현대문학회, 2018.4), 『박완서 소설연구』(이선미, 깊은샘, 2004), 『박완서 소설의 다시쓰기—딸의 서사에서 여성들간의 소통으로』(이선옥, 《실천문학》59호, 2000), 『두부』(박완서, 창작과비평사, 2002), 『못 가본 길이 더 아름답다』(박완서, 현대문학, 2010), 『박완서 소설 전집』(22권)(박완서, 세계사, 2012)

이호철 『이호철의 풍자소설』(민현기, 『한국현대작가연구』, 민음사, 1989), 『탈향, 그 출발의 소설사적 의미』(정호웅, 《문학정신》, 1992.7), 『이호철론—새로운 현실로 나아가기 위한 현실 검증과 그 새김』(이호규, 『현역중진작가연구』, 국학자료원, 1997), 『'소시민'의 공간연구』(조갑상, 『동아어문논집』, 동남어문학회, 2000), 『이호철 문학선집』(이호철, 국학자료원, 2001), 『이호철』(작가총서)(강진호, 글누림, 2010), 『이호철 초기소설에 드러나는 공간배경의 변모 양상』(문한별, 《한국근대문학연구》, 한국근대문학회, 2006.10), 『반공주의의 내면화와 1960년대 풍자소설의 한 경향』(김준현, 《상허학보》, 상허학회, 2007.10.)

기타 문헌 「각 여학교 졸업생을 찾아서: 새봄 맞아 교문 나서는 재원들, 원산 루씨학교의 특출한 네 규수」(《조선일보》, 1928,4.1), 『한국문학지도』

(상, 하)(동국대한국문학연구소, 계몽사, 1996), 『나의 문화유산답사기』(1, 2)(유홍준, 창작과비평사, 1994,5), 『창작의 고향』(이상문외, 문이당, 1993), 『문학비 답사기』(함동선, 앞선책, 1997), 『다산 논설선집』(박석무 편역, 현대실학사, 1996), 『현대소설사와 근대성의 아포리아』(강진호, 소명, 2004), 『문학의윤리』(서영채, 문학동네, 2005), 「정약용의 전제개혁론의 역사적 맥락」(김수태, 《한국사학보》47, 고려사학회, 2012), 「정약용과 천주교의 관계 재론」(김수태, 『교회사연구』42, 한국교회사연구소, 2013), 『백석시를 읽는다는 것』(고형진, 문학동네, 2013), 『다산기행』(박석무, 한길사, 1996), 『발가벗겨진 인간 다산』(차벽, 희고희고, 2018), 『현대소설과 분단의 트라우마』(강진호, 소명, 2013), 「1990년대 여행소설의 탈근대적 사유와 타자성」(이미림, 『세계한국어문학』, 세계한국어문학회, 2009), 『임헌영의 유럽문학기행』(임헌영, 역사비평사, 2019), 『명작의 공간을 걷다』(이경재, 소명출판, 2020), 『백석 시를 읽는 시간』(이경수, 2021, 문학동네), 『시의 숲을 거닐다』(박민영, 태학사, 2021), 『위대한 이야기 유산』(김한식, 역락, 2022), 『작가의 신화』(유임하, 역락, 2022), 『소설로 읽는 한국근현대 문화사』(안미영, 역락, 2023)

여행지에서 만난 한국문학

1판 1쇄 찍음 2024년 8월 22일
1판 1쇄 펴냄 2024년 8월 29일

지은이 강진호
발행인 박근섭, 박상준
펴낸곳 (주)민음사

출판등록 1966. 5. 19. 제16-490호
주소 서울특별시 강남구 도산대로1길 62(신사동)
강남출판문화센터 5층 (우편번호 06027)
대표전화 02-515-2000 | 팩시밀리 02-515-2007
홈페이지 www.minumsa.com

ISBN 978-89-374-5694-7 03810